シバ・シャキブ 著
わしお とよ 訳

神様はアフガニスタンでは泣くばかり

シリン・ゴルの物語

現代人文社

Original title: Nach Afghanistan kommt Gott nur noch zum Weinen
by Siba Shakib

Published by arrangement through Meike Marx, Yokohama, Japan

神様はアフガニスタンでは泣くばかり

シリン・ゴルの物語

目次

プロローグ

「名前は何だい？」

「シリン・ゴルです。」

「それはあんたの子供かい？」

「バレ(はい)。」

「あっちの、あの子は？」

「バレ。」

「その子もそうだって言うのかい？」

「バレ。」

「そこの二人の男の子たちが、あんた、兄弟だって言うの？」

「はい、私の息子たちです。ナビッドとナビです。私が産んだのです。」

役人マレックは疑っていることを隠さなかったが、それでも薄い紙に乱暴にスタンプを押してくれた。

その紙は長い間シリン・ゴルの手の中にあったので、湿ってヘラヘラになっていた。

「後ろに行きなさい。」とマレックは、威張って命令した。「そこにいる私の同僚にこの紙を見せて、マレックさんが私をここへよこしたと言いなさい。そうすれば何も問題はないから。そうしたら小麦の袋が貰える。一つはあんたの旦那の分、一つはあんたの分、そしてあんたの子供たちにそれぞれ一つだよ。わかったな、一人一袋ずつだよ。」

　その女の顔はベールですっかり隠されていた。その目の前にあるネットは網目が非常に細かいので、目に表れるほんのかすかな表情など見えもしなかった。けれどもこの、顔のない状態でも、彼女の怒りや恥じらい、そして侮蔑感は、はっきりと伝わった。彼女が私を見ているかどうかわからなかったが、私は微笑んで私の親近感を表現した。私がマレック側ではなく彼女の方に連帯感を抱いていることを、彼女が知るようにしたかったのだ。

「あんた、見たよね？」とマレックが、あたかも彼と私が古い知り合いか親戚か、またはいちゃついたことでもあるかのような調子で尋ねた。彼と私はこっち側で、私たちのまわりにうろうろしている人間はあっち側だとでも言うように。彼は私たちが連合しあった、信頼しあった人間同士のように振る舞った。

　私は一歩後ずさりして、彼の方は見ようとしなかった。

　マレックは、ただ幸運にも運命のあちら側にいない、だから小麦を希望したりする必要がないとよくわかっていた。あちら側では同国人のお慈悲、スタンプという許可が必要だ。今度という今度は彼は幸運だった。今度は、彼は仕事があるという一握りの特権階級に属しているのだ。

　国連が、イランから引き上げて来るアフガニスタン人のために臨時の仮設住居を設置して以来、彼には月々およそ六十ドルの収入があり、それで彼の家族及び兄弟の家族を養えた。そのうえ週に一度は、帰国者を援助するための小麦の袋が一つか二つ帰属先が見つからず、マレックはそれを売ってよい収入にしていた。

「あんた、あれを見たよねえ。」と彼は、さも大事だぞと言いたげに繰り返した。

「そうですね。」私はまるで、私がシリン・ゴルという、湿った紙切れを持って立ち、違う両親を持つように見える子供たち四人を引き連れた女性に全く関心がないかのように、あっさりと返事をした。マレックはそれでちょっとがっかりして、下品な色の目つきは子供っぽい反抗の色に移り変わった。

マレックが何について私とおしゃべりしたかったか想像はついたが、その間じゅう彼の同国人たちは、砂地の上、焼けつく太陽の下、延々と続く長い列の中にうずくまって、彼のスタンプを貰うために待っているのだ。

たぶん彼は言いたかったのだろう。シリン・ゴルは貰えると決まった量よりたくさんの小麦を貰うために、あの子供たちを借りて来たのだろうと。その後あわれな子供たちはそこらに置き去りとなり、マレック殿がその子供たちを集めて、どこに引き取ってもらうか考えなくてはならなかっただろうと。あるいは、シリン・ゴルは他のアフガニスタンの女性たちの多くのように、身体を売って様々の男たちに妊娠させられた等と、マレックは話したかったのかもしれない。

「マレックさん、」と私は、先立って言った。「すみません。ここは私には少し暑すぎるし、風もあります。ちょっと日陰の場所を探そうと思います。お仕事の見学をさせて頂いて、どうもありがとうございました。」

「あんたはまだ何も見ていないじゃないの。」とマレックは抵抗した。

「また後ほど伺います。」と私は嘘をついて、青いプラスティックのテントの林の間に逃げた。マレックから、私がどこにいて誰と話すか見られたくなかったからだ。

心配していたとおりだった。両親の違うように見える子供たちの跡はどこにもなく、シリン・ゴルの靴がどうだったかも私は見そこなっていた。女たちの靴というのは、たった一つの区別のできる目印なのだ。青いひだのついた布が女の頭からつま先まで覆っていて、全員が同じに見えるようにしてある。人間性が奪われている。どうやってシリン・ゴルを探し出せるというのだろう。ここには青いブカラだけがうろうろしている。ブカラは時に風に吹かれて、女のやせた身体にまつわりついたり、あるいは風船のようにふくらんで、女たちを今にも天へでも持ち上げてどこかへ飛ばしてしまいそうだった。私は幾たびも幾たびも、生きた幽霊の両目の前にある繊細なネットを通して、人間の顔を見出そうと試していた。

決断のつかぬまま、私はたくさんの布の間におろおろと立っては、目の前を見据えた。もうやりたくないや。私はまたまた一カ月半もアフガニスタンにいる。もう疲れてくたくただ。吹いてやまぬ埃っぽい風と、太陽に焼かれ乾燥した空気のせいで、息を吸うことすら力仕事になった。だが私はただの臆病者だ。いや、だから何だっていうの。もう私はすべてを失ってしまった人間たちから、心配も飢えも痛みも貧しさも病気も、ひょっとしたらすべては良くなるかもしれないという希望も、すべて失くした人間たちから話を聞きたくなくなってしまったのだ。

ひょっとしたら、単に日陰に移ればいいのかもしれない。ひょっとしたら、空のテントを探して横になって眠ればいいのかもしれない。いや、新たに難民を乗せるために国境へ向かう空のトラックに乗ればいいのかも。今夜にでも私が生まれ育った故郷イランへ引き返せるだろう。そこから私の安楽な西側の贅沢な世界へ帰れるのだ。

たった一歩その先へ進むこともできぬままに、私はそこに立ち尽くしていた。無慈悲な太陽のもと、身体は鉛のようで、ただ目の前を見据えていた。その時、一枚の青い布が私にどなった。

「ラー・エラー・ハ・エル・アラー。私に何か用事があるの。これは神様の名において、私の子供たちだよ。私のことを放っておいてちょうだいよ。」

私の五感は時間より遅れて反応していた。私の声がしゃべっているのが聞こえた。

「ごめんなさい。」

これ以上私は何も言えなかった。舌が口蓋にべたりとくっついていた。私は目の前の布を、やっとまたしゃべれるようになるまで、しばらくじっと見ていた。

「私はただ、ここらをうろついているだけなのよ。国連の下で働いているわけではないし、他の救済機関の下で働いているわけでもないのよ。私がここにいるのはただ……。」

ただ、何のためだろう？　あなた方の惨めさを見つめるため、それを撮影してそれについて書くため？　私たち西側の人間は世界の果ての苦痛を見ないと心が動かされないから、誰かがあなた方の送っている生活の残酷さを語れば、あなた方の助けになると私が思っているから？　特にあなた方の神様が、あなた方を女としてこの世に送ったから？　または……。

「具合でも悪いの？」と布が尋ねた。手が布の下から現れて私の袖を上にたくし、腕の上で止まった。こんなことがあるかしらと私は思った。私は砂漠の真ん真ん中に立って、幾百の、幾千の人々が家畜のようにトラックに押し込められているのを眺めているのに、この女は、私に具合でも悪いのと尋ねるなんて。

私は、決して故郷ではなかった故郷から、決して故郷にならないだろう故郷へと人々がやって来たのを眺めている。女たち、子供たち、男たち、いつも避難し続けることしか知らぬ人々。娘たちや息子たちを埋葬して来た人々。父親たち、母親たち、夫、妻、兄弟、姉妹。家を持たず、座ったり食べたり寝る場所を持たぬ人々。小さな女の子、小さな男の子、一本の腕しかなかったり、一本の足しかなかったり、腕も足もなかったりしている子供たち。やせ細ってギスギスで、病気だったり、栄養失調だったり、骨と皮だけの人間たち。他の男たちを殺さねばならなかった男たち。自分自身の死の一歩手前を経験した男たち。子供の死をもう一度見なければならないよりは、自分が死んでしまいたいと願う女たち。

「そうだろうと思った。」とシリン・ゴルは、落ち着いた声で言った。その声は、私の心をビロードのような柔らかさで包んだ。

「何?」私はまだぼんやりとしていた。「何を思ったって?」

「あんたが援助団体に属していないということよ。あんたは私たちの言葉をしゃべっているのだもの。あんたは誰なの、ここで何をしているの?」

シリン・ゴルの力強い手は、まだ私の腕にのったままだった。彼女はしゃがみこんで、砂地の地面の方へ私を引きずりおろした。

「私は本を書いているの。」と私は言うと、細かいネットを通して彼女の目を見ようと試みた。

私の頭の中には、すでにいつもの決まりきった言葉が浮かんでいた。

アフガニスタンについての本だって? 私たちについての本だって? 人々は私を笑いとばした。飢えと貧困と戦争と死者しかないこの国についての本、まだ何を書くことがあるというんだ? 誰がそんな本を読むというんだ？

そんな言葉の代わりに、シリン・ゴルは言った。

「私も読めるのよ。昔ロシア人がここにいた頃、私は学校に行ってね、そして読み書きを習ったの。学校の教科書の他には、三冊半のちゃんとした本を読んだことがあるわ。一冊目は私が自分で買ったのよ。二冊目は先生が私に下さってね。次に読んだのは半分しかない本でね、爆弾で壊されて廃墟になった首都で見つけたの。私、後の半分も読めなくて残念だったわ。とてもいいお話だったから、最後どうなったか知りたかったのよ。一人の女の子の話でね。おや、私はそれも忘れてしまったわ。三冊目の本は私の親友がプレゼントしてくれたのよ。たった一人の本当の親友でね、女医さんだったのよ。一緒に暮らしていたある村で知り合って、あちこちの村で手伝いをしたの。」

布のシリン・ゴルは私を見ていた。そして私は、彼女が私のことを一冊の本のように読んでいるのだと思った。私を理解するのに言葉は要らないようだった。

やっとシリン・ゴルの手が、私の腕から離れた。私の肌に湿った跡が残っていた。私はそれを拭き取らずに、日に乾燥させるままにした。

「本なのね。」とシリン・ゴルは、頭の布をゆらさずに言った。

私は青い布に向かって微笑んだ。

「あんたの本のために、私の話をしてあげようか。」とその布が尋ねた。「聴きたい？」

彼女の質問は警告のように響いた。何か脅かすようなものがあった。なぜ私がうんと言わないのか、私はわからぬままだった。なぜかその代わりに、遠くの方でイランからアフガニスタンへの帰還者たちを連れ戻し、青いプラスティックのテントへと幾たびも吐き出し続けているトラックへ、まなざしを向けていた。こうして私の考えが始めも終わりもない間、シリン・ゴルの方は私のあごを手で取って、私の頭を再び彼女の布で包まれた頭へ向けてそれを見るように強制し、もう一度尋ねた。

「聴きたい?」

何年も経った後、初めて私にはわかった。シリン・ゴルはあの時もう知っていたのだ、私がうんと言ったら——その朝、彼女の話を聞くことにしたら——、私たちが何年も結びつけられるだろうと——ひょっとしたら、永遠に結びつけられるかもしれないと。

「うん、聞きたいわ。」と私は言って微笑み、まだ私の顔を支えている彼女の手に私の手を置いた。

私は、うんと言ったのが良かったと思う。

シリン・ゴルは、私がそれまでの年月にアフガニスタンで出会った女たちとは違う。シリン・ゴルは一本の木のようだ。力強くてしなやかなポプラの木、強風にも嵐にも耐え、すべてを見、すべてを了解し、すべてを語る。

私が知っているアフガン女の誰も、夫との関係までこれほどオープンに、そして自分の人生をこれほど真面目に語った人はいない。

シリン・ゴルは思い出せることのすべてについて、細密に精確に話す。まるで自分の命がなくなった時に、彼女の話ができるだけ残らず語られるため、確実にしておきたいかのように。私が質問をするとかしないとかは関係がない。シリン・ゴルは自分自身のリズム、テンポを持っていて、そのテンポで自分の人生を語る。シリン・ゴルの言葉は天気のようだ。ある時は嵐のようにすべてを吹き飛ばし、ある時はやさしい軽いそよ風のように心に触れる。ある時はおだやかな春の太陽のように冷えた心を温めてくれるし、ある時は砂漠の厳しい太陽のように焼き尽くす。時に夕立のように気分を涼しくしてくれたり、時に激しい雨となって音をたてて降り続け、荒々しい流れを作りだし、通り道にあるものすべてを奪って行く。

シリン・ゴルの話は珍しいものではない。ひどく月並みな異常さが語られている。全く同じか似たようなことを、数千のアフガニスタンの女たち、人々が経験してきたし、今もまだ経験し続けているのだ。

私たちが初めて出会った収容所、街々、村々、国全体は、女たち、子供たち、そして男たちでいっぱいだ。彼らはみなシリン・ゴルのように、幾たびも希望を持って幾たびも生活の場から外へ出発して、幾たびも今度は良くなるだろうと信じて来た。いつもいつも、最初は良くなるように見えたのだ。

第1章　スウィートフラワーとあざ姉ちゃん

アフガニスタンではほとんど、どの名前にも意味がある。シリン・ゴルとは「スウィートフラワー」という意味だ。生まれた時に彼女の母親が美しい花を見たとか、花のいい匂いをかいだとか、そんな花のことを思ったとかいうのは作り話で、西洋化した空想世界の社会的ロマンだ。

多分シリン・ゴルの母親は、この九人目の子供で五人目の娘が生まれた時、世の他の母親と同じように大変な痛みを堪えぬいただろうし、多分この時、また、弱った身体とぺしゃんこの乳房でもう一人の子供をどうやって育てたらいいのだろうと考えたはずだ。そして母親は、子供が自分の身体から引き出されてそれがただ女の子だとわかった時、多分喜んだだろう。もしもシリン・ゴルが男の子だったらもっと母乳を必要としただろうし、もっとその子に注意を向けなければならなかっただろう。男の子だったらもっと頻繁に腕に抱かねばならず、誕生のお祝いに羊を屠殺しなければならず、割礼のためにお金を集めねばならず、コーランを学ばせるためにムラーの所に送らねばならなかっただろう。

いや、アラーは寛大で、このたびはただ女の子が送られて来たのだ。

正確に思いおこせば、神様はいつもシリン・ゴルの母親にとって寛大であった。初めての子供として、神様は男の子を腹に宿させられたので、彼女の夫は自分が本当の男だと感じることができた。だから彼女の歯を痛めつけることも、縁を切ったり親の所へ送り返しもせずに済んだのだ。

安全のため、状況すべてがそのままであり続けるように、神様は彼女に、初めての子の後、もう一人男の子を送られた。そして三人目もまた息子だった。

それから神様は、シリン・ゴルの母親のこともお考えになった。その後三回も続けて女の子を授けられた。これで彼女はやっと、夫のためや三人の息子たちのための仕事、畑仕事、パンを焼くこと、服を縫う仕事、羊の番、牛の乳搾り、食事の支度、絨毯作り等のたくさんの仕事のために手助けを得たのだ。

その次の二人の子供たちはまた男の子だった。どちらの誕生の時もシリン・ゴルの父親は羊を屠殺し、二人とも割礼を受けたが、この家族の最初の男の子たち三人がもうコーランを学んでいるので、最後の二人はムラーの所へ行く必要はなかった。

そしてこの二人の後は大事な兄弟はもう生まれず、最後にシリン・ゴルがこの世に生まれたのだった。父親にとってはこれは良くも悪くもないことだった。母親にとっては良いことだった。


シリン・ゴルはもの静かな子供で、毎日は楽なものだった。幼児時代のほとんどの時間を、彼女は放っておかれた。粘土でできた小屋の隅にある日陰の砂地に座って、母親や父親や年上の兄たち、姉たちが、狭い畑を耕したり、少ない羊の乳搾りをしたり、ロバに水をやったり、小屋の掃除をしたり、絨毯を作ったり、食事を用意したり、パンを焼いたりすること、毎日家族が生き延びていくこと、何かしら新たに加わっていくのをじっと観ていた。

シリン・ゴルは、頬にあざのあるお姉ちゃんに毎朝その小屋の角に座らされ、手に一個のパンを持たされ、できる限り静かにして、女の子の生き方がどういうものかよく見ていることのほか、何も仕事はなかった。その生き方とは、目立たず、仕事に励み、男の子や大人の男たちの言うことに従うことだった。

およそ二歳になった頃、シリン・ゴルは初めて自分で立ち上がって小屋の隅から出ると、何歩か歩いてあざ姉ちゃんの所へ行った。あざ姉ちゃんは小屋の前にしゃがんで洗濯していたので、シリン・ゴルもその隣にしゃがんで、小さな手を石鹸水の中に突っ込んで洗濯物を一枚貰ったが、地面におしっこをしてしまったので、あざ姉ちゃんにもう一度、元の場所に運ばれ、座らされた。

これらすべてを神様はご覧になり、その瞬間シリン・ゴルの母のことを思い出され、二年間その腹に新しい子供を植えつけるのを忘れていたのがおわかりになった。寛大なる神はそれを償うために、シリン・ゴルがまだ三歳にならないうちに、一度に二人の弟が彼女の小さな膝に乗せられることになった。それからというもの、彼女は朝から晩までこの双子の世話をすることとなった。

彼女はそれ以来頭を上げることが稀になり、母親や姉たちや父親や兄たちが、一日中何をしているか、知らなくなった。

シリン・ゴルがその次に周囲の世界で何が起こっているか目を向けて見たのは、双子たちがシリン・ゴルの助けなしに歩き始めた日だった。一人は右から左へ、そしてもう一人は左から右へ歩き、二人は頭を互いにぶつけ、倒れ、泣き叫び始め、助けを求めてお姉ちゃんのシリン・ゴルの方を見た。その時、すぐ近くに爆弾が叩きつけられた。シリン・ゴルが聞いた初めての、そしてシリン・ゴルが聞くことになるのがこれで最後ではない爆音だった。双子たちは黙りこみ、こわがってシリン・ゴルのほうへ急ぎ、まだ子供のシリン・ゴルのスカートの下へ頭を隠した。母親はぞっとして目をむき、兄弟たちは畑から戻り、姉妹たちはおどおどしていた。父親は心配気な顔をして自分自身に語るように言った。

「それじゃあ本当なんだ。ロシア人が来たぞ。」

「ロシア人？　ロシア人て誰です？　私たちの隣人？　なぜ来たのです？　何をしようと思っているんでしょう？　私たちから何を取ろうと思ってるんだろう？　私たちは、何も持っていないのに。」と母親は、大きな、かん高い声で言った。

父親は息子たちを見て言った。

「山に入らねばならん。昔、イギリス人が私たちの国を占領し私たちの運命を決定したが、今それをロシア人がしようとしている。昔、イギリス人が私たちの女たちや娘たちに片目を向けたものだが、今、ロシア人がそうするぞ。昔はイギリス人が私たちの国と宗教を汚し、名誉を傷つけた。財産を奪い、権力を奪い、自由を奪い、私たちの故郷の土地を汚したが、今はロシア人がそうしようとしている。他に道はない。私たちもムジャヘディンに合流する時が来た。ロシア人と戦わねばならん。必要とあれば、私たちの血の最後の一滴まで流して戦わねばならん。」

「最後の一滴まで。」

それがシリン・ゴルが思い出す父親の最後の言葉だった。父親は兄たちを並び立たせ、祈り、兄たち一人ひとりに銃と弾を渡すと、シリン・ゴルの人生と粘土の小屋から消え去り、広い空間を後に残した。食べるための、座るための、双子の世話のための、双子の髪からしらみを取るための、毛糸をつむぐための、服を縫うための、絨毯を作るための、砂糖を細かく刻むための、麦を挽くための、一緒に座って戦争のこと、けが人のこと、死者のこと、ロシア人のことを話すための、そして夜となれば布団と毛布を広げるための場所を。

シリン・ゴルと双子たちはこの後、床の隅の火の近くに寝なくなり、食べ物を前よりたくさん貰い、もっと話をするのを許された。撃ち合いの音、爆弾の音、そして山での爆発の響きを聞く時だけは、父親と兄たちを思い出した。彼らは時々現れては少しとどまると、またすぐにいなくなった。

シリン・ゴルが、畑でべたべたした最後のカチャラウー（ジャガイモ）を集めていた時、一人の男が急いで彼女のそばを通った。この男は別の男を肩に担いでいたが、別の男は、全身血まみれだった。血まみれの男を担いでいた男は立ち止まって彼女の方を向いた。彼女は、それが兄だとわかったので微笑んだ。兄は微笑み返さずに、「なぜ、頭にスカーフをかぶっていないんだ？」と尋ねた。それから先を急いで、粘土の小屋の影に消えた。

シリン・ゴルの母親が小屋から出てきた。顔色をなくしていた。

「マダー（お母さん）。」

「顔色をなくした母親」は小屋の前に立って、両手でお腹の所に陶器の水甕を支えていたが、「顔色をなくした母親」は声も失っていたので、シリン・ゴルには聞こえない何かたくさんの言葉を言った。

シリン・ゴルはそこに立ちつくし、「顔色がなく、声のない母親」をじっと見つめた。シリン・ゴルは、一体誰が母親の顔から色を奪い口から声を奪ったのだろう、あの血まみれの男だろうか、それとも母親自身がそれを棚に置いて来て、それを持って来るのを忘れたのだろうかと、ちょうど考えていた。その時、ちょうど、「顔色をなくし、声をなくした母親」は水甕を地面に落とした。それは割れて数千のかけらになってしまった。

顔色はなくなった。声はなくなった。水甕はなくなった。

シリン・ゴルは双子の手を取って振り向き、「顔色のない、声のない、手に水甕を持たぬ母親」をもう見ようとせずに畑へ戻り、土の中のべたべたしたジャガイモの所へ行った。そこは涼しく、焼き物の水甕を壊した母親もいなかったので楽だった。

夜になるともっとたくさんの知り合いの人、あるいは見知らぬ男たち、父親と他の兄たちがやって来た。シリン・ゴルが小屋の裏の固い地面が掘られる音を聞いて外へ出ると、兄が担いできた血まみれの男がそこへ引き連れられ、掘られた穴へ入れられ、その穴が埋められるのを見た。男たちは泣き、銃とカラシニコフを担ぎ、また夜の暗闇の中へ消えて行った。

次の朝にはただシリン・ゴルの母親だけが、土の盛られた穴の所にうずくまっていた。母親は黒い布を頭にかぶり、痛みがあるかのように身体をあちらこちらへと揺らし、嘆き、うめき、シリン・ゴルが新しくお茶を入れて持って行っても、それを止めようとしなかった。

シリン・ゴルは、母親がまた声を出せるようになったことを神様に感謝した。そして神様が母親の顔に再び色を与えられるように祈り、そして母親が目や鼻や口を失ったから黒い布をかぶったのでないのに感謝した。もしそうだったとしたら母親は嘆くこともできなかったわと、シリン・ゴルは思った。そして「顔に色がなく、口に声がなく、手に陶器の水甕を持たぬ母親」を見なかったようなふりをすることにした。

「どうしたの？」と小さな女の子は、神がお与えになった無邪気な響きの声で言った。

「何がどうしただって？」と母親はまだすすり泣きながら言うと、お茶を一口するために頭からベールを取った。するとシリン・ゴルは自分の目ではっきりと見た。一晩のうちに突然、母親の髪から色がなくなっていたのだ。

　そしてシリン・ゴルは、神様が穴の中の血まみれの男をまさに次の理由から殺されたとわかった。つまり母親の顔色がなくなり、口から声がなくなり、陶器の水甕が失われ、母親の心が破れてしまい、髪の色がなくなるために。

　シリン・ゴルにはまだすべての関係がわからなかったのだ。けれども太陽が移動して日ごとに西の方に沈むにつれて、シリン・ゴルは穴の中の男についてもっと多くのことを聞き、何が母親の髪を急に白くしたことに関係があるかわかるようになった。

　兄の肩にかつがれた男、今は小屋の裏の地面の穴に横たわっている男は、つまり殉教者だったのだ。コーランとイスラムと預言者の名において戦死したのだ。

　シリン・ゴルは前から殉教者について聞いたことがあった。だが殉教者とは神ご自身の下で、つまり天国で生きていて、地面の穴の中に横たわってはいないのだと固く信じていた。けれども今や自分の目ではっきりと、本当のシャヒード(殉教者)が、一人のシャヒードが、小屋の裏の穴の中にいるのを見たのだった。

　シリン・ゴルはまた、これは彼女の生涯で経験する最後の殉教者ではないだろうと聞かされた。このシャヒードは昔はちゃんとした男で、シリン・ゴルが知っている人だった。それどころか彼女の家族だった。はっきり言えば、神様が母親に贈って下さった息子たちの一人で、二番目の兄だったが、最初に神様が再び神の下へ引き取られたのだ。まさにその理由で母親は大変な痛みを覚え、死ぬ思いをし、まさにこの理由から一晩のうちに白髪になってしまったのだ。

シリン・ゴルは双子の手を取ると、地面の土の盛られた穴の所に座って母親や他の人たちと同じように祈り、泣き、理解できず、目を閉じて神様に尋ねた。なぜ神様がそういうことをなさるのかと。まず神は母親たちに息子たちを送られ、母親たちは息子たちに慣れ、愛する。それから神様は小さな息子たちを大きな息子たちになさると、ロシア人をこの国に送り、息子たちを山へ送り、そこで息子たちは死んでシャヒードになり、母親たちの心は張り裂ける——すべてはただ最後に母親が白髪になるためなのですか？　もし神様が最初から息子たちを送らずに、母親を白髪にして下さればずっと簡単だったでしょうに。

そしてもしも神様が同じことを、シリン・ゴルが大きくなって母親になった時にシリン・ゴルにもなさるのであれば、どうかずっと今のまま小さいままでいさせて下さい。なぜかといえば男の子たちのための多くの仕事は、双子でよくわかっているけど、とても手間がかかるし、いろいろ注意しなければならないし、重い責任があるし、もしも神様が彼女の息子たちにシャヒードとしての死を命じられるのであれば、その痛みに耐えねばなりません。その両方を経験したくありません。それに、たくさん泣いて腫れ上がった目とか白髪なんて、全然ほしくありません。

「神の道は尽きず。」と、それからというもの毎日、長姉がシリン・ゴルに語った。兄が死んで十四日目のこと、長姉が唇を赤く塗って目を黒く縁取りして村の方へ降りて行った。

「どこへ行くの？　なぜ唇を赤く塗っているの？　なぜベールをかぶらないの？　人が何と言うことでしょうね。お姉ちゃんの陰で話をするよ。私たちのお父さんの名誉を、生きているお兄さんたちの名誉を、亡くなったお兄さんの名誉を汚すことになるよ。預言者とイスラムの名において、恥と不幸を私たちのところへ持って来ることになるよ。」

シリン・ゴルはこれらすべてのことと、他の学び従うべきことすべてを言ったが、長姉は聞かず村へ行き、次の朝になってから戻って来た。四個のカラシニコフと手榴弾の箱と鉄砲の弾の箱と四本のズボン、四個のヘルメットを一頭の馬に載るだけ載せて来た。

「何人だったのかい?」と母親が尋ねた。姉は「四人」と答えると、目を伏せた。

その二週間後、長姉と、今度は二番目の姉も唇を赤くして村へ行こうとする時に、シリン・ゴルは「私も行きたい。」と叫んだ。

「だめだ、あんたは来てはだめだよ。」と長姉はスカートの下からナイフを取り出すと、シリン・ゴルの胸にそれを当て、目をしっかりと見すえながら尋ねた。

「それとも、あんたはロシア人ののどをかき切れるとでも言うの?」

それからまた何週間か後に、今度はあざ姉ちゃんさえ二人の姉たちと共に村へ行くことになった時、「私も行きたい。」とシリン・ゴルは叫んだ。

「私はその間、畑に行ったり、小屋の床を掃除したり、食事を作ったり、姉さんたちの服の血痕を洗ったり、双子たちの面倒を見たり、双子たちがお互いに走って頭をぶっつけた時に慰めてやることしかできないもの。」

「あんたもすぐにやらなくてはならなくなるよ。」とあざ姉ちゃんは言うと、シリン・ゴルの目をじっと見て涙を飲み込み、額にキスすると、ベールを顔にかけて村の方へ姿を消した。

「今度は私も行きたい。」とシリン・ゴルはだだをこねながら、洗濯桶の前にしゃがんでいた。姉たちは夕方になってそこへ帰って来て、その血にまみれた服を石鹸液の中に投げ込んだので、水と泡が跳ね返ってシリン・ゴルはすっかりびしょぬれになってしまった。けれども、姉たちはシリン・ゴルには目もくれず、くたびれたため息をつき、座り込み、ロシアのカラシニコフや鉄砲の弾や手榴弾や爆弾、長靴、ヘルメットなどロシア人の兵隊から取れたものすべてを分け、隠した。

「今度は二人だけだった。」と姉の一人が言った。

「彼らは、注意深くなったのよ。」と別の姉が言った。

「村の中へ入ってアフガン女に手を出すのはとても危険だと、噂が流れているらしいのよ。アラーに感謝あれ。彼らは怖がっているわ。」

怖い？　ロシア人の兵隊が？　祖国の敵、預言者の、コーランの、イスラムの、そして自由の敵が？　兄を土の穴の中のシャヒードにした連中が？　制服を着て、重い長靴を履いて、銃と弾を持っている男たちが姉たちを怖がっているの？　これは作り話だ。姉たちが威張ってシリン・ゴルがうらやましがるようにしてるだけだ。

シリン・ゴルは姉たちの後をこっそりついて行った。自分の目ですべてを見た。だが何年も後になってみて初めて、それがおとぎ話でないとわかった。

兄たち、父親、そして村の他の男たちは、山の中でロシア人と政府の兵隊に対して戦っていた。他のロシアの兵隊は村々へ行って物を盗み、横取りし、強盗し、女たちや小さな女の子たちまでひっさらって行った。

この兵隊たち自身まだ若くて、十八歳とか十九歳とか二十歳くらいで、まだ人生についてよくわかってもいず、まして戦争や殺したり殺されたりすることなど何もわかっていなかった。

殺す。殺される。

二日くらい前までは、彼らはまだカザフスタンとかレニングラードとかモンゴルとかウズベキスタンとかの兵隊宿舎にいて、金属の皿からボルシチスープをすすり、母親と恋人に、兵役が終わるまで待っていてくれ、そうしたら帰って結婚するからと手紙を書いていたのだ。

命令はいつも突然来る。長靴を履き、背中に攻撃用の袋、カラシニコフ、弾薬、ヘルメットと他の荷物を背負い、しっかりと身体にしばりつけ、長靴をふみつけながら飛行機に乗り、シベリアかどこかへ飛ばされて石炭か何かを掘らされるのだろうと思いながら、暗闇の中を何も見ずに飛んで来た。飛行機から降りる。どこにいるのか知ってはならない。

まわりは山ばかりだ。厳しい岩ばかり、想像を超える高さだ。ヒンドゥクッシュの大山が雪を頂いて天にそびえている。七千メートルとはどんな高さだろう？　ムジャヘディンとはどんな連中だ？　何人が山の中にたてこもっているのだろう。彼らが我々に対して何をやったというのだろう。なぜ彼らを殺さねばならないのだろう。なぜ彼らがソビエト民族の敵、社会主義の敵なのだ？　何人の敵を我々はすでに殺したのだろう。そしてあと何人殺さねばならないのだろう。いつまでここにいなくてはならないのだろう。なぜ母に手紙を出してはならないのだろう？

ハシッシや麻薬がそんな疑問や不安や飢えを癒してくれる。アフガン娘は絹のような黒髪で、石炭のような目で、真珠のように真っ白な歯で、スモモのように柔らかな唇をしていて、欲望をくすぐりロシア人の若い心の悲しみをやわらげてくれる。

彼らは自由に手に入らないと腕ずくで奪った。アフガニスタンの食事、衣服、金、アフガンの女、娘、アフガン人の男の、父親の、息子の名誉、国民の誇りと信仰と神に対する信頼を。

制服のロシアの若者たちは命令に従った。不安を乗り越え戦争のしきたりを行い、勇気を出して、暴力や権力や、そして優勢であることを示した。彼らは村々を襲い、女たちをさらい、暴力をふるい、乳房を切り取り、腹を切り裂き、一払いで胎児を砂の方へ投げやった。子供の首を子供の身体から切り離し、娘の口にキスし、娘の腹をなめ、娘の乳房をつかみ、アフガン娘の未経験の膣でロシアの若いペニスを満足させた。

アフガン人の教師、農民、靴屋、肉屋、パン屋、商売人、生徒、学生たちはみな自由のための闘士になり、山へ入り、殺したり殺されたり、自分が踏んづける前に地雷を置き、自分ののどをかき切られる前にロシアの兵隊ののどをかき切った。

アフガン人はロシア人の腹のまわりを切り開いて、皮膚を頭の方へ引っ張って皮膚のない身体を日にさらし、アフガニスタンのハエをそのロシア人の赤い裸の肉にたからせた。それを「シャツを脱がす」と呼んだ。

カザフスタン、レニングラード、モンゴル、そしてウズベキスタンで、ロシア人の母親たちは胸をずきりとさせる。そして二週間後に一通の手紙、一人の将官、二人の兵隊、それから一つの真鋳のお棺が来る。だがこれは開けるのを禁止されている。

戦争の間は一切が普通とは違っている。信仰と伝統は許される。古来からの価値観と個人的なモラルは許されない。死で贖われるものは許される。

ベールをつけず赤い唇をして行儀のよさそうなアフガン娘が、角に立っている。すぐ近くにロシア人が占領したアフガン人の小屋がある。貰ったハシッシを吸い感覚をなくしたロシア人。くすくす笑い囁く女の子。その石炭のように黒い目と、まだどんな男も見たことのない、触れたことのない身体のほか何一つ望んでいないロシア人。

シリン・ゴルは隠れて自分の目で見たのだが、それでも信じられない。

朦朧としたロシア人の若い男は青い目で、ベールなしの姉を見つめ手を出し、唇をむさぼりなめ、手を伸ばすと姉の乳房に置き、姉の腰を抱きしめ、姉の首にキスし、姉の尻を自分に近づけいやましにうめき声を高め、シリン・ゴルが理解できない言葉で何かを言う。

叫びが聞こえた。それは安らぎの弛緩ではなく死の叫びだった。切られたロシア人の若い男が、制服のまま姉の足元に横たわっている。もだえながら身体をくねらせ、ががた動いて腹からナイフを抜こうとするが力がなく、血まみれの手で姉のスカートの中をつかもうとし、青いロシア人の目で慈悲を求め、そしてそれを得る。

「彼だってただの人間で、神様に呪われた地上のどこかで息子の帰りを待っている母親がいるんだ。」と姉が言い、アフガン人の持つ石炭のように黒い目の涙をふき、死につつある男の方へしゃがむと、その腹からナイフを引き抜き苦しみから解放してやる。急いでのどをかき切るのだ。

自由のため、名誉のため、信仰のため、そして自分が生き延びるため。

二十年以上後になってもこの光景は消え去ってしまわない。シリン・ゴルの心に深く暗赤色に残っていて、忘れてしまえない。

シリン・ゴルのあざ姉ちゃんには、その時以来デイン（悪霊）が身体に取りついてしまった。彼女はどこかにおとなしく座り、食べ、料理し、洗濯をするかまたは前を見ているかと思うと、突然に空気を求めて発作が起き、叫び、泣き始め、口から黄色い泡を吐き、歯を食いしばり、音を立て、髪の毛をかきむしる。

「これも戦争で気が違った一人だ。」とみなは言う。

シリン・ゴルの父親も、娘たちが名誉と祖国と預言者とコーランとイスラムのために何を行なったか、知っていた。年ごとに口数が減り、最後には黙り込んで何も話さなくなった。彼は誰の目も見なくなった。娘たちの目も、息子たちの目も、自分の妻の目さえも。

第2章 裸の女と文字と少しの自由

双子たちはまだズボンに粗相をし、まだ母親の乳房を吸い、まだ子供のシリン・ゴルのスカートの上に座り、まだ口に食べ物を詰め込んでもらい、とっくの昔に言葉やちゃんとした文を話すようになっていた。例えばパン、水、腹減った、シリン・ゴル、ちょうだい、やって、いやだ、来て、行って、疲れた、おんぶしてやもっとたくさんの言葉だったが、その頃シリン・ゴルの生活はまたもや変化をみた。

村の上にそびえる山の頂上から太陽が最初の光を放ったその時、ムジャヘディンの兄たちの、そして父親とロシア人の兵器が山の中で静まったちょうどその時、雄鶏が鳴き、双子の片割れが小さな眠っているずんぐりした身体をその姉に押しつけ、もう一人が小さな手を姉の頬に優しく置いたその時に、耳をつんざくような大きな爆発の音が、シリン・ゴルの眠りと朝ぼらけの静けさを引き裂いた。

次の瞬間には、シリン・ゴルが今まで見たことのない、大きな爆音をとどろかす鉄の鳥で空がいっぱいになった。

「神様が空飛ぶ怪物をお遣わしになった。」と母親が言った。「私たちの罪を懲らすために。」

「どんな罪なの？」とシリン・ゴルは尋ねた。

「あらゆる罪だよ。」と母親は言った。

「あれは鳥でもなければ怪物でもないよ。」と兄たちが言った。「あれはロシア人のヘリコプターだ。アントノフというんだ。」

「アントノフ。」とシリン・ゴルが囁いた。「きれいな名前だ。あんなにずるくて悪いものなのが残念だわ。」

村の外にある小屋からシリン・ゴルは見た。どのようにして、その火を吐く悪辣な怪物できれいな名前のものが、村を低く飛び、大きな弧を描き、戻り、さらに低く低く、まるで触れるほどに近くへ来て、ものすごい音を立てて棒や火を吐いたかを。祈りの文句が半分にもいきつかないほどの時間に、粘土製の小屋はすべて廃墟と化してしまい、村の住人の半分以上が殉教者となってしまった。

シリン・ゴル、双子たち、母親、そしてシリン・ゴルが生まれる前に母親から生まれた兄と他の三人の姉たちは、かき集められるだけ物をかき集めると、担げるだけ持って山へ逃げた。そこから彼らは見た。どのようにしてロシア人たちが、装甲車やトラックやジープや徒歩で、村を、まだ生きているものを、人間だろうが動物だろうがすべてを、一方向から攻め反対方向から再び去って行ったかを。

シリン・ゴル、双子たち、そして他の家族全員は地面に穴を掘って、ロシアのカラシニコフ、銃、弾薬、ヘルメット、そして他の必要なものを全部埋めた。シリン・ゴルは考えた。この兵器や他のものでここに残らねばならないものは、やはり殉教者なのかしら。だが答えはわからぬままだった。

「急げ、残されるな。他の者と一緒に北へ、首都カブールの方へ移るぞ。」

「カブールってどこにあるの？　なぜカブールに行くの？　なぜ南ではないの？　なぜ東ではなくて西でもないし、村へ帰らないの？　なぜ小屋をもう一度建て直さないの？　なぜ？　なぜ？」

「黙れ。」と兄たちが、父親が、母親が、シリンゴルが尋ねた時に命令した。

「黙って。」とシリン・ゴルは、双子たちが尋ねた時に命令した。

騒音、ぶつかる音、アスファルト、大きな石造りの、山のような家々、忙しげな人々、黒いガスを吐き出す車、臭い空気、汚い木々、ベールをつけていない女たち、腕を出している娘たち、シリン・ゴルとその家族たちを馬鹿な山賊と呼ぶ男の子たち。シリン・ゴルの父親は故郷の山にいる時より縮こまり、恥を覚えてうつむいていた。シリン・ゴルの兄たちは、一度小石を手に取ったが、またそれを下に落とした。姉たちはこっそりベールの下からのぞいていた。それで母親は姉たちの頭を後ろから叩いた。これが首都、カブール。

ロシア管理局。シリン・ゴルは自分の目を疑った。だがはっきりと明確に目の前に見える。一人のアフガン人の女が髪を上に上げて、まるで花嫁のように顔に色を塗り、ベールもなしに父親の前に座っている。彼女の皮膚、腕の肉、足、首は裸で誰にでも見える。眼差しは下げず父親の目をじっと見てずけずけと話し、舌や歯がよく見え、彼女自身とは何の関係もないことについて父親に幾千も質問した。それは、彼女が嘘ばかりを答えとして得た質問だった。

「職業は？」

「農民です。」

「いいえ、山で戦ったことはありません。」

「ムジャヘド？　それは何ですか？」

「ロシア人？　いい人たちです。」

「故郷に貢献するためにここに来ました。」

「金？　ありません。全くありません。」

「所有物？　ありません。」

この日父親が話した唯一の真実の言葉は、彼も彼の妻も子供たちも、誰ひとりとして読み書きができないということだった。

裸の女は、縮こまっている父親に紙切れを渡して言った。

「新しい政府の法律により、男は全員——つまりシリン・ゴルの父親と兄たちも——名誉ある軍隊に所属するために、すぐに最寄りの部隊へ出頭しなくてはなりません。それは故郷に残っているアフガン人の、国家の敵や抵抗ゲリラに対抗し祖国に仕えるための、一番最初に優先的になされるべき義務です。男であれ女であれ、老人も若い者も、敬愛され尊敬されるべき新たに設立された国民党に入るのが、さらなる義務であります。新政府の法律にしたがって、住居およびテントを望む者は、さらにその子供を学校へやらなくてはなりません。食べ物が欲しい者は、その子供を学校へやらなくてはなりません。」

「簡単に言うと、牢屋に入りたくなければ、軍隊に入って党に所属し、子供を学校へやらねばなりません。そして妻と女の子たちに、人前で全身をかくすベールを着せるのを禁止しなければなりません。」

シリン・ゴルは自分のベールの下で目まいがした。そして裸の女から自分の顔が見えないのが有難かった。でなければ、彼女はすぐに刑務所に送られただろうから。シリン・ゴルは父親が、神様に敵対する裸の女の恥知らずな言葉に対して何と言うかと緊張していた。だが父は何も言わず、椅子から立つと、椅子などというものに慣れていなかったので、それを投げやって出ていこうとした。そのまま。裸の女に、その不信心な傲慢さを罰するような言葉を投げかけもせずに。

それから、シリン・ゴルがただ想像しただけか、ひょっとしたら夢でも見たのかと思うような出来事が起こった。裸の女は立ち上がるとその手を伸ばし、父親の目を見て腕を長いこと空中に伸ばしたままにしたので、ついには父親がその手を伸ばし、事実、裸の女の手の指先にちょっとだけ触ったのだった。

シリン・ゴルは低い叫び声を上げ、母親から頭を平手で打たれた。大急ぎで双子たちをシリン・ゴルのベールの下へ引っ張って、子供の無邪気な目がこうした信じられないようなことを見ないように懸命だった。だがそれはもう遅すぎで、二人の目はすべてを見、裸の女のことをよく記憶し、それは長い間話題になったのだった。

「学校だって?」と父親は、家族が再びものと人でいっぱいで、うるさくて、汚れていて、臭い通りに出た時、つばを吐いた。それは吸い込まれないまま、固くて灰色の地面、アスファルトと呼ばれる物の上に残った。シリン・ゴルがそのつばがどうなるか目で追っていた間、父親はまた言った。

「軍隊だって? 行くものか。山へ戻るぞ。そして娘たちは学校へなんぞ行かせんぞ。あれは悪魔の仕業だ。この不信心な連中は、私たちの名誉を奪おうとしているのだ。学校へ行くような娘はだな、迷わされ、好奇心ばかり強くなり、ものを知り過ぎ、欲しがり、要求するようになり、ものを選ぶようになる。一体どんな男が、そんな女と結婚したいものか?」

「それに結局のところ、奴ら不信心な連中は――アラーはわが証人である――私たちを正しい道から踏みはずさせ、頭にあの神不在の考えを詰め込み、私たちの敬虔さと信心を破壊し、私たちの娘をあの、あの、あれにしてしまおうということなのさ。あれ、あれ、あれに……、」と父親は言葉を見出せず、それでもずっとしゃべり続けた。

「ついに私の娘を、あれにさせるのだ。」彼は言葉を見つけて言った。「あの売女のように? 絶対させんぞ。」

「恥だ。汚名だ。百回も恥ずかしや。神様、不信心者を罰せよ。」とシリン・ゴルは、ベールの陰でつぶやいた。そして学校へ行かねばならないこと、そしてあの裸の女のようになることを思っただけで、気分が悪くなるようだった。

学校ってそもそも何だ？　売女って何だ？　シリン・ゴルは唇をかみ、目を閉じ、神様に祈った。どうか神様が、この恐ろしい運命から守って下さいますように。シリン・ゴルは言いたかった。ひょっとしたらこういう具合に、——あの裸の女のようになるよりは死んだ方がいいとか、あるいは私も山へ戻ってロシア人を殺した方がいいとか。だが彼女は口を閉じたままだった。なぜかと言えば、父親があまりに怒り心頭に発していたので、もしシリン・ゴルが尋ねられもしないのに人前で女の子の声を上げて自分の考えを言ったりしたら、たちまち殴られただろうから。

シリン・ゴル、双子たち、そして他の家族が連れられた住居は石造りで、壁と床は平らで冷たく、壁にはボタンがついていて、それを押せば天井の下にある球が光って、四個のオイルランプより明るくなった。部屋には二つのドアがあり、一つは通りへ抜けるため、もう一つは床に穴のあるひどく小さな部屋へ通じていた。シリン・ゴルが聞いてぞっとしたことには、そこで下の用事を済ますために穴があるということだった。

シリン・ゴルはだんだんと、街に住まねばならない人々が気の毒になって来た。本当に信じられないことだが、女たちは裸か半分裸でうろついていて、通りは硬すぎて足が痛くなるし、男たちのつばは表面に残ったままだし、臭いしうるさいし、その上皆が食べたり眠ったり昼も夜も過ごす所に、おしっこもうんこもしなくてはならないなんて。

シリン・ゴルは双子たちの手を離さずに、ドアの前に立っていた。また山へ戻るのを待っていたのだ。けれども出発する代わりに、母親は冷たくて硬い床に毛布を敷き、姉たちは小さな火を焚き、兄たちは桶を持って外へ行くと水を運んで来て、誰かがお茶を入れ、誰かが乾いたパンを出し、皆が食べ、そして母親がものを部屋の隅に片づけ、一人ずつ横になると眠り込んだ。

その夜シリン・ゴルは夢を見た。夢の中では兄たちは間違っていた。ロシア人のヘリコプターはヘリコプターではなく、素晴らしいアントノフ鳥で、火を吐く棒を投げたりしなかった。その大きなアントノフ鳥のお腹には小さな子羊がいて、それはシリン・ゴルへのプレゼントとして小屋の前の野原に置かれた。小さな白い子羊は柔らかでふわふわした毛をしていて、だっこするとくすぐったがった。小さな白い子羊は大きな羊になり、ミルクをくれ、ミルクからは姉たちがチーズを作ることができた。シリン・ゴルが飲めるミルク、小さな白い子羊、それも皆で食べることができた。

残念、それがただの夢だったなんてと、シリン・ゴルは目が覚めた時に思った。

首都での三日目か四日目に、制服を着た人が来てドアの前で父親と話した。それからさらに四日目にまた制服の人が来て、今度は話すのではなくドアの陰で父親に怒鳴った。その夜は何かざわざわと音がした。半分うつらうつらしていたシリン・ゴルには、声が聞こえた。次の朝、目が覚めた時、兄たちはいなかった。父親もいなかったし姉たちもいなかった。あざ姉ちゃんすらいなくなってしまっていた。

「みな全員が山へ戻ったんだよ。だけど何をするためかを、シリン・ゴルは決して誰にも話してはいけないよ。でなかったら母親は彼女の舌を引っこ抜くだろうし、神様はシリン・ゴルの目を見えなくしてしまわれるだろうからね。」

　誰かがドアを叩いた。シリン・ゴルはびくっとしたが、制服の女の人が入ってきて母親と話をし、床に座り、シリン・ゴル、双子たち、母親に微笑みかけ、双子たちと手をつなぎ、シリン・ゴルについて来るように言い、母親に丁寧に挨拶するとこの三人の姉弟と共に往来へ出た。

　この制服の女は最初の日に会った女ほど裸ではなかった。けれども、シリン・ゴルの母親、姉たち、シリン・ゴル自身、そしてシリン・ゴルの今までの生活で出会った女たちとは服装が違っていた。なんといってもこの半分裸の女は、少なくとも頭は布で覆っていたし、顔はお化粧をしていなかったし、腕は覆われていたし、スカートはひざが隠れるほど十分長かったし、靴下を履き、かかとの低い靴を履き、うつむいて、道で会う男たちの目をじっと見ることはしなかったし、自然に視線を避け、向こうから男たちが来ていると一歩下がった。シリン・ゴルと双子たちを見る時はいつもにっこり笑った。それは良かった。シリン・ゴルと双子たちは少し怖くなくなったから。

　優しい微笑みの半分裸の女は、ファウズィと言う名で教師だった。そしてシリン・ゴルはこれから毎日会うことになった。

「これがあなたたちの学校ですよ。」とファウズィは言った。

「これが教室です。これがお友達です。靴は履いたままでいいのですよ。ベールははずしなさい。あそこの空いている所に座りなさい。いいえ、床にではありません。そこの机につきなさい。これはノートです。これは鉛筆です。これが文字です。」

エス、エイチ。

あなたの名前の始まりです。

ふるさと。

ロシアじん。

シリン・ゴル(甘い花)。

せんそう。

「ムジャヘド。いいえ、それは自由の戦士ではありません。抵抗戦士ではありません。民族の敵で、党の敵で、名誉ある政府の敵なのです。」

「私たちはカブールに住んでいます。アフガニスタンの首都です。カブールは三千五百年の古い都です。百五十年以上前に、イギリス人が私たちの国を支配しようとしました。何度も何度も試してみましたが、いつもこの国の勇気ある男の人たちや女の人たちに追い出されました。今は、自由を愛するロシア人が私たちを助けに来ています。」

「この絵は、私たちの素晴らしい祖国の名誉ある大統領であり、父親である方を示しています。」

シリン・ゴルは立って口を開け、何か話そうとしたが黙り込み、そして考えた。私のお父さんの名は……。

だまる。

うそをつく。

こわい。

ロシアじん。
はだかのおんな。

シリン・ゴルは最初の日の裸の女とか、それ以来通りで見かけるたくさんの他の裸の女たちのようには決してなりたくないが、裸の女になるよりもっと悪いのは、学校へ行かなくて牢屋に入ることだった。だからシリン・ゴルはファウズィ先生の言うのを聞いて、先生に従い、牢屋へ行かずに済むように努めた。なぜかと言うと、シリン・ゴルがそれだけはしっかりわかっていたことだが、もし牢屋に入ったら、舌を抜かれ、爪を引き剥がされ、腕や足に熱い鉄の棒が打ち込まれ、指は切られ、腕や足の骨は折れ、腹に穴を開けられ、歯を叩きつぶされ、目はえぐられるのだからだ。

シリン・ゴルは暇な時は数分でも、どこかに――大抵は母親と双子たちと一緒に住んでいる部屋のドアの前で――しゃがんで、読み、書き、言葉と文の練習をした。

隣の部屋に、もう一人の女の子が母親と一緒に住んでいた。その子の兄たち、姉たち、そして父親はやはり山へ戻っていたが、それについてその子も話してはならないことになっていた。でないと母親が彼女の舌を引っこ抜くだろうし、神様が目から光を奪ってしまわれるのだった。

この女の子はマラライと言う名前だった。そして母親が舌を抜こうと神様が目の光を奪われようと、気にしていないようだった。なぜなら彼女は禁止されたことをしたからだ――彼女の父親と兄たちが山へ戻ってムジャヘディンと連帯して戦っていると、シリン・ゴルに話したからだ。神に呪われるべきロシア人に対して、そして呪われるべきタラキーの傀儡政権だとかその他の、何とかという名前の大統領の傀儡政権に対して戦っている、その連中がいつになっても愛すべき祖国を裏切り、祖国をロシアに差し上げようとしかしていないと話したのだ。

「どうしてそんなことを全部知っているの。そしてよくそんな風に話す勇気があるのねえ？　怖くないの？」とシリン・ゴルは目を丸くして尋ねた。

「うん。私、勇気があるのよ。私はね、つまりはマラライと言う名前なの。」と女の子は言った。そしてそのやせた身体をぐんと張って、小さなふくらみ始めた胸を見せたいかのようだった。それからシリン・ゴルに尋ねた。

「知ってる？　マラライというのが誰だったか。」

シリン・ゴルは首を横に振って、地面を見た。

「それはね、女の英雄だったのよ。」とマラライは言った。「アフガニスタンの女の英雄よ。そしてね、あたしたちがそれが誰だったかを知ってるのが大事なのよ。」

シリン・ゴルはまた何も言わずうなずいた。

「マラライはね、残酷な王様を殺したのよ。」とマラライは言うと、ちょっと間を置いて彼女の大事な言葉の効果を楽しんでいた。

シリン・ゴルは目を上げてマラライを見たが、彼女の言うことが信じられなかった。

「女が男を、王様を殺したんだって？　なぜそんなことをしたの？」とシリン・ゴルは尋ねた。「それにどうやってやったの？」

マラライは満足気だった。

「まあね、」と彼女は答えた。「それは簡単ではなかったわよ。でも、とても勇気があって強い女だったのよ。あらゆる男たちや戦士たちより、それどころか残酷な王様よりも強かったのよ。」

マラライは運河の向こう側にある丘を指して尋ねた。

「あの土塀が見える?」

シリン・ゴルはその土塀を見て、不思議に思った。なぜ私は、あの丘の頂上まで続いているあんなに長い土塀を、今、初めて見るのだろう。マラライは教科書を開き、言った。

「ここ見てごらん。ここにそれが書いてあるのよ。勇気あるマラライのお話が。」

「私、読めないの。」とシリン・ゴルは恥じて、また地面を見た。

「それは気にしないで。」とマラライは言った。「すぐ読めるようになるよ。もしよければ、あたしがあんたのために読んであげるよ。」

シリン・ゴルは了解し、そしてマラライは読み始めた。

残酷な王は敵から恐れられていた。そして敵の数はとても多かった。それで王は敵から身を守ろうと思った。そこで王はカブールの男たちをすべて集めて、街全体を囲む高くて厚い土塀を造らせることにした。王は兵隊たちに、もし、ただ片手いっぱいの粘土でも地面に落としたりする男がいたら殺すように命令した。前の夜に結婚したばかりのマラライは、次の朝、花婿の服を身に着けて彼の代わりに粘土の塀の場所へ行った。

「なぜそんなことをしたの?」とシリン・ゴルは尋ねた。

「花婿がくたびれていたからよ。」とマラライは答えた。

「なぜくたびれていたの？」とシリン・ゴルは尋ねた。

「そんなの当たり前じゃない。」とマラライは答えた。「結婚したての花婿だったからよ。結婚の夜のせいでくたびれていたのよ。」

シリン・ゴルには、花婿はくたびれていたのになぜ花嫁は違ったのとは尋ねられなかった。

マラライは続けて読んだ。

残酷な王は毎日土塀のところへ、男たちがしっかり働いているか、塀がどんどんできているかを見に来た。マラライが花婿の代わりに塀を造っていたその朝、王は丘に来て男の服を着ているマラライを、それでも女だと気づくと変に思い、あたりに怒鳴りちらした。弱い女がその汚れた手で、私の土塀に何をしているのだ。マラライ、この勇気ある女は残酷な王の前に立つと、彼に尋ねた。この男たちが私たち女より何が勝っているのですか。男たちは女と同じくらい弱くて意気地なしですよ。もし勇気があったなら、王の不正や残酷さに対して反対もせずに我慢しないでしょうよ？　男たちはマラライの言うことを聞いて、自尊心を傷つけられた。今まで女が男たちにこれほど失礼なことをしたことはなかった。カブールの男たちはこれを放っておくわけにはゆかぬ。マラライが言うように弱くも意気地なしでもないぞ。男たちはすべての勇気をしぼり出して一斉に王にとびかかり、王を殺し、その王の土塀の下に埋めたのだった。これがカブールの土塀である。

王様が土塀の下に埋められたの？　どこに？　土塀のどの場所なの？　マラライはどうなったの？　なぜ男たちはその土塀を最後まで造ったの？　シリン・ゴルは自分の千一もある質問のうち、どれを最初に言っていいかわからなかった。隣の女の子の言葉を信じるべきかどうかもわからなかった。そんなことが本当に全部教科書に書いてあるなんて、どうやって私にわかるというの？　ひょっとしたら、王様を殺した勇気あるマラライの話は、威張るためにこのマラライが作ったんじゃないの？　けれども作り話であろうとなかろうと、シリン・ゴルはマラライの話が素敵だと思った。そしてアフガニスタンの歴史に、シリン・ゴルという女の英雄がいないことが残念だった。

「あんたはこの女の英雄のように勇気があるの？」とシリン・ゴルはとても感動しながら言った。

「もちろん、そうよ。」とマラライは言った。「ひょっとしたら私もいつか英雄になって、残酷な王様を殺すかもしれないわ。」

マラライはまた身体を伸ばし、その少女の胸を張って言った。

「マラライと言う女は、みな勇気があるのよ。」

「それはいいわね。」とシリン・ゴルは言った。

マラライはもうこの町に何カ月もいた。彼女は喜んで学校へ行き、言葉を覚えるのが好きで、読み書きや計算も好きだった。

朝、マラライは楽しそうに微笑んでシリン・ゴルのドアを叩き、シリン・ゴルと双子たちを誘い、彼女と手をつないで学校へ行った。マラライはどちらかといえば、歩くというより跳びはねていた。知らない人々や、女たち、男たち、兵隊たち、戦車、トラックを過ぎやって。太陽にぴかぴか輝ききらめいている運河の前、叫ぶ物売りの前、色とりどりの布屋の前、男たちが金属のやかんを叩くので幾千もの歌が響いているような所の前を通って。米や麦や豆やレンズ豆でいっぱいの袋がある店の前を通って。香菜を売る男たちの前を通ると、シリン・ゴルはさまざまな色と匂いのする粉や香辛料に麻痺しそうだった。乗合馬車の前を通ると、鐘がガラガラ、シャラシャラと鳴っていた。輝く色の馬車の前も通り、馬の前を行くと、馬は頭を誇り高く上げヒヒンといないた。クラクションを鳴らす車の前を通り、鳩が地面でえさを突っついているところにシリン・ゴルと双子たちとマラライが出会うと、鳩たちはさっと飛び立った。そしてこれら全部ともっとたくさんの違うものの前を通りすぎ、そのうち、この全部がシリン・ゴルにとってもお馴染みで大好きな風景になったのだった。

この街での年月に、シリン・ゴルは自分がまだ子供であり、子供時代には自分が今まで知らなかったたくさんのことがあるとわかった。大事なのは遊ぶこと。女の子とだけでなく男の子とも遊ぶこと。尋ねられなくてもしゃべっていいこと。走ったり跳びはねたりすること。ベールをかぶらないこと。いつも弟の手を握ったり腕に抱いていたりしないこと。スカートのすそにくっつかれないこと。歌うこと。行儀悪くすること。叫ぶことなどなど。シリン・ゴルは子供であっていいことを楽しんでいたし、できればずっとそうしていたかった。

「こ ど も、 お ん な の こ」とマラライは書いた。

「こ ど も、 お ん な の こ」とシリン・ゴルは書いた。

「じ ゆ う」とマラライは書いた。

「じ ゆ う」とシリン・ゴルは書き、それはとても素敵な言葉だと思って、自分の一番好きな言葉にした。

シリン・ゴルは、1たす1が2だとか、2たす2が4だとか学んだ。それからお金が大切なものであること、それで物を買えることを学んだ。ずっと遠くに国々があること、想像できないくらい遠くに、さらに国々があることを学んだ。

シリン・ゴルが教室に立って、その美しい低い豊かな声で歌を歌うと、他の女の子たちや男の子たちが拍手した。シリン・ゴルは黒板に一つの言葉を書いた。チョークはきしむ音をたて上滑りのキーという音をたてたので、シリン・ゴルの皮膚が縮んで表面にちっぽけでおかしな粒ができあがった。

シリン・ゴルは雑巾を水に入れ黒板を拭いた。ノートを開いて空いているページに言葉を書いた。ページはゆりの花のように真っ白だった。シリン・ゴルは一つの詩を読み、その中で故郷を讃え、党や国の父親そして民族を讃えたので、胸にかけるメダルを貰い、他の子供たちは拍手した。シリン・ゴルは覚えた。いつも国の親玉である男がいること、その人がいつも自由をもたらすと約束していること、前はムハンマド・タラキーと呼ばれたがその後はバブラーク・カルマルになり、それからハフィズッラー・アミンになり、それとも最初がカルマル、その後がアミンだったっけ？　それからハジ・ムハンマド・チャムカニ、そしてムハンマド・ナジブラだった。いずれにしてもいつも誰か男の人がいて、必ず自由を与えると約束したのだった。

「一緒においで。」とマラライは言うと、にっこり笑った。「あたしたち、湖へゆくんだよ。」

「あたしたち？　あたしたちって誰？」

「男の子たちとあたしとあんただよ。」

生まれて初めてシリン・ゴルは、双子たちなしで外出した。生まれて初めて母親に行き先を言わなかった。生まれて初めて母親に嘘をついた。生まれて初めてタクシーと呼ばれる車に乗った。初めて兄や弟でも父親でもない男の横に座った。

シリン・ゴルは仰向けになり、素足を湖の水に遊ばせていた。青空を眺め、歌をハミングし、沈黙し、静けさを聴き、男の子の手を自分の手のそばに感じた。少女の心臓が少女の身体全体で鼓動し、少女の息が苦しくなり、少女の血がお腹に流れそれから頭に流れ、少女の乳房が硬くなった。シリン・ゴルのベールのない頭は男の子の頭の横に並んでいて、彼の美しい黒くて情熱的な目を見てその名を囁くと、自分の声に驚き、立ち上がりくすくす笑い、水の方へ走るとスカートが濡れ、両足が濡れた。両手を冷やし、水を汲んで冷たい湖の水を飲んだ。

シリン・ゴルは後になって、この男のことは思い出さなかったが、この湖については思い出した。その青い色、そこの希薄で冷たい空気、静かな水の澄んだ風景、遠くにある山、小鳥のさえずり、樅の木の下のひんやりとした空気、湖の水の新鮮な味、水が口に入り喉を抜け胃に到達し、身体を冷やしてくれたこと。シリン・ゴルは髪の間を通り抜けて行った風のことを思い出し、それからその瞬間がどんなに特別の甘美で禁止されたものかを知ったのを思い出す。そんなことやそれ以上のことが、シリン・ゴルの思い出に残った。

そしてまだ覚えているけれど、あの時思ったものだった。神様がすべてをご覧になって私の兄の所へおいでになり、兄にこの午後に何が起きたかすべてをお話しになったに違いないと。私が男の子といっしょに湖へ行って身体中に血が巡ったこと。素足で腕まくりをしていたこと。知らぬ男の子の目の前で草の上に横たわり、身体を伸ばし伸びをしたこと。私のスカートや両足が濡れたこと。神様はすべてこれらのことをご覧になり、すべてを兄にお話しになったに違いなかった。それでなければ、次の日に起きたことの説明がつかないから。

第3章 モラッドとヌル・アフタブ（太陽の光）

シリン・ゴルは、非難に満ちた疑わしげな母親の視線を避けようと努め、できる限り急いで制服を着て、いつもの朝なら新たに結び直すはずのお下げを直さず、文句を言わずにベールをかぶり、熱くて甘い砂糖茶も飲まず、喉と口の中にくっつくので乾いた昨日のパンも食べずに、ドアの方へ急ぎ乱暴に開け、「ぐずぐずしないのよ。」と双子たちを叱り、靴に足をつっこみ、紐を結ぶためにしゃがみこみ、頭に血が昇り、湖のことを想い、男の子のことを思い出し、知らなかったあのすばらしい禁じられた感情のことを思い出し、そのことを恥ずかしがり、真っ赤になった頭を持ち上げると……、一人の男の顔が見える。この人は、山に残って何かに反対して戦っている人に似ている。でも一体何に反対しているんだっけ？　この瞬間、シリン・ゴルには何も思い浮かばなかった。

「何という名前なの？」とその人は尋ね、シリン・ゴルの赤い顔に微笑んだ。

「シリン・ゴルよ。」

その人は微笑み優しく尋ねた。「どこへ行くの？」

「どこでもない所。」とシリン・ゴルは言うと、やはり微笑んだ。

「どこでもないってどこ？」と見知らぬ人は尋ねた。

「学校よ。」とシリン・ゴルは答え、お下げを編み直していないことを後悔した。

その人はあいかわらずシリン・ゴルをじっと見つめていたが、何も言わなかった。

シリン・ゴルは、何となくその人が好きだった。

「あんた誰？」と彼女は尋ねると、その美しい蜂蜜のような茶色の目をまっすぐに見た。それは故郷の山の穏やかで優しい冬を思い出させた。

「モラッドだよ。」

「モラッド（望み）、それはきれいな名前ね。あんたの望みは何なの。あんたの願いは何なの。なぜここにいるの？」とシリン・ゴルは尋ねた。

「なぜでも。」とモラッドは答えて、微笑んだ。

「なぜでも、なんてことはないわ。」とシリン・ゴルは答えるとくすくす笑い、いけないと思って母親の方を見たが、彼女はシリン・ゴルがくすくす笑ったのに気づいていなかった。それからシリン・ゴルは尋ねた。「私に何か用なの？」

「なぜおまえに用だなんてわかるのかい？」とモラッドは尋ねた。

「何となくわかるのよ。」とシリン・ゴルは答えた。

「おまえの兄さんが私をここへ送ったのさ。」とモラッドは言った。

血がさらにシリン・ゴルの頭に昇り、ほとんどくらくらするほどだった。ひざががくがくしてシリン・ゴルは思った。もう一人シャヒードがふえたの？　私のお兄さんが？　と彼女は囁いてぞっとしていた。

「シーッ。今ここでは、お母さんと双子たちの前では何も言わないでね。」

双子たちは、一人はシリン・ゴルの左側にもう一人は右側に立っていた。そして見知らぬ男を見て姉をいぶかしげに見ると、スカートを引っ張った。

「行こうよ。」と二人は言った。

「先に行って。」とシリン・ゴルは言うと、二人を外へ出した。「私は後から行くから。」

「いやだよ。」と二人は言った。「一緒に行くんだよ。」

「ううん。」とシリン・ゴルは言った。「あんたたちは先へ行ってよ、私は後から行くから。」

「いやだよ。」と二人は言って、そこに立ち尽くした。

「一緒に来て。」とシリン・ゴルはモラッドに言うと、彼を表に出し、いつもの朝のように双子たちと手をつないで四人で歩き始めた。

シリン・ゴルはモラッドを、モラッドはシリン・ゴルを、一時も目から離さなかった。

学校に着くと、シリン・ゴルは「ここで待ってて。」とモラッドに頼むと、双子たちを教室に連れて行き、それから自分はモラッドのところへ戻って来た。

「行こう。」とモラッドは言った。

「何が起こったの？　誰か死んじゃったの？　けがしたの？　傷ついたの？　言ってよ。話してよ。」

「違うよ。」とモラッドは彼女をなだめた。「そんな悪いことじゃないから心配しなくていいよ。私のは嬉しい知らせだ。」

頭を包むベールの先で額の汗をふいて、シリン・ゴルはほっとため息をつき、モラッドの後について行き、彼が本当のことを言っているのを願った。市場の近くで、シリン・ゴルはもう我慢できなくなった。

「気持ちが悪くなっちゃった。ちょっと座らないとだめ。お願いだから、なぜお兄さんがあんたを私の所によこしたか教えてよ。」

モラッドは一枚の布を鞄から出すと、道端の石の埃をそれで除き、その石の上に布を広げて言った。

「お座り。」

そして自分もシリン・ゴルの前にしゃがみ、シリン・ゴルを長いこと見つめ、微笑み、指でシリン・ゴルの手の甲をまるで蝶々のようにそっとふれ、唇にまだ美しい微笑みを浮かべたままやさしく繰り返した。

「おまえの兄さんがよこしたんだよ。」

「それはもう言ったわよ。」とシリン・ゴルはせっつくと、自分の手をまるでこの見知らぬ男の指がそこに跡をつけたとでもいうように、じっと見た。手の甲にあるモラッドの跡。

「おまえの兄さんと私は一緒に戦ったんだ。」とモラッドは言うと、胸を張った。「私たちは同じ連隊の中で戦ったんだよ。勇敢なマスードの指揮下にあったんだ。マスードというのはパニンジ・シル――五頭のライオンの谷――のライオンのことだ。」

シリン・ゴルは「そうなの。」と言った。「あんたたちは皆、どこかの連隊の中で戦ったのね。」

「おまえの兄さんと私は友達になったんだ。」とモラッドは言った。「何年か前に私たちは並んで戦った。それから私は言った、『もう戦いたくない、結婚したいよ』。おまえの兄さんと私はカードをやって、彼は負けてしまった。彼はお金を持っていなかったので、私に賭け金が払えなかった。彼は『おまえは結婚したいんだな、俺にはたくさん妹がいるよ』と言った。それから続けて、彼は私が彼からお金を貰う代わりに、彼の妹の一人と結婚すればいいと言ったんだ。だから私は彼に、妹たちのうちで彼は誰が一番好きなんだって尋ねた。彼は『甘い花』が一番好きだって。それで私は言ったんだよ、じゃあ私は甘い花と結婚するよって。」

「兄さんは私が一番好きだって？　そんなこと知らなかったわ。」とシリン・ゴルは言った。モラッドの顔は見ずに、指で道の埃の中に「い　ち　ば　ん　す　き」と書いた。

「そうだよ。」とモラッドは言うと、考えもなく足で地面の引っかき模様を消した。「それで私は、おまえと結婚するために来たんだよ。」

「結婚したいかどうかよくわからないわ。」とシリン・ゴルは言うと、モラッドを見た。

「おまえの兄さんがそう決めたんだよ。」とモラッドは言って、まだ微笑んでいた。

シリン・ゴルは黙って、地面の文字が消えてしまった跡を見た。

「人にムラーの名前を教えてもらったんだ。そのムラーは、あまりたくさんお金を要求しないんだそうだ。その人が私たちを結婚させてくれる。ここからそう遠くないから、今すぐに彼のところへ行こう。」

「今？」

「今か後でか、何か違いがあるかい？」

「ないわね。」とシリン・ゴルは言った。「全然違いはないわ。」

二時間後にシリン・ゴルとモラッドは、再び市場のどこか近くにしゃがみこみ、再びシリン・ゴルは道の埃の中に言葉を書いていて、モラッドは話す時にやはり微笑み、すべては二時間前と全く同じだったが、ただ違うのは、シリン・ゴルとモラッドが今は結婚していることだった。シリン・ゴルは再び、全然違いはない、全く変わらないと思った。

「兄さんは他に何を話したの?」と彼女は尋ねた。

「おまえの兄さんは、おまえが三人の姉妹のうちで一番強いと言ったよ。」

「い　ち　ば　ん　つ　よ　い」とシリン・ゴルは道の埃の中に書いた。

「兄さんは言った?　私が反抗して、お父さんは禁止したけど学校へ行ったって。」

「いや、それは言わなかった。」とモラッドは答えた。そして初めて微笑まなかった。

「これが言葉なのよ。見て、これは『モ　ラ　ッ　ド』よ。」

「じゃあ、おまえは読み書きができるんだね?」

「バレ・アルバター(そうよ、もちろんよ)。」

「それは知らなかった。」とモラッドは言うと、道の埃の中のひっかき模様を見た。「読み書きができる娘は横着で逆らうと、皆言ってるよ。物を知れば知るほど娘は要求が激しくなるって言うし、学校へ行く娘は何にも誰にも満足しないって言うよ。学校へ行った娘のことは信用できないと、皆言ってるよ。」

シリン・ゴルはモラッドを見て微笑み、言った。

「私はね、前は学校へ行かないと牢屋に入れられると思ってたわ。そしてね、学校へ行ったら裸の女になってしまうと信じていたのよ。」

「裸の女?　それは誰のこと?」

シリン・ゴルは考えてみて、モラッドを見て言った。

「それはね……、何て言ったらいいんだろう、誰というわけでもないの。」

「だ　れ　で　も　な　い」とシリン・ゴルは道の埃の中に書いた。

「男たちはね、自分たちより賢い女たちは望まないんだよ。」とモラッドは言うと、市場の先の方まで見下ろした。

「もう私のこといらないの？」とシリン・ゴルは尋ねると、足で埃の中の「だ　れ　で　も　な　い」をかき消した。

「今は私たちは夫と妻だ。」とモラッドは言い、また微笑んだ。「そのままにしておこうよ。そしてどうなるか様子を見よう。」

「いいわ。」とシリン・ゴルは言った。

「そのままでいい。そしてどうなるか様子を見ましょう。」


二日後、シリン・ゴルとモラッドは自分たちだけの部屋に引っ越した。生活は結婚式の前と後では結局、良くも悪くもなっていなかった。モラッドはシリン・ゴルに優しく、彼女はもう始終双子の面倒を見る必要はなかったし、母親の、情けない人生についての嘆きや公正でない運命やたくさんの病気とか心配について聞く必要はなかった。

「私たちが生活するお金はどこから来るの？」とシリン・ゴルはモラッドに尋ねた。

「それは妻が夫に尋ねるべき質問ではないよ。」とモラッドは答えた。

「あんた、私の質問が怖いの？」

「怖さが問題ではなくて、名誉だ。おまえが私に私たちは何で生活するかと尋ねることは、私が養っていけないのかと恐れている意味になるんだ。」

「あんた、養っていける?」

「私は仕事を探すよ。」とモラッドは答えた。「心配するな。金稼ぎは男の問題だ。」

「私は学校へ行くわ。」とシリン・ゴルは言った。

「そりゃだめだ。」とモラッドは答えた。「おまえは妻だ。隣近所は何と思うだろう? おまえが学校へ行ったのがそもそも間違いだったし、自分でもわかるだろう、そこで頭に叩きこまれたものが、おまえの性格をゆがめてしまっているんだよ。」

「私、医者になりたいの。」とシリン・ゴルは夫を見つめたまま言った。

モラッドは優しく微笑み、タバコに火をつけると目をつぶって深く煙を吸った。

シリン・ゴルはモラッドのそばに座り、手を彼の腕に置き、歌をハミングし、考え込み、黙り込み、もう一度歌い、黙り、優しくて低い声で話した。モラッドは目を開け、タバコの煙を部屋に吐き出し、シリン・ゴルを優しく見て、微笑んだり真面目になったりしながら、ただ話を聞いた。

シリン・ゴルは言った。

「ずうっと昔、山の中でね、私は小屋の前に座って信じていたのよ。世界は私が毎日目で見ているほどの大きさ、って言うか小ささだって。私が知っていたのは小屋でしょう、その前の空き地でしょう、私の洗濯の桶でしょう、めんどりたちに、片側に立っていた大木二本、それからその緑の色と風に揺れるさらさらという音だった。反対側から道が始まっていて、藪があり大きな石があって、そこにお母さんが座っていたわ。それから杭があって、それにロバとか雌牛とか羊がつながれていたの。私の前の遠くの方には山の頂が見えたわ。私のその大きくて小さな世界には、お母さんにお父さんにお兄さんたちにお姉さんたちが生きていて、私が物を考えられるようになってから、物を表す言葉を知ってから、すぐに私の生活の中に双子がやって来たの。

いつのことだったか私はわかるようになったの、私のお兄さんたちとお父さんが、神様が授けて下さる日ごとに私の世界を去って、夕方になってから初めて戻って来るということが。そうして私は私の小屋とその前の空き地の他にも、この世界には場所があるということがだんだんとわかるようになったのよ。ゆっくりと一歩一歩、私はこの世界のことがわかるようになって、緑や黄色や茶色の畑、谷と細い砂地の道を見つけたわ。山は頂だけからできていないこと、そのふもとは天辺よりずいぶんと広がりがあること、そして私が小屋の前から見るよりもっとたくさんの山の頂があることを見てきたのよ。広い砂の道も見たし、村も砂漠も、たくさんの人々も知らない人たちも友達も親戚も見たの。

そうしたらロシア人が来た。それで私はわかったわ、アフガニスタンの他にも国があるということが。それから私たちは首都に移ったのよ。最初の頃は私、騒音がして臭くてひどく大きなこの世界とか、知らない人たちとかがとても怖かった。大勢でとても忙しそうで、みな人の目を見ないから。」

シリン・ゴルは笑った。

「私、裸の女たちが怖かった。そんな人たちのようになるのも怖かったし、牢屋に入れられるのも怖かったわ。時間が経って私はロシア人と知り合いになった。そして彼らもあんたや私みたいな人間であるとわかり始めたの。人間の悪とか善が、一日五回お祈りするとか顔をベールで隠すとかに関わっていないことを私は学んだの。私は、私が知っている男たちより強くて賢い女たちを知ったわ。女たちはけっして男たちより劣っていないし、男たちがすることを何でもできることもわかったのよ。」

「おまえの頭はロシア人のインチキでいっぱいなんだな。」とモラッドは優しく言うと、タバコの煙を吐いた。

シリン・ゴルは「二、三日前からの夫」を見つめ、彼がするのと同じように優しく見つめ、言った。

「あんたが思うように呼んでいいわよ。だからといって何も変わらないでしょう？　大事なのは私が見たり学んだりしたことはもうすっかり私の頭の中にあって、私はもうそれなしですましたくないということなのよ。私、もうそれなしではいられないのよ。それはそこにあるの。消せないわ。もし私が仮にそう望んだとしても、もう捨てられないわ。私がまだ知らないこととか知りたいことは、世界にとてもたくさんあるのよ。私、それを見たいの。匂いをかいで、聞きたいの。私は聞いたことのない声を聞いてみたいし、知らない人の目を見てみたいわ。私は違う言葉をしゃべりたいし、違う空気を吸ってみたいのよ。」

モラッドは「二、三日前からの妻」をじっと見て、その目の中の火花と命を感じた。立ち上がり、手を彼女の手の上にのせ、呼吸が速くなるのを感じ、自分の中で起こっているものを感じていた。それは自分で制御できない、何か彼の中の奥深くにあり彼の一部でありながらも見知らぬものであり、子供時代からの何かで、遠くから暗く静かに思い出すもの、新しい命へ伸びていくもの、頭の中でぐるぐる走り回り、腹の中で走り、彼を心配にさせ、同時にその気も起こさせるものだった。

「モラッド、私はあんたの妻になったわ、兄さんがそう望んだからね。」

シリン・ゴルは、モラッドの美しい蜂蜜のような茶色の目をまっすぐに見た。それは故郷の山の穏やかで優しい冬を思い出させた。シリン・ゴルは落ち着いた声で言った。その声には優しい愛情がいっぱいこもっていて、自分でもそれがどこから来たのかわからなかった。

「モラッド、私あんたが好きだわ。でも誰かがそうしなさいとか言ったから好きなのではないの。そうしたいから好きなのよ。私はあんたの目の中に正しさと賢さを見たのよ。いえ、モラッド、だめだと言わないでね。私はまだ学校へ行きたいの。でもあんたの許可をもらってから行きたいのよ。」

モラッドは黙っていた。

「モラッド、あんた私が好き？」

「バレ。」

「なぜ私が好きなの？」

モラッドは肩をすくめた。

「なぜって、私が私だからなのよ。そして今ある私というのは、今までたくさん見たり学んだりしたからある私なの。なぜかといえば私が学校へ行ったから。なぜって、私がこの燃える憧れを持っているから。なぜって、私が小屋の前を去って来たから。山を出てきたから。私が医者になりたいから。モラッド、あんたは山で戦い、国を助け、国に尽くしたわ。私は医者になって私たちの国を助け、尽くしたいのよ。」

「私は眠りたいよ。」とモラッドは言った。

「あんた、私が言ったことすべてについて考えてくれる？」

「バレ。」

「明日またこのことについて話せる？」とシリン・ゴルは尋ねた。

「バレ。」

シリン・ゴルは頭のベールをはずし、オイルランプをおろし火を吹き消すと、彼女の「二、三日前からの夫」のそばに横たわり、手を彼の肩に置き、頭を彼の、男の心臓の上にのせ、腿を引いてモラッドの腹の上に乗せ、目を閉じ、暗い中で笑って言った。

「わかった、明日またこのことについて話すのよね。そしてどうなるか見てみましょう。」

夜中にドアを激しく叩く音がした。シリン・ゴルはドアを開けた。四人の武装した制服の男たちがモラッドを連れに来た。

「彼は軍隊に入るんだ。」

シリン・ゴルは嘘をついた。

「モラッドはいません。」

兵隊たちはシリン・ゴルを押しのけ、大声を出し、モラッドを毛布の陰から引っ張り出し外へ連れ出すと、シリン・ゴルに言った。

「おまえの旦那は、今日からわが故郷の名誉ある軍の兵隊だ。彼は北の方でムジャヘディンと戦うために出陣する。彼のことを待つな。一年経たないとまた彼には会えんだろう。」

北でよかったとシリン・ゴルは思った、それだったら少なくとも彼や私の兄さんとか、彼や私の父さんと戦うことにはならないわ。

次の朝シリン・ゴルは制服を着ると、お下げを編みなおし頭のベールをかぶり、学校へ行き自分の席に座り、この間に結婚して妻になったことは何も言わず、学べることを学び、読めることを読み、書き、計算し、次の学年へあがり、お腹は大きくなり、彼女の母親が赤ちゃんをお腹から取り上げた。それは女の子だった。シリン・ゴルは子供をヌル・アフタブ（太陽の光）と名づけた。初めての娘の誕生から四日後に、シリン・ゴルはまた学校へ行った。一年後、娘は歩き、最初の言葉を話し始めたりした。その時ドアが開いて、モラッドが入って来た。

彼はシリン・ゴルを抱きしめ、自分の娘の額にキスし隅に座りこみ、お茶を飲み前のほうをじっと見すえ、泣き、ぶるぶるふるえ、落ち着かずすすり泣き、言葉を口ごもり、気を落ち着かせ、何度もシリン・ゴルを抱きしめ、頭を力強くて若い少女妻の肩に擦りつけた。

「話して。」とシリン・ゴルはおだやかな低い声で言った。「あんたはどんな目にあったの？　何が起こったの？　そのための言葉を探して私に言ってちょうだい。私に言えば、私があんたの痛みの半分を一緒に受け持つわ。そうすれば痛みは半分くらい軽くなるわよ。」

モラッドは自分の若い妻を見て、男の目にたまった涙をぬぐうと言った。

「おまえの兄さんは嘘をつかなかったな。おまえは強い。」

「そうよ。」とシリン・ゴルはいった。「あんたは私のことを頼りにしていいのよ。今もいいし、ずうっとそうよ。」

「学校へ行ってたかい？」

「うん。」

「よく聞いておくれよ。私は二日たったらまた戻らなくてはならん。おまえと約束したいんだ。」

「何を望んでいるのか言ってみて。そうしたら私が約束できるかどうか考えるから。」

「私はよく考えてみた。」とモラッドは言った。

「何を？」

「おまえは医者になるべきだ。医者か何か、おまえの心が望む者に。」

「なぜ？」

「私のスウィートフラワー、私の心、私の女王様、おまえが正しかったからだよ。なぜ我々の政府が国と私たちをだませるか、そしてロシア人に売ってしまえたか、私たちがこんなに哀れで戦争ばかりで、すべてが起こってしまったか、そのことの唯一の理由は私たちが馬鹿だからだよ。私たちが何も知らず何も理解できず読み書きができないからだ。私たちが、私たちの前に立って賢そうに演説して手に紙切れを持って『今日からこれが法律だ』というような奴を信じたからだ。私たちは目が見えない民族なんだ。誰でも私たちを好きなように操れるんだ。泉に投げ込んだり、どこかに立ち止まらせたり、間違った道へ連れて行ったり、殺すことだってできるんだ。ものを見ることができる者だったら自分で自分がどこにいるかわかるし、どこへ行きたいか自分で決定できる。おまえは正しいよ、私の甘い花。おまえはいつも正しかったんだ。もう私には遅すぎるけれど、私はおまえや私の子供たちは読み書きができることを願う。私は子供たちが何が正しいか悪いか、誰が真実を語り、誰が敵で誰が味方かを自分で判断するのを学ぶように望むんだよ。」

「あんたはとても賢いわ。」とシリン・ゴルは言うと、モラッドの額にキスした。

二日二晩というもの、シリン・ゴルとモラッドは今までには決してなかったように、そしてこれからも二度とないように愛しあった。それからロシア人のジープがモラッドを連れに来た。モラッドはロシア人の指揮の下でさらに戦うために、彼の同国人ムジャヘディンに対して、彼と同じ宗教を持つ兄弟に対して戦うために、国の北部へ戻った。それはモラッドもムジャヘディンも望まなかった戦争だった。モラッドもムジャヘディンも始めてはいなかった。そしてどちらかが勝利するとは思えない戦争だった。そして目標の見えぬ、わからぬ戦争だった。それは今日までいまだに続いていた。

二日二晩、シリン・ゴルは自分の十五年の、あるいはまだ十四年の――誰がはっきり何年か知っているだろう――人生について泣き、また夫を愛することを覚えた彼女は、もう一度会えるかどうか確かではない夫を思って泣き、そして父親を知らぬ彼女の娘のために泣いた。

三日目にシリン・ゴルは泣きはらした目を拭き、制服を着てお下げを編み、頭にベールをかぶり、娘を母親の所へ連れて行き、学校へ行って自分の席に着き、読み、書き、計算したが、尋ねられぬ千一もの質問があった。

誰のためにこの戦争が良かったのだろう？　いつまで兵士が殺されたり頭の皮をはがれたり身体を刻まれれば充分なんだろう？　誰が兵士の母親や妻や娘たちに、兵士の最後の言葉が何だったのか語ってくれるのだろう？　誰が死に行く人の手を取ってくれるのだろう？　誰が悲しんでいる母親や妻や娘の手を取ってくれるのだろう？　誰が勝つのだろう？　その勝者が得たものにどんな価値があるのだろう？　この地上のあらゆる国で戦争があるのだろうか？　あらゆる国々で子供たちは死に、殉教者になり、母親の心を裂き、母親の髪を白くするのだろうか？

「シリン・ゴル、おまえは幸福な笑いを失ったね。」とファウズィ先生が言った。「おまえのいたずらっぽさ、目の中の無邪気な炎、喜びや疑問、好奇心をなくしたよ。おまえは女になったんだね。」

第4章 降伏とロシア人の撤退

シリン・ゴル、マラライ、双子たち、他の女の子たち、男の子たち、女たち、男たち、子供たち、障害者、兵士たち、片腕の人、片足の人、精神異常者、飢え死にしそうな人々。この人々は通りの端に立って、片手に赤いカーネーションの花を持ち、もう片方の手に紙でできた赤い旗をかざしていた。旗は風に吹かれて、人々が低く速く拍手しているようなカタカタという音をたてた。

巨大なロシアの戦車が人々の前を通って行き、その重い鎖がシリン・ゴルの足の下の地面を揺さぶる。ロシアのトラックがごうごうと通り、黒い排気ガスはシリン・ゴルのベールなしの髪にかかり、ロシアの音楽が彼女の耳に流れて消えてゆく。疲れたロシア兵の青い目が彼女を見下ろし、兵士の手が赤いカーネーションを受け取り、小さなロシアの旗を振って返す。平和を愛する隣国の名誉ある軍隊は降伏して、シリン・ゴルの故郷を去って行く。

十年もの間、ロシア人とグルジア人とカザック人とキルギス人はロケットを発射し、爆弾を投げ、地雷を埋めて村々を襲ってきた。十年間、彼らはアフガン人を殺し、殺されてきた。十年間、ロシア人とアフガン人の母親たちと女たちは、その息子たちや夫たちや兄弟たちや父親たちのために泣いてきた。

十年間シリン・ゴルは、ロシア人は決して去らないだろう、この戦争は終わらないだろうと思ってきたのだった。

第5章 ムジャヘディン、兄弟の戦いと逃亡

「私、どこにも行きたくない。」とシリン・ゴルは叫んだ。「私はここにいたいよ。私の二人の子供たちの父親を待って、医者になりたいよ。」

母親が二つ目の平手打ちをくらわせても、彼女は母親の目をまっすぐに見つめていた。シリン・ゴルは黙り込んで荷物をまとめたが、彼女と娘と息子の物は詰めなかった。

「おまえはここにはいられないよ。」と母親は叫んだ。「戦争が起こったんだ。」

「馬鹿な教養のないお母さん、ロシア人は行っちゃったのよ。戦争は終わったのよ。」

「馬鹿な小さな女生徒さんよ、人生のことなんて何もわかっちゃいないよ。おまえはこの十年間に経験したのが戦争だと思っているのかい？　山の中では戦っていたさ。村々では戦っていたさ。砂漠でも戦っていたよ。今まではただ首都だけは戦火を免れていたんだよ。私の哀れな小さな女の子、おまえは戦争が終わったと思っているのかい？　戦争は今、本格的に始まるんだよ。一緒に来なさい、おまえの二人の罪のない子供たちのために。馬鹿でいてはダメだよ。スウィートフラワーよ、荷物をまとめなさい。一緒に出発するよ。私一人ではできないからね。私にはおまえが必要なんだよ。」

「何のために私が必要なの？　一体全体どこへ行こうっていうの？」

シリン・ゴルは母親に尋ねた。

「もしここ首都で戦争が続くのなら、山やどこででも続くに決まってるのに。」

「天の神よ、正しき方よ。」と母親は叫んで、髪をかきむしって言った。「おまえは私たちをどうしようっていうんだね？　何をしようというんだ？　私たちはどうなるのかい？」

シリン・ゴルは母親を腕に抱きしめ、その力強い腕で彼女の背中をさすった。

「お母さん、大好きな人、かわいそうなお母さん、落ち着いてちょうだい。私はそばにいるわ。神様は偉大です。神様が良いようにして下さるわ。すべてはうまくいくわ。戦争は終わったのよ。私を信じてよ、わからないかな。お母さんはずっと四つの壁に囲まれて暮らしていたのよ。外では皆知ってるわ。ロシア人はいなくなったのよ。私たちは自由よ。これから人生が始まるのよ。戦争は終わったのよ。」

シリン・ゴルは母親の荷物をまた出して、双子たちは学校の制服を着て学校へ行き、シリン・ゴルの娘は部屋の隅に座ってその弟をひざに抱いていた。シリン・ゴルは母親の熱のある額に冷たい布をあて、歌をハミングして微笑み、なぜ外で兵器の音が止まないのだろうと変に思った。今はもう戦争は終わったというのに。

次の日もその次の日も、その後ずっと何日も部屋のドアは閉まったままだった。双子たちはもう学校へ行かなかった。シリン・ゴルはもう学校へ行かなかった。誰かがドアをノックした。隣の人がお茶と小麦とパンを分けてと頼んで来た。店は閉まったままだ。閉まったままで今までよりも悪い状態だった。暗くなってからまた誰かがドアをノックした。勇気あるマラライが入りこんで来て言った。

「私たちは首都を出るわ。できる限り早くよ。」

シリン・ゴルの不幸な母親、カブールに来てから部屋の四つの壁しか知らない母親、四度しか通りに出たことがなく、読み書きができない母親は知っていた。カブール、この首都で今、戦争が本格的に始まったと。

道の片側では彼らはムジャヘディンと戦い、道の反対側では別の連中と戦っていた。誰もが誰に対しても戦っていたのだ。ヘクマティヤール対ガイラニ、アフマド・シャー・マスード対ドスタム。モスレムの兄弟が別のモスレムの兄弟に対して戦っていた。通りで殺し合いがあり、ロケットが飛び、地雷があり、戦車が走り、ずたずたに切られた人の身体や腹から切り出された胎児が、またもやばたりと道端に投げ出された。またもや強姦された女たちがいて、またもやベールが必要で、またもやシリン・ゴルが見たことのあることがすべて起こり、それももっと頻繁だった。ただ今回は首都でそれが起こった。ただ今回はもっと情け容赦なく、それも同国人がしていた。ただ今回は国中の戦いだった。兄弟の戦争だった。

ロシア人が破壊しなかったものを、アフガニスタンの戦争のボスが瓦礫にしてしまった。長年彼らは戦い続け、ついにはある日、タリバンという動き、新しい権力となって首都にやって来た。かつての秘密警察の親玉のナジブラーは、今はロシア寄りの最後の大統領になっていた。彼は弟と一緒に国連の建物の中に篭城していた。タリバンは二人を引っ張り出し、暴力を加え、罵倒し、街の中を引っぱり回した。ナジブラーとその弟はおおっぴらにつばをはきかけられ、射殺された。彼らの死体は街じゅうひきずり回された。次の朝、大統領とその弟の死体が通りの杭に引っかけてあるのが見られた。

シリン・ゴルは幸運だった。彼女はこの時点でカブールにはもういなかったので、こうしたことや他の一切を見たり経験したりしなかったのだ。

シリン・ゴル、その娘のヌル・アフタブ、長男のナセル、双子たち、シリン・ゴルの母親、隣人のマラライ、その母親に姉妹に弟たち、それから他の女の子たちとその母親たち、姉妹たち、弟たちは持てる限りの物をかき集めて、もうすでに彼らより先に他の同国人が大勢逃げて行ったところへ逃げていった。それはパキスタンだった。

人々は車、馬車、手押し車、馬、ラクダで逃げていった。シリン・ゴル、その娘、その息子、双子たち、母親は歩いて逃げた。彼らはアフガン人がアフガン人に投げる爆弾やロケットから逃げた。それは残酷な兄弟間の戦争だった。アフマド・シャー・マスード、ヘクマティヤール、ドスタム、カリリ、ギラニ、そしてほかの名前のムジャヘディンの様々な親玉たちの戦いだった。女たち、子供たち、男たちは失業と飢餓と地雷と射殺から逃げた。強奪されたり強姦されたりすることから逃げて行った。

一日中ヘリコプターが飛び、動くものには何にでも射撃して来た。一日中ムジャヘディンは見張っていて、通行料、羊、毛布、食べ物、戦うに十分大きな男の子を分捕った。女たちや娘も。

「私たちをそっとしておいて下さい。」とシリン・ゴルは叫んだ。「私の父と兄たちもムジャヘドです。」

「どこにいるんだ?」と道を押さえている連中が言った。

「山の中です。」

「どの山だ?」

「みなが戦っているところです。」

「誰の側にいるんだ?」

「祖国、預言者、コーラン、イスラムの側です。」

男たちは笑った。そして取れる物を全部取ると消えた。

毎日毎週砂漠の中を、村をぬけて、山を越えて、谷を通りぬけて歩いた。乾いた川を横切り、地雷の埋まった畑地を通った。何度も何度もムジャヘディンの陣地を避け隠れたが、それでも立ち止まらせられ、通行料を払わされた。

一度見張りの男がお金を要求し、それからシリン・ゴルを要求した。母親は言った。

「私の娘？　どうぞあなた様に差し上げます。娘は気が違っています。病気なんです。それで私は楽になりますわ。どうぞ。」

シリン・ゴルの母親は彼女を強く押しだし、シリン・ゴルはムジャヘドの足もとに倒れた。

シリン・ゴルは地面に倒れたまま奇妙な音をたて、叫び、両手をムジャヘドのズボンにかきあて、それにすがって立ち上がるかのように動いた。

ぞっとして驚いて、ムジャヘドはシリン・ゴルを足でけり、つばを吐き、パトゥを巻いて立ち去った。

シリン・ゴルの母親は、地面の自分の娘の方へひざまずいて彼女を腕に抱き、黙ってただしっかりと胸に抱きしめた。

それからというもの、女たちと子供たちの小隊は夜しか移動しなくなった。十二番目の夜からシリン・ゴルは昼と夜をもはや数えなくなった。十四夜からシリン・ゴルは動く力がなくなった。十五夜から彼女は自分の身体と子供たちの身体を引きずって進んだ。そしてそれからの夜はずうっとそういう具合だった。

彼女たちは何百人もの、何千人もの、何百万人ものアフガン人と同じ通りを、同じ小道を歩いていた。二十年以上前から今日までずっとそうだった。その同じ通りを、同じ道の上を、王様や戦士がその兵隊を引き連れて行ったのだった。ペルシャ王ダレイオス、ギリシャ王アレキサンダーも。モンゴル人もここに来た。イギリス人も、ロシア人も、アメリカ人も、ビン・ラディンもここに来た。KGBもCIAも。今、シリン・ゴルとその家族がそこを通っていた。それはカブールからジャララバードへ導かれ、そこから急で狭いうねり道になって、広い義賊の地域——トライバル・エリアを抜け、有名なカイバル峠を通ってパキスタンへくねくねと続いていた。

国境に近づけば近づくほど、通りは賑やかになっていった。右や左には車、トラック、軍隊用トラック、朽ちた戦車が止まっていた。丘をどんどんと下って行く人々が増えた。国境の前で商売人が店を並べていた。たくさんの男たちがガラスでできた箱の中に座っていて、その中には法外な交換レートで交換したお金が山となっていた。他の連中は古いコンテナの前にしゃがんで、石鹸やタイヤ、鉄や鉄くず、車のホイール、モーターのカバー、車のドア、ガラス、木材、そして武器を売っていた。

シリン・ゴルは国境をどんなふうに想像していたか、もうわからない。ひょっとしたら国境というのは一軒の清潔で大きな家で、そこに入ると一杯のお茶をもらえて、その国の人々から歓迎されるとでも思っていたかもしれない。ひょっとしたら大きな高い壁で、ドアが一つあると考えていたかもしれない。ひょっとしたら国境は踏み切りのようだと思っていたかもしれない。いずれにしても彼女は、国境が二つの小さな塔の間に門があることだと思っていなかった。だが今その前に立って彼女は思った。塔を国境にするというのは実際的だなと。門を開けたり閉めたり、通過できるし戻って来ることもできるから。

シリン・ゴルはベールとスカートを引っ張り、巻き髪を布の下に詰め込み、子供たちの服をきちんと直し、人生で初めて国境を越える準備をした。

門の右左に、ひげのない黒い肌の男たちがきれいな制服を着て立っていた。頭には斜めに帽子をかぶって、長靴をはき手に棒を持っている。その棒で男たちは門を通る人々をもっと急がせようと叩いていた。シリン・ゴルはしばらくの間、同国の人々を眺めて、叩かれないためにはひどく急がねばならないことがわかった。しかし急ごうとゆっくりだろうと、あまり変わらないようだった。門を通る人は誰もが殴られるのだ。

「心配することはないよ。」とシリン・ゴルの母親が子供たちと孫たちに言った。「これは心は良い人たちなんだ。ただ義務を果たしているだけだよ。それほど痛くはないよ。見てごらん、あの棒はあんなに細いだろう。おまえたちは意気地なしではない。私たちはもっと大変な目に遭ってきたじゃないか。これも我慢できるよ。」

「私、パキスタンに行きたくない。」とシリン・ゴルは言った。

「じゃあどこへいくのかい?」と母親が尋ねた。

黒い肌でやせた身体の兵隊たち――シリン・ゴルが今まで見たうちで一番やせた身体の男たちは、シリン・ゴル、その娘、息子、双子たち、母親を殴った。

「急げ。金を出せ。道を開けろ。」

男たちの一人がシリン・ゴルのおしりに触り、唇をなめ、他の男たちが笑い、シリン・ゴルを引き寄せ、押したり殴ったりした。

「ベールをかぶれ。」と双子の生意気な片方が言った。シリン・ゴルはそれに従った。

パキスタン側の国境も同じように人でいっぱいで、アフガニスタン側と同じように騒々しかった。

シリン・ゴル、その子供たち、母親、双子たちは立っていたり、脇によけたり、ぶつからぬようにそばに跳んだりした。同国人アフガン人が彼らを押し、邪魔だからよけろと文句を言った。ひとりの兵士が細い枝を空中で鳴らし、ビンと音がした。

一人のシリン・ゴルくらいの年齢の年若い女が、シリン・ゴルの子供たちと同じくらいの年齢の二人の娘を引き連れていたが、立ち止まって尋ねた。

「あんた、何という名前なの？」

「シリン・ゴルよ。」

「これはあんたの子供たちなの？」

「そうよ。」とシリン・ゴルは答えた。「これは私のお母さんで、これは私の弟たち。」

「こっちへおいで、シリン・ゴル。あんたがそうやって道の真ん中に立っていると、殴られるか車に轢かれるよ。こっちへ来て日陰の私のところにお座りよ。あんた、ここに来たのは初めてなの？」と年若い女は尋ねた。

「うん。」

「ヘジャブを取ってごらん。そうすればあんたの顔がみえるから。」と年若い女は言った。「あんたはもうアフガニスタンにはいないのよ。ここでは誰も顔を隠せなんて強制しないのよ。」

「知ってる。」とシリン・ゴルは言って、ベールをはずし年若い女に笑いかけた。

「ここは人でいっぱいだわ。」とシリン・ゴルは言った。「こんなにたくさんの人とかトラックとか車を、私は生まれてからまだ見たことがなかったわ。首都でも見なかったわ。」

「私はもう何度もここに来たのよ。」と年若い女は言って、一方の足をもう一方の足に乗せた。「私は何回も故郷に帰ったわ、でもそのたびに何かが起こったのよ。それで私はまた逃げ出さなくてはならなかったのよ。一度はアフガニスタンからパキスタンへ、一度はパキスタンからアフガニスタンへね。」

シリン・ゴルは年若い女の真似をして足を組んでみた。すると母親が横から突っついてきたので、上に上がっていた足をまた元に戻した。

年若い女は首を後に振りながら笑って言った。

「初めて逃げたのはロシア人が来た時で、私はまだ子供だったわ。それから、カブールの生活は悪くないとみなが言っていたので、そこへ引き返したの。そうしたらロシア人が私のお父さんを殺したの。それで私たちはまた逃げてきた。それから私は結婚したの。私の夫は故郷に戻ろうと言ったの。それで故郷に戻ったら、夫は地雷に当たって足をなくし、二、三週間後に死んでしまったのよ。それで私はまたここに逃げて来たの。そうしたら私の義父が私を妻にしたんだけど、この人はもう老人だったからじきに亡くなってしまったのよ。私の二番目の夫の第一夫人は以前は私の姑だった人だけど、私が第二夫人になったものだから、私が彼女の家に住むのが嫌で私を自分の末の息子の妻にしたの。つまり私の最初の夫の弟で二番目の夫の息子よ。この夫はムジャヘディンの指揮官で、私をまたアフガニスタンへ連れて行ったわ。彼自身は前線へ向かったの。それから私たちの村は攻撃され、すべてが破壊され、私はまた逃げなくてはならなかった。私は夫を待ってた。でも彼は戻って来なかった。食べ物がなくなった時、私はまたここ、パキスタンへ逃げて来たの。最初私の姑で今また姑になった人は、私が彼女の家に行くのがまだ嫌で、私の娘が行くのもいやなのよ。彼女はただ私の息子だけ引き取って、私と娘たちは入れてくれなかった。だから私はまたこの国境へ来たのよ。百歩ばかりとは言え一生国境から遠ざかって、私はここにしゃがみこんで、夫がひょっとした帰って来て私を見つけてくれるかと思って待っているのよ。」

「どうやって生活してるの？」とシリン・ゴルは尋ねた。

「私、あれやこれやをして、私たちが飢え死にしないようにしてるのよ。」

「あれやこれやってなあに？」とシリン・ゴルは尋ねた。

「あれやこれやって、つまり、あれやこれやよ。」と年若い女は答えた。

「そのあれやこれやで、あんたいっぱい稼げるの？」とシリン・ゴルは尋ねた。

年若い女は笑い、シリン・ゴルには彼女の舌、彼女の歯、彼女ののどちんこが前後に揺れているのが見えた。

「私を見てごらん。」と年若い女は言った。「私はきれいでしょう。若いでしょう。そしてね、ここパキスタンの国境にはね、たくさんのパキスタンの役人とかアフガニスタンの男たちとかがいてね、長いこと女の身体に触っていないから、私の姿を見たらよだれが出るほどなのよ。大雑把に言ってね、私ここで充分、時々充分以上に稼ぐわよ。」

シリン・ゴルは口を開けて何か言おうと思ったが、つばが喉に引っかかって咳をしなくてはならなくなった。

年若い女はシリン・ゴルをじっと見て、もう笑わずに言った。

「何を私がしたらいいというの？　飢え死にしろっていうの？　娘と私は死んだ方がいいの？」

シリン・ゴルは地面を見て何も言わず、目は一人の女の子のはだしの足に吸いつけられていた。女の子は彼らの前を通りすぎて行った。頭には鉄でできた大きな板を載せ、頭の髪の毛は絡まってあちこちの方向を向いて立っていた。服はぼろぼろになって巻きつき、歩いているあいだ指を吸い、目は幸せだとも悲しいともしれない色で、年若い女の前、シリン・ゴルの前を、ヌル・アフタブの前、小さなナセルの、シリン・ゴルの母親の、双子たちの前を通りすぎて行った。

年若い女は二人の娘をシリン・ゴルの横に座らせて、その額にキスすると言った。

「このおばさんの所にいなさいよ。私はすぐに戻って来るからね。」

シリン・ゴルがその年若い女が何をしようとしているか理解するより前に彼女は跳び去って、たくさんある茶店の中に消えて行った。

二人の姉妹はシリン・ゴルの横に座って手を握りあい、母親の行った方を眺めていた。シリン・ゴルは二人の頭をなで二人に近づくと、「お名前なあに？」と尋ねた。

二人はシリン・ゴルを見て微笑んだが、黙っていた。

「私たちはここにずっといるの？」とヌル・アフタブが尋ねながら、二人の娘たちとシリン・ゴルの間に入り込んだ。

「いいえ。」とシリン・ゴルは答えた。「ここは留まるべきところではありません。」

「神の名において、ここは留まるべきところではありませんよ。」とシリン・ゴルの母親が言った。

「あの人たちは何を引きずってるの？」と双子の怖がりの方が言った。

「鉄くずみたいだよ。」と双子の生意気な方が言った。

「みな馬鹿じゃないんだよ。」とシリン・ゴルは言った。「なぜ、みな鉄くずとかごみなんか引きずらなきゃいけないの？」

「あれは密輸品なのよ。」と年若い女が、立ち去った時と同じように突然現れて言った。

「密輸品？」とシリン・ゴルは尋ねた。

年若い女は笑って繰り返した。

「密輸品さ。何でもいいから人が持ってこられるものには税金がかからないんだ。だからみな何でも持てるものは全部引きずって来るのよ。オイル、ガソリン、車の部品、戦車の部品、タイヤ、麻薬、鶏、ラジオ、ケーブル、現金、小麦、お米、果物。何でもいいからアフガニスタンからパキスタンへ運んで売るのよ。みなそれを商売人に売って、商売人はそれをさらに他の人に売るの。私が知ってる男は古い鉄を買って他の人に売り、その人がそれを溶かして新しい鉄にしてるのよ。」

「あの緑色の服を着ている女の子が頭に載せている鉄板の代わりに、どのくらい貰えるの？」とシリン・ゴルは尋ねた。

「あんたが一日中やれば、」と年若い女は言った。「夕方にはね、あんたとあんたの二人の娘に二個か三個のパンと急須いっぱいのお茶が買えるくらい稼げるよ。」

「それは悲しいことね。」とシリン・ゴルは言った。

「悲しくはないよ。いいことだよ。この仕事でたくさんの人間が空腹を満たすんだ。それに私たちはパキスタンの国境の役人が有難いと思ってるんだよ。私たちを通過させてくれるからね。」と年若い女は言うと、門の方を見た。

そこではちょうど一人の女の子が国境の役人の側を通過するところで、兵隊の一人が細い棒で彼女の小さなおしりを一撃していた。彼女はおしりをひき、それでも頭の上の重い荷物のバランスをうまく取っていた。

「あの女の子は誰?」とヌル・アフタブが尋ねた。

「おまえとか私のような普通のアフガン女だよ。」年若い女が言った。

「頭に何を持っているの?」とヌル・アフタブが尋ねた。

シリン・ゴルはどんなに頑張っても、その子供が頭に何を持っているかわからなかった。

「あの子が何を頭にのせているか、わからないよ。」とシリン・ゴルは言った。「何であれ、とても重そうだね。」

「きれいだ。」とヌル・アフタブが言った。それからまた言った。

「わかった、あれが何か。あの子は三日月を運んでるんだ。」

シリン・ゴルは微笑み、子供の頭をなでて言った。

「そうね、あれは本当に三日月かもしれないね。」

シリン・ゴルの母親は言った。

「いろんな色の薄いひらひらした服を着てる、小さなやせた女の子のことかい。頭に巨大な重い怪物を載せて、アフガニスタンから来たんだよ。私たちのようにパキスタンに来るんだ。」

「それはいいお話だ。」とヌル・アフタブが言った。「もっと話して。」

「それはお話じゃあないよ。」とおばあさんは言った。「それに良くもないよ。」

「でも、お話ししてよ。」とヌル・アフタブはおねだりした。

シリン・ゴルは娘をひざにのせて微笑んで、話した。

「そうねえ、おまえの言うとおりかもしれないと私は思うよ。それは三日月だ。ある日、月は何もすることがなかったのよ。それで退屈だった。だから月は大きな天の無限のかなたの端っこまで来てしまった。もともと月はただ天の端っこで曲がって、地上の人間が何をしているか見ようと思ったんだよ。けれどもね、月はすべりこけて地上に落っこちたのよ。あの女の子がその月を見つけてね、月がかわいそうだったの。それで取り上げて、頭に載せて今、天の端っこまで持っていく所なの。そうすれば月はまたよじ昇って天に上がり、今夜私たちを照らせるでしょう。おまえやナセルや双子たちやおばあさんや、私たちの新しいお友達やその人の娘たちやその人の息子や旦那様やほか、神様の地上のすべての信心深い人たちとそうでない人たちをね。」

「今度月が天から落ちたら、私が月を見つけるよ。」とヌル・アフタブが言った。「そして、天の端っこに連れていくんだ。」

ヌル・アフタブは母親のひざから降りて、アフガニスタンから持って着た包みの一つを頭にのせて、家族の前と年若い女とその娘たちの前でバランスを取って行ったり来たりした。

重い荷を乗せたトラックが、ブルンブルン、ガタガタと音をたてながら通り過ぎ、シリン・ゴルの頭と身体に真っ黒な臭い排気ガスを残して行った。人のように大きくて黒いタイヤのトラックがシリン・ゴルの前を通り過ぎた時、女の子の頭の上の三日月が泥除けだとはっきりわかった。トラックの泥除けだった。

トラックは毛布、いす、机、大きな袋、鶏、アフガニスタンへ帰る子供たち、女たち、男たちでいっぱいだった。

ベールの頭の上にやかんを持った女が一人、シリン・ゴルの前に立ち止まりその手を伸ばした。シリン・ゴルはベールを見て微笑んだ。

「あんた、助けてくれない？」とその女は言った。「お金ない？」

シリン・ゴルは首を横に振った。

「ひょっとして、パンをひとかけら持っていない？」

シリン・ゴルは首を横に振った。

年若い女はポケットから一枚のお札を取り出し、それをその女に渡した。その女は行ってしまった。

「あんたお金持ちなの？」とシリン・ゴルは尋ねた。

年若い女は笑わずに言った。

「ここにいる誰も金持ちじゃあないよ。みな助けあうんだよ。今日私は彼女を助けた。明日は誰かが私を助けてくれるだろう。」

「あんたに神様のお加護がありますように。」とシリン・ゴルは言った。

「あんたが話したのはいいお話だったよ。」と年若い女は言った。「あんた、私たちにもう一つお話ができる？」

シリン・ゴルは目をつぶり、考え、目を開け、言った。

「あの青かったり、白かったり、オレンジ色だったり、緑色だったりするブカラがおまえたちには見える？　あの人たちが頭に重い荷物を載せて、みなとてもしゃんとして真っ直ぐに私たちの前を通りすぎているのが見える？」

「うん、うん、うん。」とヌル・アフタブは叫んで、ぴょんぴょんと飛びはねた。

「静かにして。おまえはみなをびっくりさせるよ。座って聞きなさい。」とシリン・ゴルは言って、娘をもう一度ひざに引っ張った。「あの人たちがみえるかな？　あれはね、女王たちと王女たちなのよ。とても身分の高い生まれで、お金持ちなの。そしてあの人たちのお城から次のお城へと移動してるところなのよ。」

「あの人たちは頭の上で何を運んでいるの？」とヌル・アフタブは尋ねた。

「あれはね、宝物なの。」

「なぜ家来に宝物を運ばせないの？」とヌル・アフタブは尋ねた。

シリン・ゴルは考えてから言った。

「あれはね、とても正しい女王様と王女様なのよ。だから自分で荷物を運んで、家来も、たまには休めるようにしているの。それからあの人たちはね、重さを支えるために頭を真っ直ぐにしなくてはならないの。そうすればあの誇り高い歩みが続けられるのよ。」

「それであのおじいちゃんは、」とヌル・アフタブは叫んで、巨大な重そうな袋をかついで背中が曲がっている白ひげの男をさして言った。「あれは王様なの？」

「わからない。」とシリン・ゴルは言った。

「なぜ男たちは荷物を背中に載せ、女たちは頭に載せているの？」とヌル・アフタブは尋ねた。

「わからない。」とシリン・ゴルは言った。

「そうすれば両手が空くから、子供たちの手を握れるだろう?」とシリン・ゴルの母親が言った。

シリン・ゴルが何か言おうと思ったその時、門の所で突然悲鳴が聞こえた。ぼろをまとった子供たちの集団が金きり声を上げたり泣いたり、国境の役人の怒りと棒と殴打を逃れようと試みていたのだった。子供たちは両手でしらみのたかった頭をおおい、走り、倒れた。子供たちは門のそばで、引きずってきた鉄くずの間にくたびれ果てて倒れた時に、小さな疲れた骸骨のように見えた。

理由もわからないまま年若い女は泣き始めた。理由もわからないままシリン・ゴルや母親や子供たちは黙り込んで、あの女たちや子供たちが荷物を引きずっているのを見た。皆は見た。ヌル・アフタブの半分くらいの大きさの女の子が、頭に鉄でできた曲がった管を持っているのを見た。小さな男の子は背中に、油で汚れた重いモーターの部品を背負っていた。その子も頭から足の先まで油で汚れていた。子供は最後の力を振り絞って揺れ、曲がった足で歩み、重さで骨が折れそうになるので荷物を降ろし降ろししていた。子供たちには名前もなく、年齢もわからず、望みもなく、過去もなく、未来もなかった。子供たちにとって、人生とは命をなくさずに国境を抜け、また戻ってくることだった。子供たちの手の大きさほどの小さな一かけのパンのために、それが何であろうと新しかったり油で汚れたりした重い物を、その曲がった背中に背負ったり小さな頭に載せたり麻紐でくくって地面を引きずっていたりした。国境の門では役人がそっぽを向くまで待ち、子供たちを相手にしないことを望み、走り去った。松葉杖をついた男の子がいた。他の十万人ものアフガン人と同じように地雷を踏み、片足をなくし片腕をちぎられた人がいた。片腕で片足の人は松葉杖をついて、体に綱を巻きつけて油かガソリンか何かが入った二つの缶を引きずっていた。この人は国境の役人に殴られた。なぜなら彼がのろすぎて交通の邪魔をしたからだ。

「あれは王女や女王じゃないよ。」とシリン・ゴルの母親が言った。

「知ってるよ。」とヌル・アフタブは言うと、下唇を上唇の上に重ね、おばあちゃんの方を見てもう一度言った。「知ってるよ。でもあれが王女様とか女王様と思った方が素敵だよ。」

「あんたとあんたの子供たちはお腹がすいてるようだね。」と年若い女が言った。

シリン・ゴルは黙りこんだ。

もう一度年若い女は跳んで、姿を消した。

「私たち、出発しなくては。」とシリン・ゴルの母親が言った。「これは私たちにいい環境ではないよ。」

「あの人はいい人だよ。」とシリン・ゴルは言った。

「あんなことをするくらいだったら私は死んだ方がましだよ。子供たちも死んだ方がましだ。私の身体を……。」

それ以上母親は言わなかった。そしてベールを顔にかけ、そのベールの頭を国境の門の方へ向けた。

年若い女が戻って来た時、彼女は二つの急須にお茶と、一人に一個ずつフラーデンパンと、一鉢のヨーグルト、それからお茶用の砂糖まで持って来た。

「あんた方は長い道のりを前にしてるんだろ。」と年若い女は言った。「どうぞ取って、できるだけ食べてお行き。そうしたら出発しなきゃいけないだろうね、暗い時間に義賊たちの地域に入りこまないために。幹線道路はパキスタンの兵隊がどこにも陣を張っていて、通してくれないからね。一番いいのはすぐに山の方へ入って、自由な義賊の所を行くんだ。そこではパキスタン人はもう何も決定できないからね。」

シリン・ゴルと年若い女は別れに抱き合いキスしあって、互いに長い健康な人生を願いあった。

シリン・ゴルとその家族は国境地帯を遠ざかると、年若い女が言ったとおりに移動した。舗装道路を離れたのだ。すべては年若い女が言ったとおりだった。道を見つけるのは簡単だった。そこらじゅう同国人たちがいたからだ。前にも後ろにも目が届く限りにだ。遠くから見ると、その人たちは長い行列を作っている小さなカラフルなアリのように見えた。たくさんの人たちがシリン・ゴルの一行を追い越し、他の人たちは追い越されて行った。たくさんの人たちが重い荷物を引きずり、他の人たちは空っぽの手で、ぼろをまとっていた。たくさんの人たちが子供を抱えていたし、他の人たちは一人ぼっちだった。

小道の下の方には、舗装道路が丘や山をくねくねと曲がりながら、有名なカイバル峠へと続いていた。シリン・ゴルとその子供たち、母親、双子たちは、パキスタンとの国境沿いの町、ペシャワールから遠くない義賊の地帯――トライバル・エリアの中へ入って来た時、長くて高い塀に沿って歩いた。その塀の向こうには立派な家々が並び、本当のお城が建ち、健康で金持ちの人々が住んでいて飢えの匂いなど知らないのだった。それは麻薬の商売人だという話だった。オピウムを取引している男たちはあまりにもたくさんお金を持っているので、それが数えられないほどだという。そのうちの一人はパキスタンの大統領に、もし彼と彼の家族に対して居住許可が与えられるならば、国の借金を肩代わりしようと提案したそうだ。パキスタンの大統領はその提案に喜んだが、友人のアメリカの大統領がそれに反対したので、その提案を受け入れられなかった。そういうわけで、その麻薬の商売人は彼のお城をトライバル・エリアに建てた。そこはパキスタンに正式に属してもいないし、かと言ってアフガニスタンでもなく、大統領も政府も王様も誰も口出しができぬ地域だった。金持ちは好きなことができるし、好きなことをさせている。ここでは誰もが自分自身のボスであるか、守衛とか密輪をして仕えるボスから金を貰っていた。誰もが一つか二つの兵器を所持していた。

市場の店では様々な種類の兵器が作られ売られていた。他の店ではオピウムやヘロインが重さを量られ、販売のために袋に詰められていた。そしてどこででもオピウムやハシッシが吸われていた。

シリン・ゴルはあちこちの店から漂う匂いが好きだった。それはケバップを食べさせる店から来る焼いた羊の肉の匂いと混じって、ベールの下まで漂うのだった。

「ここで休みましょう。」とシリン・ゴルは言って、道の隅のある店の前に座りこんで、目を閉じ息を吸って、空っぽのお腹にその匂いを吸いこんだ。その店から一人の男の子がシリン・ゴルの後ろへ来て叫んだ。

「何をしてるんだ、こんなところで。あっちへ行け。」

その男の子は双子たちとほとんど同じくらいの年だった。彼は彼の仕事台の前に座りこんで、美しい真珠貝の飾りのついたピストルを握っていた。

「お願いです、お兄さん。私、くたびれているの。私の子供たちもくたびれているの。私の母は病気で、私の弟たちも疲れ果てているのです。私たち、喉が渇いているの。」

「あんたたち、腹もすいているんだね?」とその男の子は店から尋ねた。

シリン・ゴルは目の前のネットの陰から男の子を見て、ベールの後ろでうなずいた。

男の子は真珠貝の飾りのついたピストルを地面に置くと、側にあった松葉杖を取り、それで身体を支えながら店を出て来た。彼の太ももの先が身体から死んだ肉のようにぶら下がっていた。片足の子はシリン・ゴルのそばにしゃがんで言った。

「店の中へ来てごらん。ここだと邪魔されないよ。ベールを取ってもいいし、休めるよ。もうどちらにしてもお祈りの時間だ。俺はどっちにしても食べ物を買おうと思っていたんだ。あんた方は俺のお客さんだよ。」

「私たちはあんたの迷惑にはなりたくない。あんたは人が良すぎるよ。」とシリン・ゴルは言った。「ちょっとここで休ませてちょうだい。すぐまた出発するから。」

「あんた方は俺には迷惑じゃないよ。あんた方は俺の喜びだ。どうぞ入って。」と男の子は言った。「外はあんた方にとってとても危険だ。山にいるべきだったんだよ。もうすぐ暗くなるし、どうぞお入りよ。」

「お願い、お母さん入ろうよ。」とヌル・アフタブはせがむと立ち上がり、母親の答えを待たずに店の中へ先に入り、真珠貝の飾りのついたピストルのそばの地面にしゃがんだ。

その男の子は立ち上がり、双子を店の中へ押し込み、ナセルを腕に抱いて中へ運び、その姉のそばに座らせた。それから道の反対側にあるケバップの店へ片足を引き引き行って、焼肉とご飯とパンを買い、プラスティックの布を彼の店の床に広げ食べ物を分け、言った。

「神様、どうか私たちにいつもお恵みを下さいますよう。どうぞ食べておくれ、皆に十分にあるから。」

シリン・ゴルは背を通りにむけ、ベールをはずしてすわり、言った。

「神様があんたを私たちのところへ遣わせて下さったんだ。」

その男の子は何も言わず、シリン・ゴルをしばらく黙って見ていたが、言った。

「俺の姉さんもあんたの子供たちと同じくらいの年の二人の子供たちと一緒に、俺のお母さんもそれに俺の妹も一緒に逃げているんだ。皆がどこにいるか誰にもわからない。神様、皆も優しい人に出会って、その人が同情して助けてくれていますように。」

その男の子は地面にしゃがんだ。大丈夫な方の足に乗って、もう片方の太ももは小さなクッションのように彼の前に転がっていた。彼はシリン・ゴルを見、指でご飯を丸め、一かけの肉をちぎり、いっしょに口の中へ押し込み、噛み、シリンゴルを何度も見つめ、言った。

「皆はきっと生きてるよ。俺、そういう気がするんだ。」

「きっと皆さん生きていらっしゃるよ。」とシリン・ゴルは言った。

「僕にもピストルを作ってくれない?」とナセルが尋ねた。

「だめだ、ピストルはいい物じゃない。」と片足の男の子が言った。「ピストルは人を殺すんだ。」

「ピストルが兄ちゃんの足を殺したの?」とナセルは尋ね、大きな肉のかけらを頬張った。

「違うよ、ロケットだ。」と片足の男の子は言った。「ロケットが俺の足を殺したんだ。俺たちは逃げてるところだった。砂漠にいたんだ。夜中だった。その時ロケットが飛んで来て爆発した。みな叫び声を上げあちらこちらへ逃げた。それからそこにもここにもムジャヘディンがいた。ムジャヘディンは俺の姉さんや妹や姉さんの子供たちや俺の母さんを捕まえ、ジープに引っ張り上げ、どこかへ行ってしまった。俺は一緒に行くと泣き叫んだけど、奴らは聞かなかった。」

「それでどうしたの?」と怖がりの方の双子の片割れが尋ねた。

「それから俺は立ち上がった。けど俺はすぐ倒れてしまった。それで俺にはわかった。俺の片足が飛び散ってしまったから、俺にはもう片足しかないから倒れたって。それで急いで俺はその太ももをシャツで縛った。それは俺、学校で習ったんだ。先生が言ったんだ、万が一おまえたちが地雷を踏んづけたりロケットがぶつかったりして片足や片腕をなくした時は、すぐにその切れたところを縛りなさい、そうすれば出血多量で死ぬことはないからって。だから俺はすぐそうしたんだ。それから俺は気を失った。」

「そしてどうなったの？」と生意気な方の双子の片割れが尋ねた。

「俺は幸運だった。」と片足の男の子は言った。「一人のおじさんが俺を見つけて、何日も何夜も俺を背負って、その間じゅう傷を洗ってくれて、やっとパキスタンに着くと医者を探してくれた。その医者は俺の足を切断したんだ。医者の話じゃ、腐ってるから切断しなくてはならんということだった。残りを医者が縫い合わせたんだ。」

「痛かった？」と怖がりの片割れが尋ねた。

「覚えてないよ。」と片足の男の子は答えた。

「それから？　何が起こったの？」と生意気な方が尋ねた。

「俺を見つけて長いこと引きずって来てくれたおじさんは親切でね。息子がロケットに当たって死んだと言ってた。もし俺がそれでよければおじさんの所に住んで、手伝ってくれと言われた。おじさんは医者に金を支払い、おれに毎日食べ物をくれたんだ。それ以来俺はおじさんの所にいて、ピストルを造るのを手伝ってるんだ。」

「あんた、何年学校へ行ったの？」とシリン・ゴルが尋ねた。

「二年さ。」

「戦争が終わったら、」と片足の子は言った。「俺はまた学校へ戻るんだ。」

「私もよ。」とシリン・ゴルが言った。「私も学校へ戻る。私、医者になるのよ。」

「インシャ・アラー。」と片足の子が言った。

「インシャ・アラー。」とシリン・ゴルが言った。


「トルクハム。」とシリン・ゴルは次の朝、パキスタンとトライバル・エリアの境にある門の左にある立て札を読んだ。

「あんた、読めるの？」とアフガン人の女がシリン・ゴルを見ていて言った。

「バレ。」とシリン・ゴルは言った。

「何が書いてあるの？」とその女は尋ねた。

シリン・ゴルは大きな声ではっきりと読んだ。

注意
外国人は先に進入することを禁じる
政府の規則
ようこそカイバル峠へ
左側通行

「それで他には何か書いてあるの？」その女は尋ねた。

「何もないわ。これで全部よ。」とシリン・ゴルは言った。

「そう。」とその女は言うと、今いっしょに国境を通って来た六歳と八歳くらいの子供たちの手を引いて、先に進んだ。シリン・ゴルはトルクハムが何を意味するか考えていたが、わからなかった。ガムという言葉を思いだした。それはペルシャ語で悲しみとか苦しみを意味していた。

「ここに立ち止まるな。」と一人の警官が怒鳴って警棒を空中でまわしたので、それがビンビンと音をたてた。

「サラーム。私たちは訪問者です。」とシリン・ゴルが言った。

「おまえたちは避難民だ。」と警官は言った。「あっちへ行け。」

パキスタンの難民収容所でアフガン人が記録のために尋ねた。

「おまえの父親はどこにいる？」

「故郷です。」とシリン・ゴルは答えた。

「おまえには聞いておらん。」とその男は言った。「おまえはたぶん神を失ったロシア人の手に陥って、その学校で恥も行儀も失った連中の一人だな。恥だ、恥だ、千回も恥だ。」とその同国人はのろい、シリン・ゴルの足元に黄緑色のタンを吐いた。それはそこに沁みこんで乾いた。

シリン・ゴルは何か言おうと思った。母親が平手で頭の後ろを叩いた。シリン・ゴルは黙りこんだ。

「私の父は故郷にいます。」と生意気な方の双子が大急ぎで言った。

「何をそこでしている?」

「戦っています。」

「誰の側だ?」

「ムジャヘディンの側です」

「どのムジャヘディンだ?」

「わかりません。」

「アラー・オ・アクバー。」とそのアフガン人は言うと、また怒った。

「父は正しい側で戦っています。」と双子は思いついて言った。「山の中で私の兄たちと一緒に戦っています。」

「そして、私の姉たちも、」とシリン・ゴルは言った。「私の父や兄たちと共に戦っています。」

生意気な双子はシリン・ゴルを怒った目つきで見ると、言った。

「私の父と私の兄たちは祖国のために、預言者のために、コーランのために、そしてイスラムのために戦っています。」

「行け!」とそのアフガン人は怒鳴った。「さあ、さあ、さあ! 動け! このメモを取ってスィア・サーをそこへ連れて行け。そうすればそこでテントが貰えるだろう。よく覚えておけよ、ロシア人は去ってしまったぞ。それから一つ覚えておけよ、この土地はパキスタンと呼ばれているがそれは間違っている。イギリス人が我々をだまして盗み、それをパキスタンに渡したんだ。だがこれはアフガニスタンの土地だ。これは俺たちのものだ。そしてここではイスラムと預言者の法が支配している。我々はアフガン人だ。

信心深いアフガン人だ。その宗教、イスラムの有難い教えと賢い預言者を尊敬し、故郷を愛するアフガン人だ。ここでは俺たちの法だけが有効だぞ。」

その同国人は生意気な双子を見て言った。

「おまえが今すぐ責任を持つんだぞ、わかったな？　そしておまえの家族のスィア・サーが人前で声を上げぬように注意するんだ。それはあってはならん。わかったか？」

「わかりました、そうします。了解。」

「そうか？　わかったか？　ではおまえが何をすべきか説明しろ、鼻たれ小僧め。」

「黒い頭の連中を……、黒い頭の連中と一緒に、そのスィア・サーをどこかへ連れていく。」

「それで、スィア・サーとは誰だ？」

「わかりません、それはわかりません。」と生意気な双子が言った。

「アラー・オ・アクバー。」とその同国人はため息をついた。「ほら見ろ。おまえの頭も神を失ったロシア人のインチキでいっぱいだな。それは忘れなければならん。そのためには俺たちが世話をしてやる。おまえとおまえの弟はコーランの学校へ行くんだ。さあ取れ。このメモを持って明日マドレッサ（宗教学校）へ行って、ムラーに入学を届けるんだ。だがおまえ、馬鹿者、一体スィア・サーが何のことがわからんのか？」

「知りません。」と生意気な双子は小さな声で言うと、肩をすくめた。

「それはな、女たちだ。まだ白髪がない連中のことだ。」とその同国人は威張って言った。「まだその美しい黒い巻髪を持っている連中だ。それでもっておまえや俺や他の人間の頭がおかしくなって、すっきりとものを考えられなくなってしまう。俺たちはそれによって弱くなり、悪魔が俺たちに勝ってしまうかもしれないのだ。わかったか？　それは悪魔の道具だ。わかったな？」

「わかりました、警官殿。」

生意気な双子はその姉の方を向いて、その男と同じ生意気な風に言った。

「スィア・サー、黒髪め。それがおまえだ。そして今は俺がしゃべる権限を持つぞ。」

アフガン人は満足してにやりと笑い、つばを吐くと、生意気な双子の頭をなでた。


テントへ行く道すがら、シリン・ゴルは生意気な双子の耳を引っ張り、彼にがみがみと言った。

「考え違いをしてはだめだよ。おまえにはあの臭くて教養のないムラーのおしゃべりは通用しないんだからね。今日もしないし百年後も通用しないよ。ここで権限を誰が持つかは、そして誰が持たぬかは、まだ私が決めるんだから。わかった？　スィア・サー、それは私さ。けど私はものを見るし、話すし、答えるし、質問するし、もし必要だったらおまえを殴るからね。そして私がしたい時にするからね。わかった？」

「わかった。」と生意気な双子はおとなしく言い、その姉が隠れているベールの方に向かってにやりと笑った。

シリン・ゴル、その娘、その息子、双子たち、そして母親が入ったテントはプラスティックでできていた。それは美しいモスクと同じ青色だった。

「ドアをしめろ。」と生意気な双子が命令した。

「これはドアじゃないよ、鼻たれ小僧。それにテントを開けたままにしなかったら、私たちは暑さで死んじゃうよ。」

「でも、知らぬ男たちがおまえを見るよ。」

「どの男たちだって？　私には男の姿は見えないよ。私にはただ弱虫しか見えないよ。故郷から逃げて来て戦わずにすんでる連中だよ。」

パチッと音がして、生意気な双子は生まれて初めて、その愛する姉さんに平手うちをくらわせた。

シリン・ゴルは彼にとびかかり、腕を背中に回し、頭の後ろを殴り、おしりを叩き、隅に押しやり、言った。

「もう一度やったら……。」

「それでどうするんだよお？」と双子は食ってかかった。「ここでは俺が言う権限があるんだよ。」

身体全体の血が頭に流れた。シリン・ゴルはベールをはずし、その弟の前に座り叫んだ。

「そうかい？　おまえが言う権限があるって？　じゃあやりなさいよ。私たちに食べ物を持って来なさいよ。私たちは空腹なんだ。」

「やるさ。」と生意気な双子はいうと、姿を消した。

彼が出て行くと、シリン・ゴルはまたベールをかぶり、やはり外へ出た。外のテントとテントの間は、おしっことうんこの匂いがした。どこにもここにも汚らしい臭い水がたまっていた。あちらこちらを、小さな身体からズボンやシャツや他の服の代わりにぼろ布をぶら下げた子供たちが走りまわっていた。

子供たちは鼻水をたらしながら、叫んだりぼんやりと座りこんでいたりした。その子供たちの母親はその傍らに座って細い腕をひざにのせ、頭を手で支えて、ただ前の方をぼんやりと眺めていた。シリン・ゴルが通りしなに言った。

「おまえの誇りも失われていくよ。」と一人の女が自分のテントの前にしゃがんで、シリン・ゴルが通りしなに言った。

「あの人たちは誇りも自尊心もなくしたんだ。」とシリン・ゴルは考えた。そして頭を下げて先へ進んだ。

「おまえはここで何を探してるんだ?」と突然ヒステリックな声がテントから聞こえて来た。

シリン・ゴルがびくっとして振り返ると、一人のシリン・ゴルくらい若い女がテントから走って来て彼女の腕を取ると、離れた所へ連れて行った。

「どうも、すみません。」とその娘は言った。「あれは私の父です。父は気が違ってしまいました。父はオピウムとかモルヒネがないと正常になれないのです。でも私はお金がないので、父にそれを用意してやれないのです。」

オピウム? モルヒネ? それは何だろうとシリン・ゴルは自問した。そしてできるだけ速く先へ行った。自分のテントの方へ戻る途中で、叫び声やドタバタする音がした。男たち、女たち、子供たちがめちゃくちゃに走りまわり、押しあい、突きあい、互いに言いあっていた。みなが監視人と呼んでいる男が棒を持って周りをたたき、怒鳴り、人々を立ち去らせていた。話によれば誰かが誰かのお金を盗んだので、殴り合いになったらしかった。

シリン・ゴルは一人の女に、「どこかで、食べ物を貰えますか?」と尋ねた。

その女はシリン・ゴルを見ると、頭である方向を指し言った。

「あんた、券が必要だよ。」

シリン・ゴルはどこでその券が貰えるかと尋ねたかったが、その女はもうそこにいなかった。

食べ物を分けてもらえる場所では、なべや鉢、皿を持った人々が何百人も並んで押し合いへし合いしていた。男たちは棒を持って怒鳴り、殴り、叩いていた。シリン・ゴルは前の方へ入り込んで、同じように押し入ってドアの後まで来た。そこで食べ物が与えられているはずだった。

高い段の上に三個の巨大ななべがあった。それはその大なべの中に三人の大人が座れるほどの大きさだった。どの大なべの後にも男がいて、大きな杓子でそのスープをかき混ぜていた。自分の番になると誰もがその鉢を高く上げ、男たちは赤いスープをなべからすくい、鉢や皿やバケツなどに注いだ。

「おまえの鉢はどこだ?」と男がどなった。「それともおまえのスカートに入れてやろうか?」

「おまえの食券はどこだ?」ともう一人の男が怒鳴った。シリン・ゴルは何か言おうと思ったが、口が開かぬうちに、次の瞬間もう他の誰かが、彼女を高い台の上の三つのなべの前の狭い通り道から出口の方へ押しやっていた。

シリン・ゴルの食べ物を貰う場所での一部始終を見ていた、列の前の女が言った。

「あんた、食券が要るよ。もう長いことここにいる隣の人たちに聞きなさい。みな、教えてくれるよ。」

シリン・ゴルは難民収容所をどんな風に想像していたか、もうわからない。ひょっとしたら難民収容所は親切な場所で、難民の面倒を見てくれる人間がいて、歓迎してくれ慰めてくれ、すべては良くなるよと言ってくれると思っていたかもしれない。あるいは難民収容所は清潔な場所で、どの家族にも小屋か部屋があり、掃除された道があり、学校があり、医者や看護婦がいると思ったかもしれない。あるいはまた考えていたかもしれない。難民収容所とは戦争で失ってしまった物をすべて貰える所だと。衣類、ベッド、毛布、なべ、靴、櫛、ノート、本、その他故郷から逃げて来た人間が必要な物。とにもかくにもシリン・ゴルは、それがこんな所とは思っていなかった。そこで人が泣き叫び、つばを吐き、穴があいて隙間のあるテントに住まねばならず、床がないから地面にじかに座ったり眠ったりしなくてはならないとは。とにかくシリン・ゴルは、難民収容所が食べ物もなく、水も食料品もなく、なべも何もなくてお金を払わねばそれが得られず、救済機関が人間を記録して、食券、毛布券、マット券、なべ券、治療券などの券をくれない限り何もない所だとは思っていなかった。

シリン・ゴルは幸運だった。双子たちはコーラン学校へ通えることになり、その代わりに毛布にマットに一袋のジャガイモ用の食券を何枚か貰えたのだ。

この収容所のどこかに新参者の面倒を見てくれる女性がいるという話があった。シリン・ゴルは幸運にもその女性を見つけ、その女性はシリン・ゴルになべ、飲み物のカップ、そして少し油を分けてくれた。

「なぜこういうことをなさるの?」とシリン・ゴルは尋ねた。「あんたもほとんど何も持っていないのではありませんか?」

「誰もが誰でも助けるんだよ。そしていつかあんたが他の人を助けてあげられるくらいたくさん物を持ったら、私はあんたの助けが必要になるかもしれない。」とその女は言った。「もしあんたにその気があるのなら、明日私のところへ来てちょうだい。私は毎日歩いているんだよ。大勢の女たちが旦那や家族のことで怒っている。もう神経が参ってしまってる。男たちは仕事もなく、することがなくて座り込んでいるんだ。だからほんのちょっとしたことで気分が悪くなり、喧嘩になってしまうんだよ。」

「私がどうやって助けてあげられるんです?」とシリン・ゴルは尋ねた。

「とても簡単なことだよ。」とその女は言った。「とても簡単。私たちは話を聞いてあげるだけ。それ以上何もしないよ。そうすると私たちは他の女たちの助けになるんだ。それで同時に私たち自身をも助けているんだよ。自分でわかるよ。他の人を助けてあげるとね、自分の人生が無駄でないと、何か役に立ってると思えるんだよ。」

「ひょっとしたら、来ます。」とシリン・ゴルは言うと、なべとカップと油のお礼を言った。

シリン・ゴルが店の隙間から食券を差し入れると、「おまえ、テントに旦那はいないのか。」と同国人が尋ねた。

シリン・ゴルが水を貰うのに行列に並んでいると、「家へ帰って兄弟をよこせ。」と別の同国人が言った。

シリン・ゴルが暑い太陽の下テントの前に座って砂に言葉を書いていると、また別の同国人が「ベールを顔にかけろ。」と言った。

「喉がかわいたよ。」と娘のヌル・アフタブが訴えた。

「暑いよ。」と息子のナセルが泣いた。

「食べ物はどこ?　お腹がすいたよ。」と双子たちが、パキスタン人とアラブ人のコーランの先生の所からテントに戻って来て言った。

「私は死にそうだよ。」母親が言った。

シリン・ゴルは耳をふさぎ、暑いプラスティックの片隅に座って目をつぶり、誰かがじかにしゃべる時だけ、見た――シリン・ゴル、あれしてよ。これして。あそこへ行って。ここへ行って――。

夜、シリン・ゴルは夢を見た。アフガニスタンを公明正大な人が支配している夢だった。その人は王様でもロシア人でもなく、ムジャヘドでもタリバンでもなかった。それは人に良いことをしてくれる善良な男だった。その善意の支配者は使者を全国に派遣して、すべての女たち娘たちに、顔をもはやベールで隠さなくて良いこと、ヘジャブなしで外を歩いてよいことを知らせた。それから彼は女たち娘たちの誰にでも、彼らとその子供たち、夫たち、父親たち、兄弟たちの一生の最後まで十分の食べ物を贈った。夫たち、父親たち、兄弟たちは山で戦っていたが、もう戦う必要がなくなった。

目が覚めた時、シリン・ゴルはそれがただの夢だったとは残念だと思った。


シリン・ゴルは目を開けていることや耳を澄ましていることをやめてしまったので、一体何日、何週、何カ月が過ぎたのかわからなくなった。

一人の男がテントの前に立って生意気な双子に話した。

「シリン・ゴル、おいで。」と双子は言った。「出ておいで、はやく。旦那様がここにいるよ。」

第6章

事故と寛大な密輸団のボス

モラッドは密輸人の仕事を見つけた。彼は毎日アフガニスタンへの国境を越え、自由な義賊の地帯――トライバル・エリアへ行った。そこはアフガニスタンの政府もパキスタンの政府も、何も口を出さない所だった。

アフガニスタンの王様たちが、イギリス人が、ロシア人が、あるいは共産主義の政府がアフガニスタンの政権を取ったにしても、パキスタンの政府を圧制者が支配しようと、あるいはまた汚職によって政権についた大統領がパキスタンにいようと、トライバル・エリアは昔からずっと独立した義賊の首長たちが支配していた。

モラッドは薬や麻薬や武器をトライバル・エリアに密輸した。そしてトライバル・エリアからは冷蔵庫、自転車、テレビ、絨毯、コンピューター、中古や新品のビデオ、ビデオレコーダー等、西側の世界が貧乏人に幸福をもたらす、利用価値のある他の様々な品物を密輸した。

その品物はカラチ等の港で船から降ろされ、トラックに積み替えられ、パキスタンを通過してアフガニスタンのトライバル・エリアへ運ばれ、荷降ろしされ、モラッドとか他の数百、数千人の密輸業者がそれを綱で背中にくくりつけて運んだ。そうすることにより、大切な品物をパキスタンに運ぶ道が狭くて細くて石だらけでも、品物が移動の途中で失われぬためだった。

遠くから見ると、モラッドや他の連中は小さな色とりどりのアリに見えた。彼らは重い荷を背負って山をよじ登ったり、下りたり、それも一日中だった。

　品物はパキスタンに留まらなかったので、商売人はそのために税金を払う必要がなかった。イギリス人が支配した頃の法律によって、人が歩いて、補強されても舗装されてもいない道を通ってパキスタンに運ぶ品物には、税金がかからないことになっていた。品物は日本、イギリス、フランス、韓国、ブルガリア、ドイツ、アメリカほか全世界から来ていた。パキスタン人はアフガン人がこの仕事を請け負うことについて文句はなかった。それどころか彼らは、それについてアフガン人に感謝しているほどだった。パキスタン人は全世界からの安い品物を買うことができるのを喜んでいた。そして自分自身は山に登って命を危険にさらしたり、自由な義賊の地域に入りたがったりしなかった。そのうえパキスタン人は、アフガン人が密輸商品を売っている店や屋台に対する高い賃貸料で儲けていたのだ。


　モラッドにとって一番いやなのは、冷蔵庫を密輸することだった。一番喜んでやったのはタバコだった。それは軽く、途中で一つか二つの箱をなくしたり、自分で吸ったり、何かと交換したり、売ったりしても見つからなかったからだ。

　シリン・ゴルはこの頃一日中、彼女の最愛の娘ヌル・アフタブと最愛の息子ナセルと一緒に難民収容所の中で過ごした。神様が彼女にお授けになった毎日、彼女は子供たちに千回のキスと千一回のやさしい眼差しを送り、子供たちを見る時微笑みを贈った。彼女の子供たちは良い生活を送らなくては。飢えも不安も知らなくていい。その目で戦争を見るべきではない。耳に爆発の音を聞かなくていい。家の隅に座りこんで弟や妹の面倒を見なくてもいい。読み書きができなくてはならない。そしていつか祖国の役に立たねばならない。国を造り幸福な未来を導いて、父や母の誇りになってほしい。

夜になってモラッドが眠っている時、シリン・ゴルはこっそりと彼の上着に忍び寄って、二、三枚の紙幣を取りそれを隠した。

モラッドが日中に山の中にいて、冷蔵庫やビデオレコーダーや自転車やタバコを密輸している頃、近所のテントの子供たちはシリン・ゴルのテントに集まり、その子供たちと自分の子供たちに彼女は読み書き、計算、お絵かきを教え、一緒に歌い、遊び、昔ファウズィーが、山から来たばかりで裸の女をこわがっていて小さかった自分にしてくれたように、お話をした。

子供たちの両親はシリン・ゴルに、できるほどの物を支払った。少しの現金、油、米、その他手放せるもので支払った。

この秘密の学校は、あまり長く経たないうちに、うまくいかなくなった。なぜなら臭いムラーと、正式には所有してはいけないことになっているが、実は常に使えるカラシニコフを持っている自称収容所所長と、その追従者とが、女の子が表に出ること、学校へ行くこと、女が働くことを望まなかったからだ。

彼らはシリン・ゴルを侮蔑し、棒を振り回し、間違ってしたかのようにわざと彼女に当てた。彼らはモラッドに文句を言い、棒で彼をわざと打ち、足元につばを吐き、自分の妻に対して注意不十分であると非難した。

男たちはモラッドに叫んだ。彼女は自分の好きなことをやっている。人々の中に交わっている。遠慮も誇りもない。おまえの妻はリーシュ・セフィッド（白髭の長老）や他の長老達、収容所にいる他の男たちの名誉を傷つけている。彼女を縛りよく監視しないと、人がそのうちにおまえはまともな男ではないと思うぞ。

シリン・ゴルはできれば穴があったら入りたいと思った。恥ずかしくて呪わしくて、自分自身を非難した。良心が痛んだ。もっとよく知っていなければならなかったんだ。今、彼女の優しいモラッドはどういう格好で立ってるの？　まるで小さな男の子みたいだ。臭いムラーと自称収容所所長は、モラッドを小さな男の子のように扱っている。モラッドは彼らの前に立って首をすくめ、自分の裸足の指を見ている。その姿がシリン・ゴルの心を紙くずのようにした。強くひっぱれば二つに引き裂けそうだった。ベールの中でシリン・ゴルは手で太ももをひっかき、低く泣きじゃくり、その様な姿のモラッドを見るより、そしてどんなにこの瞬間にモラッドが恥じているかを知るよりは、死んだ方がましだと思った。男たちの前で、近所の連中の前で、息子や娘の、そしてシリン・ゴルの前で恥じているのだ。

なぜ彼女はモラッドに打ち明けなかったのだろう？　なぜ彼女は子供たちに授業をしたかったことを知らせなかったのだろう？

もしも彼が彼女を非難したり、それどころか殴ったりしたとしても、その方が良かったのだ。彼女は知っていたはずだ、うまく行かぬことを。彼に尋ねなければいけなかったのだ。もし彼がノーといったら、それでこの件は終わりだったはずだ。あるいは彼がノーと言ったとしても、彼女はそれについて話をしただろう。そしていつもそうだったように、彼女は彼を説得できただろう。そうすれば少なくとも彼はそれについて知っていたはずだ。今になってこうなってしまった。モラッドはひどく怒り、深く傷つき、いやしめられ、侮蔑された。そしてそれは彼女のせいなのだ。

臭いムラーと自称収容所所長が去った後も長いこと、モラッドは青いプラスティックのテントの隅に黙って座り続けていた。一日中、午後の間中、そして夕方もずっと彼はそこに座って、あの何かを吸っていた。

シリン・ゴルは尋ねた。

「それは何？」

彼は彼女を見なかった。

「薬だ。」と口ごもり、それから黙り込み、また吸い続けた。

テントの中は薬の煙と匂いでいっぱいになった。その甘い、重い煙はシリン・ゴルの感覚を麻痺させた。そして娘と息子もすでにぼんやりとしてきていた。

二、三日が過ぎた。そこへあの臭いムラーと自称所長がまたモラッドの所へ来たが、手紙を持っていた。彼の妻にそれを読んでくれという。シリン・ゴルはこれから将来にわたって、彼らのために手紙を読んだり書いたりしてくれ。彼女が読んだり書いたりできるその事実を、今さらひっくり返すことはできないから。このことで彼女は現金は貰えぬが、時々小麦、一缶の油、米、一袋のお茶などを手に入れるだろう。それから、彼女は黙っていなくてはならぬ。誰にも彼女がムラーと自称所長の読み手および書き手になったことを話してはいけない。

これは神様のお慈悲だとシリン・ゴルは思った。そして彼女は、神様が彼女に贈って下さる毎日を神様に感謝することになった。彼女は神様のお慈悲と素晴らしさ、そして自分自身の健康、子供たちや旦那の健康について神様に感謝した。子供たちや彼女自身、そして旦那の誰も地雷を踏みつけることがなくて、誰も足や腕をなくしていないことに感謝した。彼女は神様に、油やお茶や小麦や小さな粘土の塀についても感謝した。その土塀を彼女はモラッドと共に、青いプラスティックのまわりにゆっくりとだがしっかりと作っていた。シリン・ゴルはその土塀をだんだんと大きくしていき、将来はドアをつけ、窓をつけ、屋根をつけ、最後には中のテントをはずしてちゃんとした部屋にする予定だったのだ。テントは売って、そのお金で羊毛と染料を買おう。糸をつむいで、染料をたぎらせて毛糸を染め、小さな絨毯を織る。そしてそれを売る。食料品を、油を、お茶に米に小麦を買おう。

シリン・ゴルは神様に感謝した。神様が彼女に健康で、器用で、速くて力強い手を授けて下さったことを。その手によって彼女は料理し、子供を産み、子供たちの服を縫い、洗い、畑で仕事をし、毛糸で絨毯を作り、モラッドの疲れた身体をなだめ、子供たちを背負い、子供たちを寝つかせる時にはその背中をさすってきた。

シリン・ゴルは神様に感謝した。彼女が町で、作った絨毯の買い手を見出すことについて。そして山にいる兄たちの一人が書いた手紙について。その兄は書いてもらっていた。兄とその家族については、みな有難いことに元気である、彼らはいまだに戦っているが、今となっては一体誰が彼らを攻撃していて、彼らが誰を攻撃しているのかわからないけれど、預言者のため、コーランのため、そしてイスラムのために戦っていると。

シリン・ゴルは彼女が持っているすべての物について、神様に感謝した。まだ生きているすべての人たちのために感謝した。

ある日、他のどの日とも同じある日、それでもすべてが何か他の日と違っている日に、シリン・ゴルのお腹の中は引きつり、よじれ、たぎり、引き裂かれるようだった。彼女は惨めで、暑かったり寒かったり、頭の中はごちゃごちゃで、子供たちは泣きわめき、収容所には水がなく、火はつきにくく、火がついたかと思うと煙り、空気はどんよりと重く湿っぽく、やはり臭かった。ぎらぎらとした背中のゴキブリが子供たちの足をよじ登り、ねずみがそうでなくても少ない予備の食料をかじり、隣人は文句を言い愚痴をこぼし、その子供たちはわめき、叫び、怒鳴り、泣き、隣人の妻はそれに応じて気違いのように答え、身体から服を破りとり、ナイフで自分の太ももを切り裂いた。

このような日、このようなことなどすべてが起こった時にシリン・ゴルは神様に感謝しなかった。彼女はその日を呪い、悪運を嘆いた。彼女の人生、誕生、祖国でまだ続いている戦争、いまだに馴れぬパキスタン、臭い収容所や他のすべての情けない生活で起こったことや起こらなかったことについて、嘆いた。その日、ことが起きた。

モラッドが二人の男たちに粘土の小屋に運ばれてきた。一人はその足を、もう一人は腕を抱えてきた。モラッドはほとんど命を失っていた。嘆き、痛みを訴え、意識が朦朧とし、片足はつぶれていて、腕は出血し、胸からも出血し、頭からも出血していた。出血モラッドだった。

彼は背中にしっかりと結びつけられた密輸品の冷蔵庫と一緒に、山をすべり落ちたのだった。転がり、何度も何度も叩かれ、ある時は彼が上になり、ある時は冷蔵庫が上になり、最後には谷の底に倒れてしまったが、その時はでこぼこの冷蔵庫は彼の下になっていた。そしてすべては、シリン・ゴルがただ神様に感謝しなかったからなのだ。

医者に来てもらわなくては。出血モラッドには薬が必要だ。病院へ運ばなくては。足も腕も腹も背中も、どこもみな骨が折れていて傷だらけだ。縫ってギプスをはめてもらわなければ。

シリン・ゴルは誰にでも、知っている人には誰にでも、お金を乞い願った。彼女の母親に、隣の人たちに、臭いムラーに、自称収容所所長に。「できる方はどうかいくらか下さい。後でお返ししますから。」「どうやって？　まだわかりません。」「お金を病院へ持っていかねばなりません。足りないのです。」「どうやって生活すればいいのでしょう？　どうやって子供たちを養えばいいのでしょう？」「薬の代金を払わねばなりません。医者や病院にも、タクシーや、出血モラッドの食べ物も払わなければ。」

夜、シリン・ゴルは夢を見た。プラスティックのテントはテントでもなければ、プラスティックでもなかった。それは粘土でできた小屋だった。糞や小便は糞や小便ではなかった。収容所の角ごとに小さな台があって、そこにはたくさんの果物や肉や米が置いてあった。誰もが好きなだけ取っていいことになっていた。収容所のどこからもバラの香水の香りがただよい、あまい食事の匂いがし、焼きたてのパンの香りがした。

目が覚めてシリン・ゴルは、ただの夢だったとは残念だわと思った。

虫がついた最後の豆も、最後の米も、最後の小麦も使いきってしまった。娘たちと息子たちのお腹は空腹で鳴った。シリン・ゴル自身も目がまわり、立ち上がると目の前が暗くなったりした。空腹が胃に穴を開けた。子供たちは指をしゃぶるようになってしまった。シリン・ゴルは隣人たちの所で、物乞いをし、収容所のあちこちに立ってベールの下から手を出し、二、三個の硬貨を貰ったが、それは一個のパン代にもならなかった。

一人の男が立ち止まり、「腹が減ってるのか。」と尋ねた。

「はい旦那様、私を助けて下さい。神様があなた様の財産をお守り下さいますように。」

「その代わり何を貰えるかね。」と男は尋ねた。

シリン・ゴルは男が何を言っているのかわからなかった。

「それはあんたの娘かね。」と男は尋ねると、手を子供の方へ伸ばした。

ぞっとして、シリン・ゴルは子供を抱きしめ、男を呪い、怒った。

「神を神とも思っていない人でなし。」とシリン・ゴルは彼に怒鳴った。「恥を知りなさい。あんたには母親も父親も恥も礼儀もないのかい？」

男は笑い、黄緑のものを吐き、一足踏んで言った。

「高慢ちきな考えはおまえからじきになくなるよ。おまえたち皆からなくなったように、おまえたち皆からなくなるように、おまえからももうなくなるぜ。」

次の朝、空腹でふるえるシリン・ゴルは、その空腹の娘と空腹の息子の手を取った。一瞬、子供たちが双子で、彼女自身はその姉で小さな女の子のような気がした。

ペシャワールの市場で、午前中ずっと彼女はあの密輸団のボスを探した。モラッドは彼のために働いていたのだ。シリン・ゴルは幸運だった。そのパキスタン人は同情してくれた。彼にも子供がいて、彼も父親である。彼は礼儀正しく親切で愛想良く、シリン・ゴルとその子供たちにお茶と食べ物を出してくれ、お金を与え、モラッドが速く治るようにと言ってくれ、シリン・ゴルとその子供たちのために収容所へ帰るための馬車代を支払ってくれた。

二週間が過ぎ去った。馬車の御者が収容所に、一束の米と油と小麦と少しの絹を持って来た。その布は、シリン・ゴルが今まで見たこともなければ、手で触ったこともないほど美しく上品だった。すべてはあの親切で寛大な密輪団のボスの贈り物だった。米や油や小麦はみなで食べ、食事を作ってモラッドのいる病院へ運んだ。絹はよい金額で売った。そのお金で薬を買い、医者の代金を払った。

再び一週間が過ぎた。御者がまたやって来たが、今度は何も持っていなかった。寛大なサヘブ（旦那）はシリン・ゴルに会いたいという話だった。シリン・ゴルは子供たちの手を取ると、御者の後から歩いて行った。青いプラスティックのテントを過ぎ、半分完成した粘土の小屋を過ぎ、全部できている粘土の小屋を過ぎ、泣き叫んでいる子供たち、臭い水溜りの横、小さな屋台、気が変になっている母親たち、ベールの陰で気が違っている女たち、ぼんやりとした父親たち、しらみのたかる頭だったり、口の周りがべたべたしていたり、おしっこでぬれきったズボンのままだったり、裸足だったり、汚れがこびりついた足だったり、日に焼けすぎていたり、傷が膿んでいたりする汚い子供たちのそばを過ぎて行った。

収容所の入り口のところで、シリン・ゴルは待っていた馬車に乗り込んだ。そして騒音でいっぱいの臭い町の中を通り、騒音でいっぱいの臭い市場の中へと連れられて行った。つばを吐く男たち、油で汚れた男たち、いやらしい目つきの男たち、でっかい腹の男たちのそばを通り過ぎた。シリン・ゴルがひざに子供たちを乗せて通り過ぎる時、男たちは黄緑のものを吐いたり、自分のモノを撫で回したりひっかいたりした。寛大な密輪団のボスの家まではまだ、もっとたくさんのものの前を通り過ぎて行った。

シリン・ゴルは降りると、天井からの扇風機で涼しい部屋に通された。それは彼女が今まで見たこともなければ、この先見ることもないような部屋だった。シリン・ゴルは美しくて清潔で柔らかいクッションと座布団の上に座った。それは清潔で、薄緑色に塗ってある壁に沿ってぐるりと積んであった。彼女は待ちながら子供たちに、「静かに座っていなさい。出されたお菓子をむやみに食べてはだめよ。」と言った。

静けさ、冷やされた空気、柔らかなクッション、陶器の皿の中のバラの香水、扇風機の静かで規則的な音、氷のように冷たいレモネードがシリン・ゴルと子供たちを落ち着かせた。

子供たちはだんだん、うとうとし始めた。シリン・ゴルは二人のどちらにも手をあて、さすり、その羊皮紙のような肌の小さな壊れやすい背中を手の平でそっと叩き、低くやさしい声で歌を歌った。そのメロディは彼女の心から発していて、シリン・ゴルは微笑み、幸福で、この瞬間の静けさと平和に対して神様に感謝した。

その静けさの邪魔をしないようにそっと、寛大な密輸団のボスはその部屋に入ってきて、シリン・ゴルにそのままそこに座っているようにと合図した。

「そのまま歌っておくれ。子供たちを起こさないでくれ。この瞬間をこわさないように。」

彼は靴を脱ぎ、忍び寄って来て、シリン・ゴルの横のクッションに座り、歌っているベールを見つめ、聴き、楽しみ、自分も子供のようになり、微笑み、彼のお祈りの数珠でシリン・ゴルの歌にあわせて音をたてた。

召使がもう一度、氷で冷やしたレモネードやクッキーや赤くてみずみずしいスイカや箱を一つ持って来た。

「おまえのだよ。」と寛大な密輸団のボスは言った。その箱をシリン・ゴルのひざに置き、ふたを開けるとシリン・ゴルのお腹に触った。

シリン・ゴルはそれは何かの間違いだと思いびくりと動いたが、何も言わなければ、この他人から身体を引き離すこともしなかった。子供たちはひざに乗っかっていて、その眠りの邪魔をしたくなかった。この人は親切で、箱の中にはたくさんのお金が入っていた。シリン・ゴルは彼を怒らせたくなかった。それに多分、彼女のお腹の上の手は思い違いだったのだ。

そしてそれから何が起こったかって？　ひょっとしたらそれも想像の産物かもしれない。ひょっとしたらこの男は別に悪い気持ちはないのかもしれない。シリン・ゴルは沈黙していた。ひょっとしたらそれが一番良いことかもしれない。シリン・ゴルのため、子供たちのため、そしてモラッドのためにも。

注意深く、実に注意深く、そっとやさしく二本の指で、寛大な密輸団のボスはシリン・ゴルのベールの先をつまんでそれをゆっくりと高く引っ張りあげ、シリン・ゴルの顔をベールから解放し、彼女を見つめ、あさ黒い手でシリン・ゴルの涙を拭き、額にキスし、泣いている目や涙でぬれた口元にキスし、自分の舌を氷で冷やされたレモネードの味のする口の中にすべりこませ、白い真珠のような歯の間を抜け、なめ回し、激しく呼吸を始め、箱を横にどかし、立ち上がるとドアのところへ行って閂をかけ、戻って来るとそっとゆっくりと娘をシリン・ゴルのひざから抱き上げた。シリン・ゴルは低い息が詰まるような音をたてたが、男は愛情深く微笑み、娘を部屋の向こうの方のクッションの上に寝かせ、それから息子を運び、シリン・ゴルのところへ戻ると彼女の前でひざまずき、箱を彼女の前に置き、尋ねた。

「金がいるか？」

「私に選択ができると思いますか？」とシリン・ゴルは尋ねた。

「そうだな。」と寛大な密輸団のボスは、やさしく穏やかな声で答えた。「おまえは他の同郷の女たちのように、外で幸運を試すこともできる。市場にはおまえを喜んで欲しがる私の同国人たちがたくさんいるからね。」

「知っています。」とシリン・ゴルは答えた。

「おまえの旦那は仕事ができない。金を稼げない。おまえは借金を抱えている。大きな借金だ。もしおまえが今夜この金を取らなければ、明日にはたくさんの男たちから金を貰わねばならないだろう。おまえ自身と、遅かれ早かれおまえの娘の身体のため、おまえの息子の身体のためだ。」

「知っています。」とシリン・ゴルは答えた。

「もしそうなら、私はおまえをもう欲しがらぬ。」と男は言うと、シリン・ゴルの唇をそっとなでた。

「知っています。」とシリン・ゴルは言うと、顔の涙をぬぐった。

「おまえは私が思っていたよりもっと美しいな。」と寛大な密輸団のボスは言った。

シリン・ゴルは、黙っていた。

男はシリン・ゴルの胸に手を置き、押さえつけ、こすり、もう片方の手で彼女の服の第一のボタンをはずし、二つ目をはずし、それから全部はずし、彼女の、裸の柔らかい白いふくよかな母親らしい乳房を両手で取り、押さえつけ、こすりつけ、撫で回し、なめ、キスし、そっと噛み、片手をシリン・ゴルの腹の方へしのばせ、彼女の長いトンバン（ズロース）を下ろし、スカートをまくりあげ、彼の固い一部を彼女の身体の中に押入れ、上下に動き、リズムが激しくなり、うめき声を子供の目が覚めぬようにそっと出し、激しく押し始め、色黒い指を彼女の腰に当て、支え、動き、解放され軽くなった身体をシリン・

ゴルの母親としての身体の上に横たえ、彼女の上にほっとしたまま静かになり、気分良く満足したうなり声を上げた。

「歌え。」と彼は命令した。目を閉じ、彼女のすすり泣く歌声を聴いた。

シリン・ゴルは身を任せた。

彼女はテントの中の床にすわり、音楽でも流れているかのように身体を前後に揺らした。実際には見ていなかったが、彼女には眠っている子供たちが眼前に見えた。

「おまえのため、娘よ。」と彼女は囁いた。「おまえのために私はしたのよ。おまえのため、息子よ。あんたのため、モラッド。私自身のために、私たちが生きのびて行けるように。」

年月は鳥のようだった。鳥が集まり飛び去るように過ぎた。冬が、夏が、来ては過ぎ去った。しかしあの恥辱を思い出させる光景は、最初の日と同じように明白だった。うす緑色の壁。口の中の、氷で冷やされたレモネードの味。

神様はシリン・ゴルを助けて下さらなかった。あの恥辱の光景、屈辱を頭から消して下さらなかった。神様はあの時の光景を記憶の中に焼きつけて、彼女を解放して下さらなかった。

そして何百人、何千人ものアフガン女たちが彼女と同じことをしているという事実も、シリン・ゴルを慰めてはくれなかった。

そしてパキスタンで家畜のようにアフガン女が売られ、買われている市場があるという事実も彼女の慰めにはならなかった。女の子たちの多くは十三歳だったり、十二歳だったりした。九歳でしかない場合もあった。彼女たちは性的に値踏みされた。男たちはようやく大きくなり始めた乳房に触り、尻をつかみ、足の間を触り、笑い、よだれをたらし、つかんだ。男たちは口の中をのぞきこみ、中に指を突っ込んだ。値段が交渉された。金があっちからこっちへと動いた。人間が売買されていた。

シリン・ゴルはこれらすべてを知っていた。彼女は恥辱を感じているのが彼女だけでないことをよく知っていた。すべてわかっていた。そしてシリン・ゴルはこの恥辱から免れる唯一の方法が、自分自身の死であることを知っていた。彼女はそれを知っていた。ただ、子供たちをどうしたら良いかがわからなかった。

第7章　もう一人の子供ともう一度の避難

シリン・ゴルの三人目の子供で二人目の娘――ナファス（息吹き）――の誕生以来、シリン・ゴルは神様に授かった一日毎に、あの寛大な密輸団のボスを思わぬ日はなかった。

うす緑色の壁。口の中の氷で冷たいレモネード。

ナファスは他の兄弟より骨細で、黒いすべすべした柔らかな髪をしていて、浅黒い肌で、彼女の父親である寛大な密輸団のボスに似ていた。

「おまえのパキスタンの子供はかわいいな。」と人は言い、シリン・ゴルを挑戦的な目で見ながら説明を求め、シリン・ゴルの後ろでは彼女を指差して悪口を言った。警官、兵隊、役人、そしてマレックのような男たちが、「この娘は一体彼女の子供なのか？」とずけずけと尋ねた。

モラッドはこの子供を見て、それが彼の子供でないのを知っていたが、決して――一度たりとも、たった一言も――それについて言葉をはさまなかった。他の男たちだと、妻がパキスタン人の子供を産んだりすると、妻の歯を殴って折り、妻やその子供たちを刺し殺したり、殴り殺したりした。

モラッドは病院から出て来ると、その傷めた身体を粘土の小屋の隅に引きずりこみ、座りこみ、油の入った缶を見つめ、妻が米の袋を開けたり、真鍮のなべでお湯を沸かしたり、ちゃんとした薪で火をつけるのを見た。虫のつかぬ豆やジャガイモが煮えた。モラッドはシリン・ゴルの大きなお腹を見て、ため息をつき、言った。

「アラーに感謝あれ。まだ貧しい者や哀れな者を忘れぬ、神様を恐れる人間がいるんだ。」

「神様に感謝あれ。」とシリン・ゴルは言うと、手を大きなお腹にあてて、たぎるお湯の中に塩を入れた。アメリカ製の密輸品のタバコを一つ包みから取りだし、そのセロファンを破りそれを火の中に投げ、包みはモラッドに渡すとまた火の方へ戻り、桶から水を汲み本物の石鹸で手を洗った。そしてなべのそばに座り込み、沸く水をたぎり沸騰するまでかき混ぜた。シリン・ゴルは本物のお玉杓子で米がなべ底に焦げつかぬようにかきまぜ、泡をすくい、それをなべが載っている石のところにひっかけた。ご飯の汁が噴き出すと、火が怒ったように音を立てた。シリン・ゴルは煙や湯気が目を痛めぬように、頭を後へ遠ざけた。彼女は本物の玉ねぎの皮をむき、涙ぐみ、本物の新鮮なナスを切り、その張りのある皮で指を黒くした。モラッドを見ないで彼女は言った。

「あんたの仕事の旦那様がね——神様、あの方とその善意を私たちに与え続けて下さい——、週に一度、私のところへ人をよこして下さるのよ。私は町へ行って、そのたびにたくさん物を頂いて来るの。子供たちのための服まで下さったよ。あんたに挨拶を送り、『大事にするように言って、元気になったらすぐまた働いてくれ。』とおっしゃったんだよ。あんたが『何か必要な物があり、それが俺の力で手に入るものだったら、俺が手に入れてやるよ。』という話だよ。」

火が強くなった。シリン・ゴルは頭を遠ざけた。

モラッドは黙っていた。

「隣のハージさんの奥さんのナビは、いなくなってしまったのよ。」とシリン・ゴルは言った。「二十日前の朝、町へ物乞いに出かけたままだよ。夜になっても戻って来なかったの。」

モラッドは黙っていた。

「隣のハージさんと他の男たちが十四日間彼女を探し続けてね。それで彼女の遺体をみつけたの。首に紐がかかっていたんだってよ。みんなは言ってるわ、誰か知らぬ奴が、哀れな罪もない彼女に手をかけたんだって。金を払う代わりに首を絞めて、溝に投げていたそうよ。」

モラッドは黙っていた。

「彼女の哀れな旦那様は、今は母を失くした子供たちをどうやって食べさせていけばいいか、わからないのよ。」

「おまえ、今度いつ町へ行くんだ？」

「今日よ。」とシリン・ゴルは言うと、鼻の涙をすすった。

「彼に言ってくれ、俺は痛いと。痛いんだ。痛み止めがいるんだ。彼に、オピウムが要ると言っておくれ。」

「わかったわ。」とシリン・ゴルは、静かでもうるさくもない声で言った。そして米が底で焦げつかぬようになべの底をかきまわした。


何日も何カ月も、一年以上が過ぎ去った。モラッドは粘土の小屋をほとんど離れなかった。彼は一日中隅に座って、ぼんやりと痛みに耐えていた。シリン・ゴルや娘、息子を見、そして色黒の二番目の娘がちょうど初めて歩き、最初の言葉を発するのを見て、オピウムを吸っていた。毎日二回、三回、彼自身もシリン・ゴルもわからぬほど何度も吸っていた。

モラッドの頭は麻痺し、目はうるんでいた。オピウムの舌、オピウムの目つき。モラッドはほとんど何も言わなかった。そしてだんだんと何も考えなくなった。一人で家にいるか、シリン・ゴルが彼の近くにいるか、彼の子供たちが彼と遊んでいるか、互いにしゃべっているか、そもそも何かを誰かが言っているかどうかすらわからなくなっていた。

シリン・ゴルがその低いやさしい声で歌をハミングする時だけは彼も聴き入り、微笑み、目を閉じ、パキスタンの難民収容所の粘土の小屋の隅の世界よりは素晴らしい世界へ入りこんだ。それはオピウムの世界よりもっと美しい世界だったのだ。

彼をオピウムから引き離すことなど、何があっても誰であっても不可能に見えたが、ある時、隣の人たちが彼の小屋に走って来た。

「モラッド、モラッド、」と叫び声がした。「正気になってくれ。あんたの奥さんがパキスタンの警官に逮捕されたぞ。」

男たちはモラッドを支え警察署に連れて行き、手を引っ張って妻を引き取るためのサインを書かせ、帰り道を支えてやり、彼を粘土の小屋の隅の長いこと寄りかかった跡がつるつるとついているところへ座らせ、頭を振り、彼のことを情けないと言いながら立ち去った。

男たちはシリン・ゴルを小屋の反対側の隅に座らせた。彼女はそこにうずくまり、腕と足を身体に巻きつけ身体を小さくして、冒涜を受け、恥辱に満ち、傷つき、乱暴された、知らぬ男たちにもてあそばれた身体を前後にゆすり、粘土でできた裸の壁をじっと見据え黙っていた。気が違っていた。

ヌル・アフタブとナセルとナファスは騒ぎ、空腹で食べたいと言い、小さな色黒い娘はお乳を欲しがり、子供たちはスカートやズボンの中におしっこをし、鼻からは鼻水がたれ、目の隅に蝿がたかってい て、皮膚に埃がこびりついていたが、シリン・ゴルはすべてをもう見ることもせず、隅から動きもせず、馬車の御者が寛大な密輸団のボスの所へ連れに来ても出て行かなかった。

モラッドは寒くなった。震え、口から泡を吹き、頭がズキズキ、ガンガン、ドキドキと痛み、動くとあまりの痛さにナイフで太ももや腕を傷つけるほどだった。彼の骨は割れそうで、皮膚は裂けそうで、モラッドは叫んだり、怒鳴ったり、ぶつぶつ言ったり、泣いたりしたが、シリン・ゴルはその隅に座ったまままで泣きもわめきもせず、そのうち何も声も立てなくなり、動かずただ座り込んでいた。ずっとそうだった。自分の中に入り込んで、倒れ、そのまま横たわっていた。

ババラという同国の女、隣人で友達で善意ある人が、自分自身も援助を必要としているのに、胸にあまりの苦痛を抱えているので張り裂けそうになっているのに、無念なことばかり心にあるのに、それなのに同情してくれ、シリン・ゴルを座らせ彼女の唇をぬらし、口に水をたらしてやり、顔を洗い手足を洗い、スープを作りご飯を炊き、子供たちに食べさせ、モラッドに食べ物の皿を出してくれた。

ババラは子供たちを外へ出し、モラッドに外へ出てもらい、シリン・ゴルを腕に抱いてかたくなになった背中をなで、頭をそっとなで、彼女のために子守歌を歌い、話しかけた。

シリン・ゴルがガラスででもできているかのようにそっと、ババラはシリン・ゴルの服を脱がせそれを洗い、髪の毛をばらばらにして洗い、櫛ですき、また新たな三つ編みを二つ作り、身体を洗い身体をこすり、シリン・ゴルの額にキスし、優しい声で話しかけ自分自身の苦しみを語り、甘くしたお茶を口にたらしてやり、口にご飯を入れ、シリン・ゴルの乾いた目に涙がたまるまでそばにいてやった。その涙は頬をつたわり唇の横を流れ、首に流れ、洗濯したスカートに落ちるとそこでしみこんで消えた。

まるで昨日までの何日間もその一滴の涙を待っていたかのように、シリン・ゴルは話し始め、あの日何が起こって彼女の気が狂ってしまったか、そのすべてを話してしまうまで話を止めなかった。

シリン・ゴルは市場に行き、モラッドのためにオピウムを買った。するとパキスタン人の警官が、その仲間と共に彼女のベールの頭を警棒で激しく叩いたので、彼女は倒れ、目の前が真っ暗になって立ち上がれなくなってしまった。すぐにシリン・ゴルの同国の人々がまわりに集まって来て、怒鳴り、叫び、警官のことを、アフガン人を憎んでいるとか、無防備で弱い人間に近づく、女の敵だとかののしった。

シリン・ゴルは立ち上がりたかった。去りたかった。彼女のせいで騒ぎが起き、人々が集まっているのが恥ずかしかった。しかし頭がぐるぐる回り、滑ったりよろめいたり、声がまわりから聞こえ、立ち上がり、また地面に倒れ、頭を道の端の石にぶつけ、手は溝の臭い水に突っ込んでしまった。

彼女の同国の人たちは「気を確かにしろ。」とか、「助けてあげよう。」とか、「立たせてやろう。」とか言ってくれたが、それはみな男たち、見知らぬ男たちばかりで、見知らぬ女に触るわけにいかなかった。

パキスタン人の警官は男たちの間に入って彼らを追い返し、二人の警官がシリン・ゴルの腕と足を抱え、三人目の警官が道を無理やりあけ、シリン・ゴルを車に投げ入れ、町の中を走り、町の反対側に転がそうと思ったが、その時、三人のうちの一人がシリン・ゴルのベールを引っぱり上げ彼女の顔を見た。

シリン・ゴルは気がつき手で顔をおおったが、警官はそれをどかし、唇に触り、スカートを引きずり下ろし、自分のズボンを下ろし、彼女の身体の中に突っ込み、笑った。

その間じゅうシリン・ゴルは彼の金歯を見、その臭い息をかいでいた。他の二人の警官たちは最初はその警官のことを気にしていなかったが、おのおのやはり自分のズボンを下ろし、やはりシリン・ゴルの中に入り込んだ。三人はその汚らしい欲望を満足させた後で、シリン・ゴルを道の端に転がし、そのまま去ってしまった。

近くに住んでいる一人のパキスタン人の教師がシリン・ゴルを見つけ、妻を呼び、シリン・ゴルが立ち上がるのを助け、警察に連れて行って訴えるようにしたが、あべこべに彼女は逮捕されてしまった。誰一人彼女の言うことを信じてくれなかった。あべこべにののしられ、笑われ、侮蔑を受けた。

シリン・ゴルとバハラはもう何度もそういう話を聴いたことがあった。二人の女たちは、不正な運命が姉妹たちを襲ったことや、神様や世界から去られ、忘れられ、戦争や飢餓や男たちの気まぐれにゆだねられてしまった女たちについて、もう何度も泣いたことがあった。シリン・ゴルとバハラは腕と腕を組んで一緒に泣いた。そしてそれが最後の涙でないとよく知っていた。

パキスタン人の警官に暴力を受けて以来毎夜、シリン・ゴルには眠りが来なかった。忌まわしい像、音、痛み、限りない恥辱、スカートがめくられる時の感情、知らぬ男たちの手が皮膚の上にある感じ、金歯、臭い息、それらが彼女を何度も何度もぞっとさせた。シリン・ゴルは手を口の上におおって、叫び声を出さないようにした。目を大きく開けて小屋の暗闇を見つめ、震え、泣いた。

四日か六日か、それとも八日が過ぎ、空気の中で火花が散るようだった。人々の声はナイフのように鋭く堅く、どの言葉も鋭く、音をたて、小さな爆発を起こした。シリン・ゴルは手を心臓にあてて、身体から飛び出さぬようにした。呼吸は短く、喉までしかできず、喉もとですぐにまた終わってしまった。

「モラッドはどこ？」とシリン・ゴルは尋ねた。

ヌル・アフタブは肩をすくめた。

「隣の人に聞いておくれ。」とシリン・ゴルは言った。

ヌル・アフタブは出ていくと、また小屋の中に入って肩をすくめた。

「鳥がおまえの舌でも引っこ抜いたのかい？　どうしたの？　私としゃべりなさいよ、お生意気さん。」

ヌル・アフタブは母親を見ると、上唇を下唇の上にずらし、目を落とし、引っ込み思案に囁いた。

「誰も知らないんだって。」

シリン・ゴルは娘を自分のいる床の方へ引っ張り、彼女にキスし、目を見つめ言った。

「私の小さな太陽の光、ごめんね。お母さんは気が狂ってたよ。」

「知ってるよ。」と娘は言い、その黒髪の一筋をなでた。それはコールタールのように、黒く顔から引きたっていた。

「知ってるよ、」と娘は繰り返した。「気が狂ってたね。」

夕方になってモラッドが帰ってきたが、何か隠していた。子供のことも見なければ、シリン・ゴルのことも見なかった。何も言わなければ、他の誰かが彼に話しても聴いていなかった。

「シリン・ゴル、シリン・ゴル、出ておいで。」とバハラが叫んだ。「みな、話してることがあるよ。」

シリン・ゴルは視線を落とした。

「何について？」と、ただ時間を引き延ばすために尋ねた。

「三人の警官さ。」とバハラは言った。手を口に当てて、その後の言葉を喉に詰まらせた。

「三人の警官？」とシリン・ゴルは尋ねた。「あの犬畜生の子たちがどうしたの？」

「死んだよ、みな死んだんだよ。」とババハラは目を閉じた。まるで目の前に死者が現れたかのように。

「死んだ？　誰が一体……？」

「誰が彼らを殺したか、誰も知らないよ。」とババハラは言った。「市場は今めちゃめちゃになってるよ。全員が警察に調べられてる。たくさんのアフガン人が店を閉めちゃったよ。」

夕方になるまでシリン・ゴルとモラッドは黙り続けていた。シリン・ゴルはマットと毛布を広げ、子供たちを寝かせ、あの夜のように小屋の前に座り込み、収容所のたくさんのテント、半分完成した粘土の小屋や完成した小屋を見た。シリン・ゴルはその収容所の人々の声がだんだんと小さくなり、少なくなっていき、ついにみな静かになるのを聞いた。なべや桶のカタンという音はだんだん少なくなり、ついには消えた。シリン・ゴルはそう遠くはない町がだんだんと静かになっていき、すっかり静まるのを聞いた。夜の静けさの中、赤ん坊の声が響き、誰かが低く咳こみ、すぐ近くで誰かがおしっこをし、誰かがうめいた。

空気は薄く明るく、埃と臭みは消え、料理の油や臭い脂の匂いも、太陽の中で腐敗するごみの匂い、たまったおしっこの悪臭もなくなった。シリン・ゴルは密輸団のボスが彼女に贈った香水入れを手に取り、そのバラの香水を一滴手にたらしてこすると、それを鼻の前に持って来て香りを吸い、小屋の出口で、まだドアがついていないところに頭をもたれかけて、ようやく眠り始めた。

彼女が目をもう一度開けた時、一体目が覚めているのか夢を見ているのかわからなかった。町があるところは天まで燃えていた。大きな炎があり、町が半分燃えているかのように黄色や赤い炎が上がっていた。

風が、燃えたプラスティックや燃えた木材やほか、収容所にあったもので燃えたものの臭いを運んだ。シリン・ゴルは立ち上がり、何人かの隣人が出て来て、ぞっとした叫び声を上げげた。小屋やテントの前に立つ人の数がどんどんと増え、火の方を眺め、囁き、神に祈り、沈黙した。

次の日は土曜日、もう誰もが知っていた。ペシャワールのアフガン人の市場はすっかり燃え尽きてしまったのだ。何もかも、その何もかもが残っていなかった。すべての店、すべての屋台、すべての物が、ソックス、シャツ、ズボン、タバコ、紙、筆、髪かざり、香料、米、衣服、ベール、布、靴、帽子、ベルト、おもちゃ、すべてが、それこそ市場の端に立っていた大きな木すら燃え尽きていた。人々はバケツとなべを持ってその幹のところへ行って、木炭になってしまった木を、家で燃料にするため突っついていた。

「あれはショートだったんだ。」と言う人もいれば、「あれは復讐だ。」と言う人もいた。

「三人の警官のための復讐だったんだ。」

いずれにしてもそれは暗黒の金曜日だった。その日、何百人ものアフガン人たちが、苦労して作り上げた存在の基盤を、再び失ってしまったのだ。

「出発しなくてはな。」とモラッドが、かすれ声で言った。その時、シリン・ゴルは水の配給車から粘土の小屋へ戻って来ていたところで、もはや気が違っているようには見えなかった。

「わかってる。」とシリン・ゴルは言うと、モラッドの目を見つめた。彼はあんなに長いこと、果てがないほど長く続いたオピウムの朦朧とした状態から、やっと目をさましていた。

オピウム・モラッドは、もうオピウム・モラッドではなかった。

「あんたはもう震えていないのね。」と彼女は言った。

「もう震えていないよ。」と彼は言った。

「あんたはもう口の前に泡がないのね。」とシリン・ゴルは言った。

「もう口の前に泡はないよ。」と彼は言うと、シリン・ゴルを見て手を取り、言った。「おまえは気が狂っていて、泡も震えも心配も見ていなかったのかと思ってたよ。」

「私は気が狂っていたの。」とシリン・ゴルは言った。「でもね、あんたの震えとか、心配とか、口の前の泡とかは見ていたの。あんたの叫び声も聞いたし、泣いたり、痛みも見ていたわ。でも私は気が狂っていて助けてあげられなかったのよ。」

「助けるのは私の義務だったんだよ。」とモラッドは言うと、視線を落とした。それ以上話すことができず、喉に涙がたまり、彼の声を奪った。

「あんたは私をいつも助けてきたわ。そして今も助けてくれたわ。」とシリン・ゴルは言うと、モラッドの髪をなでた。まるで双子の頭をなでているような気がした。

モラッドは頭を上げて妻の手を取り、キスし、病院から出て来て初めてシリン・ゴルの目をみつめた。それは痛みでいっぱいの目だった。モラッドは言った。

「私はしなければならないこと、できることはやってきたし、しなければならぬことや、できることはずっとやるよ。」

「わかってるわ。」とシリン・ゴルは言って、彼の唇にそっと触り、言った。

「誰が三人の警官を殺したにしても、神様、その人にお許しを下さい。そしてその人の肩から、その罪の重さを取り去って下さい。」

第8章 山と岩女

シリン・ゴルは持って行けないものは人にあげたり売ったりして、アフガニスタンへ戻った。父親がモラッドである娘のヌル・アフタブと息子のナセル、父親が寛大な密輸団のボスであるパキスタンの娘と、お腹にはパキスタン人の子供を抱えて。その子供の父親は三人の強姦者のうちの一人だったが、モラッドは生まれた子供たち、生まれる予定の子供たちすべてを自分の子供のように扱った。

シリン・ゴルが生まれた山、モラッドがそこで彼女の兄と共に戦い、もはや戦う気をなくし、カード遊びをし、それに勝ち、お金の代わりにシリン・ゴルを妻として貰ったいきさつのある山へは、戻ることはできなかった。なぜなら、何とかいうムジャヘディンが別のムジャヘディンと、今だに戦い続けていたからだ。この国の都市、カブール、マザー、カンダハル、ヘラート、そしてジャララバードでも、まだ戦争が続いていた。

「私たち、白い山、光の山へ行くのよ。」とシリン・ゴルが言った。

「それはどこにあるんだ?」とモラッドが尋ねた。

「どこかしらね。」とシリン・ゴルは答えた。

子供たちがそれ以上歩きたくなくなり、どこにいてどのくらい歩いたのか、何度上ったり下ったりしたのか知りたくなくなった時も、何日もどんな村にも着かず人にも出くわさなかった時も、モラッドがシリン・ゴルがまた理性を失ったかと思った時までも、彼女はそれでもまだ進もうとした。

「もし明日、留まれる場所が見つからなかったら、私たちは四日以内に死んでしまうよ。」とモラッドは言った。

山に来て以来、夜は最も寒くなった。空気は小さなガラスの破片のようだった。火も暖めてくれなかった。布製の色とりどりの薄いシャツやズボンや服が風に吹かれ、彼らの細い身体を鞭打った。子供たちは頭を肩の中に縮めた。暖かな息を、寒さで赤くなったり青くなったりしている両手に吹きつけた。指はぬれ、氷の層がまわりについた。六個の小さな氷の手。三個の氷の鼻。三個の氷の口。

シリン・ゴルはほとんど生命力を失った子供たちを見ると、千回も死んだように思った。子供たちはもううろうろもできず、ただ歯をがちがち鳴らした。ナイフのように鋭い冷たい風に対しては、目を隙間ほどに開けた。ある時は何も見ず、次には目をかっと見開いて、助けを求めて母親のゆくえを探した。

シリン・ゴルとモラッドはプラスティックの布と薄い毛布を火のすぐ側に広げ、子供たちを毛布と毛布の間に寝かせた。ヌル・アフタブ、ナセル、ナファスは、その小さな羊皮紙のような皮膚と骨だけの身体を共に寄せ合った。怖さに目をみすえて、一緒にくっついていた。しっかりとからみあっていた。柔らかくて壊れそうな、細い腕と足でできた毛糸の塊のようになった。頭が三つ付いた塊のようになった。

シリン・ゴルはそのお腹の大きな身体を彼らに押しつけた。モラッドは毛布と布を一緒に引っ張り、自分の家族をそれで包み、縛り、端を結んだ。彼はもう一度凍る外へ出て行き、藪からとげのある枝を掘り出し、引っ張り出し、火をもう一つおこし、二つの火を守り続け、自分自身と家族の命を守った。

身を切るような風は嵐となった。星は雲の陰にきえ、雪が降った。すべては真っ白になった。岩や山や、プラスティックの下の人でできた塊や、モラッドと二つの火も白くなった。

太陽の最初の光が山の高い頂上に届いた時、その山の反対側から煙が昇るのをモラッドは見た。八本の煙が八本の煙突から上がっていた。小さな村だった。

それはアフガニスタンの北にある何とかという町から、四日かそれ以上歩いて着く距離にあり、果てしないヒンドゥクッシュのどこかにあって、すべてから誰からもひどく離れていたので、戦争ですら、遠い道のりをそこまで来て村を見つけるのは大変なくらいだった。

その村には八軒の小屋があり、全部が山にこびりついていて、全部同じに見えた。小屋は地面に建っているのではなく横板の上に建ち、どの小屋にもドアがあり、二つの窓があり、三つの小さな、そして一つの大きな穴の煙突がついていた。雪がない時は人々は木切れや燃えるものを何でも集め、小屋の下に重ねて蓄えていた。冬になると床の穴から薪を取り、火と命を守っていた。

八軒の、足と煙突の長いどの小屋にも、八人以上の人たちが住んでいた。その村の住人たちはハザラと呼ばれる民族に属していて、この人たちは力強く、我慢強く、働き者で綺麗好きと言われていた。彼らは幅の広いアジア風の顔で、ひげはほとんどなく、細い目をして鼻の幅がひろかったので、ある人たちはハザラが中国系だと言い、ある人たちは彼らはモンゴル人の子孫だと言った。

八軒の小屋の住人たちは、なぜ彼らのご先祖様がその山に来て小屋を建て、ここに住み着いたのか知らなかった。

「なぜあなた方は山の中に住んでいるのですか？　あなた方だけで、他の誰からも何からも離れて？」とシリン・ゴルは尋ねた。「なぜ冬もここほど雪が降らぬ、下の谷の他の人たちがいる所に降りて行かないのですか？」

「なぜあなたたちはここへ来たのですか?」とその人たちは尋ね返した。

その人たちは親切だったが、疑い深く、怖がりで引っ込み思案だった。だがそれも、シリン・ゴル、その子供たち、そしてモラッドが何も悪気がないことがわかり、疲れていて助けを必要としていること、留まる場所を必要としていることがわかるまでだった。

二年か三年か、あるいはもっと前だったか、そもそも何年前だったかはどうでもいいことだが、何年か前に、今シリン・ゴルとその家族が住み着いた小屋には、一人のムラーが住んでいた。ムラーは母親が子供を産んだり、神様が人をお召しになったりした時に、人々のために祈っていた。彼は人々のためにタ・ヴィスをつくって、そのお守りを首にかけてくれた。女たちと男たちを結婚させた。羊や馬やヤギが、生まれたり、屠殺されたり、病気だったり、また元気になった時にお祈りをした。

他の多くのムラーと同じように、彼はコーランを勉強し読み書きができるという理由からムラーになっていた。少なくとも彼はそのように主張していたが、何一つ確かめることはできなかった。なぜかといえば、村の誰ひとり読み書きができなかったからだ。一体どうやってできるというんだ。その村は他の村からも街からも、他の読み書きのできない人々からも、何日も離れていたのだ。

誰ひとり、彼がどこから来て何年ここに生きていたか、誰が彼の先生だったか、知らなかった。なぜ一人で来たのか、そして一人で居続けたのか。誰も、彼になつかしい母親がいたとか、彼を戦場に送った父親がいたとか、兄弟や姉妹のことを知らなかった。なぜ彼が妻を得なかったか、たくさんの父親が娘を提供しようとしたのに、なぜ彼は息子を残さなかったのか、なぜか、なぜか、誰も知らなかった。

肝心なことは、彼がここにいたということだった。肝心なことは、彼がムラーの仕事をしようと申し出たこと、そして村の住人が彼を悪くは扱わなかったこと、そして神様に対して良心がとがめなかったことであった。アル・ハムン・ド・アラー。

皆が彼のことが好きだった。そして皆が、彼が亡くなったとき悲しんだ。だから皆が、今またこの村に読んだり書いたりできて、村の住人全員より知性のある誰かがいるのは良いと思う。ムラーの小屋が空いていて、シリン・ゴルとその家族がそこにいられるのは良いことだ。彼女が女であるのは残念だ。この村が小さくて、皆が同じ血を分けていて、互いに親戚で、互いによく理解でき、よく知っているのは良いことだ。そのお陰で、彼女が男であろうと女であろうとどちらでもいいではないか。彼女が女であるのは良い。なぜなら、男だったとしたら村の権力を握ろうとしたかもしれないではないか。彼女がすでに結婚していて、子供がいるのは残念だ。そうでなかったら、彼女は村の男たちの誰かと結婚して、ずっとここに留まれたかもしれない。彼女が結婚しているのは良い。それだから彼女をめぐる争いは起こらない。彼女が貧しく物を持っていないのは残念だ。今や村の住人は彼女とその家族を養わなければならない。彼女が貧しいのは良いことだ。それだから、彼女もその夫も子供たちも仕事に励むだろう。ムラーが、彼の本を死ぬ前に燃やしてしまったのは残念だ。シリン・ゴルは読める本を持たず、どの草や薬がどの痛みや病気に効くか読むことができない。一年に一度誰かが街へ行くのは良いことだ。次回に本を一冊持ってきてもらえるだろう。

春になった。空気は、皮膚のように薄い壊れやすいガラスのようではなくなった。野原はみずみずしい明るい緑で、やわらかくて力強く、命が満ちていて、草の切られた跡が裸足をちくちく刺し、引っかき、足の下で折れた。太陽は薄い輝きだが、まぶしかった。山の雪はぼんやりとした色で重かった。小川の水は透き通り、冷たく、いきいきしていた。雌牛、羊、ヤギ、ロバ、そして馬が皆、子供を産んだ。小さな、白やピンクや黄色い花が岩と岩の間に咲いた。木々は花を咲かせ、葉がつき、実を結んだ。人々は重い毛皮と毛布を除き、腕をまくり、太陽が出ている間じゅう、暗い粘土の小屋の中ではなく外の天の下に座り込んだ。塀や小屋の長い足のところにもたれ、だんだんと強くなっていく太陽の中にいた。手で目を保護し、新しい粘土を叩き、それを煤だらけの小屋の壁に塗りつけて新しくし、笑い、おしゃべりし、畑に出て地面に種をまき、家畜の乳を搾り、動物の小屋に風を通し、納屋を片づけ、毛布やマットや枕を日に干し、短い歌をハミングし、夜は、きりがないほどたくさんの星の光るすき通った空の下で眠った。簡単に言えば彼らは、毎年冬が村や山や畑や人々の骨と心から去って行った時に、人々の両親たちがやって来たように、一切をやったのだった。

シリン・ゴルは、護るためにベールと布の下に隠していたのに、それでも侮蔑を受けて落ち込まされ、強姦された妊娠中の身体を、その空の下でできる限り伸ばした。まるで彼女が長年心と身体の中に縛ってきた痛い結び目を、それが裂けるまで引っ張るかのように。彼女は身体を長く伸ばして、足の指先で立ち、指で空中のフリ——天使——と遊んだ。それは彼女のほか、誰にも見えなかった。

シリン・ゴルはトンバンを高く引っ張り上げ、小川の中に入った。水が足のまわりでたわむれていた。彼女はいつかの昔のように楽しかった——あの時のように、いつだっけ、一度もなかったくらい。

人生で初めて、シリン・ゴルは肩に荷物を背負わず、身体は鉛のようではなく、身体は自分自身の人生を脅かす問題ではなかった。

足を閉じなさい、娘というものは足を広げてあちこちに座ってはだめよ、でないと狼が来て、あんたに噛みついてしまうよと、あざ姉ちゃんがシリン・ゴルが小さな女の子だった時にお説教した。何百回、何千回、繰り返し繰り返し、足を閉じなさいと彼女は叱った。下唇を噛み、シリン・ゴルを怖い目つきでにらんだ。

シリン・ゴルはいつも足を一緒にそろえて来た。いつも。それでも彼女は強姦されてしまった。

静かにしなさいと母親は言ったものだ。行儀のいい娘は黙っているのよ、でないと鳥が飛んで来て、口の中に飛び込み、あんたは喉が詰まってしまうよ。あの子に言いなさいと父親が母親に言ったものだった。視線を落とすように、でないと大きくなってから見知らぬ男の目を見つめてしまうから。頭のベールを額まで引き下ろしなさい。ベールを着なさい。足を引っ込めなさい。視線を落としなさい。兄弟がしゃべっている間は黙っていなさい。すわりなさい。道をよけなさい。これをしなさい。あれをしてはいけない。おまえは女の子だからね。それともおまえはひょっとして、人がおまえのことをカラブだと考えた方がいいのか。そして人がおまえをじっと見て、私たち家族の名誉が傷つけられる方がいいのか？この子は行儀が悪いと人が言い、シリン・ゴルの母親は彼女の頭の後ろを平手で打った。この娘はしゃべり過ぎると人は言った。そして兄が彼女の口を叩いた。

シリン・ゴルは他の女たちと共に小屋の陰に座ってお茶を飲み、おしゃべりし、毛糸をつむぎ、糸をより、女たちの絨毯結びを手伝い、歌を歌い、ブリキの皿を叩いて拍子をとり、お腹の赤ちゃんのために小さなシャツを作り、乳しょうをこね、櫛をけずりあげて自分の子供たちの髪をとかし、村の他の子供たちの髪もとかした。この子供たちは長い行列を作って小さなカエルのようにしゃがみこみ、一人また一人と次々にやってきて、そのおばさんから、髪を真っ直ぐにとかしてもらったり、三つ編みをあんでもらったり、結び目やフェルトのようになった髪とか、のみやしらみを除いてもらった。

岩の間から小さな小川が発しているところ、少し離れた上の方で、シリン・ゴルは空の下で仰向けになって、強姦されてできた子供が入っているお腹とともに身体を伸ばし、腕と足を伸ばし、目を閉じ、心配のない時間、戦争のない場所の夢を見た。ちょうど今がそうだった。

「急いで来て。」とヌル・アフタブが呼んだ。「アビーネ、アビーネ、何とかという人の娘さん、私たちのお隣の人、その人が死んじゃうよ。子供をお腹から出したいんだけど、出て来てくれないんだよ。」

シリン・ゴルはベールをかぶり、小麦や草を切ったり、藪を切りそろえたり、鶏の喉をかき切るための鋭い鎌を持ち、娘のあとから隣人の家へ、その娘のアビーネの方へ走った。娘は子供を産めず、死にそうだった。

「私たちを助けて下さい。」と母親が頼んだ。

「私は助産婦でもないし、女医でもありません。」とシリン・ゴルは言うと、女たちを見て、誰も助産婦も女医も何のことかわからないのだと悟った。「私は治療師でもなければ、ムラーでもありませんよ。」

「あんたは町から来たでしょう。あんたはコーランが読める。あんたは世界を見て来たのだから、私の子を助けて下さい。でないと死んでしまうよ。」

「コーランを読むのが、何かと関係ありますか？　あんた方は今まで、子供を一人で産んできたんでしょう？」とシリン・ゴルは説得しようとした。関わるのが心配だったから。なぜならアビーネやその子供に何かがあったら、彼女の責任になってしまうからだ。

きゃしゃなアビーネは床のマットの上に横になっていた。彼女は十二歳か十三歳くらいだった。その傍らには、彼女の最初の子供が手を口に突っ込んですすり泣いていた。

アビーネの顔色は白く、額に冷たい汗がうかんでいた。目は上の方にずれていて、白目だけが見えた。まぶたが震えていた。腕は二本の細い枝のように力なく床に横たわり、まるで彼女に属していないかのようだった。足は力なく床に横たわり、まるで彼女に属していないかのようだった。お腹は丸い球で、天井を向いていた。彼女のスカートは、身体から流れた水で濡れていた。アビーネは静かだった。死人のようだった。

「彼女は死にそうだ。」とシリン・ゴルは言った。

アビーネの母親は叫び、泣き、白髪をかきむしり、床に身を投げ、その妊んだ娘の半分死んだ手にキスをした。ドアが開き、アビーネの夫と父親が小屋に入って来た。

「神様が彼女をお召しになるのなら、死ななくてはならないのなら、彼女は死ぬでしょう。」と父親が言った。「だがシリン・ゴル・ヤン、姉様よ、おまえも心臓の下に小さな命を宿しているではないか、どうか、罪は問わぬ、どうか、少なくとも試してみてはくれないか、私の子供とそのお腹の赤ん坊の命を救うことを。」

「ビスミ・アラー、あなた方の責任ですよ。」とシリン・ゴルは腕まくりをした。アビーネの上の子供を地面から抱え上げ、アビーネの父親の腕にわたし、小屋から出した。アビーネの夫が出て行こうとした時、彼女は夫を引きとめ、じっと目を見て言った。

「あんたはここにいるのよ。」

哀れな若い男は口をあけ、何か言おうと言葉を探したが見つからず、後ずさりして、シリン・ゴルの力強い手から逃れようとした。彼女は若い夫を、半分死人のところへ押しやって言った。

「彼女のお腹を押して下さい。」

シリン・ゴルは妊婦の顔をたたき、ぬれた布を首や額に当て、毛布と枕を足の下へ押入れ、もっと水と清潔な布を持って来るように頼んだ。女たちはお香をたくように、ドアと窓を開けて新鮮な空気を入れ、アビーネの足をもんだり手をこすったりするように言われた。どうにかして、どうやったのか自分でもわからなかったが、シリン・ゴルはアビーネの意識を取り戻すことができた。

シリン・ゴルは女たちに言った。

「彼女のスカートをめくり上げて。」「小さなアビーネ、足を引きなさい。」「いいえ、私がおまえの裸の身体を見ても、それは罪ではありません。」「いいえ、それは罪ではありません。おまえの旦那様がここにいるのは、良いことです。」「いいえ、おまえは何も恥じることはありません。それはおまえの旦那様です。」「おまえのお腹の中の子供は彼の子供です。」「いいえ、おまえの血は穢れていません。血は神聖なものです。血は私たちの命を保つものです。」

シリン・ゴルは女たちに言った。

「水を持って来て。」「いや、その水ではだめです。」「それは汚い。」「火を起こして、泉から水を汲んで来て、それを沸かして下さい。」「熱くて清潔な水が要ります。」「布を湯の中で炊いて下さい。」「鎌を火の中に入れて、湯の中に入れて下さい。」「いえ、汚い手ではだめです。あなた方の手を洗って。」

アビーネはいきみにいきんだ。その若い夫はお腹を押し、足を支えた。アビーネの母親はお祈りを次から次に行った。シリン・ゴルは指をアビーネの産道へ入れて、子供を引っ張り出そうとしたが、頭が大き過ぎた。

今までシリン・ゴルは、自分の子供を産むことだけしかしたことがなかった。トンバンを脱ぎ、スカートをまくり、隅にひきこもり、しゃがみ、石が近くにあると両足の下にずらした。彼女はそれから、世界のあらゆる母親たちが子供が世界に現れる時にしたことと同じことをした。痛みに悩み、待ち、祈り、希望し、呪い、泣き、歯を食いしばり、新しい命が彼女の身体から引っ張り出され、へその緒を鎌で切り、一本の糸でしばった。

後産を待ち、その間に子供を血と羊水からきれいにし、キスし、彼女のスカートか布で包み、長い命を願った。

ナセルが生まれた時は、モラッドが彼女に二枚のちょうどいい同じ大きさの瓦を持ってきた。ヌル・アフタブの誕生の時は、自分の身体の下によりたくさんの空間を作るために、砂の地面に穴を掘った。彼女は後産をそのまま穴の中に埋め、土をかぶせ、石を一個載せた。それで終わりだった。カラス、そしてタマム。

けれども、今のような状況で何をすべきか、シリン・ゴルにはわからなかった。

女たちは彼女のまわりに座り込んで、彼女から奇跡を期待していた。彼女のどの動きも観察し、息遣いを追い、言葉をすべて聴き、どんな指示にも従った。

ビビ・デルジャン、村の最も年寄りの女がアビーネの枕元に静かに座り、唇を黙って動かし、祈りの数珠の珠を初めはある方向へ、次に別の方向へ回していた。山の小川のような青い血管のある両手が珠を回していた。ビビ・デルジャンは皮膚につるつるしたところが全くなく、彼女の皮膚は全部、小さなひびの入ったしわと裂け目ばかりだった。彼女が住んでいる山の鋭い角や岩のように見える、しわとひびだった。ビビ・デルジャンは人の岩だった。女の岩。岩女。岩からできた女。実直。堅固。動きがない。岩頭。岩背中。岩足。岩腕。

祈りの数珠を、初めはある方向へ、次に別の方向へ回す骨ばった指と音を立てぬ唇のほか、ビビ・デルジャンは全然動かなかった。彼女はそこにじっと座って、シリン・ゴルから目をそらさなかった。

まるで彼女が、自分自身とシリン・ゴルの間に目に見えぬ糸を張っているかのようだった。まるで彼女は、この目に見えぬ糸によって、シリン・ゴルの中に、その頭の中に、魂の中に、血の中に、腕の中に、足の中に、髪の毛の一本一本の中に忍び込んでいくかのようだった。それはまるで彼女が、見たこと、考えたことすべてをその細い一本の糸に載せて、シリン・ゴルに贈っているかのようだった。

小屋の中の声や音はすべて消えてしまったかのようだった。色彩というものがすべて消えてしまったかのようだった。最初にアビーネの母親の顔から目が消えて、口は真っ黒の穴になった。それから他のすべての人たちの顔から目が消え、耳が消え、鼻が消えて、口は全部真っ黒な穴になった。岩女の顔だけが目と鼻と耳と口を持っていた。音を立てず、むにゃむにゃと動く口。

すべては静かだった。シリン・ゴルは目を閉じた。頭の中に考えを留めようとした。シリン・ゴルはあらゆる言葉を、あらゆる考えをなくした。たった一つの考えだけが彼女の回る頭の中にあった。目はなく、耳もなく、口があったところはただ真っ黒の穴だけだった。私、出て行けるじゃない、小屋を去ってと、シリン・ゴルは考えた。誰も気づかないわ。私、神様の御技に、嘘を固めて似せることはできない。

「おまえがここにいて助けることは、神様の思し召しじゃ。」とビビ・デルジャンは、穏やかな落ち着いた声で言った。

アビーネの母親は再び目を、鼻を、耳を、口を取り戻した。彼女は低い、声の詰まった叫びを発した。まるで彼女は幽霊でも見たかのようだった。片手を口にあて、もう片手をスカートの下に入れた。

「ラ・エラー・ハ・エル・アラー。」と彼女は言った。「二度の冬、二度の夏以来、ビビ・デルジャンは何もしゃべらなかった。そして今、私の子供が死ぬ時になって、彼女の舌をまた見出したよ。」

ビビ・デルジャン、その沈黙の岩女は舌をまた見出した。アビーネの母親は、口と甲高い声をまた取り戻した。岩女は目をシリン・ゴルからそらさず、そのお祈りの数珠の珠を相変わらず、一つの方向から反対方向へ回していた。

幾千もの汗の玉がシリン・ゴルの身体を流れた。彼女は震え、息がほとんどできず、両手はどうしていいかわからなかった。彼女は少女妻アビーネの足の間の産道を見ていた。子供の頭が見え、そこに指を突っ込んで、子供の柔らかな鼻や耳や口に触れた。頭をつかもうとしたが滑って、赤ちゃんを引き出せなかった。岩女、岩女、クルクル。数珠の珠を回して。

「私に鎌を下さい。」とシリン・ゴルは言った。

「鎌だって?」とアビーネの母親は叫んだ。「鎌でへその緒は切るものだけど、赤ん坊はまだ生まれていないじゃないか。あんたは鎌で何をする気かい、神様の御名において?」

「私に何がわかるって言うの？」とシリン・ゴルはうなった。「私たちはどうにかして、子供を彼女の身体から取り上げなければならないんでしょう？」

アビーネの母親は黙りこんだ。

シリン・ゴルは鎌の剣先をぬるりとした子供の頭の前で注意深くすべらせ、産道に差し込み、ビスミ・アラーと囁き、出口を二本の指ほどの幅に切った。血が流れた。濃い赤い血が刃の上に、シリン・ゴルの指の上に流れた。岩女は動かず、相変わらず数珠をあっちへ回したりこっちへ回したりしていた。クルクル。岩女はシリン・ゴルから目をそらさなかった。アビーネの母親は鋭く叫んだ。シリン・ゴルは息が詰まった。目まいがした。膝ががくがくした。気持ちを引き締めて、片手をアビーネの大きなお腹にあて、押し、もう片方の手で子供を引っ張り出し、へその緒を鎌の上に当て、もう一度ビスミ・アラーと囁き、鎌を引き、分かれたへその緒を清潔な糸で結び、赤ん坊が何かを吐き出して最初の呼吸をするように、その背中を叩いた。

シリン・ゴルは子供をその若い父親にわたし、針に糸を通そうとしたが、震えてできない。針と糸をアビーネの母親に渡すが、驚いているばかりで、どうしていいかわかっていない。若い父親は針と糸を取って針に糸を通し、それは女の仕事だと言った。彼はアビーネに噛みつくための布をわたし、シリン・ゴルを見た。それは微笑みでもなければ脅しでもなく、理解であった。それは感謝であった。

「やってくれ。」と彼は言った。「神様があんたのもとにおられる。」

「神様が私のもとにおられる。」とシリン・ゴルは考え、針を切り傷の片方に刺し、糸を引っ張り、切り傷の反対側に針を通し、糸を引っ張り、糸を結んでいたが、そうしなければならないことをどこから知ったのか、わからなかった。

まるで革を縫うようだった。靴の穴をかがるようだった。縫い、引っ張り、縫い、引っ張り、また結び目を作った。三つ目も、四つ目も。

アビーネは意識をなくしていた。誰も彼女がもう一度目覚めるかどうかわからなかった。

シリン・ゴルは一晩中そばにいた。岩女も留まっていた。彼女は相変わらず、数珠をあっちへこっちへと回していた。若い夫も少女妻のそばから離れなかった。

太陽が、八軒の粘土の小屋がこびりついている山の頂上に最初の光を投げかけたちょうどその時、二日前に母馬の腹から地面に生まれ落ちた子馬が鳴いたちょうどその時、一番鳥が鳴いたちょうどその時、赤ちゃんが泣いたちょうどその時、若い夫が彼の二番目の子供の、乳飲み子の羊皮紙のような薄い肌をさすったちょうどその時、彼が自分の指を赤ん坊の口に入れておしゃぶりができるようにしたちょうどその時、アビーネは目を開き、おとなしく微笑み、その若い夫を見、新しく生まれた赤ん坊を見、弱々しい少女妻の声で囁いた。

「慈悲あるお姉様、神様があなたに健康で長い人生を贈って下さいますように。」

アビーネがまた力を取り戻し、立ち上がり、今までやっていたことをすべてできるようになるのに、何週間もかかった。アビーネが本当に生命力に満ち、二人目の子供が生まれる前と同じに戻るのに、もっと時間がかかった。

けれども、今まで起こって来たことすべては、彼女の二人目の子供の誕生以来すっかり変わった。そして皆は、それが二人目の子供の誕生や、その子供と関わりがあるのではなく、シリン・ゴルと関わりがあることを知っていた。

もちろん、アビーネが何年かの間に知った女たちの数は多くなかったが、村の娘や女たちを彼女は皆知っていた。そして、シリン・ゴルのような人は誰もいなかったのだ。

シリン・ゴルは賢い。シリン・ゴルは男でも女でも、どんな質問にでも答えてくれる。男たちが肩をすぼめるような問題にすら。アビーネにとってシリン・ゴルは、聖職者で、聖者で、神様の使者だった。

暇があれば一分でも、アビーネはシリン・ゴルのもとで過ごし、彼女を見、あらゆる言葉を聞き、あらゆる動きの真似をし、千一もの質問をした。シリン・ゴルがしたいとか注意するとかなしに、アビーネはシリン・ゴルのすることのまねをした、シリン・ゴルが小川へ行けば自分も小川へ行き、料理をすれば自分も料理をし、パンを焼けば自分もパンを焼いた。シリン・ゴルのようにアビーネも、粉をこねたり、子供に食べさせたり、食事の支度をする前に手を洗うようになった。シリン・ゴルのようにアビーネは、食事の上に蝿がとまらぬように気をつけた。シリン・ゴルから習ったようにアビーネは言った。蝿が糞の上にとまれば、蝿の足に糞がついてしまう。その後蝿が食べ物の上にとまると、食事に糞がくっついてしまう。糞は私たちにとって悪い物で、病気にする。シリン・ゴルが昔したように、アビーネも言葉を砂に書くようになった。シリン・ゴルがそうであるように、ノーと言うようになった。

初めのうち、彼女の若い夫は笑い、彼の小さなアビーネが生きていることを喜んでいた。後になると、彼女が反対意見を言うと、彼女に怒り、殴った。けれども、頭を引っ込める代わりに、アビーネは彼の手を空中で止め、彼の目を見て言った。

「誰か他の人間を愛している者は、その人を殴ったりしないものよ。何がしたいのか言ってちょうだい。私があんたにあげられるのであれば、あげるわ。でも、もしあげられぬものであれば、あんたが私を殴ってもやはりあげられないわ。」

若い夫は視線を落とし、言った。

「俺はおまえが怖いよ。」

「なぜ？」とアビーネは尋ねた。

「おまえが俺の言うことを聞かないからだよ。」

「シリン・ゴルは言ったわ。コーランに、夫は妻を尊敬し敬意を払うべきだって書いてあるって。」

「そうしてるよ。」と若い夫は言った。「それでも、おまえは俺の言うことを聴かなければならないんだよ。おまえは俺の妻だ。おまえのお父さんがおまえについての責任と、おまえと、おまえの運命について神様からさずかった権利を俺に譲ったんだ。もしおまえが俺の言うことをきかないのであれば、おまえをお父さんに返すぞ。」

アビーネは黙り込み、視線を落とした。

春はとっくに過ぎた。夏が来て、やはり去った。秋が来て、木の葉が黄色になり、それから茶色になり、命をなくして、落ちた。アビーネの子供は成長し、大きくなり、泣き、食べ、母親の胸にしゃぶりついた。アビーネは黙っていた。村のほかの女が子供を産んだ。岩女はその数珠をシリン・ゴルに渡し、別れを告げ、山へ、彼女の岩のところへ入った。そして死んだ。岩になった。神様のもとへ召された。シリン・ゴルはその数珠を今も首にかけている。シリン・ゴルは四人目の子供を、その父親が三人のパキスタン人の強姦者の一人である子供を産んだ。それは小さくてきゃしゃで、細くて力強い腕と脚で、足は小さく、その指はとてもかわいらしくて、手の指は元気で、茶色の羊皮紙のような肌をしていた。柔らかくてビロードのような髪で、タールのように真っ黒だった。目は石炭のように黒く、光っていた。唇は柔らかくて、厚かった。

私のパキスタンの子と、シリン・ゴルはそのかわいい耳に囁いた。それで子供はくすぐったがって、腕を縮ませ、箱柳のように震えた。おまえの無邪気な目がこの世の良いことばかりを見、悪いことを見なくてすみますように。私はおまえをナビと呼ぼう。シリン・ゴルはその可愛らしい身体の血と羊水を洗い、彼の額、足、腕にキスし、そして神様に祈った。私に力と勇気をお与え下さい。ナビを、他の子供たちと同じように愛することができますように、と。

山の頂上に知らぬうちに初雪が降り、風の中に新鮮な香りと冷たさを与え、村の方へ吹き降りて来て八軒の粘土の小屋の住人たちの耳に囁いたので、冬が近づいて来たとわかった。

二、三人の村の男の子たちが偉そうにナセルの前に立ち、目を細め空を仰ぎ、言った。

「もうすぐ、雪がいっぱい降って、小屋をすっかり覆ってしまうよ。」

ナセルは小屋の煙突を見上げ、叫んだ。

「そんなたくさんの雪なんてないよ。」

「あるよ。」と他の男の子たちが言った。

生意気なナセルは石を一個投げて、山の頂上にあてようとした。

「だったら、雪に穴をあけるよ。」と彼は言った。「そうすれば道を通れる。」

「あんなにたくさんの雪は雪かきできないよ。」と男の子たちは言った。

「僕のお父さんにはできるよ。」とナセルは言い、胸を張った。

「だめだ、できないよ。」

「違うよ、できるよ。お父さんは世の中を見て来たんだ。だから、雪の中に穴を掘ることもできるはずだよ。」

男の子たちはもっとよく知っていた。

「最初の雪が降って、道の上でしっかり固まるから、雪かきなんてできないよ。」

「なぜ通り道の上に屋根を作らないの？」とシリン・ゴルは尋ねた。「小屋の入り口どうしをつなげば、そこに雪は積もらないのに。」

男たちはシリン・ゴルを見て、顔を見合わせ、肩をすくめた。

雪が降り始めると、すべてを、何もかもを覆ってしまった。どの藪も、どの木も、どの岩も覆われた。すべて、一切、全部が真っ白になった。人々は小屋を出られなくなった。雪はあらゆる隙間を、あらゆるひびを埋め、風と寒さは外に留まり、小屋の中は暖かく静かだった。

モラッドは煙突の下にある梯子に毎日登り、長い木の棒で雪に穴をあけた。そうして、新鮮な空気が小屋の中に入り、火の煙が外へ出て行くようにした。子供たちは、小屋に矢のように降りかかる細い日光が楽しかった。子供たちには、床の降り口を開けて下から新しい薪を持って来たり、ヤギや鶏にえさをやるのが面白かった。

一日たち、二日たち、三日もたつと、子供たちはやはり太陽の下へ出たがった。他の子供たちの所や小川へ行ったり、岩をよじ登ったりしたがった。

「なぜできないの。太陽はなくなったの、ずうっと？ 他の子供たちやみんなは、小屋に埋まってるの？ いつ雪は溶けるの？ 僕たちは死んじゃったの？ シャヒード？ 雪の犠牲者なの？ なぜ他の村にいないの？ 雪がないところに。」

何日も経った時、シリン・ゴルは言った。

「さあ、ゲームをしよう。名前のゲームだよ。」彼女は炭で壁に自分の名前を書いた。

「私の名前は、甘い花についてお話しをしてるよ。蝶と蜂がそれを嗅いで、花粉を小さな触角にくっつけ、その子供たちに食べさせ、蜂蜜を作り、それを人間が食べられるんだよ。」

「僕の番だよ。」と生意気なナセルが叫び、名前を母親の名の下に書いて、皆を輝く目で見つめた。

「名前が何のことかいわなくちゃ。」とヌル・アフタブが言った。

ナセルは下唇を突き出して母親を見ると、要求して言った。

「母さん、言ってよ。」

「ナセルというのは友達のことだよ。いつも人のためにいて、助けてくれて、やさしいのよ。」シリン・ゴルはナセルを引き寄せ、膝に乗せ、彼が笑うまでくすぐった。

「ドウスト、僕は友達だ。皆の友達だよ。」とナセルは叫んだ。

「今度はヌル・アフタブの番だ。」とシリン・ゴルは言うと、娘に微笑みかけた。

「私の名前は簡単よ。どんな子供だって意味がわかるわ。だから私には面白くない。」とヌル・アフタブは、愚痴をこぼした。

「だめだよ。」とナセルが叫んだ。「名前を書かなくちゃ。そして意味を言わなくちゃ。」

退屈そうに、ヌル・アフタブは名前を粘土の壁に書き、退屈そうに言った。

「私の名前は太陽の光というの。だから私は太陽を見ないと、病気になって心臓が縮こまるの。」

「そうじゃないよ。」とシリン・ゴルは言った。

「モラッド、今度はあんたの番よ。」

「私は子供ではないよ。」

「私も違うわ。」とシリン・ゴルは言った。
M　O　R　A　T　と、モラッドはゆっくりと、引きつった字を粘土の壁に書いた。
「間違ってる、間違ってる、間違ってる。」と生意気なナセルが叫び、Tを手で消し、そこにDを書いた。

ヌル・アフタブは黙りこみ、馬鹿な父親のことを恥ずかしがり、窓を閉め切っている木の支えを見た。まるで窓が開いていて、向こうに山があり、岩と岩の間でヤギがえさでもみつけたかのように。

「やってよ。」とナセルが言った。「お父さんの名前は何なの？」

「もう、いいよ。」とモラッドは口ごもった。

「いいえ。」とシリン・ゴルは言った。

モラッドは黙り込んだ。娘の羞恥心が槍になって、モラッドの胸を、煙突を突っついて、雪を除く長い棒のように突き刺した。

夜、シリン・ゴルは眠れなかった。モラッドの方へ寝返りし、言った。

「私、一体昼なのか夜なのかもわからなくなってしまったわ。あと物語をいくつ作り出せばいいの？　あといくつ歌を歌えばよいの？　あといくつの言葉を書けばいいの？　小屋の壁はもう言葉や絵でいっぱいになってしまったわ。」

「春が来たら、新しい粘土を叩いてその上に塗ってやるよ。」とモラッドは言った。

「私、もう暗闇が我慢できなくなったのよ。」とシリン・ゴルは囁いた。「もう、だめ。力がないの。」

モラッドの指がシリン・ゴルの唇に触った。彼はそれをそっとさすった。彼女の息使いが荒くなった。血が身体中を巡った。彼女の心臓は温まった。モラッドは彼女の首を、肩を、腕を、胸を、お腹をさすった。シリン・ゴルにはいつからだったかよくわからなかった——そうだ、思い出したわ。彼が冷蔵庫の事故を起こして以来、初めてだ。モラッドはその欲望をシリン・ゴルの身体に差し込んだ。シリン・ゴルは頭を首に沿え、モラッドの腕を、背中をなで、首に彼の息を感じ、彼のうめき声を聞き、その満足感、彼の誇りを聞き、火の場所で熱い炎のはじく音を聴いた。

「雪が溶けたよ。」と生意気なナセルが暗闇の中で叫び、大声でヌル・アフタブ、ナファス、そして小さなナビも起こした。

「暗い冬の日中は何をしてたの？」とアビーネが尋ねた。

「眠って、眠って、眠ってたよ。」とシリン・ゴルは答えると、白い真珠のような歯を出して笑った。「眠っていなかった時は、歌ったり、料理をしたり、食べたり、遊んだり、ものを書いて、書いて、書いていたわ。壁は全部、文字と絵でいっぱいよ。」

「キスした、キスした、キスした。」と生意気なナセルが叫び、指で母親と父親を指して、言った。「母さんが父さんにキスしたんだ。」

「私たちの小屋のドアの上に屋根をたてなくては。」と隣人アビーネの父親が言った。「そうすれば、次の冬にはお互いに訪問ができて、それほど孤独にはならないでしょう。」

「それは賢い決定ですね。」とシリン・ゴルが言った。

子供たちは、男たちが屋根を乗せるために作った柱に粘土の塊をくっつけ、あちらこちらに自分の手や指の跡をつけた。アビーネとヌル・アフタブは湿った粘土に名前を書き、靴のための小屋を、小屋の入り口の側に、四羽の鶏くらいの大きさで作った。ナセルとナファスは小さな人形を作り、靴がさびしくないように、靴の小屋の上に置いた。

春はまだ終わっていなかったが、すべての通り道に柱と屋根がついた。

「シリン・ゴル・ヤン、」と男たちは言った。「私たちとお茶を飲もうよ。そしてロシア人がどうだったか、話しておくれ。なぜ彼らは私たちの国に来たんだ？　そのボスは私たちのボスにどんな贈り物をしたのかい。なぜ彼らは私たちの兄弟と戦争をしたのか。なぜ彼らはまた去って行ったのか。いつ去ったのか。

十年とはどのくらいの長さだ。一体、探していたものを彼らは手に入れたのか。今は誰が誰と戦っているのか。彼らは皆アフガン人ではないのか。彼らは皆モスレムではないのか。兄弟と姉妹ではないのか。」

夏が来て、木々の実は熟して大きく、つるについたぶどうはみずみずしく、さくらんぼは赤くてすぐにも割れそうで、トマトは肉が厚くて香りが強かった。そこで、女たちは桑の木の枝と枝の間に布を広げ、屋根の上に毛布を広げ、トマト、豆、えんどう、薬草をかごで運び、木の実や野菜や果物を切り、むしり、はじき、はずし、そこに干した。

冬のための蓄え。冬の蓄え。

「それは素敵だわ。」とシリン・ゴルは言った。

「何、何が素敵だって?」と女たちは尋ねた。

「あなた方、あなた方が素敵だわ。果物も、布も。むしることも、皮をむくことも、干すことも。」

「これが私たちの生活ですよ。」

「私が今まで生活したところではどこでもね、」とシリン・ゴルは言った。「アフガン人はもうこのような生活を知らないのよ。これは戦争が破壊してしまった知恵なのよ。畑地には地雷が埋められ、農民は戦争に引っ張り出され、人間はずっと逃げ続けていてね、みなはもう、どうやって畑を耕し、羊や牛を飼い、蓄えを作ればいいか知らないのよ。」

女たちは笑い、言った。

「だったら、皆ここへ来ればいい。そうすれば私たちがその人たちに見せてあげるから、思い出すでしょう。私たちは忘れてはいないよ。私たちは私たちの母親たちから、そしてそのまた母親たちから学んだのよ。私たちの故国のほかの女たちはどういうふうに生活しているのか、私たちに話してちょうだい。」

「あまり話すことはないわ。」とシリン・ゴルは言った。「アフガニスタンの女たちは今まで一度も、たくさん手に入れたことがないのよ。でも、ロシア人が私たちの国に来てから、ムジャヘディンが戦争を始めてから、タリバンが権力を握ってからというもの、女たちはその最後の権利と最後の自由すら失ってしまったわ。女たちは全部失ったわ。名誉も、誇りも、知識も。」

女たちはもう笑わなかった。むしったり切ったりしなかった。

「私たちは何も失っていないよ。でも何も得たものもないわ。」とアビーネが言った。「私たちの生活は、ずっと同じなのよ。」

「でも私たちは、平和に静かに生きているじゃない。」と他の女が言った。

「素敵な静けさだわ。」と三人目の女が言った。

「怖い静けさだよ。私たちは怖いのよ。男たちだって、何もかも誰もかも、街の人間のことが怖いのよ。」

「もっと話して。」とアビーネが言った。「他の世界の話をしてよ。」

「他の世界のことは私にもわからないよ。」とシリン・ゴルが言った。

「あんたが知ってる場所の話をしておくれ。」と女たちが言った。

「戦争がすべてを破壊する前はね、」とシリン・ゴルが話した。「街のたくさんの人たちは電気を使えてね。電気を使える人は、私の手の平に入るくらいの小さな玉で、四本のオイルランプより明るい光をつくれたのよ。」

「それは魔術だ。」と一人の女が囁いた。

「静かに。」とアビーネが言った。「シリン・ゴルに話してもらおうよ。」

「町ではね、子供を産むからといって女が死んでしまうことはないし、下痢をしたり熱を出したり血の混じった咳をしただけで、子供たちが死んでしまうことはなかったよ。ちぎれた腕を縫い合わせる場所まであったんだよ。」

「ラ・エラハ・エル・アラー。」と女たちは信じられずに言った。

「車や飛行機も作られていてたわ。」

「車や飛行機って何なの？」と女たちは尋ねた。「何のためにそんなものが必要なの？ その人たちには預言者がいるの？ 神様がいらっしゃるの？ 私たちのアラーは神様を知っているの？」

「私たちは皆、神様のお造りになったものです。」とシリン・ゴルは言った。「そして神様は皆を、女たちも男たちも同じように愛しておられるのよ。アル・ハムン・ド・アラー。」

シリン・ゴルはロシア学校の半分裸の女の先生、美しい微笑のファウズィーを、そして彼女が語った物語も思い出した。

「鳥は二枚の羽があって初めて飛べるんです。世界は鳥のようなものですよ。世界も両方の羽を必要としていいます。世界は静止しないでいるために、女たちも男たちも必要なのです。」

「私は鳥ではないから、飛べないわ。」と一人の女が言った。

「私は鳥よ。」とアビーネが囁いた。「二枚の羽を持った小鳥よ。一枚は女のため、もう一枚は男のため。」

「シリン・ゴル・ヤン、」と男たちが言った。「おまえは私たちの女たちをカラブ、悪くしてる。だめにしてる。」

カラブ、果物のように腐る。

カラブ、窓のように割れる。

男たちは言った。

「ムラーは——神様、かの魂をやすらかにしたまえ——、そんなことは決して話さなかったよ。」

「ムラーは男だったわ。」とシリン・ゴルは言った。


夏が去り、冬が来て、子供たちが生まれ、神様が何人かを身元へお召しになった。山にくっついている新しい小屋が、アビーネとその夫や子供たちのために建てられた。アビーネのお腹はまた大きくなり、またあれやこれやが起きた。ある時人々はけんかをし、ある時は意見が一致した。ある時は、桑の木の枝の間にかかっている布を、女たちがその下に集まらないようにはずそうとしたたし、ある時はそうしなかった。ある時は女たちは男たちの言うことに従い、ある時はそうしなかった。ある時は、シリン・ゴルがあれやこれやについて言うことを聞いた。ある時は、よそ者が彼らの問題に口を挟まぬことを望んだ。

ある時シリン・ゴルは言った。

「まったく何にも、ニュースがないね。私はもうここにいたくないわ。」

ある時シリン・ゴルは言った。

「少なくともここには平和がある。私の子供には食べ物や頭の上に屋根があるわ。」

シリン・ゴルのパキスタン人の息子、ナビはもう片足で立てるようになった。彼は歩けるようになり、最初の言葉を発した。

「ナビ。ナビはくたびれた。おしっこ。お腹すいた。マダー。ペダー。ちょうだい。やめてよ。」

シリン・ゴルがちょうど小川にいた時、ちょうどナビを洗ってやっていた時、ヌル・アフタブが母親のところにちょうど来た時、空の方で大きな音がした。嵐のように強い風が吹き、何もかもごちゃごちゃに吹き飛ばした、服がはためき、鶏は靴の小屋へ逃げ、ロバはうるさく鳴き、人々はあちらこちらへと走り回り、女たちは悲鳴をあげ、女の子たちは腕を頭の上に乗せ、子供たちは地面に倒れ、空をながめると一羽の鳥があった。彼らが今まで見たことのないくらい巨大で、恐ろしげで、真っ黒で、うるさくて、悪意に満ちていた。

その真っ黒で巨大な化け物鳥は、一度村の上を飛びまわった。それからもう一度ゆっくりと飛んだ。ゆっくりと。危険な兆候だった。低く飛んだ。空中にじっと留まった。太陽の中で光り輝くその恐ろしげな目で、火遊びでもするかのように、小屋と、あちこち走る人間たちを見ていた。化け物はゆっくりと、ひどくゆっくりと頭を上げ、旋回し、人々にその尻尾を見せながら、山の頂上の向こうに消え去った。

「神様が私たちの罪を罰される。」と女の子が言った。

「報いの日が近づいた。」と女たちが叫んだ。

「どうすればいいのだろう。」と男たちが尋ねた。

「石投げ器を持って来て、守ろう。」と男の子たちが言った。

「あれはヘリコプターだよ、馬鹿。」と生意気なナセルが大声で叫んだ。それで、母親からじろりとにらまれた。だから、馬鹿と呼んでしまった男の子の肩に手を置いて、少し低い声で「いや、馬鹿じゃない。」

と言うと、再び大声で叫んだ。「それでもね、あれは鳥じゃなくてヘリコプターだよう。」

「あれはまたやって来るわ。」とシリン・ゴルは言った。「あの連中は、あの鉄でできた鳥に乗ってやって来て、ロケットや火花を吐くのよ。私たちを射殺し、すべてを破壊するのよ。」

「僕たちの靴の小屋も？」

「私たちの靴の小屋も。」

「壁に書いた私たちの言葉も？」

「壁に書いた私たちの言葉も。私たちの言葉も、私たちの小屋も、私たちの道の屋根も、私たちの泉も、私たちの畑も、私たちの蓄えも、私たちの桑の木も、すべてよ。それから彼らは来て、まだ生きているものの全部を刺したり射って、殺すのよ。」

「誰があの鉄の鳥をよこしたの？」

「戦争よ。」

「なぜ？　私たちが何をしたというの？」

「何もしていないわ。」とシリン・ゴルは叫んだ。「戦争が来ることに対しては、何もできないのよ。戦争が来る時には戦争が来るのよ。人がどうだろうと、何をしていようと、関係ないの。質問は止めにして、荷物をまとめてちょうだい。私たちは急がなくては、逃げなくてはならないのよ。」

「シリン・ゴル・ヤン、」と男たちが言った。「おまえは私たちに世界のことを語ってくれた。おまえは私たちの子供の誕生の手伝いをしてくれた。おまえは私たちの姉だ。私たちはおまえを尊敬し栄誉を与えている。おまえは私たちに言葉をもたらし、道の上に屋根を作らせた。けれどもおまえは私たちをここから動かすことはできない。私たちの人生はここなのだ。私たちはこのひとかけらの地面の上で生まれた。私たちはこの山の、この岩の一部なのだ。私たちはこの石と同じだ。おまえはそれを持ち上げることはできないだろう。この世界のほかの場所でならどこででも、私たちは私たち自身を失ってしまう。もし私たちの人生に終わりを告げるのが神様の思し召しなのであれば、そうであればいい。私たちは運命に従おう。それにひょっとしたら、戦争も、ここから何も手に入れるものがないことや、私たちが誰にも何にも危害を加えないことを見て、考え直すかもしれないではないか。神様は偉大である。ひょっとしたら、戦争は私たちを平和のままにしてくれるかもしれないだろう。」

平和の中の戦争。平和のための戦争。戦争の平和。

いくらシリン・ゴルが頼み乞い願っても、この人々は発とうとしなかった。彼らは、それが神様がこの天のもと、彼らに賜った最後の日であろうと、留まった。

シリン・ゴルは持って行けるものをまとめた。モラッドとヌル・アフタブとナセルとナファスとナビと彼女は、皆と握手しあい、抱きあってキスしあえる人とは抱きあってキスをした。そして村を急いで出て行った。

太陽は頂上の向こうへまだ姿を消していなかった。シリン・ゴルとモラッドと子供たちは、八軒の家の村へ着く前夜を過ごした、村の反対側の山に着いた。

あの人々は、シリン・ゴルが彼らのことが見えなくなるほど小さくなってはいなかった。その声は、シリン・ゴルに聞こえなくなるほど遠くから響いているわけではなかった。アビーネがその子供を腕にだいて、一番最後の小屋の前に行ったちょうどその時、アビーネが手を口にあてて「シリン・ゴル、神様が共におられますように。」と叫んだちょうどその時、シリン・ゴルがそれに答えようとしたまさにその時、黒い鉄でできた鳥が山の向こうから飛んで来た。はじめは音もなく。それから二機目が現れた。両方が浮かび、静かに音をたて、それからうるさく叫び声をあげながら旋回し、村の上空を一回りし、頭をかしげ、だんだんと低く飛び、ロケットを発射した。一発、二発、三発、四発。

シリン・ゴルはそれ以上数えなかった。

モラッドと彼女は子供たちを岩の陰にかくまい、耳をふさぎ、目を閉じ、怖くてたまらぬ身体をお互いに寄せ合い、山がもう一度静かになるまで待った。

シリン・ゴルは何が起こったか知ろうと見る必要はなかった。ヘリコプターに乗った男たちが誰であろうと——なぜ、いつも男たちなんだろう？——、誰の名において戦おうと——戦った？　彼らは戦ってなんかいない。彼らはただ射殺しているだけだった。防御できぬ人々を。何も想像もしていなかった人々を。

誰の名において彼らが戦ったにしても、彼らはヘリコプターを着陸させ、カラシニコフとナイフを持って村を回った。燃えるものには何にでも火をつけた。地雷を置いた。これで誰も小屋に住めなくなった。

まだ生きている人は誰でも、どの人も、どの人も、どの人も、アビーネとその子供たちも、彼らは射殺した。刺し殺した。身体を切り裂いた。

第9章 アザディーネと小さな抵抗

「私、もうどこにも行きたくないよう。」とヌル・アフタブは母親に向かって大声を上げた。「こんな生活って何？　母さんは私たちを町から田舎へ連れて行って、それからまた街へ戻って来て、そうしたと思ったら、毎日毎晩どこかの砂漠か山の中にいなくちゃならないなんて。ある時は乾ききって、ほとんど燃えそうだったし、ある時はほとんど氷になりそうだったよ。母さんは私たちをパキスタンの収容所に連れて行って、まず父さんが気違いになって、次に母さんがなって。それから、母さんは私たちをどこかわからない村に連れて行ったけど、母さんは今でもそれがどこにあったのかわからないんでしょ。私たちは村の人と友達になったけど、みな殺されてしまった。私たちは右から左へ、上から下へ移動したから、私はもうすぐこの国のあらゆる場所を歩いたんだよ。今は私たちは、なくなった人たちの魂——神様、彼らの魂をお守り下さい——魂ですら逃げ出すような村にいるんだ。マダー、お願い。マダー・ヤン。私、もうだめだよ。私はもう、そのうちまた別れるために、新しい人たちになじみたくはないよ。誰かが来て、その人たちを殺すのを見なくてはならないためになんて。私はこの短い人生の間、七人分の大人の人生を見てしまったよ。何でもいい、来るものは来ればいい。でも私はここにいるんだ。」

「ここ？　ここはどこだっていうんだい？」とシリン・ゴルは尋ねた。「ここはどこでもない。何も誰もいないところではないの。私たちが全然知らない人ばかりだよ。」

ヌル・アフタブの顔は空にくっついている小さな雲のように真っ白だった。真っ白。色がなかった。

色を失っていた。顔に色をなくした娘は涙を流していた。春の雨が彼女の皮膚に残すような涙だった。彼女の声はかすれ、小さな雷が喉に迷いこんだかのようだった。

「どこに私たちが知っている人たち、頼りにできる人たちはいるの？」と彼女は叫んだ。裸足で、固くて乾いた地面で足踏みをし、昔小屋だった残骸を拳骨で叩いた。

「そんな人たちなんて、どこにもいないんだよ。まわりを見てごらん。私たちは砂漠の真只中にいるんだよ。何もないところの真ん中だよ。木もない、藪もない。あるのはただひびの入った地面で、中に落っこちないように気をつけなければならないほどの地割れもある。人は誰もいない。畑も村もない。食べ物もない。私たちの飲み物も足りなくなって来た。私たちの上には屋根がない。太陽は私たちを、ハゲタカとか蝿のえさにちょうどいい位は残して、焼いてしまいそうだ。赤く塗ってある石があちらこちらにあるの、見えるかい？　ここはいたるところ、地雷が埋めてあるんだよ。犬一匹もここでは生きられない。まして、人間は無理だよ。」

「私、ここにいる。」とヌル・アフタブは叫んだ。「死ななくちゃならないんだったら、私、ここで死ぬよ。そしたら私は、つまり犬なんだ。」

シリン・ゴルはしゃがんでいて、腕はひざの上だった。喉から低い美しい笑いが起き、それはわずかな風に乗って、娘の方へ飛んだ。ヌル・アフタブは胸の前で腕を組み、上唇を下唇にかぶせ、小屋の残骸に背を向け、裸足で立っていた。

「おいで。」とシリン・ゴルは言った。立ち上がり、娘を抱きしめた。娘は頭一つよりも小さかった。シリン・ゴルは地面にしゃがみこみ、ひざに娘を引き寄せ、キスし、髪をなで、言った。「私のかわいい太陽の光。」

それ以上何も言わなかった。ただ「私のかわいい太陽の光」だけ。

「母さん、どこへ行きたいの?」とヌル・アフタブは尋ねた。

シリン・ゴルはわからなかった。が、その落ち着きと笑いを失わないように努め、考え、彼女の背中をまるで軟膏でも塗るようにさすった。

「イランへだよ。」とシリン・ゴルは、どこからこの考えが来たのかわからぬまま言った。「イランへだよ。」

「イラン?」とヌル・アフタブは苦情を言った。「違う国じゃないの。また新しい国だよ。また国境を越えなくてはならないんだよ。私、もう収容所には行きたくない。」

「まだどこにも行かないよ。」とシリン・ゴルは言った。「私たちは旅のお金も持っていないし、道順もわからないからね。心配しなくていいんだよ。まず次の村へ行って、おまえのお父さんと私はお金を稼ぐつもりだよ。時間がかかるかもしれない。何週間もかかるか、ひょっとしたら何カ月もかかるかもしれない。そうしたら初めて、イランに向かって出発できるんだ。そしておまえはわかるだろう、そこはすべてがうまくいってるってことが。おまえ学校へ行けるだろうし、たくさんのことを学ぶだろうし、仕事に就けるよ。」

ヌル・アフタブは母親を疑わしげに見た。

「仕事?」

「そうよ。」とシリン・ゴルは言った。「イランでは娘や女が仕事に就けるんだよ。なりたいものに何でもなれるのよ。」

「私は飛びたい、」とヌル・アフタブが言った。「飛行機で。私は人間をあちらこちらへ運びたい。爆弾ではなくて、人をね。」

「それは素敵な職業ね。」とシリン・ゴルが言った。

シリン・ゴルは地面の上、小屋の残骸の間にしゃがんでいた。それはどこかから、どこかへ行く途中にある村だった。彼女は初めて子供と、多分決して守れない約束をしてしまったことを知っていた。すべてはうまくいく。

シリン・ゴル、モラッド、そしてその子供たちは幸運だった。彼らはある村にたどり着いて、そこに留まれるまで、四日四晩より長いこと歩かなくてすんだ。その村は小さすぎもせず、大きすぎもしなかった。よそ者がすぐ目だって、他の住人たちから脅威と思われることもなかった。そこにはそれほどたくさんの人々が住んではいなかったので、新参者がその運命を彼らにゆだねることにはならなかった。

最初の夜から、ティーハウスの主人がモラッドに急須にいっぱいのお茶を出してくれ、彼と彼の家族が住める部屋をティーハウスの裏に提供してくれた。

「でも私たちには金がないんだ。」とモラッドが言った。

「それは問題じゃないよ。」とティーハウスの主人が言った。「ここにはこの時期だと、誰にでも十分仕事はある。早く起きて頑張る奴にはな。あんたは仕事をして金を稼いで、その部屋の部屋代を後で払えばいいよ。」

どこもここも戦争がうずまいていた。国中に仕事がなかった。すべての町々、すべての村々、彼らがいたところはすべて生活が麻痺していた。それなのにここでは、一人の男がモラッドの前にいて、新しく入れたお茶を小さなグラスに注ぎ、みんなにお茶がいきわたったかどうか確かめてから言うんだ、「ここには仕事がある。」と。

モラッドがちょうど感謝しようとして、どんな仕事が尋ねようとして微笑み、ちょうど口を開けようとしたその時、これまで父親の陰に隠れて黙っていた生意気なナセルが叫んだ。

「僕のお父さんはどんな仕事でもするよ。父さんはムジャヘッドだった。父さんは山で戦ったんだ。それからね、密輸業者になったんだ。」

「そうか？　密輸業か、それはいい。」とティーハウスの主人は驚きもせずに言った。「密輸のためにも仕事はある。」

ティーハウスの主人の答えが生意気なナセルはとても気に入って、彼はもっと勇気が出て、護ってくれる父親の身体の陰から出て来ると、胸を張って言った。

「僕も密輸業者になるんだ。」

「そうか？　おまえもつまり密輸業者になるのか？」

「そうだ。」とナセルは生意気な声で答えた。「あすこにいるあの人みたいに大きくなったらね。」そして自分の父親を指さした。

モラッドは半分あいた口を閉じ、微笑みを半分失い、息子の頭に手を置いて彼を自分の方に引き寄せた。

「それで、それまでは？　おまえ、ここで私のティーハウスで働き始めてみないかい？　おまえは男たちにお茶を運んだり、グラスや受け皿を洗ったり、蝿を追ったり、砂糖を小さく叩いたり、絨毯を掃除したり、その他のこともできるだろう？　おまえは他の男の子たちがやったことは全部できるだろう。連中は私の手伝いをしていた後畑に出て、そこで働くことにしたんだよ。」

ナセルはティーハウスの主人を大きな目で見た。それから、自分がこの責任のある仕事のために十分大きくてその役に立つかどうか試すように、自分自身を見下ろした。それから父親を見、モラッドの厳しい目つきに出会い、何も言わず、再び護ってくれる父親の背中の陰に隠れてしまう方を選んだ。

「まあいいさ。」とティーハウスの主人は言うと、笑った。「あんた方は今さっき着いたばっかりだ。もしその気があったら、明日もう一度来てごらん。話をしよう。」それからモラッドの方を向いて言った。「さあ、兄弟。この急須を取ってくれ。あそこにパンやご飯もある。部屋は大きくはないが、道端に寝るよりはいいだろう。このティーハウスのまわりをまわってくれ。すぐわかる。」

「どんな仕事かで何か違いがあるかな。」とモラッドが尋ねた。

「とても大きな違いがあるわ。」とシリン・ゴルが答え、子供たちに毛布を掛けた――子供たちがこうして再びマットに眠れ、頭を枕に乗せ、毛布を掛けてもらえるのはいつからのことだろう。

「ひょっとしてここの人たちは、あんたが彼らのために人を殺したり、またはあんたが戦争に出て行くのを望んでいるのかもしれないわ。そうしたら、あんた自身が死んでしまうまで、長くはかからないよ。」

「今はまず休もう。」とモラッドは言った。「明日、彼と話すことにしよう。そうすれば、どうなるかわかるさ。」

「いいわ。」とシリン・ゴルは言った。「明日、どうなるか様子を見ましょう。」

昼の光で見ると、この村は昨日の夜の暗闇で見えたよりは小さくて、もっとずっとかわいらしく、また馴染み易そうだった。それはほとんど、ただ一本の砂地の大通りからできていた。

道の片方の終わりの所は村の出入口だった。反対側の終わりには鉄でできた門があった。門の水色は多くの場所で接続の穴だとか何かで傷がついていて、それがまるで小さな痛々しい傷跡やにきびのように見えた。その門の後には、影の多い大きな丸くなった庭が隠れていた。その中で老木が涼しい日陰を作っていた。庭の真ん中に立つ一番大きな木の右と左に、二軒の同じ簡単なスタイルの家が建てられていた。その一つに司令官が住んでいて、もう一つは村の牢屋だった。

シリン・ゴルがほかに今まで見たことのある唯一の牢屋は、カブールにあった。ロシアの時代には、その中にロシア人の敵が閉じ込められ、拷問にかけられ、殺された。ムジャヘディンが来た時は、ロシア人の友人が閉じ込められ、拷問にかけられ、殺された。しかし誰がそこで閉じ込められ、拷問にかけられ、殺されたにしても、カブールは首都だった。そしてシリン・ゴルが知っている限りでは、首都というものはちゃんとした牢屋を必要としていた。しかし、誰もが誰のことも知っているようなこの村で、なぜ牢屋が要るのだろう？

「必要なんだ。」とみなは言った。

「何のため？」

「必要だから。」

シリン・ゴルがバハドゥル——ムジャヘディンの軍隊の二番目に偉い男の妻——からその理由、なぜこのような小さな村に牢屋がなくてはならぬかを聞くまでには、長い時間がかかった。

「その理由はアメリカ人だったわ。」とバハドゥルは言った。

「ある日、一人の若いアメリカ人がきれいな白いジープで、他の二台のきれいな白いジープを引き連れて村にやって来たの。そのアメリカ人はその連れと通訳者と一緒に、色々とごたごた、衝突や何やら、着ている服のように派手にやらかして村の中を行進してね、いろんな男たちと話をして、どこでもお茶を飲み、芥子畑を見て、どういう具合に男たちが芥子の根からオピウムをかきとって集めるか見て、畑の主がどのくらい収入があるか、労働者がどのくらい収入があるか尋ねたのよ。アメリカ人は店から店へと回って、色々なものがどんな値段か聞いて行ったわ。そして行ってしまったのよ。二、三日たってから、アメリカ人はまたやって来てね。そして彼は彼の政府からの知らせを持ってきたの。それは、私たちはこれこれの量の芥子しか植えず、これこれの量のオピウムしか得てはいけない、というものだったのよ。アメリカ人の話では、アメリカ政府はそのために私たちに金を払おう、だがそれにはまず、村に牢屋を建て、違反してそれ以上の芥子を植え、それ以上のオピウムを得た者をそこに閉じ込められるようにしてくれ、という話だったの。彼の提供する金が大変高額だったので、それまでムラーが住んでいた司令官の庭の二軒目の家を、すぐに牢屋にしてしまったの。ムラーはほかの家に引っ越したわ。タマム、カラス。これで牢屋のいきさつは終わりだけど、」とバハドゥルは言った。

「けれど私たちは、なぜ私たちがこれだけの量の芥子を減らし、オピウムの生産を減らすことが、ダンだかドゥンだかドンだとか言う名前のアメリカ人とその政府の利益になるのか、どうもよくは理解できなかったのよ。彼は話したんだけど、彼の国や世界のほかの国のたくさんの人たちが、オピウムで病気になったり死んだりするんだって。私たちは何度も尋ねてたわ、なぜその人が、自分の国の人々がオピウムを買うのを禁止する代わりに、わざわざこんな遠いところまで来て私たちに金を払うのかって。そのアメリカ人にね。その人は、余計な話、とてもやさしそうでハンサムだったけどね。私たちは話したのよ、私たちが昔、木綿や米や小麦を植えることのできた畑地には地雷が埋めてあるって。私たちは芥子を植えれば生き延びられるんだって。この畑地から地雷を除くには、とてもたくさんの時間とお金と人の命がかかるって話したのよ。小麦だったら、トラックがないととても運べないけど、オピウムだったら、袋やポケットに入れて歩いて行って売れるんだって、私たちは彼に説明したのよ。私たちは彼のお金を喜んで受け取ります、牢屋も作って、時々、村の誰かをそこに閉じ込めるでしょうって。全部、私たちはそのドンとかいう人に説明したけどね。でも私はもう一つ確信が持てないのよ、」とバハドゥルが、少しもの思う表情で言った。「あのアメリカ人は私たちの言うことがわかったのかしら。ともかく、私たちはその牢屋をそのままにしてるんだけど、それは役に立つってわかったのよ。なぜかというと、時々私たちの司令官は、親戚とか他の司令官とか別の偉い人の訪問をうけるのよ。そういう人たちには二軒目の家に入ってもらうの。もちろん私たちは、彼らにそれがもともと牢屋だなんて言いませんよ。でも偉い人の訪問がなくてもね、男たちは時々二軒目の家を利用してるわ、時々ね。ある男がその奥さんと言い合いになったり、そうでなくても、落ち着きたい、一人になりたいことが起きるのよ。そうすると、その人は一晩とか二晩とか牢屋で眠るのよ。」

　最初シリン・ゴルは、バハドゥルが自分を偉そうに見せるためにこの話を作ったのかと思ったが、彼女とモラッドは村のほかの人たちからも同じ話を聞いたので、それを信じ始めた。そして、彼女とその家族は、じきにこの話を訪問者や新参者に話すようになった。しかも、ドンとかドゥンとかダンとか言う名前の人がいろいろと騒がしく村へやって来た時に、彼ら自身がそこにいたかのように。

通りの司令官の家の牢屋からおしっこに出るための水色の門を出る少し手前で、右側に二つの狭い砂地の通りが、大通りから別れていた。もし鳥ででもあって上から村を眺められたとしたら、通りは地面に横たわった人間のように見えたかもしれない。両足をしっかりくっつけ、腕は大きく広げている人。その人の足のところに村の出入口があった。その人の腕に当たるところに大通りから別れている細い通りがあった。人の頭に当たるところは司令官の家と牢屋のある庭だった。ティーハウスの後ろの家に、シリン・ゴルとモラッド、ヌル・アフタブ、ナファス、ナビが住んでいたが、それはその人のおへそに当たっていた。

その部屋は小さくも大きくもなかった。前には幅の広い飾り台がついた、ひざまでの高さの窓があった。他の三方の壁には床の上にマットや毛布が置いてあり、それは日中はその上に座るため、夜はその上で休むためにあった。部屋のまんなかにはプラスティックのござがあった。黄緑色のネオン色で、やさしげなござで、一日中笑っているようなござだった。シリン・ゴルは石で壁に釘を一本打ちつけ、そこに彼女のベールを引っ掛けた。壁のくぼみには鏡があり、馬に乗って槍で竜を刺し殺している人の色刷りの絵があり、鉄の古い缶があった。他には何もなかった。

その部屋で一番素敵なのは部屋の前のところだった。それは朝、お茶を飲むに十分の広さがあり、暑い夜にはそこで眠れた。シリン・ゴルとモラッドと子供たちは、その場所を少し誇張して、けれどとても愛着を持って、ベランダと呼んだ。毎朝シリン・ゴルはベランダの粘土の埃を掃き、二、三日置きに、子供たちはマット、毛布、枕、それに笑うござを引っ張って来て陽に当てた。大声を出し跳んだりはねたりしながら、子供たちは棒でそれを叩き、埃にむせて咳をし、ナセルはホースの水を部屋に振っかけた。ナセルは彼のプラスティックのホースが好きだった。それは彼の人生の最初のホースだった。

ムジャヘディンがその村からロシア人を追いやった後、様々な司令官たちが、それまでは共に戦っていたのに情け容赦のない兄弟間の戦争を始め、村の実権争いをした。今の司令官とその仲間たちは最も強くて、他の連中を追いやってしまうか殺してしまった。今までのところ、他のどんな司令官も、ただ村に近づくことすらしていなかった。ここの人間にとってはそれは良いことだった。かれらは村の地雷を取り除いた。再び小屋を建てた。かれらは再び店や屋台を建てた。畑の地雷を取り除く作業も始めた。

シリン・ゴルのベランダは芥子畑に面していた。だからシリン・ゴルとモラッドとその子供たちは、神様の空のもとで想像できる最高に美しい眺めを得た。小屋のガラスのドアや窓から木製の寝台ほどの距離に、香りのいい、白や紫やピンクに咲く芥子の花が育っていた。村のまわりを取り巻いて、この色とりどりの花が育っていた。小さな四角に区切られたり、三角だったり、長かったり狭かったりする畑があり、それぞれが別々の持ち主に属していて、石や粘土の低い塀に囲まれ、その上にさらに植物とか花が育っていた。

午後になると、女たちは木々の陰の低い塀の上に座りおしゃべりし、花畑の色や香りや豪華さを楽しんでいた。

その間、男たちはティーハウスに座って話をつけ、ものを交換し、商売をし、重大だったりそうでもないことを取り決め、水キセルを吸い、お茶を次々に飲んで、幸福だった。なぜかといえば、彼らの勇敢な司令官が戦争の間、払いがよく、彼らのために戦争を指揮し、ムジャヘディンのほかの司令官を村に侵入させなかったからだ。ここの人々が戦争について聞くのは、遠くでの打ち合いと爆発音だった。このティーハウスの主人はそのサモワール（湯沸かし器）を前の方の机の上に据えていた。このティーハウスの親切な主人の弟は、ティーハウスの靭皮の屋根と同じように見える靭皮の屋根の屋台をティーハウスのすぐそばに建てていた。彼は肉を焼いてケバップをつくり、燃える火の上でご飯を炊いた。その両方を彼は少しずつ男たちに売った。男たちは一日中兄のティーハウスに座り込んで、数珠の石をまずは一方向に、次に反対方向にずらしたり他のことをしたりして、一日が終わる前にその女子供のところへ帰っていった。

百人かあるいは百五十人の村の人々は、この生活に満足しているようだった。

彼らはどこかへ急いで行こうという気はなさそうだった。ほとんどの人々はロシア人に対する戦争の記憶を深く沈みこませて、誰もそれについて話をしないように隠していた。ほとんどの人々は神様がお授けになる毎日に感謝していた。誰も他の誰とも敵になっていなくて、誰かが誰かをだますことも稀だった。なぜなら、こういう具合に誰も飢えに苦しむこともなく、生き延びるに十分に稼げているようだったからだ。多すぎもせず少なすぎもせず。

金持ちは芥子を植える畑を所有していた。あまり金のない連中は、金持ちや少し金を持っている人たちが買える物を売った。鍋、皿、フライパン、毛糸、縫い糸、衣類、ラジオ、ラジオ用電池、米、油、お茶、小麦、木の実、結婚式のための輝く布、その他のための布、靴。それらはパキスタンから来た。色とりどりの毛布、枕、睡眠用のござ、これらは羊の毛から自分たちで作っていた。さらに金を持たぬ人たちはその屋台で、金持ちが持っているパキスタンから来たラジオとか時計とか銃を修理した。彼らは靴をつなぎあわせ、衣服やチョッキやズボンや帽子を縫い、若者や男たちの髪やひげをそった。彼らは金持ちの芥子畑で働き、店で働いた。半分金持ちの店や作業場だった。

そのほかに、何も売りはしないが貧乏でない人たちが少しいた。それはムラーや司令官や少年の学校の教師や、時々村へ来てオピウムを買い取り、パキスタンやイランへ行ってそれを売っている商人だった。

それから、アザディーネがいた。

アザディーネはカブールに王様がいたころ、学校へ通った。そしてロシア戦争の時代にカブールで大学へ行った。ムジャヘディンが兄弟の戦争を始め、大学が閉まったので、彼女は勉強を中断しなくてはならなかった。アザディーネはまずパキスタンへ、それからイランへ逃げ、勉強を終え、カブールに戻った。戦争のせいで、その上彼女の兄弟がそこに住んでおらず、女一人では街に住めなくなったので、この村へ戻って来た。そこでは父親が生まれ育ち、まだ今も彼女の叔母と叔父が住んでいた。

みな彼女が戻ってきたことが嬉しく、ほとんどの人々は彼女を尊敬し、彼女が女であっても敬意を払った。なぜなら、彼女はただ良い女医であるだけでなく、善良で寛大な人間だったからだ。彼女は料金を払える人だけでなく、彼女の所へ来る人は誰でも診察した。

「神様は偉大です。」とアザディーネは言った。「神様は私がいつも十分に食べるものがあり、生きて行けるように計らって下さる。」

アザディーネは彼女の村の住人だけでなく、他のたくさんの近隣の村や山や谷から来る人々を診察した。たくさんの人々は三日も四日もかかってやって来た。彼らは歩いて来たり、ロバや馬に乗って来た。大変に遠い谷や山や村から来る人々のほとんどは、ほとんど金を払えなかった。ほとんどの人々は、隣の大きな町でアザディーネが指定した薬を買うことさえできないほどだった。彼女はちょうどお金を余計に持っている時は、その非常に貧しい患者たちにそれをあげ、食料品や衣服や他の物を援助した。とにかくアザディーネはここらの地域全体で最も寛大な人間の一人だったので、みなは彼女が一人で暮らし独身を通していることを大目に見ていた。

時々ムラーが彼女のドアを叩き、「いい加減に結婚しなさいよ。」と意見を押しつけた。「神様は、女が守ってくれる男なしで生きるのを良くは思われませんぞ。」

彼の話を聞きもせずに、アザディーネはムラーの心臓の鼓動を聞き、肺を叩き、彼の心拍を数え彼に注意をした。

「オピウムをたくさん吸い過ぎないようにして下さい。一日に一度は散歩をするように。村の父親たちに、まだ半分しか成長していない子供を結婚させるような圧力を加えないように願います。でないと、息子たちや娘たちは、弱くて病気の子供を世に送ることになりますからね。」

「みな子供を作らなくてはなりませんぞ。」とムラーは、彼の子供売り込み政策、と言うより男の子売り込み政策を防御しようと努めた。「いつか子供たちは親の役に立つようになりますからな。イェク・ルッ・ベ・ダルデスフン・ミショレ。」自分の言葉にうなずきながら彼は首を振りアザディーネを見たが、彼女が彼の言葉を全く信じていないことを見て取った。全然だ。

「あれは悪魔の女だぞ。」とムラーは彼の妻に語りながらも、その女医に対し大変に敬意を払っている響きが彼自身の声に隠れていることが、癪に障った。彼がどれほど言葉で馬鹿にしようとしても、常にこの敬意の響きがあった。ムラーはそのくせ、この思いがけぬ嫌な響きがどこから来ているのか、ちっともわからなかった。

アザディーネは、良かろうと悪かろうと薦めの言葉も聞かず、敬意があろうとなかろうと言葉の響きにも耳を貸さなかった。アザディーネは村と人々が好きだった。みんなが。特に女性が。特に女たちが村のほかの女たちと違っている時。

シリン・ゴルはベランダにしゃがんで、亜鉛のたらいの中で洗い物をしていた。そこへアザディーネが角を曲がって来た。シリン・ゴルは見知らぬ女の姿にひどくびっくりして、心臓が首まで上がって音高く鳴り始めた。彼女は村に女医がいると聞いて、アザディーネに会った時はどうしようかと考えていたのだった。

シリン・ゴルは立ち上がり、手をスカートで拭き、手を伸ばし、女医に挨拶した。その時、興奮して手が少し震えるのが見えた。ほんの少し、けれど震えた。アザディーネは笑った。それで彼女の白くて大きな歯が太陽の中で、芥子畑の中の白い花のように見えた。彼女はシリン・ゴルの手を取り力強く握り、シリン・ゴルを自分の方に引っ張り、女友達のように抱き合った。二人の女は何も言わなかった。ただ腕の中にいた。二人とも涙を飲み込んだ。まるで二人の姉妹が腕の中で抱き合っているようだった。

「あなたに平和がありますように。」とシリン・ゴルは言った。

「あなたにも平和がありますように。」とアザディーネが言った。

二人は床にしゃがみこみ、急いで話を始めたりはしなかった。

アザディーネはたいていの女たちとは違うと、シリン・ゴルは思った。彼女の髪はすべすべしていて、眉は細く、鼻は気品があり、目は多くの女たちより生き生きとしていて、身体は軽そうで、静かで、がっしりしていた。

かなり時間が経ってから、アザディーネが言った。

「皆が話してるわ、あなたはカブールとパキスタンに住んでいたことがあるって。あなたは自分の子供たちに読み書きを教えているって。それは本当なの？　あなたは読み書きができるの？」

シリン・ゴルは言った。

「そうよ。」

「やっと私がまともに話ができる女性がいたわ。」とアザディーネは言った。

どぎまぎして、シリン・ゴルはつばを飲み込んで言った。

「あなたは、私が初めて出会った女医さんだわ。」

「私はね、」とアザディーネが言った。「あなたに会って、あなたを村に歓迎する言葉を述べようと思って来たのよ。それからね、あなたに私の手伝いを頼みに来たのよ。」

「私に？　あなたのことを？　どうやって私に手伝いができるの？」

「どうやってって、」とアザディーネが言った。「私、一人でいたくないのよ。あなたは私の病人のリストが書けるわ。カルテを整えて、薬のレシピを書けるわ。あなたは私の診療所に来て時間を過ごすのよ。」

「病人のリスト？　カルテ？　レシピ？　私は何のことかわからないわ。」

「あなた、勉強すればいいのよ。」

「私も医者になりたかったのよ。」とシリン・ゴルは言った。

「診療所に来なさいよ。」とアザディーネが言った。「私が知ってることは、全部教えてあげるから。」

「みな、私が主人なしで家から出たら何というかしら？　仕事をしてお金を稼いだら？　私、誰も知らないし、誰も私のことを知らないわ。みな私のことをおしゃべりするわ。みな言うでしょう、私はあれだって。あれ、何というんだろう？」

「悪い女だって？」とアザディーネが尋ねた。「それは意味のないことよ。私たちは私たちの生活を人の噂に合わせることをやめなくてはね。」

「あなたは私のロシア学校の先生みたいにしゃべるのね。」

「私の診療所に来て。私、女たちを何人か招待するから。彼女たちに、あなたが私のために仕事をすると説明するわ。彼女たちはそれを旦那様方に話すでしょう。そうすれば、じきに村中の人が、あなたが私のために働くために家を出て行くのだとわかるわ。」

村の女たちは新しい女に対して好奇心が強かった。彼女たちはシリン・ゴルに千一もの話をし、千一もの質問をした。

「どこから来たの？　どこで生まれたの？　あんたの父親は誰？　あんたの父親は今どこにいるの？　あんた兄弟はいるの？　アザディーネが魔力を持った薬を持ってるって知ってる？　それをね、毎日同じ時間に飲まなくてはならないの。決して忘れてはだめよ。そしてそれを飲んでいるかぎりね、子供ができないのよ。」

「アザディーネが結婚していないって知ってた？」

「あんたに、なぜ彼女がまだ結婚していないか、話した？」

「この人に話してあげて。」と女たちはアザディーネに言った。

「でも私もう何度も話したじゃない。また同じことじゃあ退屈でしょう？」

「いえ、いえ、いえ、決してそんなことはないわ。」女たちは若い娘のように声を上げた。「話して、話して、話して。」

アザディーネが笑ったので、その目が美しいアーモンドのような形になった。

「なぜかというと、私は男の人が要らないから。」と彼女は言った。「私が自分で稼いでいるから。なぜかというと、私が一人で表に出るから。なぜかというと、私が一人で買い物をするから。一人で、いつ眠り、いつ仕事をし、あるいは、そもそも眠ったり仕事をするかどうかも自分で決定するから。なぜかというと、私がいつ食べるかとか、食べるかどうかも自分で決定できるから。そして私は、一人で満足しているから。」

「でももしもだけどね――神様この運命からあんたをお守り下さい――、もしある日のこと、一人か二人の男が塀を越えてあんたの家に飛び込んで来て、物でも何でも盗み、あんたにまで手をかけようとしたらどうするの？」

「来ればいいわ。」とアザディーネは言った。「私は父の銃を取って、皆を射殺するわ。一人ずつね。」

「もしあんたのお父さんの銃が近くになくて、男たちを射殺できなかったらどうするの？」と女たちは尋ねた。

「まず私は尋ねるでしょう、私といっしょに診療室に来ないかって。そうすれば私たちだけで、邪魔もなく話ができる、と言うの。それから私、彼に注射して彼が気を失うようにするわ。」

アザディーネは言った。

「なぜ彼を殺す注射をしないの？」と女たちは尋ねた。

「ひょっとしたら、殺すかもしれないわ。」とアザディーネは言った。

「二人目はどうするの？」

「二人目にはね、私言うかもしれないわ。私は金や他の宝をバケツに隠しているの。それは井戸の中に下げてあるのよってね。そして彼がバケツを取るために井戸をのぞいたら、おしりを力一杯けって、井戸の中に突き落とすわ。」

「それで三人目は？　三人目は？」と女たちは大きな目をして尋ねた。

「三人目？　そうね三人目はね、一番素敵な男なのよ。一番若いの。三人の中で一番強い男なの。目が石炭のように輝いているの。髪の毛は絹みたいでね、豹のような筋肉を持っているのよ。彼はね、子猫のようにしなやかでね。だから私、この男は射殺しないわ。三人目？　ええっと、ああわかった。この男の命を許してあげるわ。私、この男を自分の所に留めるわ。」

女たちは満足してくすくす笑った。

シリン・ゴルは、この女医の話をどう受け止めればいいのかわからなかった。

「私、この美しい男に重労働をしてもらうわ。そしてひょっとしたら……」ここでアザディーネは長い間をとった。女たちはくすくす笑い、大きく笑い、手で口を隠した。アザディーネは皆を見回して言った。「ひょっとしたら私、この男を時々私の部屋に入れるかもしれないわ。」

女たちは全員ごちゃごちゃに話し、笑い、くすくす笑い、笑いすぎて体を曲げ、腕の中に倒れあったりしていた。

「あんた、彼と何をするの？」皆は聞きたがった。「話して。早く話して。その一番美しくて若くて力強い男と何をするの？　彼と何をするの？」

「彼と何でも私がしたいことをするわよ。」とアザディーネが答えたので、女たちはもっと笑った。

シリン・ゴルも笑った。そして彼女は、今までの人生の中で大声で笑ったのは初めてだと思った。そして、なぜか自分でも知らぬうちに、どちらかと言えば自分自身に向かってシリン・ゴルは言った。

「これは抵抗だわ。」

「何？」

シリン・ゴルは黙りこんだ。

「もう一度言って。」とアザディーネが言った。

シリン・ゴルは視線を落とし言いたがらなかったが、女たちが叫び、突っつき、もう一度繰り返すまでシリン・ゴルを勇気づけた。

「これは抵抗だ。」とシリン・ゴルは口ごもった。

女たちは黙り込んだ。お互いを見合い、シリン・ゴルを見、アザディーネを見た。笑った。

「シリン・ゴルの言うとおりだわ。」とアザディーネが言った。「私たちがここでやっていることは、確かにみな抵抗なのよ。あんた方がここで赤くて熱っぽい頭をして、ばらばらの髪の毛で、見知らぬ美しい男たちの話にくすくす笑ったりしているのを、もしもあんた方の旦那様方やお父さま方が見たら、何と言うと思う?」

女たちは黙り込んだ。

おしまいに、親切なティーハウスの主人の二番目の妻、いつも一番目の妻がそこにいない時しか話さない女が、勇気ある大きな声で言った。

「私の旦那だったら、私が悪い女だって言うに違いないわ。」

「私の旦那もそうよ。」

「私のも。」と他の女たちもごちゃごちゃに話した。

シリン・ゴルは黙り込み、なぜあんなことを言ってしまったのかわからなかった。


「アザディーネには新しい助手がいるよ。」と村の人が話をした。「彼女は新入りのモラッドの妻だよ。」

「アザディーネの助手は器用な手をしているよ。」と女たちは話した。

多くの人々が、突然もう一人の女が通りを一人で歩くのを見て嫌がった。男なしであちこちへ。彼女はしばらく後には誰も彼も知っていた。誰とも話をした。視線を落とさなかった。仕事をした。まるで彼女が男であるかのように。皆それを見るのを嫌がった。しかし結局のところ、ほとんどの人々はアザディーネに助手がいることに反対しなかった。シリン・ゴルは有能な女性で、人びとに対して同情してくれた。そして彼女が来てからというもの、女医は毎日より多くの患者に会い、診察ができたのだ。シリン・ゴルの多くの時間は、女たちや娘たちの生活について、彼女たちの話を聞くのに費された。

女たちは、その答を自分自身が一番よく知っているようなことを尋ねた。彼女たちはともかく、誰かと一度話してしまうために話した。女たちは殴る夫たちの話をした。彼女たちは彼女を悪く扱う、夫の一番目とか二番目とか三番目の妻たちのことを話した。彼女たちは何週間も何カ月間も外に出ていないとか、新鮮な空気すら吸っていないと話した。女たちは、夫か息子か父親か兄弟か叔父が付き添って来る医者への訪問が、家から出る唯一の機会であると話した。女たちはシリン・ゴルの前に座り込んで、話すのをやめなかった。最初は生きているより死んだ方がましだと、多くの女たちが言った。終わりには彼女たちは言った。神様に感謝します、私たちのところにあなたのような姉さまを贈って下さったことに。今、私の心は軽くなりました。

女たちの話と夢を聞くほど、シリン・ゴルは彼女自身の生活がいかに不自由か気がついた。シリン・ゴルは素敵な生活の夢を見た。自由な生活。他の国、イランでの生活。シリン・ゴルは、イランでは人々が息子と娘を同じように扱うと信じていた。彼女は、彼女の子供たちが学校へ通えて、ある仕事の訓練ができると信じていた。彼女はモラッドがそこで仕事を見つけられると信じていた。彼女はイラン人がアフガン人のことが好きで、良くしてくれると信じていた。シリン・ゴルは、イランでならまともな生活が送れるだろうと信じていた。彼女は考え、夢を見、考えた。

イランには平和があると、シリン・ゴルは考えた。そこには戦争も地雷もなく、飢えも破壊された家もない。果物の木が生えた庭があり、パン屋、八百屋、学校、そして道路がある。

「でも、ここが故郷でしょう。」とアザディーネが言った。「ここではあなたは自分の同郷の人たちと一緒だわ。ここには仕事があり、ここでは子供たちには平和と落ち着きがある。ここであなたは生活ができてるわ。何が足りないの？　何を探しているの？　何が必要なの？」

シリン・ゴルは女医を見て、深いため息をついた。まるで胸を鎖が締めつけているようだった。まるで身体が鉛でできているかのようだった。

「私にもわからないわ。」と彼女は言った。「私には不足しているものはないわ。でも私には何もかもが不足しているわ。ここには私の同郷の人がいる。でもみな知らない人たちばかり。私の子供たちと私は、生き延びるのに必要な物はすべて持っているわ。でもちゃんとした生活のためのものは全然持っていない。私には仕事がある。でも私の夫にはない。それで彼は病気になるの。彼は傷ついているのよ。男というものは仕事がなければならないのよ。私の子供たちには平和と落ち着きがある。でも子供たちは将来何になるの？　子供たちは明日には成長して、自分の人生を始めなきゃならないのよ。何をすればいいの？　どうやって生きていけばいいの？　私の娘たちは学校へ行くこともできず、仕事を覚えることもできないのよ。私の息子たちは学校へ行ってるけど、教師は二日に一回は授業に来ないわ。お金を稼ぐために、どこか違うところで働かなくてはならないからよ。私にもわからないわ。」とシリン・ゴルは言った。

「おまえには感謝の気持ちがないよ。」とモラッドは言った。「私たちは必要な物は何でも持っているじゃないか。小屋がある。小屋にはドアと窓がある。それどころか、小さなベランダが小屋の前にある。みな私たちに親切だ。私たちの息子は学校へ行ってるし、ティーハウスで仕事もしている。おまえは仕事をしているし、私も仕事を見つけたよ。」

「ええ？」

「そうだよ、」とモラッドは言った。「私は仕事を見つけたんだよ。明日の朝から芥子畑で働くんだよ。」

「それは良かった。」とシリン・ゴルは言った。そして鍋のご飯をかき混ぜた。それは火の上で煮立ち、ぐつぐつ泡が立っては、大きな泡が飛んだ。泡は鍋から飛び出して火の上に落ちると、じゅっと大きな音を立てて割れた。良かったとシリン・ゴルは言って、胸の鎖が引きちぎられて胸が軽くなり、身体から鉛が消え去るのを期待していた。良かったとシリン・ゴルは言ったが、その鎖がまだあり、鉛がまだ残っているのが不思議だった。そして彼女は相変わらずご飯の鍋をかきまぜ、泡が飛び出して火にぶつかるのを見ていた。

モラッドは火とご飯の近くのシリン・ゴルの側にしゃがみ、熱くて飛び出す泡をしばらく見ていたが言った。

「今私たちには、いずれにしてもイランへ行くお金はないよ。そこで新しい生活を始めるためには、まずはお金がいるだろう。まずはここに留まって、ここでできるだけ良く生活しようよ。それからどうなるか見てみよう。」

「わかったわ。」とシリン・ゴルは言った。「留まって、どうなるか見てみましょう。」

香りのある、白かったり紫だったりピンク色に咲く芥子はその繊細な花を失い、裸の黄土色の丸い頭を残した。それは大きな鶏の卵より大きな位で、上の方は切られたようになって、冠をかぶっていた。女王が冠をかぶっているように。

芥子の長い葉は乾いて砂のような色をして、胸ぐらいの高さの毛に覆われた強い茎から、死んだ腕のようにぶら下がっていた。木のような頭の上に冠をかぶって順に並んでいるのは、まるで細い醜い死んだ兵隊のようだった。

朝早く太陽が姿を見せる前に、モラッドは毛布を打ちやり、立ち上がり、シリン・ゴルと眠っている子供たちの塊の上をまたぎ、外のベランダでプラスティックのホースから水を顔にひっかけ、その水を拭かず、ただ振り落とし、寒さに震え、壁の釘から上着を取り、水を飲みこむ時に口の中で睡眠中の匂いと味を感じ、畑の向こう側の端まで行くと、そこにはもう彼の新しい雇い人が彼を待っているのだった。それはティーハウスの主人で、シリン・ゴルとその家族が住んでいる部屋の持ち主でもある、あの親切な男だった。そして芥子が死んだ兵隊のように順列になって立っている畑の持ち主でもあった。

モラッドの仕事は難しくもなければ、簡単でもなかった。彼は植物から植物へ小さなかみそりを三つ持って歩いた。そのかみそりは手の大きさの木ぎれに挟んであり、糸で固定してあった。モラッドが膨らんだ芥子のカプセルに、浅くもなく深過ぎもないように、注意深く三カ所、四カ所、五カ所の切れ目をさっと入れると、傷から血が流れるように、カプセルから白い乳液が吹き出た。切れ目が乳液を出さなくなると、モラッドは、その間にこげ茶色になったべたべたした塊を切り取り、それを葉の中に集めた。日中、彼が回りのどのカプセルにもすべて切れ目を入れると、そこから新しい白い乳液が吹きだし、茶色になった。モラッドはまた切り取り、葉の上にくっつけた。その塊は、カプセルが乾いて大切な乳液を何も出さなくなるまで、大きくなり続けた。

モラッドは夕方には、葉の上に手一杯になるほどの量を塗りつけていた。一週間経つと、彼は全部で一キロか二キロ集めていた。それは純粋な清潔なオピウムで、その代金としてパキスタンの業者は、ティーハウスの主人に一キロにつき五百ドル以上支払った。一キロか二キロ。純粋で清潔なオピウム。業者はパキスタンで、その代金として千二百ドル以上を得た。ヘロインに加工されるオピウム。アメリカやヨーロッパで売られるのだ。

「俺たちは芥子を植えるんだ。」と村の皆が言った。「なぜかといえば、ちょうど俺たちの家族を養って行けるくらい、それで稼げるからだよ。他の連中がオピウムで何をするかなんて、俺たちの問題じゃあない。」

芥子が、その香りある白や紫やピンクの花の美しさと、その価値のある乳液を出し尽くすと、女たちは乾いたカプセルを切り取り、穴の中にものを差込み、小さな黒い芥子粒を中から落とした。その一部は彼女たちと子供たちですぐに食べ、一部は食事に入れ、大部分は取っておいた。

子供たちは、正確に言えば男の子たちは、一年のこの時期を待っていられなかった。興奮した様子で、ティーハウスの男の子たち、靴磨きの少年、羊の番、売り子、仕立て屋の弟子、ガソリンの売り子が、いつもいつも繰り返して畑に来ては、大人と青年たちがまだ芥子から乳液を集めているか、カプセルがもう乾いてしまったか、そしてそれが燃料に使われる前にいくつか気づかれずに盗めるかを見ていた。

男の子たちはカプセルを破り、小さな穴をあけた。小さな黒い粒を口の中にさらさらと落として、歯でかんだ。彼らの舌は、まるで千もの黒いぶつぶつができたように見えた。

男の子たちは二つの芥子の殻を一本の棒の両方の端に通して、一本の回転する車軸を作った。軸の中央に長い棒を引っ掛け、その棒でその車を押した。彼らはその車を運転し、村全体を走り回った。

彼らの姉妹や他の娘たちは小屋の前や畑の端に立った。そこには今、芥子の乾いた茎だけが順列になって並んでいた。まるで頭を切られた死んだ兵隊のように。娘たちは恥すかしがって口の前に手をあてくすくす笑い、男の子たちが遊んでいるのをうらやましげに見ていた。

娘たちの目は、村の若い男たちのせいで心臓の血が早く流れると、秘密を帯びて輝いた。すると彼女たちの母親が平手で頭の後ろを叩き、甲高い声で彼女たちを小屋の中へ追い入れた。

「なぜオピウムの利益をパキスタン人に渡すんだ?」とモラッドは親切なティーハウスの主人に尋ねた。「なぜ自分でパキスタンに持って行かない? もっとたくさん儲かるだろうに。」

「私たちは小さな意味ない農民さ。私たちは誰も知らないし、誰も私たちのことを知らん。」と親切なティーハウスの主人は答えた。「私たちは約束を守っているのさ。業者は私たちのオピウムを買うために遠い道のりを来るんだ。業者は私たちが彼らに渡すことをあてにしている。彼らは私たちを信用しているし、私たちも彼らを信用している。私たちはそうした約束をしていて、ことは私たちにとって悪くないんだよ。」

「ことは悪くはないさ。」とモラッドは言った。「それはそうだ。だがもっと良くてもいいよ。もしオピウムを自分で売ればな。」

「おまえ自分でよくわかっているだろう。」と親切なティーハウスの主人は言った。「私とおまえの祖国では、何週間かおきに、または何カ月かおきに誰かが来て、物事を変化させるべきだと指示しようとするんだ。物事が今のまま続かない方が良いと言うんだよ。私たちには王様がいた。王は、ことをより良くしようとした義理の兄弟に追い出された。イギリス人が来て、私たちの国の物事を良くしようとした。ロシア人が来て私たちを、誰か知らんけどな、その誰かから救おうとしたよ。アメリカ人がムジャヘディンに武器を渡し、訓練した。これも何だか知らんが、何かを変えてより良くしようとしたんだよな。ムジャヘディンは国中で戦争をおこした。より良いイスラムのためだったよ。誰か指揮官が他の誰か指揮官を射殺した。彼が私たちにとって最善でありたかったからだ。南にある首都カンダハルでは、新しい動きが出てきた。タリバンと名乗り、より良いイスラムのために戦うんだ。」

親切なティーハウスの主人はモラッドに新しいお茶を注ぎ、言った。

「いやなあ、モラッド。おまえの考えが良いのはわかるよ。だがね、うまくいっている限り、ことは今のままにしておこうよ。」

「わかった。」とモラッドは言った。「もしそんなわけなら、一番いいのが今なら、ことはそのままにしておこう。」

四日後、モラッドは再びティーハウスに座っていた。四人の男たちが入って来て、モラッドのそばに座り、新しいお茶を注文し、クッションにもたれかかり、水キセルを注文し、熱いお茶をすすり、水キセルの煙を長い管から吸い、そのためパイプの中の水がブルブルガラガラと音をたてた。彼らは濃い煙を吐き出し、モラッドを長いこと見、沈黙し、飲み、タバコを吸い、最後に四人のうちの一人が言った。

「モラッド、どう思うんだ。もし私たちがオピウムをパキスタンで売れば、一包みにつきどれだけ貰えるのかね？」

長く考えず、ため息もつかず、もう一度水キセルを吸いもせず、お茶をすすりもせず、なぜ自分が答えを知っているのかもわからぬまま、モラッドは答えた。

「二倍だ。」

それからまた四日が過ぎて、四人の男たちのうちの一人が大きなオピウムの塊を持ってモラッドの小屋にやって来た。

「おまえ、いつパキスタンへ行ける？」と彼は尋ねた。

「もうじきだ。」とモラッドは答えた。「あんただけかな。それとも他の人も私がオピウムを売った方がいいのかな？」

「俺にはわからない。」と男は答えた。

「どうなるか見てみないとね。」とモラッドは言った。「それでどのくらい儲かるかはね。私は三分の一は貰うからね。」

「おまえはいい奴だ。」とその男は言った。「私はおまえを信用するよ。神様がおまえに付き添われて守って下さいますように。」

「あんたに神様が長い命をお恵み下さるように。」とモラッドは答えた。そしてオピウムを部屋の棚のブリキの缶の横に置いた。その缶は彼らがイラン缶と名づけたもので、その中にシリン・ゴルとモラッドが稼いだお金がためてあった。

再び四日が過ぎた。朝早く太陽が姿を見せる前に、モラッドは毛布を打ちやり、立ち上がり、シリン・ゴルと眠っている子供たちの塊の上をまたぎ、外のベランダでプラスティックのホースから水を顔にひっかけ、その水を拭かず、ただ振り落とし、寒さに震え、あのオピウムを手に取り、他の二人の畑の持ち主が持ってきたさらに二キロのオピウムを手に取り、肩にかけたパトゥに包み、壁の釘から彼の上着を取り、ティーハウスの前の部屋のまわりを回り、口の中で睡眠中の匂いと味を感じた。

モラッドは砂地の大通りを水色の鉄の門のところまで行き、村の出入り口のところで左に曲がり、村を去り、砂地の田舎通りを通って砂漠や山を越えてパキスタンに向かった。

シリン・ゴルはイランに行くことはもはや考えていなかった。彼女のイランへ行く夢から残ったものはイラン缶だった。シリン・ゴルのイランの夢、日々、週、月が集まり、飛び去って行った。

ちょうどシリン・ゴルは、モラッドの新しい仕事と、彼が家をあけて彼女と子供たちだけにすることに慣れたところだった。やっと彼女は、モラッドがオピウムを売るために出て行っている時にあまり危険や山賊や地雷や戦争の心配ばかりしないことに馴れ始めていた。ちょうど彼女とアザディーネは、司令官やムラーと、女の子のための学校を村に建て、将来、女医や産婆や女教師になれるように取り決めたばかりだった。ちょうどシリン・ゴルは、娘のヌル・アフタブとナファスがじきに学校へ行けるので安心していた。ちょうどシリン・ゴルは、ナセルが朝一番に起きて、ティーハウスでサモワールを運び、絨毯を掃除し、クッションを叩き、男たちに給仕をすることに慣れたばかりだった。ちょうどシリン・ゴルは、自分自身や子供たちやモラッドが、この村によそ者と感じない位、慣れたばかりだった。ちょうど彼女は、大騒ぎをして来たアメリカ人のことを、まるで自分が見たように話したばかりだった。ちょうどシリン・ゴルは、抵抗する女であることに慣れたばかりだった。ちょうどシリン・ゴルは、こうしたこと、あれやこれやすべてに慣れたところだった、ある朝、四台のアラブのナンバープレートをつけたピカピカ光る新しいジープが、屋根に白い旗をひるがえしながら村へ走りこみ、通りの埃を舞い上げた。色々と騒ぎを起こしながら、ジープの荷台から美しい服に身を包んだ栄養の良い若い男たちが降りて来て、言った。

「我々はタリバンという新しい運動の兵士だ。我々はあんた方を解放し、あんた方に平和をもたらすためにやって来た。イスラムの名において。預言者の名において。預言者の名において、サラルホーアレイヘ・ワ・アアレヒ・ワ・サラム、彼とそのご先祖は称賛されるべきかな。コーランの名において。タリバンの指導者、ムラーの中の最高位のムラーである、オマルの名において。」

第10章　犠牲と結婚式

「そうだよ。」とシリン・ゴルは言うと、娘を見た。「あの青年は美しい目をしているね。そうだよ、彼はいい男だ。そうそう、彼は優しい人だ。彼は権力を持っている。彼はお金を持っている。そうそう。でもね、彼はタリブだよ。」

ヌル・アフタブは自分の母親を見なかった。聞こうともしなかった。その娘は熱があった。顔の肌は緊張して、次の瞬間にはひびが入りそうだった。唇は腫れていた。呼吸は重かった。しゃべるのが重かった。考えるのは重かった。目が熱っぽかった。心臓は熱かった。腫れていた。熱があった。

「だったら彼はその通りタリブだわ。でもそれが何で悪いの？」と彼女は言った。「タリバンの何が悪いと言うの？」

「タリバンの何が良いのかい？」

「彼らは私たちと国に平和をもたらそうとしてるのよ。私たちを解放しようとしているの。」

「素敵な平和だこと。」とシリン・ゴルは文句を言った。「彼らの平和が彼らの喉元に留まって息を詰せればいい。私はこの、身勝手にモスレムでいたい連中を知ってるよ。私の兄弟は彼らの手中に落ちたんだよ。神様、あの二人をお守り下さい。そして、誰もタリブになっていませんように。」

ヌル・アフタブは聞いていなかった。見てもいなかった。

「おまえは幼くて馬鹿な女の子なんだよ。人生とか人間について何もわかってはいない。ただあの青年の美しさだけしか目に入っていないんだ。目を開けなさい。」

ヌル・アフタブは聞いていなかった。見てもいなかった。

「タリバンが権力を取って以来、彼らはたくさんの土地の所有者から畑地を奪ってる。おまえのお父さんは、タリバンがオピウムの栽培を禁止したものだから、仕事をなくしてしまったわ。それも、ただ彼らがその商売を牛耳るためなんだよ。」

ヌル・アフタブは聞いていなかった。見てもいなかった。

「女は誰も一人では、マフラム（近親者）なしでは通りに出られない。私もだめだし、おまえもだめだ。女は皆、頭からつま先までベールをかぶっていなくちゃならない。おまえの美しいタリブは、私が仕事をするのを禁止したんだよ。」

ヌル・アフタブは母親を見なかった。何も言わなかった。

「彼らは村で一番美しい家を探して司令官の家に入ったのよ。お気の毒な司令官とその家族は牢屋にも住めないんだ。おまえの美しいタリブとその友達が、村の男たち全部の武器を取り上げてしまったし。」

ヌル・アフタブは言った。

「タリバンは平和をもたらすのよ。平和な時代には武器は要らないわ。」

「王様が権力を持っていようと、イギリス人だろうとロシア人だろうと、この国では男たちはいつも武器を持っていたのよ。どんなに時代が悪くても、戦争中だろうと平和と落ち着きがあろうと、この国にはいつも何人かの女たちがいて、あらゆる伝統とか世間の抑圧とか、道をふさぐ父親とか兄弟とか他の誰にでも抵抗してきたんだよ。タリバンが権力を取って以来、アザディーネだってこれまでみたいに仕事をするのを禁止されてしまったわ。彼女は小屋に住んでいる病人の所に行けなくなってしまった。彼女は山に行って病人を助けることもできないわ。男たちを診察することもできなくて、マフラムの付き添いがある女たちだけが彼女のところへ行けるのよ。離れた村や谷から、私たちのところへ遠い道のりを来ていた女たちは、一人ではもう私たちの村へ来れなくなってしまった。もしそれでも彼女たちがあえて来ると、その夫たちと彼女たちは罰を受け、暴力を受けるのよ。この人たちはどうすればいいの？

私たちのために誰が市場へ買い物に行くの？　子供たちだって遊びを禁じられてしまった。おまえの兄弟は自分で作った、たこを揚げることもできないのよ。子供たちは芥子の車も作れないわ。娘たちは学校へ行くのを禁止されたし、テレビも禁止されたし、音楽も禁止されたわ。」

「それでどうなの？」とヌル・アフタブは反抗的に答えた。「私たちはどっちにしても、テレビなんか持ってないし、音楽もないし、遊ぶ暇なんてなかったし、女の子のための学校なんてタリバンの前の時代もなかったじゃない。それに、母さんとアザディーネは村の中で働いていい権利を持った唯一の女だわ。だから？　今から母さんたちも他の女たちと同じになるだけよ。」

「ヌル・アフタブ、おまえは頭がおかしくなったね。わからないの？　昔はね、こんなことはなかったのよ。戦争中だったし、私たちは貧乏だったし、教育を受けていないから何もわからなかったのよ。けれどね、今は私たちは禁止されてしまったのよ。私たちはちょうど女の子のための学校を建てようとし始めていたところだったのよ。なぜかというと、私たちが運動をして、司令官と男たちにそれが良いことだって納得させたからなのよ。けど、今は私たちは禁止されたのよ。法律的に禁止されたのよ。そして、もしタリバンの法律を守らないと、罰を受けるのよ。」

「だったら、法律を守ればいいのよ。」とヌル・アフタブは言った。「そうすれば罰されないわ。」シリン・ゴルは娘を見て悟った。ヌル・アフタブは何も見えないし、何も聞こえない、何も考えられないから、話をしても無駄だったのだ。彼女が見るものはただ、太陽に輝く長くて黒い髪の若いタリブだけだった。その若いタリブは長い白い衣装を着て、天使のように村の中を闊歩し、王子のように軽い足取りだった。黒い瞳の若いタリブは、彼の太陽の光を探していた。シリン・ゴルの娘のヌル・アフタブだ。

ヌル・アフタブはシリン・ゴルの前に座って、自分の母親をすりぬけて、部屋の壁を通してティーハウスの中を見ていた。そこには若いタリブがしゃがんで壁によりかかり、片腕を膝に乗せ、もう片方の手に一本の花を持っていた。その花はヌル・アフタブが石と石の間に見つけて摘み取り、彼女のタリブに——禁止されているのに——贈ったのだった。その若いタリブはティーハウスに座っていた。なぜかといえば、ここにいれば彼の太陽に一番近かったし、背中をその壁にもたれさせられたからだ。彼女がその向こう側で生きていて、眠ったりすわったり、彼のことのほか何一つ考えていなかったからだ。若いタリブは唇に微笑みを浮かべ、何も見たくなかったので目を閉じていた。ただ、彼の頭の中にある姿だけを彼は見たかった。フリ——天使——に似たヌル・アフタブの顔、彼の太陽の光、彼の崇拝者モハメッド、あらゆる信心深いモスレムの預言者——サラルホ・アレイエ・ワ・アアレヒ・ワ・サラム、彼と彼のご先祖は賞賛されるべきかな——モハメッドは規定していた。もしある若い男の心がある清らかな娘で満たされ、彼女のためだけに鼓動するなら、他の男の目を見たことのない娘のため、他のどんな男の手にも触れられず他の誰にも属していない娘のために鼓動するなら、あこがれの娘を所有したい気持ちがある男は、娘を妻として迎え、彼女の世話をし、敬意を払い、よそ者の目や攻撃から彼女を守るべきである、と。

シリン・ゴルは娘を見て、知った。彼女はもはや半分子供なのではなく、半分女であった。シリン・ゴルは、この世のどんな力も、母親の愛情や暖かさや守る気持や安らぎですら、娘を留まらせることはできないと知った。

「彼に来てもらおうじゃないか。」とモラッドは言った。「どうなるか、見てみよう。」

「いいわ。」とシリン・ゴルは言った。「彼に来てもらおう。どうなるか見てみるわ。」


「私の祖父はイギリス人との戦争で亡くなりました。私の父はロシア人との戦争で亡くなりました。私の兄たちもそうです。私の姉たちにはロケットが当たりました。ムジャヘディンが私の別の姉とその娘に乱暴しました。彼女はその恥辱に耐えられず、娘と自分を刺して、自分の栄誉を回復しました。アル・ハムン・ド・アラー。私に残された唯一の人は私の尊敬すべき先生で、この方はマドレッサで私の先生でした。私はそういうわけで、この世にたった一人なので、私のために話してくれる者がいません。だから私は自分で、あなたに、あなたのお嬢さんを私の妻として下さるように頼みに来ました。」

このように若いタリブは言った。彼はシリン・ゴルの前の地面にしゃがみ、例のプラスティックの笑うマットを見、黙り、動かなかった。

シリン・ゴルは彼の美しい厚い唇を、黒い瞳を、きめこまかな肌を、やわらかな面立ちを、彼の静かな調子と確かさを観察すると、尋ねた。

「おまえのお母さまはどこですか？」

「悲しみのために亡くなりました。」とタリブはシリン・ゴルを見ずに答えた。「私の叔父が私をパキスタンに連れて行きました。そこでは収容所で過ごしました。私はマドレッサに行って、アラブ人とパキスタン人の宗教の先生から、コーランを勉強しなければなりませんでした。ある時彼らは私に、この黒いターバンをまきつけ言いました。さあ、おまえはタリブだって。」

タリブだって、とシリン・ゴルは考えた。意味は「願う人」だ。

「何を願うのかい、タリブ?」とシリン・ゴルは尋ねた。

「あらゆるタリブが願うことです。私は正しい道を願います。」

「正しい道はどこだって?」

「神様への道です。私はタリブです。タリブなんです。」

「おまえはタリブですか。そもそも私と話すことは禁止されていますよ。私は女だから。」

「例外もあります。」

「いつでも、おまえに都合がよかったらでしょう?　いつもおまえの役に立てばでしょう?」

タリブは黙った。

「私もタリブになれるの?」

「なれます。誰でもなれます。」

「私は自由を願うタリブになりたいわ。」

タリブは黙った。

「自由よ。」とシリン・ゴルは言った。

「マドレッサでは、彼らは、私が賞賛すべき私たちの祖国に、私たち民族に、自由をもたらすために送られるのだと言いました。」

「一体どんな自由だっていうの、住民の半分に外出を禁止するなんて。」

「彼らは言いました。私の信仰上の兄弟と共に国を解放すべきであると。私の先生は言いました。まずロシア人が戦争で、それからムジャヘディンがその兄弟の戦争で、国を瓦礫と灰にしてしまった。そして、いまだに戦っていると。彼らは言いました。人々は家の中に幽閉されていて、仕事もできず商売も開けない。ムジャヘディンは人々に強盗をはたらいていると。彼らは、ムジャヘディンが女たちに乱暴をしてると言いました。人々はタリバンを待っている、私たちが彼らを救い、彼らに平和と本当の信心をもたらすのを待っているのだと言いました。」

「なぜおまえは、話している時に私を見ないの？」とシリン・ゴルは尋ねた。「私はおまえの母親みたいなものじゃない。おまえはここにいて、私の娘と結婚したいのでしょう。」

「あなたはヘジャブをかけていません。」とタリブは答えた。「知らぬ女性の顔を見ることは、禁じられているのです。」

「これはね、おまえがただ、話で聞いた戦争を見た顔ですよ。」

「そこから私が逃げて行った戦争です。」とタリブが言った。

「これはね、飢えというものを見た顔です。死人を、病人を見た顔です。これは私の顔です。そして、誰が私を見てよいか、誰がだめか、自分で決めます。私はおまえに許可します。」とシリン・ゴルは言った。が、その声の中に軽蔑の響きを隠せなかった。

「神様の法を、人間が変えることはできません。」と若いタリブは言った。静かに。落ち着いて。言っていることに自信を持って。彼の頭の中の法に確信して。

「神の法は言っています、私は私の髪を隠すべきだと。けれど顔ではありません。おまえが私に話すのなら、私を見なさい。」

若いタリブは黙って考え、頭を上げ、シリン・ゴルを落ち着いた目で見た。やさしく、暖かく、ほとんど愛情に満ちていた。落ち着いて呼吸をし、もう一度視線を落とし、言った。

「私があなたを見るのと見ないのでは、どんな違いがあるのですか?」

「大きな違いがありますよ。」とシリン・ゴルは言った。「とても大きな違いですよ。私は表に出るのを禁止する人の目を見たいのです。私の顔を人前では隠すようにと規則を作る人の顔、仕事をするのを禁止する人の顔を見たいのです。私は、男の子に遊ぶのを禁止し、女の子に学校へ行くのを禁止する人の顔を見たいのです。私は、私の娘を妻にしたいという人の目を見たいのですよ。」

「あれやこれを決めたり禁止したりするのは、私にかかっているのではありません。」とタリブは言った。

「私のモスレムの兄弟と私は、あなた方に平和をもたらすために来たのです。私たちはあなた方に真のイスラムをもたらし、神の法を守るように注意を促すために来たのです。あなたが自分の目で見て来た、あらゆる戦争、あらゆる苦しみ、あらゆる犠牲者、あらゆる死者は、神の罰でした。なぜなら、私たちアフガン人が本当のイスラムとは何かを忘れてしまったからです。私たちが信仰を失くしてしまったからです。私たちが、真のイスラムがどんな善、どんな豊かさ、どんな平和を意味しているか忘れてしまったからです。」

シリン・ゴルは自分を制して、礼儀正しい響きを失わないように苦労した。

「私が仕事をするのと真のイスラムと何の関係があるのです?」と彼女は尋ねた。「真のイスラムとか故郷における平和とが、私が部屋の中に閉じ込められているのと、どんな関係があると言うのです? それは一体何かと関係があるのですか? 私の娘たちが学校へ行くことは、誰かの役に立ったり害になったりするのですか? おまえたちが広めていることは、イスラムとは全く、本当に全然関係がありませんよ。」

「それが私が学んだイスラムです。私の先生が私に教えたイスラムです。聖なるコーランに書かれている真のイスラムです。あなた方も私も疑うことができないし、疑ってはならぬイスラムです。それは預言者の言葉で、信者が従うべきもので、誰も変えてはならず疑ってはならないのです。」

シリン・ゴルはひどく興奮してしまい、息遣いが激しくなり、怒りは途方もなくなり、部屋中に満ちてしまった。

「どうか私に質問をさせて下さい。」と若いタリブは、その怒りと憤りと絶望の中で視線を上げ、シリン・ゴルの目を真っ直ぐに見た。彼は全く落ち着いていた。視線と彼の声は暖かく、ほとんど愛情に満ちているままだった。彼は言った。

「私の信仰上の兄弟たちが行った他の場所、村や町では、皆、そこの人々から手を広げて挨拶を受け、歓迎されました。人々は喜んだのです。私たちが彼らにやっと平和をもたらし、彼らが町から町へ旅する時に途中にいる賊から盗まれたりだまされたりせずに、あるいは何とかという名のムジャヘディンにキロメートルにつきいくらか金を払わされたり、羊とか、ひどい場合は娘とか女たちを、渡すこともせずに済むようになったからです。彼らは喜びました。私たちが来たところでは武器が音を立てず、彼らはまた店を開けることができたからです。様々な町の市場では屋台を立てることができ、再び金を稼げるようになりました。私たちが来たところでは人々は解放されたのです、なぜなら、彼らは夜眠れるようになり、ロケットが頭の上から落ちたりしなくなったのです。私たちが来たところではどこでも、人々は平和と落ち着きがどんな素晴らしいことかがわかったのです。そしておしまいには人々はわかったのです。長い無信仰の年月のあと、私たちが彼らに真の信仰をもたらしたのがわかったのです。ある村の司令官や長官も、私たちの動きに同化しています。ある村の男たちは、私たちに武器を渡しました。私たちの指導者は学校に反対をしていません。女の子の学校にもです。戦争が終わり私たちが全国を支配する時に、私たちは学校を建築します。私たちの指導者は言っています、女の子のための特別の学校を建てると。だから彼女たちも学校へ行けるのです。」

若いタリブは、さらにしゃべる前に視線を落とした。

「私は、なぜあなたが私たちと私たちの動きに反対なさっているのかわかりません。」タリブは悲しそうに言った。「私は、あなたがなぜ私に反対なのかわかりません。」

シリン・ゴルは長いこと考えた。長いこと正確な答えを探し、自分の声に再び落ち着きと少しばかり穏やかさを取り戻してから言った。

「おまえはパキスタンの収容所で、お父さんもお母さんもなしで育ったんだね。それは気の毒なことです。おまえはほんの数カ月前にアフガニスタンに戻ったのね。おまえはアフガニスタンを知らないのよ。首都を知らないのよ。人も知らないし歴史も知らない。人の苦しみも悲しみも喜びも知らないのです。おまえはロシア人も知らないし、ムジャヘディンも戦争も知らないのです。おまえが知っているのは、おまえの先生の言葉だけなのです。」

そうと自分でも気づかぬ間に、なぜそうしているか自分でも知らぬうちに、若いタリブはシリン・ゴルが話す時に彼女を見ていた。彼女がそうさせたのではなく、彼がそうしたくなったのだ。

若者に尋ねる前に、シリン・ゴルは彼を長いこと見ていた。そして言った。

「おまえは指導者の言葉を信じているの？　彼がいつの日にか本当に女の子のための学校を建てると思っているの？　女が勉強して大学へ行って、医者などになったりしていいと？　そしていつ、おまえたちは全国を支配できると思っているの？　全国に平和があり、おまえたちが今約束していることが行われるまで、どれくらいかかるの？　ムジャヘディンたち、アハマッド・シャー・マスードとかドスタムとか他の連中が、そんなに簡単にあきらめると思っているの？　イランやインドやフランスやウズベキスタンや他の名前の国々が、ムジャヘディンやラバニの政府を支援しているのに簡単にあきらめると思う？　ただおまえたちが来て、全国を支配したいと言うだけで？」

若者はシリン・ゴルを見て言った。

「あなたは私にそんなにたくさんの質問を持っているけれど、私はあなたのために一つとして答えがわかりません。」

「おまえとおまえの信仰上の兄弟は、私たちの指導者である権利を主張していますね。私たちは答えを得る権利を主張します。」

「あなたは勇気のある方だ。」と若いタリブは言って、考え、言った。

「いつ戦争が終わるか、いつタリバンの動きが全国を支配するようになるか、いつあれやこれやすべてが成就するか、それは全能の神様だけ、全智の神様だけがご存知です。」

ちょうど若いタリブが立ちあがり、ちょうど続けてしゃべろうとした時、ちょうど彼がシリン・ゴルを見たその時、部屋の窓から入りこむ太陽の光がさえぎられ、若い男に影が落ちた。静かに、そっと、四瞬間ほどの長さだった。より静かなかすかな影が若いタリブを包み、彼を抱き、なで、彼に触れ、彼を愛撫した。

シリン・ゴルと若いタリブは同時に外を見た。それはヌル・アフタブの影だった。「太陽の光」はベランダに立ち、若い男に影を投げていた。男の黒い目は石炭のように輝き、光り、彼の太陽の光をずっと追いかけていた。彼のヌル・アフタブ。悲しい光。嘆きでいっぱいの。

ヌル・アフタブは、禁止されたベールなしの頭で中をのぞき、四瞬間より短い間立ち尽くし、のぞき、去ってしまい、太陽が若いタリブに当たった。十分長かった。ヌル・アフタブの視線は若者の目にぶつかった。若者の視線はヌル・アフタブの目にぶつかった。そして視線は落ちた。消えた。失われた。失われた。心を失った。二つの心が失われた。永遠に。とわに。

シリン・ゴルの怒り、質問、彼女の疑いは集まり、鳥になり飛びあがり、窓から飛んでいった。シモルグ。三十羽の鳥。飛び去った。去った。いなくなった。

若者は震えた。彼の声は震えた。彼は言った。

「私は彼女の世話をし、彼女に敬意を払い、尊敬し、すべてのものから誰からも守り、弁護します。私の命に代えても。」

これを言うとタリブは、落ち着いて膝に乗っている数珠を見た。彼はまるでそれが最後でもあるかのように息を吸った。それから彼は黙り込んだ。何も言わなかった。

彼の孤独、悲しみ、誇り、真面目さ、善良さ、暖かさ、言葉と声にあらわれている愛情、これらすべてがシリン・ゴルの心に響いた。

「彼女はまだ子供です。」とシリン・ゴルは言った。

タリブは頭を上げず、シリン・ゴルを見もせず、しゃべらず、息もしていないように見えた。ただそこに座っていた。頭を下げて。動かずに。黙り込んで。

若いタリブがヌル・アフタブを妻に貰いに来たこの午後は、このようだった。シリン・ゴルと若者はほとんど動かず、ずっと座り続けていたかのようにそこに座っていた。けれど、すべてはちょっと前とは全く違っていた。


シモルグはもう来なかった。

日々はシモルグになり、一番美しい鳥を探して三十羽の鳥になった。鳥たちは集まって飛びあがり去った。消えた。

時々シリン・ゴルは部屋に座ったりベランダに座ったりした。料理をしたり、洗濯をしたり、イランはあちらの方かと思える遠くの方向を眺めた。シリン・ゴルはため息をつき、掃除をし、米をとぎ、若いタリブがプレゼントとして持って来させた野菜を洗った。シリン・ゴルはマットやクッション、毛布や敷物をベランダへ引きずって、埃を叩き取った。もうそこには埃なんてなくなってしまっていたのに。シリン・ゴルはプラスティックのホースからの水で部屋の床を洗った。そこももうぴかぴかだったけれど。シリン・ゴルはしゃがんで芥子のカプセルを見た。それは死んだ兵隊のように順列に並んで立っていた。白いミルクが流れていた。茶色に変るミルクだった。

太陽が空に昇り、部屋とベランダのまわりを回り、沈み、月のために場所を開け、次の日にまた来て、昇った。モラッドは部屋の隅にしゃがみ、吸いに吸って、黙りに黙っていた。ヌル・アフタブは畑を囲む塀の上にすわり、何も食べず、何も飲まず、何も言わず、ため息をつき、足元の砂の地面を死んだように見ているばかりだった。ナセルはベランダにしゃがんで石を投げた。それは誰にも何にも当たらなかったが、それでも投げた。ナセルはしゃがんでいる場所で、布の空袋がぺしゃんこになるように埃の中に沈みこみ、前の方をじっと見ていた。ナファスとナビは地面にしゃがんでいた。兄弟も姉妹も全部、お父さんもお母さんもまわりにいるのが幸せだった。世界があまり大きくなくて、皆が毎朝そこから出て行って、夕方になってから戻ってきたりしないのが嬉しかった。不幸が幸福だった。

「私たちにはお米がもうありません。」とシリン・ゴルが言った。「小麦粉も、お砂糖も、お茶も油も、ありません。燃やす木もありません。火をつけることもできません。」

モラッドは吸いに吸って、黙りに黙った。ヌル・アフタブはため息をついて、またため息をついた。ナセルはじっと見て、またじっと見た。二人の幼子は指をしゃぶった。微笑んだ。誰も微笑み返してくれなかった。

シモルグは去った。二度と来なかった。

「神様の名において、」とモラッドが言った。「二人を結婚させよう。彼はあの娘と結婚すればいい。私たちは彼があの娘のためにくれるお金を受け取ろうよ。そしてどうなるか見てみよう。」

「わかったわ。」とシリン・ゴルは言った。「それなら、彼はあの娘と結婚すればいいわ。私たちはお金を受け取って、それからどうなるか見てみましょう。」

「おまえは彼のところへ行って私たちの決定を伝えて来なくては。私は病気だから、」とモラッドが言った。「私は行けないよ。」

「わかってるわ。」とシリン・ゴルは言った。

朝早く彼女は起きて、プラスティックのホースからの水で顔を洗い、ベールを顔にかぶり、部屋を出てティーハウスの方へ回り、右の砂地の通りの方へ曲がり、水色の鉄の門のところへ行った。門の色はあちらこちらが、錠前か何かのせいか剥げ落ちて、小さな傷やにきびのように見えた。シリン・ゴルは小石で、鉄でできたドアを叩いた。その向こう側は昔は司令官の家の牢屋だったが、今はタリバンの家になっていた。まだ太陽が昇っていない朝ぼらけの中、音が響き、長びいた。シリン・ゴルは驚いて小石を落とした。

プラスティックのスリッパを引きずりパタパタと音をたてて、ナセルより年上ではなさそうな、まだ寝ぼけた男の子がドアを開け、青い布が目の前にあるのを見て驚いて一歩下がり、本当に間違いなく女が彼の前に一人でいるのを確かめた。男の子はできるだけ伸びをして、布の頭に向かって、手を口の前にあてながら囁いた。

「あんたは表に一人で出ちゃだめだよ。家に帰ってくれよ。タリバンがあんたを見たら大変だよ。」

シリン・ゴルはこの男の子を知っていた。彼はタリバンが村に来る前までは、他の男の子たちと同じように午前中は学校へ行き、午後は働いていた。サルバーは男物の仕立て屋の手伝いをしていた。

「サルバー、おまえはここで何をしているの？」とシリン・ゴルは尋ねベールをはずしたので、男の子はもっとあわてた。

「あんたは顔を見せちゃだめだよ。」と男の子は興奮して囁いたので、口からつばの泡が飛び出した。

「おまえはここで何をしているの？」とシリン・ゴルは質問を繰り返して、手を男の子の胸に当てた。

「何も。」と男の子は言った。「ここで働いてるんだ。」

「ここで？　タリバンのために？　一体どんな仕事なの？」

「ドアを誰かが叩いたら開けたり、お茶のグラスをかたずけたり、蝿を追い払ったり、男たちが靴を脱いで部屋に入る時にそろえたり、それから……。」

「もういいわ。」とシリン・ゴルは彼をさえぎった。「それでなぜおまえは仕事が終わった後、家で寝ないの？」

「皆お金がなくなって、新しい物を何も買えなくなったんだよ。僕は仕事を失ったんだ。そしたらタリバンが僕の父さんに言った、僕はきれいだって。彼らは父さんに金を渡し、僕が毎日毎晩ここにいてほしいと言ったんだ。父さんは金を受け取り、僕は毎日毎晩ここにいてタリバンに言われたことをしなさいと言ったんだ。」

何か気持ちの悪い重いものが、どこからか知らず、なぜとも知らず、まるで液体の鉛を飲んだかのようにシリン・ゴルの腹の中に落ちていった。彼女は倒れないように水色の鉄の門に寄りかかり、そのまま滑って座り込み、頭を膝に乗せ、どこから来たのかわからない恐ろしい考えとイメージを追い払おうと努めた。その小さな男の子に触り、なでまわし、夜になって自分の所へ呼び、傍らに横たわり、近づき、押しつけ、愛撫する、大人の男たちの姿とその恐ろしいイメージ。

「シリン・ゴル、シリン・ゴル、どうしたの？」とその男の子は高い鈴のような声で尋ねた。「水が飲みたい？」

「いいえ、大丈夫、何でもないわ。私のところに座って。話してちょうだい。タリバンのところでの生活はどうなの？」

「いいよ。」と男の子は答えた。

「なぜいいの？」

「十分食べ物があるからだよ。」

「それはいいわね。」とシリン・ゴルは言った。

「タリバンが僕のことが好きで、僕に親切だからだよ。」

シリン・ゴルの腹の中の塊は押したり動いたりして、重く、重くなり、喉まで上がり、息が詰まりそうになり、口から飛び出しそうだった。シリン・ゴルは立ち上がった。何のために来たのかわからなくなり、男の子の短く刈ったばかりの頭をなで、まだ人気のない通りを通って家へ帰り、ベールを壁の釘にかけ、毛布の下に横になった。横たわっていた。目は覚めたまま。

男たちの手が若い身体にかかる。男がその欲望を満足させる。

男の欲望。

ちょうど太陽が丘から来て、ちょうど村の早起き鶏が時を告げ、ちょうど最初のロバがいななき、ちょうど太陽の光に当たったものがすべて音をたて、ちょうどヌル・アフタブが畑を囲む塀の上にすわり足元の砂地の地面を見た時、ちょうどナセルが再び小石を投げそれが何にも誰にも当たらなかった時、モラッドが睡眠中に寝返りを打った時、ちょうどシリン・ゴルがナファスとナビの顔を洗った水をたらいから捨てた時、その時、あの若いタリブが角に来てヌル・アフタブを見、やさしく愛情に満ちて微笑みかけたので、彼女はほとんど呼吸をし忘れるほどで、手を口の前にあてうっとりする息遣いが出てくるのを抑えたのだった。

タリブは彼女の前を通り過ぎ、シリン・ゴルのそばにしゃがみこみ、彼女を見て微笑み、言った。

「あなたは今朝早く私たちのところにいらっしゃいましたね。何をしようと思ったのですか。」

「何でもないよ。」とシリン・ゴルは簡単に、タリブを見ずに言った。

「あなたは、私を見ようとなさいませんね。」とタリブは言った。

「おまえの律法者は、おまえがここ、私の家にいることを禁止していますよ。私の娘と私はヘジャブをかぶっていませんからね。」

「私はでも、なぜあなたが私たちのところに来たか知るまでは帰りませんよ。」

「それがどんな理由であったにせよ、もうそのわけはなくなりました。それに私はそれを忘れてしまいました。」

「私はお金を持って来ました。今は大変な時代です。誰もが十分に持っていません。誰もができるところで助けあわなくてはなりません。」

「私はおまえのお金をうけとらないよ。」とシリン・ゴルは言った。「なぜかと言うと、おまえがそのためにいつか要求するものを渡せないからです。」

「私がほしいものは、」とタリブは言って、札束をシリン・ゴルの前に置いて立ち上がった。

「私がほしいものは、」と彼は繰り返した。「私は金では買えません。」

去る前に彼はヌル・アフタブの恥ずかしげな微笑を盗み見て、再び消え去った。ティーハウスの方へ行き右へ曲がり、水色の門の方へ行きその前にしゃがみこみ、村へ行く通りを眺めることのほか一日中何もしなかった。

「なぜおまえは彼を追いやったのかい？」とモラッドは尋ねた。「ひょっとしたら、あのタリブは良いタリブかもしれないよ。ひょっとしたら、タリバンの中にも良い人間と悪い人間がいるかもしれない。ひょっとしたら、彼はイスラムと神様に真面目に対しているのかもしれないぞ。彼は私たちにお金を持って来る。野菜を持って来る。礼儀正しくて、私たちの娘を妻にさせようと強制はしない。おまえが彼の前でヘジャブをつけないで座っていても、おまえのことを言いつけもしていない。彼は、おまえが自分を見てくれと言えばおまえの言うことを聞くし、おまえが来てくれとか行ってくれといえば言うことを聞いているよ。」

「私は自分の娘を、幼い男の子に手をかけるような男には渡しません。」とシリン・ゴルは言った。

「ひょっとしたら、おまえは誤解しているかもしれないよ。」とモラッドは言った。

「ひょっとしたら、ヌル・アフタブがあの若者の妻になるのは、彼女にとって最善のことかもしれないよ。ひょっとしたら、彼女は彼のもとで幸せになるかもしれないよ。」

「ひょっとしたら、あんたがまた元気を取り戻して、私たちの荷物をまとめて、戦争もなく、幼い男の子に手をかけるタリバンもいないところへ移るのが、私たちにとって最善かもしれないわね。」

「どこから来た金で？」とモラッドは尋ねた。

「私たちが稼いだお金でよ。私たちは十分お金がたまるまで働かなくてはね。」とシリン・ゴルは叫んだ。シリン・ゴルは今洗ったばかりの濡れた服を、音をたててたらいに振り入れたので、中の水が飛び出し、彼女を濡らした。

再び日々が集まり、飛び去った。最も美しくて、最も素晴らしい鳥、シモルグを追いかける三十羽の鳥のように日々が集まって飛び去った。再びあれやこれやのことが起きた。再び何も起きず、何もかもが起きた。タリバンはこの間に、ますます頻繁に、遠慮なしに、人々の中に入りこむようになった。もし鳥になって村を上から見たら、人間に見える形の、その人間の足に当たるところ、村の下の方に、タリバンは横木を渡して、そのそばに昔のラジオの組み立て工と昔の婦人服の仕立て屋を立たせ、カラシニコフとトランシーバーを渡し、タリバンの許可がない限り誰も村から出入りさせてはならないと言った。タリバンは男の子の学校を閉校し、そこをモスクとコーラン学校にした。男の子のためだ。彼らは男たち全員に命令してひげを伸ばさせ、髪の毛をすっかり刈るか長く伸ばさせた。彼らは細い木の枝を持って村の中を歩き、男の子が凧揚げをしていたり、あるいはただ近くにいるだけでその枝で打った。彼らは男の連れがなくて外出している女たちや娘たちを叱責した。そして連れがいても、女たちが家を出て来る理由を聞きたがった。

村に来た時、タリバンは誰一人として結婚していなかった。この間に誰もが、村の娘の一人を妻に迎えていた。彼らのボスはどちらか決定できず、一度に二人の娘と結婚した。それはムラーの妹と娘で、ムラーはその結婚に幸せだった。なぜならそのタリブは信者で、影響を持つ権力者だったからだ。彼の娘と妹には何もかもそろっていたし、二人はいつも一緒にいるので孤独ではなかった。ナセルとあまり年の変わらないあの男の子のほかに、タリバンは村からもう一人の男の子を、召使として、お使いとして、蝿を追うものとして、見る対象として、触る対象として、それからさらに何かするために雇った。

タリバンの全員が女たちや男の子を家に連れて行った。ただ一人だけは別だった。それは第一日目にヌル・アフタブに恋した男だった。

ちょうどシリン・ゴルは言ったところだった。

「ひょっとしたら、彼は良いタリブで、ひょっとしたら、彼は他のタリバンとは違っているかもしれないわね。」

ちょうどモラッドが言った。

「ひょっとしたら、そうだよ。」

ちょうどモラッドは、若いタリブが贈った水キセルから、一息強く吸ったところだった。その時、別のタリブが一人、角を曲がってベランダへ来て、シリン・ゴルの隠されていない顔を見て背を向け、シリン・ゴルに顔にベールをかぶるように時間を与え、それからシリン・ゴルとモラッドのそばに座ると、彼らの足元に札束を置き、生意気な息の臭い教養のない調子で言った。

「これであんた方の娘のために足りるか？　俺が娶った女はまだ子供で息子を作ることができない。俺は新しい女が必要なんだ。」

モラッドは、水キセルの煙のモヤの中にしゃがみこんで一声も立てなかった。シリン・ゴルは、できることなら彼女の近くの地面にある鎌を取って、そのタリブの首に当てて喉をかき切りたいと思った。彼女は立ち上がり、ちょうど口を開こうとしたが、その時その臭いタリブの後から、あの若い、善意に満ちた落ち着いたタリブが現れて、臭いタリブの肩に手を置くと言った。

「兄弟、この姉上の娘さんはもう私と約束しているんだよ。おまえは幸運だよ、おまえが私の信仰上の兄弟であるから、私はおまえに敬意を払うからね。でなかったら私はおまえを刺し殺さなければならないよ。私と私の婚約者の名誉を守るためにね。」

臭いタリブは立ち上がり、彼の信仰上の兄弟を眺め回した。この兄弟が白い長い服を着ていたのが天使のように見えた。臭い視線が上から下へ、それから下から上へ動き、最後に目に来て留まった。臭いタリブは黄緑色のものを吐いた。それは硬い粘土質のベランダの地面にこびりつき、留まり、さらに何日も何週もずっと醜い跡を残した。そして、シリン・ゴルがホースからの水で洗って畑の方に流したのに、それは誰も料理して火で焼かないから岸辺に残って川にずり落ちた魚の跡のようだった。

臭いタリブは、彼の黄緑のものが永遠に醜い跡を残したことを知っていたのだろうか？　金は持って行ったが、醜い跡は永遠に残して行った。そして彼の醜い最後の言葉もだ。臭い、最後の言葉はこうだった。

「シェイク（賢者）は永遠に生きはしないぞ。そしておまえとおまえの婚約者を保護する手も永遠ではないからな。」

ヌル・アフタブも若いタリブも親戚がいなかったので、二人とも結婚式は血族外の人の集まりで満足しなければならなかった。昔は皆、そうしたことは不幸を招くと言ったものだ。それはまだ戦争がなかったころ、人間が平和に暮らしていて、家族は一族郎党で一軒の大きな家に住み、一つの村に、一つの場所に共にいた。それは昔、父親たちがまだ父親たちだった頃、誰が誰と結婚し誰と結婚しないか話をし、決定権を持っていた頃だった。昔、母親たちがまだ母親たちだった頃、息子たちの嫁たちが母親たちに女王様につかえるようにつかえた頃。昔、父親たちがまだお金を持っていて、娘たちに持参金を与えることができた頃。昔、婿たちにまだ父親がいて、婿に小屋や部屋やテントを与えることができて、そこで婿が妻と住み、父親に孫をもたらした頃。昔、人々が羊を持っていて、結婚式の時に屠殺して、幸福をもたらすというので貧しい人に分けていた頃。昔、すべてが違っていた頃。昔。それはいつだったのだろう？　この昔というのは本当にあったのだろうか？　ひょっとしたら、みな嘘をついているのだ。ひょっとしたら、昔なんて全然なかったのだ。

「昔はもうなくなってしまったから、血族外の人とお祝いする方がましだ。」とみなは言った。

こうして、結婚式の一日前の日に女たちがヌル・アフタブのところへ来て、部屋の中やベランダに押しかけて、親切なティーハウスの主人が持ってくるお茶を飲んだ。できる人はプレゼントを持って来た。ヌル・アフタブがまぶたを黒く塗るための黒いカヤルの瓶。頬のための花粉。良い匂いをつけるためのバラの香水。結婚式のためのツルツルで光る布。何ごとも神様の思し召しだが、彼女の人生のやはり幸福で楽しい日々のための他の布。冬の毛布のための毛糸。敷き布団と枕のための布。ヌル・アフタブはそのうえ、小さな金の腕輪を貰った。他の女は自分で作った甘い食べ物で一杯の皿をプレゼントした。さらに違う女が色とりどりの糸を贈り、その糸をその晩のうちに、幸福をもたらすタビスと共に、ヌル・アフタブの洗った髪に編みこみ結び目を作った。アザディーネは、ヌル・アフタブが一人になった時に開けるべき箱を贈った。その中には、何百、何千ものピルが入っていた。ムラーの妻は、数カ月前に自分でも娘たちを他のタリブの婿の家へ送っていたが、ヌル・アフタブに二つの陶器の皿を贈った。誰もができるだけの、自分では今どうしても必要という訳ではない物を持って来たのだった。それは結婚式だったし、その上タリブに関わっていたので、女たちはいくつか歌を歌うことが許され、拍手をしても良かった。誰かがもう我慢できずに、幾たびも立ち上がっては踊りさえした。

通りの反対側の端にある水色の門の後ろも、同じようなものだった。村の小さな男の子たちは走り回り、婿にお祝いを言い、プレゼントを持って来た男の客たちの空のガラスのカップに、新鮮なレモンの汁とお茶を注いだ。仕立て屋は、新しい長い白い服を贈った。何人かの男たちは、何グラムかのオピウムを贈った。ほとんどの人たちは、若いタリブにお金を贈った。

太陽がゆっくりと傾き、丘の向こうに消えようとする頃、女たちは大声でメロディをラララと歌い、いやましに速く皿やボウルを叩き、ますます遠慮なしに歌い、叫び、拍手をしたので、ベランダで娘たちや女たちの大騒ぎの真中にいたヌル・アフタブはくらくらするほどだった。

ムラーの妻は立ち上がり腕を伸ばし、他の女たちや娘たちを落ち着かせた。誰もが静かになった。ヌル・

アフタブのようにまだ誰の手も触れていない七人の娘たちが、ヘンナの鍋を混ぜ、粉を溶かした。七本の細い木の棒を、赤いペーストの鍋に漬けた。昔は、それは七人の幸福な乙女たちでなければならなかった。村中に七人の幸福な人間はいなかった。まして、七人の幸福な乙女はいなかった。

戦争中だったのだ。

大事なことは、それが乙女であることだった。

七人の、幸福ではないが、また不幸でもない乙女たちが、七本のヘンナの棒で、ヌル・アフタブの足のうら、手の平、手の甲、顔、首、腕、足を塗り、そのせいでヌル・アフタブがくすぐったがってうっとりとしてしまい、皮膚が縮まり、小さなおかしな粒が一面にできた。彼女はくすくすと笑い、その母親は娘の幸福を見て目に涙を浮かべた。母親の喜びの涙。喜びの涙。悲しみの喜び。

ムラーの妻は、七人の幸福でもなければ不幸でもない乙女たちが、ヌル・アフタブの手や足に塗っている間、自分の数珠をまず一つの方向へ、それから反対の方向へ手の中で回し、ずっと口の中で何かの聖句を唱え続けていた。それは聖なるコーランの何番目かの聖句であるはずだった。そして何度も繰り返して、彼女は言った。ヘンナがおまえの血を冷ましてくれますように。花嫁は血を熱くして花婿の家に入ってはならないし、熱い血の時に娘から女になってはならないからです。ご先祖様はそうしてこられたし、今、私たちもそうしています。神様、神様の造形物を、今ある者も後に出て来る者もお守り下さって、長い命を賜りますように。

痛そうな傷がついているように見える鉄製の水色の門の後ろでも、同じ時間に、七人の若い、多分まだ女に触れたことのない若者たちが、若いタリブの足の裏、手のひら、額、そして首を赤いヘンナで塗っていた。ムラーはその数珠をまずは一つの方向へ、それから反対の方向へ回し、低い声で何かを唱えていた。それは静かすぎてタリブには聞き取れなかったが、聖なるコーランの何番目かの聖句であるそうだった。

「兄さま、最年長のタリブがお祈りをして下さい。」と若い花婿が幸福そうに頼んだ。最も年上のタリブはずいぶん前に村に来たのだが、シャツ、パトゥ、ズボン、ターバンの長い先端、そのほか彼の身にまつわる布をまとめ、一騒動しながら立ち上がり、花婿の前に座り、さも偉そうな動きで大げさにふるまい、ムラーに聞こえないように低い声でひげの中で口ごもり、それは聖なるコーランの何番目かの聖句であると主張し、言った。

「神様、預言者さま。サラルホ・アレイネ・ワ・アアレイ・ワ・サラム、神様と預言者に讃えあれ。愛すべき信仰上の兄弟に、豊かな一生と、多くの力と、健康な息子たちを授けたまえ。」

その夜ヌル・アフタブは眠れなかった。ものを考えられるようになって初めて、彼女は夜、母親や、妹たちや、弟たちや、避難民収容所の女友達のそばに横になっていなかった。彼女は外のベランダに、天の下たった一人ぼっちで横たわっていた。今夜の天は、神様が、ただ彼女のためだけに、その無限に美しい星々と今までになく美しい月とで、特別に美しく飾って下さっていた。ヌル・アフタブは手を月の光にかざした。そして、七人の娘たちとその母親たちがそこに描いたり書いたりした、ヘンナの赤い色の花や飾り、様々の言葉をよく見た。ヌル・アフタブは手足を伸ばし、伸びをした。彼女の恋人、彼女の英雄、彼女のパハレバン、彼女を崇拝する人、明日、彼女の夫になる人が、彼女と同じように神様の天の下、やはりヘンナの赤い色の手を月にかざして、やはり彼女が彼から遠くないところにいて、彼のことにあこがれ、彼のことを考えていることを知っている、そうしたことをなぜか、どこから知ったか知らないが、彼女はよくわかっていた。

ちょうどヌル・アフタブがフリ——彼女のほかは誰にも見えぬ、夜の天使——と遊び、ちょうど彼女が小さな幸福な歌を口ずさんだ時、シリン・ゴルはその毛布から抜け出て、ベランダの娘の方へ行き、そのそばに横になり娘を腕に抱きしめ言った。

「おまえは、おまえが愛し、そしておまえを愛している人と結婚できて幸福だね。」

「わかってる。」とヌル・アフタブは囁いた。

「私は、すべてがもっと違っていればと願ったのよ。私は、おまえの目が戦争を見ないですめばと願ったの。そうすればおまえの心はもっと軽かったでしょう。私は……何を願ったっけ、願ったものはたくさんあったわ。」

「わかってる。」とヌル・アフタブは言った。

次の朝、とても朝早く、太陽がその最初の光を山に投げかけたちょうどその時、七人の幸福でないけれど不幸でもない若い娘たちと、他にも数人の幸福であり不幸であり、不幸であり幸福な女たちが、再びやって来た。彼女たちはシリン・ゴルの部屋の陰のベランダに集まった。誰もが一本の針と糸を手に持ち、何人かは真珠や貝や輝くペイエッテを持ってきていた。数人の女たちはスカートを縫った。布にプリーツを寄せて、それをしっかりと縫い止めた。一つのひだ、四つのひだ、千ものひだ、ひだが多ければ多いほど、幸福や健康やお金に恵まれるのだ。お金に恵まれれば恵まれるほど、息子がたくさんになる。二人の幸福で不幸な、そのくせくすくす笑う娘たちが、ヌル・アフタブの結婚衣裳の右の袖を縫った。二人の幸福で不幸な、目が踊っている娘たちが、ヌル・アフタブの結婚衣裳の左の袖を縫った。

部屋と芥子畑の間のベランダは、一つの雲になった。その雲は緑と黄色と赤の布でできていて、きらきらと輝き、光り、ふわふわふくらんだり、縫い物をしている女たちや娘たちの体のそばに落ちたりした。

「若い婿様がその布代を支払ったのよ。」と女たちが言った。

「シリン・ゴルの娘は幸運だ、そんな人をお婿様にもらって。」と彼女たちは言った。

「彼とはうまくいくでしょうよ。彼はお金持ちだし、良い地位を持っているわ。そしてアラブ人のシェイクは、彼のことを弟子の中で一番愛しているよ。」

ムラーの妻は「それどころか、タリブの教師が彼を息子のように扱い、彼の遺産相続者の一人にしたのよ。」と言った。

女たちは布の間に座り、ヌル・アフタブの結婚衣裳を縫い、お茶を飲み、知っていることや、ただそう考えているだけのことをすべてお喋りし、自分の小屋や部屋からやっとまた出られることを喜んでいた。一緒に座ったり笑ったり、ただ共にいることを喜んでいた。彼女たちが得たこの大きな幸福のせいで、その素晴らしく美しい布のせいで、結婚衣裳のせいで、若くてお金持ちのタリブの話のせいで、女たちと若い娘たちは何度も盛り上がった。何人かの女たちは、音楽に合わせて身体をあちらこちらへと動かし、何人かは抑制と行儀良さを失くして歌い始め、お茶のグラスと受け皿をリズミカルに叩き始めた。彼女たちの一人が低い声で始め、二人目が同調し、突然みなが歌い、叩き、笑った。

同時に娘たちや女たちは、ずっと肩の向こうを見ていた。なぜなら、誰かが来て彼女たちを悪い娘、カラブと呼ぶかもしれなかったからだ。なぜなら、誰かが来て彼女たちが踊っているのを見るかもしれなかったからだ。なぜなら、彼女たちの評判が悪くなるかもしれなかったからだ。

悪い娘。軽はずみな娘。売女の娘。

良い娘はおとなしい。視線を落とす。もしどうしても視線を上げなければならない時は、静かにしているのだ。行儀の良い娘は声を上げない。もしどうしてもしゃべらなければならない時は低い声で言い、できる限り少ない言葉で行う。良い娘は口を閉じ、人がその口の中をのぞいたり、舌を見たりしないようにする。行儀のいい娘は静かに呼吸し、ゆっくり動く。行儀の良い娘は、処女膜を傷つけぬために、はねたり飛んだり走ったりしない。良い、行儀の良い娘は、自分自身や、母親や、特に父親の恥になるようなことをしない。貞節な娘は評判のことを考える。良い娘は結婚式で踊らない。行儀が悪いと思われる心配をする。

良い娘。おとなしい娘。

行儀の良い乙女。不幸な乙女。

一刺し、もう一刺し、そしてもう一つ。喋ってはいけない、これをしてはいけない、あれをしてはいけない。一刺し、もう一刺し、そしてもう一つ。

午後早く衣装はでき上がった。女たちはその縫い針を、自分のベストや服の布に差し留めた。胸の針は細い徴のように見えた。乙女たちは、いずれにしても左の袖に徴をつけた。左の半そで。胸の針。

何人かの女たちが、色とりどりの輝く結婚衣裳をヌル・アフタブの頭からかぶせ、引っ張り、それをつまんだり結んだりして、身体にしっかり合わせた。

もしも鳥になって村を上から見ることができたとしたら、村は地面に横たわっている人間のように見えるだろう。そして、両足をしっかりそろえ腕を広げているその人間の右の方から、おへその辺りから、布でできた小さな緑と黄色と赤とオレンジの雲が見えるだろう。そしてその真ん中に、王女のように見える小さなヌル・アフタブがいた。

それは小さな緑と黄色と赤とオレンジの雲だった。いつの日にか飛行機を操縦することは、もはや考えなくなった雲だった。

「彼女はまだ子供よ。」とシリン・ゴルは囁き、アザディーネの腕に手を置いた。

「彼女は賢い子供よ。」とアザディーネが言った。「子供」の前の「賢い」を強調して。

「信頼しなさいよ。」とアザディーネが言った。「すべてはうまく行くわよ。あの若者は愛情に満ちてるわ。彼は他の男たちとは違う。彼は若い豹のようだわ。すっかり惚れ込んでる。小さな男の子の時に親をなくし、お腹には飢え、心には心配しかない状態でパキスタンに来て、収容所に連れて来られ、狂信的な男たちの手に落ちたのよ。宗教の名目で洗脳する男たちの手に落ちて、彼は今ある彼になったのよ。」

「ひょっとしたら、」とアザディーネは言った。「あなたの娘さんの愛と賢さによって、マドレッサで盗まれた彼の知性を取り戻すかもしれないわよ。」

「見て見ましょう。」とシリン・ゴルは、返事というより自分自身に言った。「どうなるか見てみましょう。」

親切なティーハウスの主人の弟が、皆のために新鮮な羊の焼肉をすべて提供した。彼は一つではなく二つの大鍋に香りの良いご飯を炊いて、誰一人空腹のままでいなくて済むようにした。誰かがどこからか、切ると血のように汁のしたたるみずみずしいザクロを手に入れて、皿に載せて来た。

通りの反対側では娘たちが立ち、手を、くすくす笑っている口の前に添え、赤い実を横目で見て、兄さんが一つか二つザクロを盗んできてくれないものか、赤い粒をはずして歯の間でつぶし、その甘酸っぱい汁を喉から飲み込みたいとばかり願っていた。彼女たちの誰も、誰がその実の魔法の力についての話を始めたかも、それが本当かどうかも知らなかった。けれども今、色とりどりのベールを頭にかぶり、幅の広いスカートをはいて、反対側の通りの端に立って、くすくす笑いながら口を手で隠して、誰か男の子の一人がその皿に近づくと、皿を横目でみて声を立てては、彼女たちの全員が、カンダハルから遠い道をここまでやって来た、赤い歯ごたえのあるザクロは愛の実だと思っていた。もしも乙女が花嫁になる前にそれを食べることができれば、その女には幸運が訪れ、善意に満ちた、寛大な、愛情あふれる、そして美しい男を得られるだろう。そしてその男は、あらゆる神話や物語に出て来る英雄よりも、強く美しいだろうと言われていた。

誰かがどこからか、みずみずしい新鮮なピスタチェを貰い、それを皿に入れて来た。他の誰かはどこかで花を見つけ、それを水の入った皿に入れて来た。皿に、女たちがヘンナを溶かし、客たちは指をそこにつけ、額、頬、あご、手の平に赤い点を塗ることができた。真鍮のお盆の上には、花嫁花婿のための贈り物やお金が乗っていた。

昔はみな音楽を奏で、踊り、歌い、笑ったものだった。女たちは手で口を隠しながら、舌を人目から隠しつつ、ラララララと歌ったものだった。今は喜びは静かで、誰も歌わず踊らず、ラララとも歌わなかったし、女たちの顔は布で隠されていた。彼女たちは男たちや若者たちと別々に分けられて、茶色い覆いの後ろにしゃがみこみ、お茶をすすり、肉とご飯の匂いを吸ったりすると、もうとてもそれを頂くのを待っていられず、男たちの方をのぞき見たりしていた。その男たちはティーハウスの床に座り込み、お茶をすすったり水キセルを吸ったりし、そうすると、水がグルグルとかブルブルとか音をたてた。男たちは誰にも聞こえぬくらいの低い声で、昔のより良き時代を語っていた。それは、彼らが強制的にひげを伸ばすことがなかった時代だった。それは、ロシア人に対する戦争が終わり、彼らの司令官がよそのムジャヘディンに対して村を防衛した時代で、彼らはオピウムを売り、さらに良い時代の到来を願っていた。昔はそうだった。

男たちと違って女たちは、タリバンが権力を握る前の生活の方がよかったか、あるいはあの男たちが長いひげだの、長いシャツだの、黒いターバンだの、ほかたくさんの規則や禁止事項を村にもたらしてからの今の方がよいか、意見が一致していなかった。

「タリバンが来てからというもの、」と親切なティーハウスの主人の妻が言った。

「私たちは夜、ティーハウスの中とか、庭とか、表に、見張りを立てる必要がなくなったわ。私たちの夫たちや息子たちは、落ち着いて眠れるようになったのよ。タリバンが来てからね、私の主人は毎晩、子供たちと一緒にいるのよ。もしあんた方が尋ねるのなら言うけどね、」と親切なティーハウスの主人の妻は、ちょっと間を置き、まわりを見回し、少し前かがみになり、口に手を当て少し小さな声で言った。

「もしあんた方が尋ねるのならだけどさ、あれ以来主人は家にいすぎるのよ。私たちは全然落ち着かないわ。私たちは始終、あれをしたりこれをしたり、それにね、何時から始終、彼は私を自分のため寝かせたいのよ。もし彼がずっとそうするのだったら、彼はもう一人もっと若くて力のある女を手に入れるように要求するわ。」

仕立て屋の妻は言った。

「タリバンが村にいて、秩序と落ち着きをもたらしているのは嬉しいわ。なぜかと言うと、それ以来私の主人は、稼いだものを自分のポケットに入れられるのよ。司令官が手を上げることもないし、誰も苦労して稼いだお金の一部を取ったりしないからね。」

「けどね、そのために私たちは血を流しているのよ。」といまだに最大の芥子畑を持っている男の妻が言った。「彼らはまず、私たちから畑の十分の一を、それから十分の二を奪ったのよ。そして私の主人は言ってるわ、彼らはこれでもまだまだ満足してはいないだろうって。」

「私たちの司令官も、あの頃落ち着きを保っていたわ。」と男物の仕立て屋の妻の妹、ズフラが言った。「そうね、あの頃は撃ち合いがあったわ。そう、私たちは武器を渡さなければならなかった。でもね、私たちは表に出られたのよ。」

「あんたは、以前も表に出られなかったじゃないの。」と男物の仕立て屋の妻が、妹に文句を言った。そして他の女の連中の顔を見回して、皆がとっくに知っていることをよく聞いたかどうか確認した。

その姉はさらに不平を言った。

「あんたの旦那はタリバンが来る前だって、あんたを表に出さなかったよ。私の家にだってさ、あんたの実の姉の家にだって、あんたは来られなかったんだ。」

「でもね、ちょっと違うわよ。」とズフラは言った。「前はね、旦那だけが私にあれやこれや禁止する男だったのよ。でも今はね、たくさんの男たちだよ。全く見知らぬ、うす汚い、教養のない男たちがさあ。」

「その通り。」といまだに最大の芥子畑を持っている地主の妻が言った。「あの人たちは教養がないわよ。

ひどくお粗末だよ。私たちの国では今まで、こんなことはなかったよ。読み書きのできない上、他に何も学んでいない男たちが私たちの国を指導し、この民族を支配するなんて。」

「あなたはどう思うの?」とズフラが、ヌル・アフタブの横に座ってその手を取っている、シリン・ゴルのそばの女医に尋ねた。

アザディーネはため息をつき、眉を上げ、もう一度ため息をつき、言った。

「彼らの半数はまだ子供だわ。あとの半分は半分男だわ。彼らの多くが、私たちの言葉すらうまくしゃべれないのよ。彼らはカンダハルがどこにあるかとか、何百年も前の仏像がどこにあるかも知らないのよ。モハメッド・ザヒル・シャーが私たちの最後の王様であることも知らなければ、ダウド・カーンが自分の血縁の権力を奪ったこともね。タリバンは気違いだわ。異常者で、道を失った連中よ。」

「あなたは上手にしゃべるけど、」とズフラが言った。「でも、彼らが私たちにとって良いか悪いか、何を言いたいの?」

「彼らは今権力を奪ったばかりよ。」とアザディーネが言った。「まだ自分が何をすれば良いか、アフガン民族をどう指導してゆくべきか、わかっていないのよ。彼らが私たちにとって良いか悪いか、将来わかるでしょうよ。」

ズフラ、その姉、男物の仕立て屋の妻、いまだに最大の芥子畑の地主の妻、親切なティーハウスの正妻、正妻が近くにいる時は口をきかぬ親切なティーハウスの第二夫人、そして他の女たちは、神様が彼女たちの上にいらっしゃって、将来が彼女たちに何をもたらすかをこっそり教えて下さるかのように空を見た。そして一人また一人と、彼女たちは次々にため息をつき、眉をあげ、考え込み、下唇をかみ、そして結婚式のお祝いをするようなこのような日に、幸福なほど、幸福であるべきほどには幸福ではなかった。シリン・ゴルですら、花嫁の母親であるのに笑っていなかった。幸福ではなかった。顔に微笑みが見えなかった。

「もしお客様が誰か来たら、微笑みましょうね。」とムラーの妻が言った。「醜かったり、気分が悪そうだったり、悲しそうな顔をそのお客様が見なくて済むように。そのお客様が自分のことを、気分の悪そうな顔や悲しみの原因だなんて考えないように。だから私たち、笑うのよ、お客さまが家にきたらね。だから私たちは、花嫁が花婿の家に連れられていったら、笑うのよ。さあご婦人方、そんなに気落ちしてはだめよ。笑いなさい。笑うのよ。楽しくするのよ。花嫁のためにね。」

ちょうどそこにそよ風が吹いた。ちょうど夜の最初の鳥が目覚め、その柔軟な羽を揺さぶった。ちょうど太陽が丘の向こうに姿を消した。ちょうどナビが砂地の通りに股を広げて立って、おしっこをした。ちょうどヌル・アフタブが、周りでふわりふわりと浮き上がっているたくさんの色とりどりの光る布の下で、自分が小さな、緑で黄色で赤でオレンジ色の雲のように見えると思っていた。ちょうど彼女は、もう座っていられない、黙っていられないと思った。ちょうどあれやこれや色々のことが起こったちょうどその時、ティーハウスから次の小屋まで引っ張られている布、後ろに女たちと娘たちがしゃがんで、お茶をすすり、おしゃべりしている、その布の向こうに何人か、男の子たちがやって来た。彼らは上下に跳ねて叫んだ。

「花婿が来るよう。花婿が来るよう。」

ヌル・アフタブの息は喉の奥で詰った。心臓は首のところまで上がった。彼女はベールをかぶった頭をたれ、手をふと腿に当てた。

布の向こう側に男たちが立ち上がった。一人が、色とりどりの端布や真珠や鈴で飾られた馬をつないだ。モラッドは贈り物、お金、いくつかのザクロ、いくつかのピスタチェ、それからモラッドは彼の娘と花婿に、最初の夜とその後の共に過ごす人生のために贈りたいものをすべてまとめると、親切なティーハウスの主人所有のロバの背に乗せた。若いタリブは立ち上がった。ティーハウスのバストの屋根を支えている柱につかまらねばならなかった。なぜなら、自分の膝がガクガク震えていたからだ。彼は微笑んだ。恥じらって視線を落とし、色とりどりの馬の手綱を取り、布のまわりに導き、床のシリン・ゴルのそばの絨毯の上に座っている、求婚されている娘を見た。

色とりどりのスカート、顔を隠すたくさんの色とりどりの布、それが彼女の美しい、石炭のように真っ黒な輝く目を見せてくれなかったが、彼女が彼に対して感じている愛情が、布の下から忍び寄って空気の中を飛び、彼の心にとまり、彼がこれまでの人生でただ一度だけ経験したことのある、やさしさを約束することを妨げることはできなかった。彼の思い出の暗い部分、長い年月に色あせて消えてしまったものが突然、様々の絵姿、感情、匂い、色、形、自分がそんなものを秘めていたと知らなかったものが、呼び起こされたのだった。若いタリブは、色とりどりで輝く布の山の前に立って、彼が考えられることはただ、小さな男の子だった時にくっついてそこから栄養を得た、母親の乳房だった。彼は当時もう歩けた。もう足に靴を履いていた。歯があり、正しい言葉を言えた。その時、彼はすでにどういうわけか知っていた。母の胸が母についての唯一の思い出になるだろう、そしてそのあとの一生を通じて、それを求めさせるだろうということを。若いタリブは立っていた、手に色とりどりの馬の手綱を持って。彼は知っていた、神様が彼と共におられ、神様が彼の子供時代の幸福を思い出させるために、彼にこの娘を贈られたと。

この瞬間に、彼の一生の目標は、信心でもなければ宗教でもなく、預言者でもなければ聖なる本でもないと理解したかのようだった。神様が彼に贈られたこの娘が彼の目標だったのだ。

シリン・ゴルとアザディーネは立ち上がり、他の女たちも立った。ヌル・アフタブは座ったままで、震え、ゆらゆらし、ほとんど倒れそうだった、その時、若い花婿は彼女の方へ近づき、彼女の方へ身体を落とし、色とりどりの布をつかみ、腕を見つけ、腰を見つけ、立ち上がるのを手伝った。ヌル・アフタブはつまずいて彼の方に寄りかかり、彼女の布を通じて、彼の皮膚のバラの香水を感じ、彼の息遣いを感じ、彼の冬の蜂蜜のような目を見、彼の声を聞いた。それは彼女にしか聞こえなかった。

「私の太陽の光。」

若いタリブは彼の色とりどりの花嫁を色とりどりの馬に導き、彼女がまるで羽でしかないかのように馬の背に乗せ、彼自身は彼女のそばを歩くことになっているのを知っていたがそうせずに、まるで体重などないかのように、彼の若々しい力強い身体を一揺れさせると、やはり馬の背に乗り、疑い深く信じられぬと言った男たちの視線は見ずに、幸福と不安ではちきれそうになっている彼の胸を、彼女のきゃしゃで美しい娘らしい背に押しつけたのだった。彼はそうして彼女と一体になり、彼女と一緒に震え、手綱を持ち、その時に彼女のお腹に触れると、彼女はぴくりと動いて、なおさら彼の方に近づくのだった。

彼は靴のかかとを馬の横腹に当て、そのたびに彼の腹と硬くなった彼の一部をヌル・アフタブの娘らしい腰に押しつけたけれど、彼の前にはたくさんの布が小さな色とりどりの雲のように浮いていて彼を包んでいたので、これを見る者は誰もいなかった。興奮して、目覚めた欲求に目がくらくらしそうだった。それは、若いタリブが今まではマドレッサで、他の若者の近くに座ったり横になったりした時に感じた欲求だった。それは、この若者がただ男たちか若者の間にしか起きぬ欲求だと思っていたものだった。彼は突然わかった。その欲求は若者や男たちにではなく、彼女に会う以前から、ただただヌル・アフタブに対してだけ起こるものだったのだ。

若いタリブは、馬の頭を鉄でできた水色の門の方へむけた。あの、傷がついて痛そうに見える門だ。小さなロバを連れていたモラッド、お姉さんが小さな部屋で休まぬことを、広くなったから喜んでいいのか、あるいはこれからは夜に星を数えたり、石を投げたり、共にする人がいないのを悲しんでよいのかわからなかったナセル、二人の仕立て屋、友達の娘はタリブに属するより自分の第三夫人にした方が良かったのではないかと考えている親切なティーハウスの主人、芥子畑の地主、司令官、ムラー、そして他のタリバンたちは、馬に乗った新婚の夫妻について行った。その後をシリン・ゴル、アザディーネ、親切なティーハウスの第一夫人と第二夫人、二人の仕立て屋の四人の夫人たち、司令官の妻、そして他の、旦那が結婚式に来ることを許可した夫人たちが歩いていた。傷のついた水色の門の方へ馬を動かす代わりに、若いタリブは馬を右へ曲がる小さな道へ歩ませ、ヌル・アフタブの耳に囁いた。

「私は私たちのために自分の小屋を建てたんだ。それは、私がこれまで宗教上の兄弟と共に住んでいた家ほど美しくはないけれど、ここでは私たちは誰にも邪魔されないよ。」

ヌル・アフタブは、若いタリブが言うことをほとんどわかっていなかった。それほど彼女は震えていたし、それほど彼女は熱くなっていたし、それほど彼女の心臓が胸を打っていたのだった。

若い花婿は馬から飛び降り、馬を新しい小屋に連れて行き、小さな色とりどりの雲のような花嫁が、彼の腕に落ちるのを助け降ろし、小屋の中に連れて行き、モラッドから贈り物を受け取り、中に入り、ドアを閉め、そこにただ立ちつくし、その中に若い花嫁が隠れている色とりどりの雲を見た。若い花婿はヌル・アフタブから目を離さずに、大切そうに贈り物を床に置くと、彼の花嫁の方へ行き、彼女の頭と顔から玉ねぎをむくかのように、輝きピカピカ光る布を取り外した。

ヌル・アフタブには、布が一枚減ればそれだけ若いタリブの顔がはっきりとしっかりと見え、彼の息遣い、彼の肌の暖かさ、彼女の顔に触れている彼の指を感じた。初めて二人は、恥じらいもなく禁じられていることをしているという心配もなしで、お互いの目を見つめ合った。初めてヌル・アフタブは、母親や父親や兄弟なしで、知らぬ男と二人だけになった。初めて彼女は、シリン・ゴルやモラッドやナセルやナファスや小さなナビと一緒ではない、違う小屋に眠ることになった。

「怖がらないで。」と若いタリブは囁き、緑と青に塗ってある花嫁の目にキスした。

「怖くないわ。」とヌル・アフタブは、やさしくて暖かくて愛情に満ちた声で、しっかりと答えた。

第11章　新しい国と紙でできた心

「私は怖いよ。」とモラッドは言った。「私は旅行が心配だし、国境が怖いし、イラン人が怖い。その国が怖いし、そこの人々が怖いよ。」

「今度は怖がっちゃだめ。」とシリン・ゴルが言った。「だって今度は私が怖いのだから。私、心配をさせるものが全部怖いの。でもね、ここに留まるのが一番怖いのよ。あの若いタリブが、私たちの娘のためにくれたお金を使い切ってしまい、その後、生活のために何もなくて、私たちを助けてくれる人が誰もいないというのが怖いのよ。」

シリン・ゴルはモラッドを見て、彼が彼女の前に初めて立っていた時のことを思い出した。あの頃、彼女はまだ靴を履いていた。ビニール靴で、紐で結ぶものだった。あの頃、彼女はまだ学校へ行っていた。あの頃、彼女は双子の弟たちを、ぐずぐずしないようにと諌めていた。あの時。あの時、彼女は靴の紐を結ぶためしゃがんでいた。湖と、少年たちと、禁じられたまなざしと、接触や見知らぬ禁じられた感情を思い出して、頭に血がのぼっていた。あの時、彼女は恥ずかしい気がして、良心がとがめて、母親が何も気づかなければと願っていた。あの時、血のように赤くなった頭を上げると、一人の男の顔を見た。それは山に残って、何かのために戦っていた誰かに似ていた。けれど、何のために戦っていたのだっけ？

あの頃、シリン・ゴルにはわからなかった。

「私たちはタリブに言ったじゃない、娘はただ、その代わりのお金で私たちがイランに行きたいから彼に渡すんだって。試して見ましょうよ。」

モラッドはため息をついた。

シリン・ゴルはため息をついて言った。

「試してみましょうよ、そしてどうなるか見てみましょうよ。」

モラッドは、タリバンの規則で決められたひげをするりとなで、ため息をつき言った。

「よし、試してみよう。そしてどうなるか見てみよう。」

シリン・ゴルは持って行ける物をすべてまとめた。そして、残りは娘のヌル・アフタブの所へ運んだ。シリン・ゴル、モラッド、ナセル、ナファスそしてナビは、ヌル・アフタブとその若い旦那、親切なティーハウスの主人、アザディーネ、ムラー、司令官、そのほか友達だった村の女たちや子供たちに別れを告げ、村の出入り口のところまで通りに沿って来て、人が鳥になって村を上から見れば人間に見える、その足に当たるところまで歩いた。そこはタリバンが鎖を張り、昔のラジオ技師と昔の女物の仕立て屋が配置され、カラシニコフと通信器具を手に持たされて、タリバンの許可なしには誰一人として出入りを許されぬことになっていた。

「どこにいくんだ?」と昔の女物の仕立て屋が尋ね、自分のひげをいとしげになでた。それは彼の腹のところまで達していた。

ナセルは手を口の前にあてて、昔の女物の仕立て屋を見ながらくすくす笑った。彼の姉が結婚して、彼といつもずっと共にいることがなくなって以来、ナセルは彼女のように口に手を当ててくすくす笑う癖がついた。彼女のように頭を肩の間に引っ込めた。彼女がしなかったように、母親のスカートとか父親のズボンにくっついたりしなくなった。ナセルは彼の愛する、いなくて恋しい姉のように、視線を落とし地面を見るようになった。そうすることによって、彼女が彼の生活からすっかり消えてしまうのを防いでいるかのように。

「ナセルはヌル・アフタブのように笑うね。」とシリン・ゴルは言った。そして涙を呑みこみ、息子の頭をやさしくなで、彼にキスした。

「ナセルはヌル・アフタブだ。」と小さなナビが言った。「僕、お姉ちゃんがほしいよ。」と彼は言った。それは彼の生活から突然消えてしまった姉だった。

ナセルは姉を失ってしまった。

ナセルは、ヌル・アフタブの仕事だったことをし始めた。ナセルは、小さなナビが畑の向こうのおしっこの穴からズボンを下げて戻って来ると、ナビのおしりを洗った。

「ナセルは、ヌル・アフタブになっちゃったよ。」と小さなナビが叫んだ。

今、ナセルは片足で立って、身体を半分父親の陰に隠し、口を手で隠してくすくす笑い、地面を見ていたが、実は、自分のひげをいとおしそうになでている、昔の女物の仕立て屋を横目で見ていた。

「何を笑ってるんだ?」とその男は尋ね、まだ自分のひげをなでていた。

彼の尋ねようがやさしいのと、ずっとなでているのとで、ナセルはもっとくすくす笑いをした。彼は指で昔の女物の仕立て屋のひげを指し、言った。

「タリバンは言ったんだよ、ひげは手でつかんで、そこから少しのぞくくらいの長さでなくてはならないって。あんたのは四倍も長いよ。」

男は、自分のひげの先をハンカチか旗か何かのように振り、言った。

「用心に越したことはない。」彼はモラッドを抱きしめ、言った。「おまえがいないとさびしいだろうな、兄弟。あんた方はどこへ行くんだい？」

「良い道が連れて行ってくれるところさ。」とモラッドは答え、ナセルと、坊主頭にかぶりピカピカ光っている帽子をなでた。

「男がひげを伸ばしていないところか？」と昔の女物の仕立て屋が尋ねた。

「そこですよ。そしてね、女がベールなしで自由に動けて、働けるところです。」とシリン・ゴルの布が言って、微笑んだ。誰も見ることのできない微笑だ。

昔の女物の仕立て屋は、道をさえぎっている綱を下げ、モラッドをもう一度抱きしめ言った。

「神様がおまえ様たちと共にあられますように。そしておまえ様たちがもし、男たちがひげを伸ばしていなくて、女たちが働け、顔を隠さなくて良い所を見つけたら、俺たちのために祈ってくれ。俺たちもそこへ行く道を見出せるように。」

「神様が、おまえ様たちに長く健康な人生を贈って下さいますように。」とモラッドは言うと、やはり昔の女物の仕立て屋を抱きしめた。


シリン・ゴルと子供たちとモラッドは、もう何時間も歩いていた。その時、モラッドは自分のポケットをまさぐり、そこで指で何かに触った。それは男たちの誰かがこっそり入れたに違いなかった、一塊のオピウムだった。シリン・ゴルとモラッドは一体どの男がしたのか、考え込んだ。彼らの義理の息子

――若いタリブか、親切なティーハウスの主人か、あるいは昔のラジオ技師か？

「それが誰であろうと、」とシリン・ゴルは言った。「神様がその人と家族をお守り下さいますように。それを売って得られるお金で、私たちは国境までのパンとお茶の代金を支払えるわ。」

「おまえが持っていておくれ。」とモラッドは言った。「私のポケットはあまり安全な場所ではないから。穴が開いているかもしれないし、そこから落ちるかもしれないし。」

この避難は、これまでシリン・ゴルがどこからかどこかへと逃げて行ったどの回とも、まるっきり違っていた。日中は太陽が焼きつけ、夜は冷えきった。それで、子供たちはぐずを言い、どこへ行くの、いつ着くの、なぜ部屋に留まらなかったの等と休みなく尋ね続けたが、最後には質問をするのもやめて黙り込み、ただひたすら歩き続けた。

シリン・ゴルは一体何日何晩歩いて、荷物と子供たちを引っ張ってきたか、もうわからなかった。シリン・ゴルは、タリバンの番人が尋ねた時何度嘘をついたか、もうわからなかった。いいえ、私はイランには行きません、私の家族のいる山へ行くのです。いいえ、私は読み書きができません。いいえ、私は仕事をしたことはありません。いいえ、いいえ、はい、はい、はい。シリン・ゴルは、なぜ逃げているのか、どこへ逃げているのか、どこから来たのか、どこへ行っているのか、もうわからなかった。忘れてしまった。消えてしまった。戻る？　どこへ？　足跡を風が消してしまった。記憶を太陽が焼き尽くして、消してしまった。意志を寒い夜が氷にしてしまった。太陽の中で溶けて流れた記憶。消失。

先？　どこへ？　なぜ？　どうでもいい。裸足の片方をもう片方の前へ。道は彼女の子供たちのように飢えていて、靴を食べてしまった。モラッドはまたオピウムを取り、吸い始めた。子供たちは希望を、意志を、目の中の輝きを失った。
先へ。裸足の片方をもう片方の前へ。

マシュハドはイランで最初の町だった。一杯だった。アフガンの姉妹、兄弟で一杯だった。やって来た人々、立ち去る人々。飢えと、失業と、悲しみで一杯だった。何千人ものアフガン人。何百万人ものアフガン人。イラン万歳。

「ここは私たちのための場所ではないわ。」とシリン・ゴルは言った。「もっと先へ行きましょう。そしてどうなるか見てみましょう。」

「もっと先へ行こう。そしてどうなるか見てみよう。」とモラッドが言った。

さらに何日も経ち、さらに道を進むと、美しい家々があり、戦争がなかった。アスファルトのきちんとした通りがあり、廃墟はなかった。看板や車があり、地雷はなかった。バス、トラック、商売人、店、身体にぼろをまとってない人、足に靴を履き、骨に肉と脂のついた人、目に命があり、女たちには目と鼻と口と皮膚があり、顔の前に布をまとっていなかった。新しい世界、新しい希望、新しい生活、一体何度目の新しいことだろう?

イスファハーンは良い。暖かい。平和だ。一軒の空いた小屋があった。古い子供服と、シリン・ゴルやモラッドのためにも服を持ってきて贈ってくれた、親切な隣人。子供たちに、赤と緑と黄色で、みずみずしくてべたりとした歓迎のアイスクリームをプレゼントしてくれた、やさしいアイス売り。子供たちの方は初めどうして良いかわからず、それをただ手に持ったままなので、地面と新たに貰った服にたらしてしまった。仕事を提供してくれる人々。食べ物やお金すら持ってきてくれる人々。大きくて美しい王の庭園の中にある、大きな王の青いモスク。たくさんの古い、古代からのきらびやかな華麗なお城、庭。素晴らしい屋根のある市場。仕事。靴。学校の生徒たち、学校の女生徒たち、女教師。女たちが、通りや店や市場にいる。どこにでもいる。

空いた小屋は大きくも小さくもなく、それは故郷に戻るアフガン人のものだった。彼のマットや枕を、彼は多すぎも少なすぎもしない金額で置いて行った。家賃は安くはなかったが、高すぎもしなかった。

シリン・ゴルは幸運だった。彼女は金持ちのイラン人の家の掃除をすることになった。彼らはアフガン人がすきだった。なぜかと言えば、アフガン女が清潔で、真面目で、丁寧で、笑うと真珠のような歯を見せ、石炭のように黒い目は善意に満ちているし、知らない子供たちも愛情をこめて腕に抱き、優しい声で慰めてくれるからだった。なぜかといえば、彼女は神様が使わした天使のようだからだ。神様が送ったアフガン女の天使。

ナセルはやさしいアイス売りのために、黄色と緑と赤のアイスを売った。モラッドは建築現場で働いたが、冷蔵庫の傷のせいで、簡単な仕事しかできなかった。子供たちは学校へ行った。モラッドですら読み書きを学んだ。

シリン・ゴルはもう一度医者の所で働くことを夢見た。彼女は掃除をし、洗濯物を洗い、知らぬ子供たちの面倒を見、イラン人の服をつくろい、お金をもたらす仕事は何でもした。そしていつのことかまた妊娠し、次の二人の子供たちをナビッドとナッシムと名づけた。シリン・ゴルは絨毯を作り、料理し、箒で掃き、磨き、洗い、八百屋の所へ顔を覆う布なしで出かけ、髪だけを覆うベールをかぶり、米売りやパン屋へ行き、自分の小屋の前にしゃがみ、ほかの女たちとしゃべり、今の生活について神様に感謝した。それはなるほど簡単ではなかったが、故郷にいるより百倍も良かった。そして彼女は考えた、今度はすべて良くなるだろう。すべては良くなる。神様はすばらしく、慈悲にみちておられる。

モラッドは毎日小屋へ微笑みをもたらし、子供たちにキスし、妻に微笑みと、ときどき接触すらもたらした。子供たちは近くにいない時、ちょっと抱き合ったり、時にはキスし、抱擁し、彼女だけのものである笑いをもたらした。モラッドはもう震えていなかった。心配はしていなかった。再び誇りを見出し名誉を回復し、自分の中に男を見出した。

夜になると彼はシリン・ゴルと子供たちの所で眠り、子供たちと遊び、子供たちを空中へ放り上げ、子供たちをぐるぐる回し、古新聞でボールを作りそれを投げたり捕まえたりして、子供たちを笑わせた。金曜日にはモラッドはナセルとナビを連れてモスクへ行き、神様に祈り、神様が彼に贈ったすべてについて、子供たちとシリン・ゴルについて、感謝した。

モスクの礼拝が済むと、シリン・ゴルと子供たちとモラッドは古新聞のボールと毛布を持って河へ行き、毛布を広げ、うたたねし、遊び、食べ、ただそこに横になり、青いイランの空を眺めて、もう一度神様に感謝した。

「私は入学の手続きをしたよ。」とモラッドが言った。

「入学？」とシリン・ゴルは尋ね、笑い、その美しくて力強い、真珠のように輝く歯を見せた。

「入学さ。」とモラッドは答え、微笑み、彼のもうあまり美しくなくなった、あまり力強くなくなった歯、オピウムを吸って黄色や茶色になってしまった歯を見せた。

「私は識字教室に入学の手続きをしたんだよ。読み書きができるようになったら、ひょっとしたら何かちゃんとした仕事に就けて、もうあれみたいにこき使われることもないさ。あれ、そう、ロバみたいにさ。」とモラッドは言うと、笑いに笑って、目から笑いの涙が出た。

シリン・ゴルとモラッドはイランで初めの頃、よく笑いの涙を流した。

初めの頃、イランではすべて、誰もがシリン・ゴルとその家族に親切だった。


ある日、ナセルは家へ帰って来て言った。

「親切なアイス売りのおじさんは、もうアイスを売らないんだって。おじさんはアイスの手押し車を改造して、アイスの入れ物を戸棚に変え、アイスの絵をはずして、おもちゃを売るんだ。おじさんは新しい仕事を僕に手伝って欲しいんだ。そしてその代わりに、僕にもっとたくさんお金を払うんだって。」

最初はシリン・ゴルは息子のために、そしてお金が多いことを喜んだ。けれどもしばらくすると、ただナセルが心配になった。

ナセルは十二歳、あるいは十四歳かもしれない。彼はもう半分子供なのではなく、半分男だった。今、彼は暑かろうが寒かろうが、見知らぬ国の中を何百キロも走り、イスファハーンから南の方へ、ペルシャ湾にある港、バンダル・アバスへ行った。彼はそこで、ヨーロッパやアメリカやアラブの国々や中国や、ほかの国からコンテナで運ばれたおもちゃを買った。そのおもちゃは本来、店やデパート向けだったが、船降ろしの時にたまに段ボール箱が落ちたり、時に水の中に落ちたりする物があった。時々船積みの荷物を降ろす労働者がおもちゃを盗み、売ったりした。時々おもちゃの持ち主が、全部を港で売ったりした。そうすると税金を払わなくて済むからだ。とにかくナセルはおもちゃを安く仕入れた。そして、それを一体どうやってか知らないが、イスファハーンへ運び、そこで、前は親切なアイス売りだった人で、今も親切だがアイスの代わりにおもちゃを売っている男が、それを売った。

ナセルは、ペルシャ湾に来ているほかの若者とか男たちが、あれやこれや物を探して、箱を買ってその品物を持って消えて行くのとは違っていた。ナセルは時間をかけた。彼は商品の前にひざまずいて、箱から透明のプラスティックで包装してある商品を注意深く取り出し、壊れないように二本の指で開け、その薄いラップがもう一度使えるように気をつけ、そのおもちゃを愛情と関心を持って眺め、回したり裏返しにしたり光に当てたり重さを確かめたりした。どの人形も、どの車も、どのボールも、そしてほかのどんな色とりどりのおもちゃも、ナセルが一生の間に一度もそれで遊んだことのないおもちゃをしっかりと検査し、十分に観察した。彼は目を閉じて、盲人のように車に触り、その窓やドアをなで、人形を押したり、その服の布に手を当て、髪の匂いを嗅ぎ、ボールを揺さぶり、耳にあて、ブリキでできた小さくて色のきれいな太鼓のぜんまいを巻き上げて、それが動くか観察し、金を出しておもちゃの代金を払う前にすべての部分をテストして、それからおもちゃをイスファハーンに運んだ。

昔のアイス売りで今のおもちゃ売りは、彼の昔のアイスの手押し車で今のおもちゃの車を愛情を込めて飾った。人形や車や風船や小さな像やプラスティックの動物や女の子の首飾りや腕飾りを小さな屋根や車の横に下げ、ナセルと交代で、子供たちや大人たちを呼ぶために声を上げた。

「きれいな、新しいおもちゃだよう。」

「イランで一つしかないおもちゃ屋だよ。」

「イスファハーンは世界の半分、ここのおもちゃは全世界から来るよ。」

「きれいな、新しいおもちゃだよ。」

おもちゃという言葉は長く引き伸ばされて、まるで歌うように聞こえた。それは、シリン・ゴルが夕方になると、ナセルの妹たちとか、ほかそれを聞いている人たちが聞いて、平和に眠りこみ、悪い夢を見ないようにハミングする歌のメロディーを思わせる歌だった。

一度、ナセル兄さんは、そのパキスタンの妹に、彼の大きな手の二倍ほどもある人形を持って来た。それは白くて清潔な肌をして、素晴らしく青い目で、髪の毛は金のようで、ピンクのひどく短い服を着ていたので下着と両足が見えた。ナファスは人形をじっと見つめた。そしてため息まじりに囁いた。

「私に?」

そのプラスティックを胸に押しつけ、目を閉じ、香りのついた髪を嗅ぎ、短いスカートの下を見て、息を飲み、叫んだ。

「お人形はトンバが要るよ。そうすればお人形は裸の足が恥ずかしくないし、誰も全部見ることもないよ。」

ナファスは、世界のどこかに、髪の毛が金髪で全身を見せるような女たちがいるなどとは考えることもできないし、そうしようとも思っていなかったのだ。

シリン・ゴルは娘の驚きと怒りに笑い、ピンクの下着を着た白い人形を手に取ると言った。

「いいわ、お人形にトンバを縫いましょう。」

シリン・ゴルは彼女の、半分男の子の息子ではなく半分男の息子の、豊かな輝く髪の毛をさすり、自分の方へ引き寄せた。彼はもはや小さな子供ではなかったのでいやがったけれど、息子を、自分が座っている地面のそばに引き寄せ、腕を彼にからませて言った。

「おまえは本当にナセルだね、同伴者だわ。おまえの妹と母親の友達だよ。」


いつだったか？　どのくらい前からか、シリン・ゴルはもうわからなかった。ともかく、いつの頃からか、シリン・ゴルは確信するようになっていた。彼女のナセルは学校を終え、大学で勉強し、何か職業を学び、エンジニアか医者か何か大事な仕事に就き、まともに金をかせぎ、家族を持ち、シリン・ゴルやモラッドより幸福になるだろうと。ナセルは書いたり、計算したり、読んだり、質問をしたり、答えを探すのが好きだった。彼はクラスの中で、ほかの男の子たちの中で一番になり、それどころかペルシャ人の男の子よりも飛び出て、正しい答えのために最高点の二十点を貰うのが好きだった。誇り高く胸を張って、片方の耳からもう片方の耳へ続く微笑みを浮かべて、ナセルはネズミを待っている猫のように辛抱強く、次の質問に答えるのだった。

「はい、はい、はい、先生。」

先生は微笑み、指で彼を指し、ナセルは自分を落ち着かせ、つばを呑み、首を前にかしげながら質問に答え、微笑み、目を輝かせた。

ある朝、ナセルがいつもの朝のように一番に、人から貰った古いがきちんとしたシャツを着て、人から貰った古くて擦り切れてはいるがアイロンのかかったズボンに行儀よく足を突っ込んで学校へ来ると、先生が彼のところへ来て、どもりながら、彼を見ずに言葉を探し探し、見つけた言葉を急いで間を取らずに言うと、むこうを向いて去ってしまった。

「ナセル、」と彼は言った。「君は愛すべき良い生徒だが、私は命令を受けた。アフガン人の子供に授業を受けさせてはならんのだ。カラスとタマムだ。これで終わりだ。」

ナセルはまだしばらく長いこと、彼の古いアイロンのかかったズボンと白いシャツを着て、ノートと本をもったまま立っていた。彼は動くことができなかった。頭すら、振り向いたり、上げたり、つばを飲み込むために前に出すことすらできなかった。彼の頭は、先生が彼の前に立って、彼を見ようとせずに、間をとらず息もつかずに彼に話した時そのままに留まっていた。彼の腕、脚、首、腹、頭、両手、足、背中、それらは硬くこわばって、動かず、死んでいた。まるで彼の父親とか男たちが、山の村で道を覆う屋根のために作った粘土の柱のようだった。ただ両目だけをナセルは動かせた。彼は、彼の近くを一人ずつ通り過ぎて教室へ行く男の子たちを見ていた。彼は、男の子たちが席に着くのを見ていた。彼は見ていた。先生が本を開いた。その中を見た。頭をあげ、口を動かし、男の子たちは誰も口を開かず、一人が中庭の方を見た。そしてナセルを見つめた。二人目の男の子が外を見、クラス全員が見た。彼は見た。先生が外を見て、彼に帰るように合図して、窓辺へ来て窓を開け、叫んだ。

「家へ帰りなさい、何にもならないから。」

夕方になって、ナセルがまだ家へ帰ってこなかったので、シリン・ゴルは頭のベールをしっかりかぶり、隣人やパン屋、アイス屋に尋ねたが、誰もナセルを見ていなかった。最後にシリン・ゴルは学校へ行って息子を見つけた。彼はそこに立っていた。白いシャツを着て、アイロンのかかったズボンをはいて、ノートと本を持って。シリン・ゴルが名前を呼んでも何も聞いていなかった。シリン・ゴルは腕を肩に乗せて、彼の顔を両手で囲み、彼を愛情を込めて見つめ、その細い、今の半分くらいの大きさだった頃も触っていたように、その身体に自分の身体を押しつけ、乾いたかたくなな背中をなで、さすり、彼の腕をあれこれと動かし、寝かしつけるかのように彼をあちらこちらへゆさぶり、歌をハミングした。すると、ナセルは突然ピクリと動いた。それはまるで、深い深い眠りから目覚めたようだった。

「どうしたの？　可愛い息子、大きくなった子よ、何を誰にされたの？」とシリン・ゴルは尋ねながら、なぜ自分の声が震えているのか、わからなかった。

ナセルは母親を、その美しい黒い目で見て、身体を前に出し、朝から口の中にあったつばを飲み込んで言った。

「何でもないよ。」

「何でもない？」

「何でもない。」

「それは良かった。」とシリン・ゴルは言うと、息子のこわばった手からノートと本を取り、手を彼の肩にかけ、息子と共に家へ帰った。一日中ナセルは黙っていた。

何でもない。

帰る途中もずっと、夜じゅうずっと、次の日もその次の日も一週間ずっと。ナセルは黙って、毛布の下にいて、何も見ず、何も聞かず、ほとんど食べず、ほとんど飲まなかった。黙っていた。沈黙していた。

何でもない。

彼が再び起きて立ち上がり、再び座って笑った時、彼の妹たちが笑いながら彼の方に駆けより、彼を床に押し倒そうとした時、彼が再びものを飲み食いした時、その時、息子が石になって以来シリン・ゴルが毎日何度もしたように、彼の背中に彼女の力強い手を掛け、言った。

「何でもないって何なのか話しなさいよ。そうすれば、おまえの心が軽くなるよ。」

ナセルは母親のそばにしゃがんで、頭を横にして膝にのせ母親を見ると、口を開けたけれど、そこから何も出てこなかった。

シリン・ゴルはナセルの背中をさするのをやめず、彼をただ何度も見つめ、微笑み、キスし、さらに彼を見つめた。再びナセルは口を開いた。そして、やっと喉から音が上がってきた。彼は飲み込み、言った。まるで一週間黙っていなかったかのように。一週間病気でもなかったかのように。すべてはいつもと同じだったかのように。あの重大な「何でもない」がなかったかのように、男の子は言った。

「俺はアフガン人じゃない。」

アフガン人じゃない。


シリン・ゴルがイランに来た初めのころは、ここにいるアフガン人はうまくいっていた。とても良かった。とても良かった。あの重大な、沈黙の「何でもない」がありえない程うまくいっていた。

初めの頃、シリン・ゴルがイランに来たばっかりの頃は、彼女の子供たちは学校へ行ってよかった。そしてそのためにお金を払わなくてもよかった。最近はアフガン人はすべてに許可が必要になった。通学許可、大学入学許可、買い物の許可、診察許可、医者の許可、旅行許可、入院許可、許可のための許可。

法律に沿って入国した人で、正式な入国許可証を示せる者だけが得られる許可。

「どうすれば良いか私にはわかりません。」とシリン・ゴルは、医者の許可を出す役人の前で言った。「正式な入国許可証とは何ですか。ロシア人の所へ行けばよいのですか？　ムジャヘディンの所へ行けばいいのですか。それともタリバンですか。それとも私の故郷で、今権力を握っている人の所ですか。私たちの生活を地獄のようにしているから、あんた方が私を苦しめているから、今からイランに逃げたいから、だから私に証明書を書いてくれと頼むのですか？　私たちはイランに着いた時、靴さえ履いていなかったんですよ。」

イラン人の役人はシリン・ゴルを見、彼女の後に並んでやはり彼から何かの許可を貰おうとしている他のアフガン人を見、視線を落とし、長いこと手に持っていたので湿り気を帯びてへなへなになった紙の上に彼の許可スタンプを押しつけ、「あんたたちのお陰で、私は仕事場を失うかもしれないな。」とつぶやいた。

「神様があなたをお守り下さいますように。そしてあなたに常に良い仕事があり、あなたと子供たちを養っていけますように。それから、神様があなたに長い命をお授け下さいますように。」

「わかった、わかった。神様があんたと子供たちも守って下さいますように。」とその男は言うと、次の番のアフガン人に彼の机に来るように合図した。

シリン・ゴルは満足して道を歩いた。いつもずり落ちる頭のベールを顔の方に引き、子供たちの手を取って、四車線ある道路のいまだに怖い交通量が少し収まって減るまで待って反対側に移り、頭のベールをもう一度直すためにちょっと立ち止まっていると、突然背中に突き刺すような痛みを覚えた。それはまるで、誰かが肩甲骨と背骨の間に刃を突き刺したかのようだった。最初の瞬間、痛みが感覚を鈍らせ、そのあと涙が止まらなくなった。彼女は歯を食いしばり、しゃがみ、振り向くと、少し離れたところに四人の少年を見た。そのうちの一人が手に石投げ器を持っていた。四人全部がびっくりして、彼らの前に十三人の預言者でも現れたかのような顔で見ていた。

ナセルは初め、自分の母親に何が起きたかわかっていなかった。彼女が手を背中に当てて、地面の歩道にしゃがんで四人の少年たちを見た時、初めてナセルはその男の子たちが、石投げ器でシリン・ゴルに当てたのだとわかった。ナセルの目が血走った。彼は走った。少年たちの所へ駆け、すぐそのうちの二人を殴った。むやみやたらと殴り、ほかの二人、三人目と四人目にも当たったが、その二人はすぐ殴り返して来た。そして、四回「ビスミ・アラー」と唱えるくらいの間に、四人の少年は逃げて行った。ナセルは殴られて、青くなっていた。鼻から血が流れ、顔は傷だらけで、両手と両足も同じだった。

シリン・ゴルは、彼女の半分男の息子を抱きしめた。彼をなぐさめ、顔の涙と血を拭き取り、鼻血を止めるよう努め、この間に泣き始めていたほかの子供たちを落ち着かせようとした。人々が集まってきた。柔らかいティッシュペーパーを彼女にくれたり、お金を渡したり、彼女を慰めたり、車で送ってあげようと申し出たりする女もいた。警官が来て、シリン・ゴルの住所と少年たちの外見を尋ねた。全員が同時に話し、誰もが何もかもがごちゃごちゃになった。何人かの人たちは、「きっとあれはただの生意気な少年たちで、朝、親に追い出されて、一日中放って置かれたんだよ。」と言った。「彼らが動物みたいになって、馬鹿なことしか頭の中にないのは当たり前だよ、誰も彼らのことをかまってやらないからね。」

もう一人の女は、自分のベールをしっかりと結びなおしてから言った、「でも失礼ですけど、姉さん、あなたはどんな世界に住んでいるのですか？」話を先に続ける前に、女は周りの人々を見た。

「勿論子供たちは、私たちの国では路上で暮らしていますよ。勿論、放って置かれていますよ。結局のところ、彼らの父親も母親も仕事をしなくてはならないでしょう。それも、朝早くから夜遅くまでですよ。そうして子供たちに、夜になったら一個の乾いたパンを与えられるようにですよ。」

一人の男が言った。

「そのアフガン人たちが少年たちに何をしたか、わからんだろう。彼らはひょっとしたら、ただ復讐しただけかもしれないぞ。」

今まで黙っていた一人の女が、落ち着いた声で全員に、「ちょっと黙って、彼女の言うことを聴いて下さい」と言った。

「恐らくは、このご婦人と子供たちは、何も誰にも悪いことはしていないでしょう。恐らくはこの人たちは、単に歩いていたのです。けれども、それがどうであろうとなかろうと、このご婦人と子供たちが何をしようとしていなかろうと、彼らはこの国のゲストです。そして、石を投げたり復讐をしたりするのは、問題の解決にはなりません。」

人々は黙り込んだ。それから、誰かが合図を彼らに与えたかのように、彼らはみな同時に再び話し始めた。

シリン・ゴルは、車で送ろうと申し出た女に感謝し、柔らかいティッシュペーパーをくれた女に感謝し、シリン・ゴルがこの国のゲストであり、石を投げたり復讐をしたりするのは問題の解決にならないと言った女に感謝した。それから、シリン・ゴルは子供たちの手を取って、医者の所へ行く代わりに、家へ帰った。

何度も何度も、彼女は背中の石が当たった場所をさすり、何度も何度も、ナセルのすり傷や切り傷をやさしくなで、言った。

「今あんたは、前線から帰って来たばっかりのムジャヘディンみたいだね。」

「俺は決して戦争になんか行かないよ。」とナセルは言った。「戦争なんて馬鹿者のすることだ。読み書きができなくて何もわかってない奴が、戦争で問題の解決ができると思ってるんだよ。」

「賢い子、私の賢い息子。」とシリン・ゴルは言うと、彼女の息子の頭や背中を幾たびも幾たびもなで、さすり、身体をおしつけ、彼にキスした。

モラッドが家へ帰って来て、息子の傷のある顔を見た時、彼は顔色を失い、膝は力を失い、そのためすぐにしゃがまなければならなかった。あまりたくさん入っていないジャガイモの袋がそれ自体で立てなくなった時に崩れるように、倒れないですむようにくずおれた。モラッドは真っ白い顔をして、膝に力をなくして、ただそこに座り込み、息子の顔を見て、黙っていた。

シリン・ゴルとナセルは、何が起きたか彼に話した。文句を言うようでもなく、嘆くようでもなく、二人は何か自分で経験したことを話しているのではなく、たまたま通りすがりに見かけたことでも話すような調子だった。

「それから、一人の婦人が私に柔らかいティッシュペーパーをくれ、自分の持っていた水のビンから水を少し含ませて、私やナセルの傷をきれいにして、鼻血を止められるようにしてくれたのよ。」とシリン・ゴルは言った。

「その女の人は、俺にも柔らかなティッシュペーパーを手に押しつけてくれたんだ。」とナセルは言った。「でもね、俺はそれを汚したくなかった。それは取っておくよ。それでズボンのポケットに入れたんだ。」

その証拠にナセルは、自分のズボンのポケットを叩いた。そして、高価なティッシュペーパーを使わなかったことに対して、英雄に対するほめ言葉でも待つように、父親の顔を見た。父親が相変わらず黙ったままだったので、ナセルは言った。

「いつか俺、それがとても必要になることがあるよ。その時きっと、それがまだあるのが嬉しいと思うよ。」

それからまだ、長いことナセルはその柔らかなティッシュペーパーをズボンのポケットから取ってはよく見、広げ、もう一度たたみ、顔の上に置き、雲のように地面の上で浮かばせた。彼の妹も弟も、彼の柔らかなティッシュペーパーに触ってもいけないし、それで遊ぶなんてもってのほかだった。

イラン人の隣人たちは、シリン・ゴルに石が当たり、長男が石投げ器で攻撃して来た男の子たちに殴られたと聞いてから、お古の服やズボンや靴でもう要らなくなったもの、それから食料まで持って来た。

婦人たちの一人は封筒を持って来て言った。

「主人がお金をくれました。これで、モラッドが小屋の屋根の穴を修繕したり、割れた窓ガラスを換えて、冬に備えて下さい。」

パン屋まで、シリン・ゴルとまだ前線から帰ったばかりのように見えるナセルに、特に同情した。ナセルの傷が癒えるまで、彼はその子に毎日焼きたての新しいパンをプレゼントした。

「おまえのためだよ、おまえだけのために焼いたんだよ。このNがみえるだろ？　それは私がおまえのためにパンに書いたんだよ。」

ナセルはNと書かれた焼きたての新しいパンが大好きで、もうこのごろは、殴られるのもそう悪くないと思うほどだった。なぜなら、あれ以来彼の世界は前より良くなったからだ。ナセルは、あちらこちらへ行って仕入れをしたり、仕事をしたりするために急がなくてよくなったのだ。誰もが彼に同情してくれ、優しい言葉をかけ、親切なことをしてくれ、彼のためにNと書かれた温かなパンも貰えたのだ。時々、彼は家のマットに横になり、身体を丸くして、ただどこかをじっと見ていたり、居眠りしたりした。彼の母親はお茶を持って来て、彼をさすり、慰めた。皆が彼に親切だった。すべてが柔らかかった。ティッシュペーパーのように柔らかだった。すべては繊細で優しく、彼がずっと小さかった子供の時のように、すべてが全部違っていた頃のように思えた。ずっと昔。

けれども結局、ナセルの傷は癒えた。ナセルは、仕事をしたり仕入れに行ったりする時、また走ったり急いだりしなくてはならなくなった。彼はまた、大きなもののわかった男の子でなければならなくなった、焼きたてのNのついたパンはもう貰えなくなった、隣人の優しい眼差しもなくなり、頭や肩に慰めの手は当てられなくなった。彼は何もプレゼントされなくなり、ナセルの世界は、石投げ器や卑怯な四対一の殴り合いの件の前と同じように戻った。

少なくとも最初のうち、彼はそんな風に思っていた。彼は世界は昔と同じだと思っていた。

厳密に考えると、彼は、そして彼ばかりでなく彼の妹たちもモラッドもシリン・ゴルも、何も昔どおりでなく、すっかり変わってしまったことに気づいていた。

シリン・ゴルは知っていた。その変化が、あの石とか石投げ器と関係があるとか、両親に朝から通りに送られて、一日中何もすることがなく、そのせいでほかの人たちを怒らせ、石を投げたりした少年たちと関係があるとは思っていなかった。男の子たちが四人でナセルを殴ったこととも関係はなかった。シリン・ゴルは、何もかもがそれとは関係がないことを知っていた。昔のままのものは何もなかった。すべては違っていた。もう温かくはなかった。それほど優しくなかった。イラン人はそれほど親切ではなくなった。

シリン・ゴルが子供たちとモラッドと共にイランに来た時、店の主人はアフガン人からイラン人と同じ金額を要求した。今は、アフガン人はイラン人の三倍から四倍を支払わねばならない。はじめアフガン人は、パン屋などで順番にならんで自分の番になるとパンを貰えた。今は、店の人はアフガン人がやっと順番になって来ると、パンを横にやって言った。

「私たちのパンには国が補助金を出しているんだ。おまえたちはイラン人ではないから、私たちのパンに対して権利がないよ。」

最初の頃、アフガン人はあらゆる盗みの犯人とは言われなかった。最初の頃はイラン人は誰も、アフガン人に対して後ろから醜い悪口を投げかけたりしなかった。後になると、イラン人は悪い言葉を言うのに慣れてしまい、アフガン人はそれを聞くのに慣れてしまった。しばらくすると、そんなことは昔からずっとそうで、一度もそうでなかったことはないかのようだった。しばらくすると、イランにいるアフガン人は昔から悪口を言われ、罵倒され侮辱されていたかのようだった。

シリン・ゴルの隣人は、最初の頃ほど助けてもくれなければ同情もしてくれなかった。訪ねても来なかった。お古の服もズボンもなかった。

シリン・ゴルはあまり表に出なくなった。子供たちは、もう小屋の前の路地で遊びたがらなくなった。

モラッドには仕事が来なくなった。

「その身体じゃなあ、」と建築現場の監督は言った。「何も始められん。」

ナセルはこの頃、イスファハーンの方言をよく喋れるようになっていたので、彼が俺はイラン人だと言うと、人々はそれを信じた。彼らは彼からすべてを買って、文句をいわないで支払った。彼は人々の前に、ペルシャ式の髪をして、貰ったペルシャ産のアイロンのかかったズボンとシャツで立ち、彼らをその石炭に似た悲しく幸福な目で見ると、言った。

「俺の父は亡くなった。母は年を取って病気だから、もう長くないでしょう。この美しいおもちゃを買って下さい。そして哀れな同国人を助けて下さい。餓死しないですむように。」

昔のアイス屋で今のおもちゃ屋は言った。

「神様は、おまえが故郷や父親や母親について嘘をつくのをご覧になったら、きっと喜ばれないぞ。」

ナセルはうなずき、それに反対はせず言った。

「この方がいいんだよ。」低い声で頭を垂れて、親切なおもちゃ屋の顔を見ないでつぶやいた。「この方がいいんだよ。」

彼らがイランに来た最初の頃、モラッドは毎日外出した。働いていたか仕事を探していた。後になると、彼が言うには、冷蔵庫の事故の時の傷が元になった痛みを頻繁に訴えた。

「仕事ができない。」と彼は言った。彼は横になって咳をし、一日中一晩中うめき、眠り、めったに外出しなくなった。

「父さん、もうお金を稼ぎに行かないの？」とナファスが尋ねた。

「私は病気だよ。」とモラッドは答えた。「また元気になったら、またお金を稼ぎにいくよ。」

「なぜ父さん、病気なの？」とナファスが尋ねた。

モラッドは考え、言った。

「なぜかというと、事故にあったからだよ。」

「どんな事故？」

「ひどい事故だよ。」

「どのくらいひどいの？」

「とてもひどかったよ。」

「話して、話して。」とナファスは叫んだ、ナファスは父親が冷蔵庫の事故にあった時、まだ生まれていなかったのだ。

「話して、話して。」とナセルが言った、ナセルは小さすぎて、父親がパキスタンの難民収容所の小屋の隅に座って、何も誰も見たり聞いたりしなかったことを、もう覚えていなかった。

「話して、話して。」とナビが言った、ナビはまだ生まれていなかったのだ。

「話して、話して。」と小さなナビッドすら言った。ナビッドはイランで生まれたので、パキスタンがどこにあるか、密輸業者が何かも知らず、狭い小道とはどういうものかもわからず、冷蔵庫も知らず、なぜ男たちが冷蔵庫を背中にくくりつけたかもわからず、なぜそうやって山を転がって行ったかも知らなかった。

子供たちはみな目を丸くして父親の前に座り、緊張して、父親が小屋を去らずに、お金を稼がず食べ物を家にもって来なくなったということの、そのひどい原因がどこにあったか聞こうとした。なぜ彼らがイランに来た最初の頃とはすべてが違ったか。すべての言葉、すべての身振りを子供たちは心に刻みつけ、次の日やその後の何日も、互いにあるいはほかの子供たちに対しても、なぜ今が昔とすっかり違ったか話をするために、何も逃さないように聞き耳を立てた。

「俺の父さんは腰ぬけ野郎じゃないよ。」とナセルとナファスとナビは、路地で他の子供たちに、父親の冷蔵庫の事故の話をした。

「腰抜け野郎じゃないよ。」とナビッドが、彼の兄や姉の口真似をした。

「父さんは病気なんだ。」とナセルとナファスとナビが言った。

「病気だ。」とナビッドが口真似をした。

「父さんは大きな冷蔵庫を背中にくくりつけて、砂地の、狭い急な小道に沿って歩いていたんだ。」とナセルとナファスとナビが言った。

「父さんは滑って倒れて、何度も何度も転がったんだ。ある時は冷蔵庫が上で、ある時は父さんが上でね。そして、最後に谷に着いてやっと転がりやんで、倒れたままになったんだ。冷蔵庫はそれでもまだ、父さんに縛られたままだった。赤んぼが母さんの背中にくっついているようなものさ。父さんが上で、冷蔵庫が父さんの下だ。」とナセルとナファスとナビが言った。胸を張って、偉そうにして。

「嘘つき。」と路地の子供たちが言った。

ナファスが怒鳴り、騒ぎ、父さんのことを嘘つきと言う子供たちを殴ろうとしたけれども、ナセルが彼女の腕を握って小屋の中へ彼女を押し入れたので、すんでのところでやらずに終わった。

シリン・ゴルのパキスタン人の娘で、父親が親切な密輸団のボスであるナファスは、目に一杯の涙をためて小屋の中に立っていた。彼女は、その怒りと殴りたいという気持ちをどうしていいかわからなかった。彼女は、病気の、弱った彼女の父親を見た。父親は毛布の下に寝込んで、咳をしたりうなったりいびきをかいたりしていた。ナファスはそのきゃしゃな手で拳固を作り、空をなぐり、「冷蔵庫の事故は嘘だ。」と叫んだ。

「それは嘘じゃないよ。」とシリン・ゴルは言って娘を見、そして思った。かわいそうな娘。おまえが知ったとしたらどうだろう。おまえはあの冷蔵庫の事故のお陰で生まれ、命を得たんだよ。

「誰も背中に冷蔵庫を担げるほど強くもないし、力もないよ。」とナファスは叫んだ。

「いいえ、おまえのお父さんはそれほど強かったんだよ。」とシリン・ゴルは言って、パキスタン人の娘にキスした。

「父さんは弱い。」とナファスは言った。自分が正しいことに自信を持って。「もし担ぎたいと思っても、私のことだって担げないよ。」とナファスは叫んだ。「私は、大きな冷蔵庫より絶対、随分軽いのにさ。」

「昔はおまえの父さんはとても強い人だったんだよ。」とシリン・ゴルは言った。「今はもうそんな力はないよ。でもその代わりに、故郷に残っているおまえの姉さんのヌル・アフタブや、おまえの兄さんのナセルやナビやナビッド、そしておまえのことが可愛くてたまらないんだよ。」

「なぜ私は見かけが違うの?」とナファスは尋ねた。

「どんな風に?」とシリン・ゴルは尋ね返した。「おまえの見かけがどう違っているのかい?」

「私の皮膚は黒いよ。そして弟のナビも黒い。」

「ならナビとおまえをよく洗わなくっちゃ。」とシリン・ゴルは言って、娘を膝に引っ張り上げた。ナファスはこの遊びが好きだった。

「これは汚れじゃないよ、これは汚れじゃないよ。」とナファスは叫び、腕につばを吹きかけ、力一杯皮膚をこすり言った。

「見て、これは汚れじゃないでしょう。私は清潔なのよ。」

「じゃあ、何なのかい?」とシリン・ゴルは尋ねた。

ナファスはくすくす笑った。そして首を引っ込め、きゃしゃな両手を自分の口に当て、言った。

「私、パキスタンで生まれたの。そこはお日様がとても熱いから、そこで生まれた人たちみんなの皮膚が黒くなるのよ。」

モラッドはあちらで休んでいたが、シリン・ゴルとパキスタン人の娘を見た。目を細く細くしてその隙間から、すべてぼんやりとして、はっきりしていないまま見ていた。形はゆらゆらして明確さに欠け、鋭さがなかった。彼は言った。

「大事なのはね、人の心がどう見えるかだよ。人が大きいとか小さいとか、黒いとか白いとかいうのは大事じゃない。大事なのは人が良いことをしようと思っていることさ。」

ナファスは指を父親に向けて、母親に尋ねた。

「あの父さんは良いことをしようと思ってるの？」

「いつもそうだよ。」とシリン・ゴルは答えた。「おまえの父さんはいつも良いことをしようと思っていたし、今もそうなんだよ。」

モラッドは昼過ぎまで眠り、身体も洗わず、何も食べず、調子が悪く、咳をしたり座ったり、老人のように背中を曲げて歩いた。目をたびたび細くして、世界が鋭い見かけを失い、形と色がぼんやりとして、はっきりしないようになった。

「あれはねオピウムだよ。」とナセルが言った。「オピウムが父さんの頭を空っぽにしてるんだよ。」

「どこから、おまえ、父さんがオピウムを吸ってるのを知ってるの？」とシリン・ゴルは息子に尋ねた。

「俺は、母さんが思ってるより何でも知ってるんだよ。」

「わかってるよ。」

「なぜ父さんはあんなことをするんだろう？」

「父さんが私たちにしてることはね、大したことじゃないんだよ。」とシリン・ゴルは言った。「父さんが、自分が一番悩んでるんだよ。」

「わかってるよ。」

「モラッド、あんたまともになってちょうだいよ。」とシリン・ゴルは言った。子供たちが眠った時だ。「洗濯や子供のお守りやお使いの仕事で稼いだトマトがあるだけじゃ、私たちの食べ物には足りないよ。ましてや家賃は払えないよ。」

「長男はどうした?」とモラッドは尋ねた。「ナセルも稼いでるだろう。」

「長男? モラッド、ナセルは長男だ。私たちの長男だ。私たちの子供だよ。養ってくれる人じゃないよ。あの子は一日に十二時間以上働いているよ。できる限りのことをしてるよ。あんた、聞いたことがある? あの子がこの国をずっと、たった一人で移動している時、何が起こったかなんて。あんた、あの子に尋ねたことがあるの? なぜあの子が一年間ずっと同じズボンをはき続けて、新しいのは使っていないことを。」

モラッドは黙っていた。

「あの子は一年間少しも成長していないのよ。だからいつも同じズボンをはいているのよ。全然大きくなっていないから、新しいズボンが要らないのよ。」

モラッドは黙っていた。

「私たち、飢えが来て、私たちが死んでしまった時に、私たちを巻いて埋めるためのケフィンを買うためのお金すらないのよ。」

「どうすればいいのかい?」とモラッドは尋ねた。「仕事がないんだ。」

シリン・ゴルは黙っていた。

「仕事がないんだよ。」とモラッドは繰り返した。「アフガン人にはもっとないさ。何をすればいいのかい?」

「何でもいいよ。」とシリン・ゴルは答えた。「あんたができることなら何でもいいよ。私には、あんたが何をするかなんてどうでもいいよ。何かしてちょうだい。私の子供たちにちゃんとしたものを食べさせられるように。」

何か食べ物、とシリン・ゴルは思った。何かちゃんとしたもの。ちゃんとした娘のように。ちゃんとした食べ物。ちゃんとした娘。

四日四晩モラッドはうめき、睡眠中痛みに声をあげ、咳をし、つばを吐いた。目がさめると、モラッドは震え、頭を引っ込め、部屋の隅にしゃがんだ。そしてついにモラッドは起き上がり、その臭いズボンと心配と汗の染みついたシャツを脱ぎ、自分で石鹸水につけ、洗い、そのあとまた四日が過ぎた。四分の三日をかけて、モラッドは口から出た白いもののせいで皮膚にこびりついた自分の無精ひげをそり、髪の毛を切り、とかし、汚れの詰った厚い爪を切った。カチン、カチン。モラッドの、汚れの詰った厚い足の指の醜い爪が空中に飛んだ。

再び日々が集まって、飛んで行った。三十羽の鳥のように、鳥の中で最も美しい鳥シモルグを探す鳥たちのように、集まって飛んで行ってしまった。

そして一言も言わずに、モラッドも出て行った。自分で洗ったばかりのズボンとシャツを着て、ドアから出て、振り向きもせず、路地を登ったり下ったりしながら、どこかへ行った。

次の朝、モラッドは戻って来た。煙の匂いが臭いズボンとシャツを脱ぎ、開いた窓の所へ掛けて、タバコのにおいを干して飛ばそうとした。三十羽の鳥のように。海を越え、山を越え、谷を越えて。

モラッドはシリン・ゴルを見るとまだ何も言わず、窓の下の台にイランの札束を置き、毛布をかぶると「明日はまたもっと持って来るよ。」と言った。

一言も言わずに、次の四晩ともモラッドはズボンをはきシャツを着てドアを出ると、路地を登ったり下りたりしてどこかへ行った。次の朝になると帰って来た。四回、モラッドはズボンとシャツを窓の所に掛けた。四回、タバコの臭い匂いを空中に漂わせた。四回、彼はイランの札束を窓際に置いた。四回、彼は「もっと持って来るよ。」と言った。四回、シリン・ゴルは「このお金はどこから来たの?」と尋ねた。そして本当は知りたくはなかったのだ。

四回とも、モラッドは彼女が本当は知りたくないことを知っていた。そして黙っていた。

「人間というものは、困った時には変なことをするものだ。」とバガリの物売りは言うと、米を計り、野菜を新聞紙に包み、商品の価値よりたくさんのお金をシリン・ゴルから取り、言った。

「神様がおまえ様と共にあられますように。」

「あんたのご主人はまた元気になったね。」と隣の女は言った。「良かったね。これでご主人はまた、子供たちとあんたの世話ができるね。ご主人がやることに注意深くするように。神様が共にあられますように。」

家主が、支払いがたまっていた家賃と値上がり分を取り立てに来た時、彼は言った。

「ご主人がこんなに稼げるのなら、何で前からそうしなかったんだろう?」

他の子供たちがナビとナビッドの後から追いかけてきて、叫んだ、

「おまえの父さんはゴマルバズだ。牢屋に入れられるよ。」

「お父さんは牢屋に入れられないよ。」とナビッドは言って、母親の前に立って、泣き、すすり、シリン・ゴルの心は紙のようになってしまい、ちょっと触ると二つに裂けそうだった。

紙でできた小さな心と、紙でできた大きな心。
二つの大きさの違う紙の心。

第12章 子供たちのための何かちゃんとした食べ物と牢屋

「緊急事態中のモラッド」は、その子供たちと妻の面倒をみた。そして彼は牢屋に投げ込まれた。ある男がモラッドのことを告げ口したのだ。

どんな男が？　その男とは誰だ？　誰か、この男のことを知っているか？　どこでその男はモラッドと知り合いになったんだ？　モラッドは何をしたんだ？　なぜ、モラッドは何も言わなかったんだろう？　なぜシリン・ゴルは何も知ろうとしなかったのだろう？　なぜ皆がすべてを知っていたのに、シリン・ゴルは知らなかったんだ？　なぜシリン・ゴルはモラッドがカードをやっていたのを知らなかったんだろう？　なぜ彼女は賭けがイランでは禁止されているのを知らなかったんだ？　特に、アフガン人は勝つと告げ口されている。その男は今は、モラッドのことを告げ口したことを、少なくとも恥ずかしいと思っているだろうか？　そのために五人の子供がいる父親が牢屋に入ってしまい、妻と子供たちはまたお金がなくなり、全員の名誉も失われてしまったのに？

失われた。

その男はカードで負けてしまった。

モラッドはカードで勝った。

シリン・ゴルは夫を失った。

顔に色のない母親は、顔の色を失ってしまった。名誉を失った。誇りを失った。

たくさんの人たちは人生において、一度も何も失うことがない。何ひとつ。

他の人たちは、いつもいつもすべてを失うのだ。

多くの人たちはその人生において、一度も牢屋に投げ込まれない。

モラッドは牢屋にいた。

多くの人たちはその人生において、決して牢屋を訪ねたりしない。

シリン・ゴルはモラッドを牢屋に訪問していた。

ナセルとナファスとナビッドとナッシムは、モラッドを牢屋に尋ねた。

四十日と四十夜、モラッドは牢屋にいた。

シリン・ゴルとナセルとナファスとナビとナビッドとナッシムは、四回、モラッドを尋ねた。

「おまえは言っただろう、何を私がやるかはどうでもいいって。おまえは言っただろう、私が何かをやるべきだって。おまえとおまえの子供たちに何かちゃんとしたものを食べさせられるように。」とモラッドは言った。

〝子供たち〟の前の、〝おまえの〟という言葉が大きく強く冷たく響いた。

四十日。四十夜。どうでもいいから、おまえの子供たちのための、何かちゃんとした食べ物。大きく響く、〝おまえの〟。

モラッドは帰って来た。牢屋の匂いのついたズボンと牢屋の匂いのついたシャツを自分で石鹸水に漬け、両方を自分で洗い、開いた窓の所に両方を干した。そうして、空気が牢屋の匂いを取ってくれるように、空気と一緒に飛んで行くように、すべての山を越えて、すべての湖を越えて、すべての谷を越えて。

夜になると、モラッドの口から、髪の毛から、皮膚から、牢屋の臭さが上がって来て、公共の浴場の湯気のように部屋じゅうに広がり、シリン・ゴルの髪の毛の上に、その毛布の上に、顔の上に、皮膚の上に落ち、鼻や口の中に入りこみ、ナセルとナビの男の子の皮膚の上に落ち、ナビッドとナッシムの羊皮紙のような皮膚の上に落ち、皆の口と鼻の中に入り込み、皆の心の上に落ち、べたつき、黄緑色になった。首都のアスファルトの上の黄緑色のもの。しみこんで行かないもの。シリン・ゴルの足元の砂の上の黄緑色のもの。ベランダの黄緑色のもの。六個の心についた黄緑色のもの。

モラッドは太陽と、太陽が小屋の窓を通して投げかける最初の光を待たなかった。モラッドは自分で洗ったズボンとシャツを着、ドアの前に行き、暗い路地の上を見たり下を見たりして、つばを飲み込む時に牢屋の味と匂いを口の中で感じながら、暗い路地を下り、その牢屋の匂いと、冷たい声の持つ目に見えぬ翼をシリン・ゴルに残して行った。どうでもいいから、あんたの子供たちのための、何かちゃんとした食べ物。大きく響く、〝あんたの〟。

「ひょっとしたら、お父さん、死んじゃってるよ。」とナセルは、モラッドが四十日四十夜戻って来なかった時に言った。

「ひょっとしたら、牢屋の匂いで息がつまってるよ。」とナファスとナビが言った。

「死ぬような匂いだよ。」とナビッドとナッシムが言った。臭い死だ。

シリン・ゴルは黙っていた。

ある夜、どのくらいモラッドはいなかったのだろう。ドアを叩く音がして、モラッドが入って来た。

ズボンとシャツを脱いで、両方を開いた窓にかけ、毛布の中に寝転んだ。

「あんた、故郷の匂いがする。」とシリン・ゴルが言った。

「私は故郷にいたんだよ。」とモラッドが言った。

「そこであんた、何をしたの?」とシリン・ゴルは尋ねた。けれど、本当は知りたくはなかった。

モラッドは黙っていた。なぜなら、シリン・ゴルは本当は知りたくないからだ。

「あんたの子供たち、あんたがいなくて寂しがってたよ。」とシリン・ゴルは言った。子供たちの前の、〝あんたの〟という言葉が、大きく、太く、重く響いた。

モラッドは、黙っていた。

「あんたの妻もだよ。」とシリン・ゴルは言った。妻の前の〝あんたの〟が大きく響いた。


鳥の日々が集まり、飛び立った。すべての海を越え、すべての山を越え、すべての谷を越えて。すべてはモラッドの牢屋の日々の前と同じようで、すべてはモラッドの牢屋の日々と違っていた。


ナセルは南方のペルシャ湾へ行き、自分ではそれで一度も遊んだことのないようなおもちゃを買い、それをイスファハーンへ運び、おもちゃ売りと交代で叫んだ。

「きれいな新しいおもちゃだよう。」

「イラン全国でここだけしかないよ。」

「イスファハーンは世界の半分、私たちのおもちゃは全世界から来るよ。」

「きれいな新しいおもちゃだよう。」

おもちゃだようという言葉を長く伸ばしたので、ちょうど歌でも歌っているかのように響いた。それは、シリン・ゴルが夜になると口ずさむ歌のメロディを思わせた。そうして、小さな妹たちとか、その歌を聞くほかの誰もが、平和に眠り込み、悪い夢を見ないようにしたのだった。

ナセルはもうそのメロディを聞かなくなっていた。なぜなら、ナセルは母親や妹たちがいる小屋で寝泊りしなかったからだ。彼の、牢屋にいた父親の眠る小屋では寝なかった。

毎日夕方になると、ナセルはおもちゃの手押し車の中におもちゃを入れ、その前に門をかけ、その鍵をおもちゃ屋に渡し、家へ帰る代わりに、手押し車の上に毛布をかけた。昼間は、ナセルが一度もそれで遊んだことのないおもちゃ、裸の足にピンクのパンツをはいた人形や、車や、太鼓などが置かれていたところだ。ナセルは毛布の上に横になって、無限にある星の空を眺め、ため息をつき眠り込んだ。

「私はおまえが、手押し車の上で寝ることに反対はしないよ。それどころか反対に、誰も手押し車を盗もうなんて思わないだろう。」と親切なおもちゃ屋は言った。親切なおもちゃ屋は、ナセルの丸いお腹が上がったり下がったりするのを見て笑った。

「それで、もし誰かが手押し車を盗もうと思ったら、腹が上がったり下がったりするわけだ。」そして、その丸い腹がもう笑わなくなると、親切なおもちゃ屋は言った。

「だがね、おまえがおまえの父親の家で眠らないのは、良くないよ。いやおまえ、それは良くないよ。」

「わかってるよ。」とナセルは言った。うなずき、反抗はしなかった。そして言った。「この方がいいんだ。」

低い声で頭を下げて、親切なおもちゃ売りの顔を見ないで。「この方がいいんだ。」

すべてはモラッドの牢屋の日々の前と同じだったが、すべてがモラッドの牢屋の日々とは違っていた。

ナファスとナビとナビッドとナッシムは幸せそうに、ぴょんぴょん飛び跳ねた。モラッドが子供たちを空中に放り上げて、また受け止める。順を待ちきれない。とても高く、出来る限り高く。子供たちが一番高い点に到達した時、もう一度落ち始めて、モラッドのとても力強い腕に、結局は彼の強い腕に落ちる寸前、子供たちのお腹は空っぽになった。空気がなく、声が消え、目を開けていようと頑張ってもどうしても、目は閉じてしまった。目はつぶれてしまった。

ナファスとナビとナビッドとナッシムはモラッドの膝にすわり、モラッドをくすぐり、つねり、みな金切り声をあげ、楽しそうに笑った。シリン・ゴルが小屋にいる限り。シリン・ゴルが小屋を出て行くと、ただパンを買いに行くだけにしても、みな一緒に行きたがった。ナファスとナビとナビッドとナッシムは、モラッドとだけになりたくなかった。モラッドはいつ帰ってきて、いつ出かけて、どのくらい留まり、一体いつか帰ってくるかどうかも、よくわからないし、牢屋の匂いにモラッドが息をつまらせるかもしれなかったから。

「死の匂いだよ。」とナビッドとナッシムが言った。臭い死だ。

すべては、モラッドの牢屋の日々の前と同じだった。すべては、モラッドの牢屋の日々の前と全く違っていた。

シリン・ゴルはモラッドのそばに横たわり、モラッドの手を求めた。彼の暖かさ、彼の保護、彼の身体を求めた。なぜなら、彼女は妻で彼は夫だったからだ。彼女が、彼の痛みが耐えられないからだけではなかった。モラッドが、締め出されたと感じていることが嫌だったからだ。私の子供たちから締め出された、あんたの子供たち、私たちの子供たち。なぜなら、モラッドは子供たちなしでは、力と信頼と信心を失うからだった。彼の子供たちの、〝彼の〟と言う言葉はとても大きな意味があった、愛情に満ちていた。モラッドはシリン・ゴルのそばに横たわり、彼女の息遣いを聞き、彼女の皮膚のにおいをかぎ、目を閉じた。一人だった。力がなく、信頼がなく、彼の子供たちがなく、彼の妻がなかった。モラッドは一人だった。シリン・ゴルは一人だった。二人とも目を覚ましていた。二人とも黙っていた。

モラッドは故郷にいた。オピウムを買ってイランに密輸し、売り、窓の下にイランのお金の厚い札束を置いた。おまえの子供たちのちゃんとした食べ物のためだ。おまえの。

今回は警察が、モラッドを家から連行した。今回はモラッドのカードの仲間は家に帰って来た。今回、モラッドは牢屋で六カ月を食らい、殴られ、乱暴された。青く、緑色になった。顔や足や皮膚に、緑青のものができた。低い、鈍い音をモラッドだけが聞いた。そして、彼の肋骨が折れた。頭から血が流れ、指は、他の罪人も聞こえるような大きな音を立てて折れた。背中は曲がった。モラッドの魂は透明になり、牢屋の鉄格子を抜けて、すべての湖を越え、すべての山を越え、すべての谷を越えて、地面に落ち、破れた。彼の心は紙で出来ていた。千と一の小さな紙切れに裂け、千と一回、バリバリと音を立てた。モラッドだけに聞こえる音だった。ガラスの魂は割れた。紙の心は裂けた。

半年後、モラッドの心が裂けてから六カ月後に、ガラスの魂が割れてから六カ月後に、シリン・ゴルは保釈金を出して、モラッドを釈放してもらった。何トマンかのお金で。彼の魂があったところ、彼の心があったところには、今、すべてがこびりついていた。黒く、緑で、黒緑のオピウムが。

オピウム・モラッドのための何トマンかの金額。

「モラッドは、まともですっきりした頭でなんか、牢屋を生き延びることは出来なかっただろうよ。」と人々は言った。「おまえ、奴らがおまえを殺さなかったことを神様に感謝すべきだよ。」

神様に感謝すべきだ。ものがこびりついている魂を持った、オピウム・モラッドのために感謝。ものがこびりついた心。黒緑色のものがこびりついていた。

誰が悪いのだろう？

警察？　密告者？　モラッド？　シリン・ゴル？　私の子供たちの、私の？　紙になった心？　カード遊び？　パスル？　ヤバリ？　密輸業者？　パキスタンの子供たち？　ガラスになった心？　戦争？　ロシア人？　ムジャヘディン？　ソ連？　アメリカ？　タリバン？　飢え？　何かちゃんとした食べ物？

「イランは私たちにとって良かったわ。」とシリン・ゴルは言った。「でも、今はもう良くなくなったわね。」

「知ってるよ。」とモラッドは言った。

「私たち、出て行かなくてはね。」とシリン・ゴルが言った。

「わかってるよ。」とモラッドが言った。

何十万人もの、何百万人ものアフガン人が、シリン・ゴルやその子供たちやモラッドのようにイランに逃げて来た。兵隊や装甲車や飛行機やロケットや爆弾、赤軍の地雷から逃げて来た。ムジャヘディンとその兄弟間の戦争から逃げて来た。パシャンと地面に落ちる胎児とか、女の切断された胸とか、女の切開された腹とかから逃げて来た。泥棒、道路を牛耳っているやくざたち、強姦する男たちから逃げて来た。タリバンから、パキスタン人から、こうしたことの発端となったアメリカ人から逃げて来た。

イラン人は自分も戦争中で苦しんでいて、逃げていくことしか他に方法がない状況を知っていた。最初のうちはイラン人はアフガン人に対して親切で、自分の国に兄弟や姉妹のように歓迎してくれ、お客として認めてくれた。イラン人はアフガン人を助け、ものや食べ物や生活の場所を提供してくれた。イラン人はアフガン人に対して、世界のほかのどの国よりももっと与えてくれた。自分は西側諸国とか他の国とか国連からも援助を得ないのに。アフガン人は難民収容所で生活しなくてはならないのではなくて、仕事が許され、国境を越えても良く、留まりたいだけ留まってよかった。一年が過ぎ、二年が過ぎ、四年、二十二年が過ぎて、イラン人はもうお客が嫌になった。イラン自体ですべてが不足して来た。仕事、お金、場所、家、アパート、パン、靴、大学が不足して来た。イラン人にもどんどん不足していく物やどんどん減っていく物を、外国人に分けるのが大変になってきた。イラン人はアフガン人を集めて国境まで荷車で運んで、追い出すことだって出来ただろう。けれども、分け合うことが困難になり分け合いたくなくなった今でも、イラン人は、帰国したいが自分では出来ないものの手助けをしてくれた。

シリン・ゴルのように、たくさんのアフガン人が帰国したがっていた。が、そのためのお金もなければ、タリバンの下で生活したいとも思っていなかった。戦争の中、地雷とともに飢えながら、他の問題を抱えてなんて。

シリン・ゴルは幸運だった。彼女は働きもので清潔だったので、まだ仕事を得た。清潔な忙しい仕事だった。彼女はあるイラン人の家庭を掃除し、洗い、磨いた。上から下まで、右から左へ、前も後も、隙間のあいだ、窓、台所、風呂場、トイレ。そして彼女はあらゆる絨毯を掃いた。これは良い仕事だった。なぜなら、テレビをつけっぱなしにして良かったからだ。ある時はきれいな音楽が流れ、ある時は誰かが賢い話をした。ある人が難しい顔をしてメモのニュースを読み、頭を始終上げ、シリン・ゴルを見た。まるでその人が彼女をじっと見て、他の人には誰にも話していないかのようだった。

「アフガニスタンに帰国したいアフガン人は、」とその人は言った。シリン・ゴルは掃くのをやめてうなずいた。

「アフガニスタンに帰国したいアフガン人は、イラン・イスラム共和国と国連から経済的な援助を受けられます。このため政府は、アフガン人が特にたくさん住んでいる地域や都市に、センターを設置します。アフガン人なら誰でも、そのリストに記入できます。」

リスト。経済援助。国連。政府。

絨毯を掃く。クルッ、クルッ。シリン・ゴルの手の箒は新しいものではなかったが、古びてもいなかった。それは良いことだ。箒は彼女の力、押し、彼女のリズム、彼女の大きさに対応していた。先のところが曲がっていた。その箒はまだ、木の枝の匂いがするほどに新しかった。クルッ、クルッ。

片手で箒をささえ、もう片手で自分の膝を支えた。曲がったり真っ直ぐになったりする背中。前に傾く。片足をもう片足の前へ。クルッ、クルッ。人生と同じ。絨毯の始まりの埃を同じ大きさの幅で、ずっときちんと前へ掃く。次の幅へ行くたびに、埃がふえる。人生と同じ。絨毯の始まりで開始し、最端で終わる。ずっときちんと織り目に沿って、羊毛が立たぬように、織り目の間に入り込んだ埃が出て来るように。ずっときちんと列に沿って、右から左へ、左から右へ、それから戻り、左から右へ、同じ幅で。箒を最端では、クルッ、クルッの後でいつも押さえ、空中へ飛ばさないこと。きちんと平らに保って、埃が空中に舞い上がらぬようにし、それが再び他の所へ落ちてゆかぬようにする。最後の列がシリン・ゴルは特に好きだった。広い大きな絨毯全体の埃が全部、一粒一粒、ひとひらひとひら、一個一個掃き集められて、列ごとにもっと増え、どんどんと灰色になり、どんどんと粒が増し、どんどんとひらひらとなった。たくさんの粒とは、シリン・ゴルは、大きな絨毯の最初のところから知り合いになり、最初のところから長い道のりを、ここまで追って来た。

人生と同じ。その大きな絨毯全体が色とりどりに輝く色でそこにあり、輝き、シリン・ゴルが一番最後の列の埃やひらひらや粒々を除くのを待っているのを見るのは、素敵だった。一瞬の楽しみだった。シリン・ゴルは立ち上がり、大きな絨毯の上でずっと曲げていた背中を伸ばし、ビスミ・アラーと言って、背中に新しい力を得て、最後の列を掃いた。クルッ、クルッ。ずっとたくさんの埃。人生と同じ。トタンのちりとりで取って、ごみバケツへ。タマム。人生と同じ。人生と同じ。人生もいつか、タマムになるだろう。タマムとカラス。タマムと解放。

シリン・ゴルは七つの名前を帰国希望者のリストに書いた。シリン・ゴル、モラッド、ナセル、ナファス、ナビ、ナビッド、ナッシム。シリン・ゴルは移動用の、国連支給のきれいなプラスティックの水入れを受け取り、国境の向こうで小麦とお金を受け取るための引換証にサインし、引換証をたたみ、大事に自分のスカートのポケットにしまい、持てるものをすべて包み、子供たちに一番きれいな服を着せ、小さな自分で作った絨毯を巻き、随分昔に山で岩の女がくれた数珠に触り、天を眺め神様に祈り、どうか帰郷の旅の間、そしてアフガニスタンでの新しい生活の時にお助け下さいとお願いした。

「俺はどこにも行かないよ。」とナセルは言うと、頭を下げた。「俺はここに留まる。イランにいる。俺はもうアフガン人じゃない。俺はもうイラン人だ。」

「ナセル兄ちゃんはいつ来るの？」とナビッドは叫び、微笑んだ。

「もう来ないのよ。」とシリン・ゴルはやさしく答えた。低い声で。目で微笑んで、涙を飲み込んだ。神様、慈悲深い方。授けられ、お取りになる。ひとりの兄。小屋の隅。故郷。シャヒード。テント。長い足と長い煙突がついていた、山にこびりついている九軒の小屋。毛布。芥子畑。ベランダ。物を掛けるための釘。プラスティックで出来たホース。何かちゃんとした食べ物。牢屋の匂い。オピウムの匂い。黄緑のもの。紙で出来た心。ガラスで出来た魂。掃くための絨毯。埃。ひらひら。粒々。クルッ、クルッ。人生と同じ。移動用の、国連支給のきれいなプラスティックの水入れ。娘。息子。昔は元気で生意気だった息子。今は真面目で黙っていて、いつも一人でいる息子。食べたり寝たりするために家に帰ってこなくなった息子。イラン人になった息子。神様は授けられる。神様はお取りになる。

「一緒に来なさいよ。」とシリン・ゴルは頼んだ。

「俺に強制することは出来るさ。」とナセルは言った。「でもね、俺から目を離した一瞬のうちに俺は出て行って、またここに戻ってくるよ。俺はここにいる。」と彼は言った。「俺はアフガニスタンには帰らないよ。」

「一緒に来なさいよ、」とシリン・ゴルは言った。「おまえはまだ若すぎる。まだ半分子供だよ。一人でここにいることは出来ないよ、お父さんもお母さんもなしで。」

「出来るよ。」と彼は落ち着いて言った。母親の目を真っ直ぐに見つめ、シリン・ゴルのまん前に棒のように立ち尽くしていた。棒のように真っ直ぐに。

「彼は半分子供じゃないよ。半分男だよ。」

もう来ない。彼はもう来ない。半分子供でない、半分男はもう来ない。

第13章　血のように赤い花と王妃

家畜のようにトラックに乗せられて、六人と他の百人の名前が故郷に戻って来た。六人と他、百人の名前がトラックから降り、故郷の土を踏んだ。

モラッドは故郷の乾いた土の上にしゃがんで、もう立ち上がろうとしなかった。他の人たちがモラッドのまわりに集まり、何人かの男たちが彼を引っ張って立たせようとした。モラッドは立ち上がろうとしなかった。両手両足で抵抗した。他の男たちが彼のまわりにしゃがみこんだ。モラッドは泣き始めた。泣いて、泣いて、泣いた。シリン・ゴルの心は紙のようになって破れた。一度に。二個の紙の心。紙でできた心。

泣いて、泣いた。彼のまわりにしゃがみこんだ男たちも泣き始めた。

シリン・ゴルと、他の男たちの妻たちと、その子供たちは座り込み見ていた。多くの人たちが泣いた。泣かない人たちも多かった。

モラッドはしゃがんでいた。しゃがんで泣いていた。彼の回りの故郷の土が、もう乾いておらず、埃っぽくなくなるまで。砂が彼の涙で栄養を得て、小さな赤い花がそこに咲くまで。どの涙からも、彼の魂から出たどの血からも、血のように赤い花が咲いた。

乾いた故郷の地面の上の、赤い血のように赤い花。

その夜、六人の名前は、仮収容所のプラスティックでできた青いテントの下で眠った。小さな子供たちは絨毯の上に、他の人たちは祖国の砂の上に直に寝た。

シリン・ゴルは、眠ったというよりも目が覚めていた。モラッドは全然眠れなかった。彼は自責の念に駆られていた。彼が子供たちや妻に提供するこの人生が、こうも哀れなことを直視しなければならないのがつらかった。長い年月の間、彼らをあっちからこっちへと、南から北へ、パキスタンから山へ、故郷からイランへと引っ張り回して、そしてまた戻って来たのに、すべてはただ、神様の裸の土の上に眠り、子供たちに何日も新鮮な水も飲ませられず、温かい食事も与えられぬ事態になるためだったのか。

「故郷と外国の違いはなあに?」とナファスとナビとナビッドとナッシムは、何度も何度も尋ねたが、シリン・ゴルにもモラッドにも答えがわからなかった。子供たちが住んだたくさんの国々、町々、砂丘、山々、それらは小さな魂にはあまりにも多すぎて大きすぎて、魂は時につれて壊れやすく不確かで、怖がりになってしまった。

「国ってなあに?」と子供たちは尋ねた。「故郷というのはどういう意味? 私のお家はどこ? 国境はどこにあるの? どこにみえるの? この線? この門? この旗? なぜ私たち戻っていかないの? 何がそこにあるの? なぜ私たちどこへも行かないの? 故郷って私が生まれた場所のこと? 私のお父さんが生まれたところ? 私のお姉さんがいるところ? 私のお兄さんがいるところ? 故郷って、皆に石を投げられたり、悪口を言われたり、いじめられるところなの? もしそうだったら、どこも故郷だわ。私がひもじかったところ、ひもじくなるところ? もしそうだったら、どこも故郷だわ。私がほかの人と違うように見えるから、受け入れてもらえないところ? もしそうだったら、どこも故郷だわ。でもそれだったら、私、もうどこへも行けない。」

シリン・ゴルは地面に穴をほって、その涼しい穴の中にナッシムを寝かし、ペルシャの隣人に貰った暖かいズボンと隣人に貰った赤いセーターを脱がせ、ナビに自分で縫った涼しいシャルバー・カミズを着せた。ナファスには自分で縫った服を上から着せた。

ナファスとナビとナビッドは、自分の両手で非情に輝く太陽から自分の目をまもり、瞬きし、ただそこに立って、布をかぶった母親を見ていた。神様は人間に対して意地悪だと、ナファスは言った。

「どこから、神様が意地悪だなんてことを聞いてきたのかい？」とシリン・ゴルは尋ねた。

「わからないの？」とナファスは叫んだ。そして空をその小さな手で殴った。「神様は太陽におっしゃったんだ、太陽が地面をパン焼きかまどに変えよって。神様は意地悪だから、太陽に、地面をパン焼きかまどに変えよっておっしゃったんだよ。」

考えはべたりとして先に進まなかった。頭脳は麻痺していた。筋肉には力がなかった。あらゆる動きが身体と意志の力比べだった。あたりには何も木がなく、何も藪もなく、何も日陰がなく、あるのはただ砂漠と風と埃だった。そしてテントだ。青いテントがあった。モスクの屋根の色で、国連の色。テントの中だけに日陰があった。燃えるように暑い、青い色のプラスティックの陰。

ナファス、ナビ、ナビッドは父親のまわりにいて、午前中ずっとそうしていたように、片手をかざして、故郷の厳しい太陽から少なくとも目を護ろうとし、もう片方の手は伸ばして、モラッドがさっき悪い交換レートで換えたばかりの故郷のお札を受け取ろうと、じりじりしていた。静かに何か考えながら指を震わせて、お祈り中のように、願うように、モラッドは彼の子供のどの小さな手にもアフガニスタンの紙幣を押しつけた。子供たちは紙幣を見つめ、なぜ奇跡が起きないのか不思議がり、意地悪気に眺め、父親を何か尋ねるように見つめ、再び紙幣を見つめ、それから布の母親を見、また父親、また紙幣を見つめ、後ろを向き太陽の光に当ててみて、こんどは紙幣を重い空気の中でひらひらと落とし、子供たちが期待している奇跡がその中に入ってでもいるかのように紙幣を振り回し、埃っぽい熱い地面に落とし、もう一度拾い上げ、たたんだり広げたり、遠くに持ったり近くに寄せたり、裏返しにして紙の厚さを確かめたりした。

「幸福とはこんなものなの？　たくさんある徴のどれが、どの絵が、どの言葉が、さあこれからはうまくいくと僕に言ってるんだ？」

子供たちがイスファハーンを出て来て以来、彼らはまさにこの瞬間を我慢できずに待っていた。何度も何度も子供たちは喜んだ。何度も何度も、両親は子供たちに、くたびれても、希望がなさそうでも、足が棒になっても、すべてはこれからうまく行くよと約束して来た。

「これはイランのお金と同じに見えるよ。」とナファスはか細い声で言うと、べそをかいた。「父さんが言ったことと全然違うじゃない。」

「みんな嘘なんだ。」とナビッドは叫んだ。「ほかのお金、イランのお金を僕にちょうだい。このお金はイランのお金より良いようには見えないよ。全然だよ。なぜ僕たち、イスファハーンを出て来たの？　戻りたいよ。家に帰りたいよ。僕の大きいナセル兄ちゃんがいるところへ帰りたいよ。僕が生まれたところへ戻りたいよ。さあ行こうよ。あそこに僕を家へ運ぶトラックがあるよ。角のアグファ・ムスタファの所へ行って、アイスを買いたいよ。僕の自分のお金がほしいよ。」

僕の自分のお金。〝自分〟が、大きく重く響く。

モラッドは子供に文句を言わせておいた。モラッドは、子供をなだめるための何の考えも持っていなかった。ナビッドは正しい。ここでもあそこでも、生活はモラッドにとって決して本当に良かったことはない。

「おいで。」ナビッドはその父親の手を取った。ナビッドはエネルギッシュに動き、父親の力強い大きな手に絡みついて、それを後ろへ引っ張った。それはまるでモラッドが子供で、ナビッドが大きな人、父親、保護者で、何が良くて何が悪いか知っているかのようだった。まるで、どれが正しい道でどれが間違っている道かを知っているかのようだった。

モラッドはその子のどこからそのエネルギーが出て来るか、わからなかった。神様が小さなナビッドをそのようにお造りになったと、モラッドは何度も何度も言ったものだ。神様が小さなナビッドをお送りになった。そうしてモラッドは一人ぼっちではなくなった。この哀れな人生の中で、その苦しみを一人で背負うことがなくなった。

モラッドはそうしないではいられず、笑ってしまった。これも泣かないためだ。男の子は父親の方を振り向き、やはり笑った。それはいい気持ちにしてくれた。ナビッドの目には愛情がこもっていた。その笑いは慈悲そのものだった。そしてついに喉を緩めてしまい、涙を流してしまったモラッドを見た時、ナビッドは父親の腕に飛び込んだ。ナビッドはモラッドの頬にキスし、微笑み、とても強く輝く表情をしてみせたので、太陽の燃える光すら青ざめるようだった。モラッドの心は幸福で一杯になった。彼は小さなナビッドを擦り寄せた。力一杯。心は自由になった。ほんの少しの、壊れやすい一瞬だけ。そしてそれはすぐに消えて行ってしまった。

子供たちは布のシリン・ゴルのまわりに立ち、伸ばした手に故郷の紙幣を持ち、黙りこんでいた。三枚の賞賛されるべき故郷が、三つの小さな子供の手にあった。三つの希望、三千の願い、三千の三倍もの失望を、子供たちはこの小さな短い人生の中でもう経験していた。そして幾千もの失望をさらに経験しそうだった。

子供たちは、この紙幣に価値がないこと、お金で過去を買えぬことと同じように、価値がないことをとっくに知っていた。それはとっくにわかっていたけれど、子供たちはそれを聞きたくもないし、できるだけ長い間だまされている方がよかったし、これから先はうまくいくよと奇跡を祈っている方が良かった。

シリン・ゴルは紙幣を手に取り、たたみ、どの子供のズボンのポケットにも入れてやった。モラッドはそのそばに立っていて、まるで彼も紙幣を手に持っていて、それをシリン・ゴルがたたんでポケットに入れてやるべきかのようだった。

子供たちとモラッドは行ったり来たり、立ち止まったりしゃがんだり、お互いに見合ったり立ち上がってまた少し歩き、戻り、また歩いたりした。

「哀れなモラッド。」とシリン・ゴルは囁いた。「モラッドは、自分が決してまともなお金を持てない人間だってことをよく知ってるのよ。自分の子供たちに、決して幸福を買ってやれないことを知っているの。」

「可愛そうなシリン・ゴル、誰としゃべってるの?」

「神様よ。全き善、大慈悲、ほか幾千もの名前のある方によ。」

シリン・ゴルは砂に書いた名前を消し、「こ　き　ょ　う」と砂の中に書いた。そして、それもまた消した。

トラックの荷台に六人の名前が乗っていた。一日中、道の埃を吸って来た。

「いつ僕たちは故郷に着くの?」と子供たちは尋ねた。

「故郷ねえ。故郷のお金を手に持った時だよ。そうしたら私たちは故郷に着いたんだよ。そうしたらすべてが良くなるのよ。」

ナファスとナビとナビッドは、アフガニスタンのお金を手にした。何もいいことはなかった。母親は布に変わってしまった。家はプラスティックだ。神様は太陽におっしゃった、地面よ、パン焼きかまどになれ。

何かいいことある?　何もいいことない。

太陽の灼熱。埃。たくさんの人たち。意地悪そうな目やにのついた目つきで叫ぶ両替屋。ペルシャの金やアメリカのドル、故郷の聖なる紙幣を持って今故郷に帰ってきた人たちをだまし、うそをつき、利用しようとしか思っていない。荷台にいっぱい、埃をかぶった、疲れた心配顔の人たちを乗せたトラックの音。そこから飛び降りる人たち。

何百もの、何千もの青いプラスティックのテント。この国の新しい支配者、タリバン。長すぎるようなシャルバー・カミツに身を包み、頭に黒いターバンをかぶり、手には怖い棒を持っている。叫ぶ子供たち。沈黙している女たち。名誉も誇りもなく、脅され怖がっている男たち。シリン・ゴルの目の前の網に、瞬きするたびにまつげがひっかかる。シリン・ゴルはたくさんのことが見えない。子供たちの目の中の失望だけが見える。

「最善の神様。」と布のシリン・ゴルはつぶやき、自分の頭のちょうど真上に神様がおられるかのように、布の頭を上げる。そして神様と話をし、願いと頼みごとを神様に向けるまで、待ちたいかのように。「最善の神様、お慈悲を。お許しを。私たちの希望が今回はうまく行くだろうということが、意味なく終わりませんように。最高の方よ。」

モラッドと子供たちは行ったり来たり、立ち止まったり振り返ったり、シリン・ゴルの方へ来たり、二、三歩進んだり戻ったりした。みな次々に帰って来る。故郷へ。神様のところへ。シリン・ゴルのところへ。

ナビは母親の前に立って、両目を細くして母親を見たが、お母さんを見ることはできなかった。アフガニスタンが戦争で荒れていなかったとしたら、公正な王様が国を治めていただろうね。その王様には一人の息子がいるんだ。つまり王子様だ。そしてその王子様に王様が、奥様になる人を探すんだ。王子様がその人をお妃様にするんだよ。その人は髪の毛が黒い絹のようで、眼は石炭のようで、新鮮な桃のような肌で、歯は真珠のように白く、手足はカモシカのようにしなやかで力強く、千ものフリ——天使——の歌声のような温かく優しい声で、心は太陽の光のように大きく温かいんだ。ナビにとってお母さんがそんな女の人だ。誇りたかい、正直で、美しく、傷ついた女王様、シリン・ゴル。

シリン・ゴルはあぐらをかいていた。背中をしゃんと伸ばし、けれどもばねのようにしなやかで軽く、こだわらず、リラックスして、誇り高く女王さまのように、プラスティックの何百もの、何千もの、青いテントを見ていた。まるで自分の兵隊たちを見ている女支配者のように。それは六人の子供たちを連れた、故郷に戻ってきた、悔やむ避難民の女のようではなかった。子供たちのうち一番上の娘に長年あっていなかったり、一番上の息子はイランに残して来なければならなかった人のようではなかった。それは子供たちが知らぬ外国の人たちの間で生まれたり、戦争が破壊してしまった故郷に帰ってきた人のようではなかった。ナビは真っ黒な布を見た。それは一日中続いた旅、トラックの荷台に乗った長い移動で汚れ埃にまみれていたが、ナビはそれを見ていなかった。ナビにとってはそれは女王様の衣装だった。シリン・ゴルの安っぽい飾りは女王様の宝石だった。地面の涼しい穴の中の赤ちゃんは王女様だった。シリン・ゴルが分ける、最後の、援助で貰えたペルシャのパンは、女王様の豪華な食事だった。シリン・ゴルが、その下に座って汗をかいている青いプラスティックのテントは、女王様のお城だった。

女王様の息子のナビ王子の目は輝き、光り、ナビは飛びあがり、女王様の腕に飛び込み、「僕の女王お母さん。」と叫んだ。

「おじさんがお母さんを地獄へ追い立てたよ。」とナファスが叫んで、テントの中へ興奮して走って来た。

「何だって?」とシリン・ゴルは言った。

「家の人たちが、その人のことをもう要らないんだって。だから私、言ったの。その人、私たちの所へ来ればいいって。そして私たちのおばあさんになればって。だって私たちにはおばあさんがいないでしょう。」

「ええっ？　もちろん、あんたにはおばあさんがいるのよ。それは私のお母さんよ。そして明日、私たちはおばあさんのところへ行くのよ。」

「じゃあ私たち、その人を明日まであずかろうよ。明日までのおばあさんだ。」

隣のテントの老女はその義理の息子から追い出された。国連は各家族に、ただ八袋の小麦をくれた。そして老女は残念ながら九人目で、その夫は十人目だった。だからその二人は何も小麦を貰えなかった。それだからその二人はいや増しに家族にとって負担になった。それで息子は、老女をこれ以上一緒に連れて行くことはできなかった。老女はどうにかして、自分で自分の面倒を見なくてはならなくなった。

明日までのおばあさんは泣き、嘆き、近くのテントの中に入るほかの女たちも気の毒に思い、男たちはののしり、「義理の息子は礼儀作法を知らない。」と怒鳴った。男たちは言った。

「義理の息子は、アフガン人であるとはどういうことか忘れてしまってるぞ。奴はモラルも信心もなくしてしまったんだ。人がこういう風になってしまったのは、戦争のせいだ。」

じきに人々はごちゃごちゃと喋りはじめ、叫びあい、腕を怒りに突きあげ、ののしり、文句を言い、最後には役人のマレックがやって来た。棒を持った二人のタリバンを連れてきたので、皆は再び静かになった。マレック殿と二人のタリバンに近いところに立っていた連中がまず先に、彼らから一番遠いところの連中が最後に静かになった。

マレック殿は興奮していたが、黙りこんだ人たちの真ん中に立ち、偉そうな格好をし、長々と話をした。その間じゅう、彼は絶えず身体をあちらこちらに向けて、彼の重要な言葉をまわりの人々が一言も聞き漏らさないようにした。

「おまえたち、誰からもだまされてるぞ。」と彼は話を始めた。「自分自身の家族からも、おまえたちを登録したイランの役人からも、両替屋からも、自称指導者からも、小麦売りからもな。そしておまえたちは私たちのところへ来た。だから私たちが秩序を正さなければならん。最後には私たちはおまえたちのために革命を起こして、今の政府を倒して新しいのと入れ替えねばならなくなるぞ。」

「はい、それだった良いでしょうに。」と後ろにいる女が口ごもった。

明日までのおばあさんは泣きやまなかった。泣きじゃくりながら老女は地面に倒れ、その年取ったこぶしで乾いた土を叩き、何度も何度も叫んだ。

「私たちの罪は何ですか。神様がそのために罰をお与えになる、罪は?」

老女が長いこと泣けば泣くほど、若い女たちも涙を抑えられなくなり、母親たちが泣き始めると子供たちも泣き出し、そして最後には父親たちも泣き出してしまった。

マレック殿は泣き声やしゃくり声に抵抗しようとし、輪の中で身体を回しながら喋りにしゃべりまくったが、誰も彼の言うことを聞くものはいなかった。そして突然、彼自身も喉に息が詰まってしまった。やはり青い国連の野球帽をかぶったアフガン人で、見るからにマレックより役職の高い役人が思いがけなくマレックの前に立った。

マレック殿と違って、アムジャッドは物静かな男で、悲しみを見たり感じたりして来ていても、まだ善意をいっぱい浮かべた両の目で微笑んだ。その声は柔らかで落ち着いていた。彼は青い野球帽を取り、自分の名を名乗り、ほか何も言わず、マレックを見、まわりの人たちを見、もう一度マレックを見た。マレック殿は口を開いて何か言おうとしたが、その時、アムジャッドは明日までのおばあさんを見つけ、おばあさんの方へ身体を曲げ、おばあさんを助け起こし、おばあさんに静かに丁寧に話し始めた。

「すみません、お母さん。お話ししたいのです。私は国連のために働いています。どうぞ話して下さい。何が起こったのですか？　ひょっとしたら助けてあげられるかもしれません。」

あわれな明日までのおばあさんは、アムジャッドの肩にすがって有難そうに、また改めてまともに泣き始めてしまった。それからおばあさんはまた落ち着きを取り戻し、自分がアムジャッドに近寄りすぎたことを謝り、「神様、私が知らぬ男の人に触ってしまったことをお許し下さい。」と言った。

「私は老婆で、死にかかっております。あなた様は私の孫ほどもお若い。神様が孫とあなた様をご加護なさいますように。」

それからおばあさんはアムジャッドに、義理の息子がおばあさんとその夫を、小麦を貰えないからといってもう一緒に連れて行かぬと言ったと話した。

アムジャッドは野球帽を団扇代わりに自分とおばあさんに風を送り、汗をかいた頭を掻き、何と言ったものかわからなかった。

おしまいに、アムジャッドは明日までのおばあさんと共に義理の息子のところへ行き、彼と話し言った。

「私はあんたの気持ちはよくわかる。あんたがどう感じているかも知っている。けれども、明日までのおばあさんとそのご主人は気の毒だ。だが逆に、時々、私もすべて何もかもうっちゃって、どこかへ行ってしまいたいと思うよ。」

最後にアムジャッドは義理の息子と一緒に歩きまわり、シリン・ゴルから、移動中に一緒に持って行きたくないだけの小麦を買い取った。その二袋を義理の息子に、義理の両親の分として渡し、義理の息子がその両親を一緒に連れて行きよく世話をするという聖なる誓いをさせた。その男は恥じて地面を見、唇をかみ、約束の言葉をつぶやき、身体をあちらへ向け、自分のテントの中にある小麦の袋のうえにしゃがみこみ、年取った義理の母親を見ると泣き、それから黙りこんだ。

「あの人たちは読み書きができないのです。」とアムジャッドは言った。「みな絶望したり興奮したりして、イランの役人が『最大、これこれの数の人を家族として届けるように』と説明した意味が、わかっていないのです。明日までのおばあさんとその夫は、別の家族として届けるべきだったのです。アフガン人には、同じ血が流れている誰もが家族だものですから、ああなってしまいましたがね。」

アムジャッドは青い国連の野球帽を何度も膝にたたきつけ、遠くを見つめ黙り込んだ。飲み込んだ。涙を飲み込んだ。

「なぜ、泣いてるの?」とナビがその母親に尋ねた。そして答えを待っていなかった。「母さん、心配しなくていいよ。僕たち、母さんを決して追い出さないから。」

アムジャッドは笑うしかなかった。笑わずにはいられなかった。男の子を有難そうに見ると、野球帽をかぶり別れて行った。

シリン・ゴルはそうしないでいられず、有難そうに息子を見つめ、息子の胸に手をあて笑った。それは喉がなる、美しい泣き笑いだった。

「なぜ笑っているの?」とナビは母親に尋ねた。そして答えを待っていなかった。「なぜかというと、僕たちが希望の光だから?」とナビは叫び、腕をその女王母君の腕に巻きつけキスした。

「今はもう痛くないでしょう?　マゲ・ナ?」とイスファハーンの方言で言った。

ナビの高い声はその楽しげな響きを失ってしまったと、シリン・ゴルは思った。それはもう、ヒンドゥクッシュの山のどこかで岩の間に生まれ、何の心配もなく音をたてる新鮮な小川のようには響いていなかった。

ナビは、ベールの下から出ている母親の黒い巻き毛で遊んでいた。そして、彼のキスや愛情が、あるいはただ彼がいることが母親の人生を救ったのをよく知っていた。

「それじゃあ、今から僕はイスファハーンへ行くよ。」とナビは宣言した。「そこに着いたらナセル兄ちゃんを見つけて、二人分アイスを買うんだ。」

「おいで。」とシリン・ゴルはやさしく言った。「おまえ、お母さんなしで行く気なの？」

ナビは母親の前に立ち、考え、うなずいた。

「私は、でも、おまえを行かせないよ、どこへも。わかるかい？　おまえは私のところにいるんだよ。」とシリン・ゴルは言うと、息子にキスした。

「女は男より強いなあ。」とモラッドは言うと、自分の足を見つめた。

「誰がそんなことをいうの？」とシリン・ゴルは尋ね、ため息をつき、その拍子に身体が動き、お乳から乳飲み子の口がはずれて、小さな額に汗をかいている小さなナッシムが驚いた。シリン・ゴルはお乳をもう一度赤ちゃんの口に入れ、自分の布の端で赤ちゃんに風をおくり、モラッドに言った。

「愚痴をこぼすのはやめてよ。あんた自身や、私や子供たちを苦しめないでちょうだい。」

モラッドはただうなずき、何かを捜すかのように自分のまわりを見回した。何も見つけられず、一瞬ただ立ち尽くし、それから言った。

「私は行くよ。」

「どこへ？」とナビが尋ねた。

「どこでもないところへ。」

「一緒に行くよ。」とナファスとナビとナビッドが言った。

「だめよ。」とシリン・ゴルが言った。「おまえたちはここにいるのよ。」そしてモラッドに、どこへ行くのか尋ねもせず、彼の顔を見もせずに言った。

「行ったら。」

彼の顔を見もせずに。

暑さは化け物になった。人間の命をねらう、飢えという化け物になった。神様は太陽に命じられた、土地を化け物に変えよと。そして、人間を食べてしまえと。

シリン・ゴルは口を開けて息をしていた赤ちゃんのシャツを脱がせ、砂地にもう一つの穴を開け、小さなナッシムをその新しい穴の中に置いた。

ナファスとナビとナビッドはテントの隅に退却して、小麦の袋の上で居眠りしていた。

モラッドは難民収容所のどこかの隅に引っ込み、オピウムを吸っていた。四回目か五回目のオピウムだった。不安のオピウム。メスクハル全部。千五百か二千ラクだけ、子供たちの生活費が減った。彼の子供たち。

シリン・ゴルは指で砂の中に書いた。

わ た し の こ ど も た ち。

「あんた、あんたの水入れを売らないかい？」と二人の女たちが尋ねた。二人はすでに八個かそれ以上の水入れを一緒に結んで、肩に背負っていた。

「私の水入れで何をしようと言うの？」とシリン・ゴルは尋ねた。

「それをあんたから買えば、もう一緒に持って歩く必要はないじゃないの。」

「私たちはそれをあんたから買えば、もう一緒に持って歩く必要はないじゃないの。」

「それであんた方はその後何をするの？　あんた方はもうそんなにたくさん持っているじゃないの。」

「私たちはそれを市場で売るのよ。あんたの小麦も買うよ。もしあんたがそうしたければだけどね。」

「いいえ、ありがとう、姉さん。神様があんた方をお守り下さいますように。小麦は私が自分で売りますよ。その代わりのお金をあんた方は私に払えないでしょう。それから、水入れは私の実家に行くのに必要なのよ。」

「神様があんたをお守り下さいますように。そしてあんたのご実家でも、すべてがうまくいって、みな元気でありますように。」

「神様があんた方もお守り下さるように。」とシリン・ゴルは言った。

その二人の女たちもシリン・ゴルと同じように、イランから一年前に帰って来た引き揚げ者だった。二人も父親の家に戻ろうと思っていた。ロシア人か誰かが家に爆弾を落としていた。父親は行方がわからなくなっているか、あるいは亡くなっていた。二人の夫は別の場所で戦っているか、亡くなっていた。そういうわけで、二人は国境の近くに引っかかって離れられなくなってしまった。二人はプラスティックや木々の陰で生活していた。子供たちは樅の木の葉を集めて燃料にしたり、その上に眠ったりしていた。持っていたわずかなお金は、とっくの昔に使い尽くしてしまっていた。プラスティックの水入れと小麦が、二人のわずかな収入源だった。新入りの引き揚げ者が持って行きたくない、あるいは持って行けないものを買い上げて、街でそれを売った。運が良ければ、新しい引き揚げ者は値段を知らなかった。子供たちや自分たちが満腹できるくらい、売り買いできる日々もよくあった。

そんな日々もよくあった。

毎日、商売人が引き揚げ者から小麦を買い上げ、トラックいっぱいにして街で高い値段で売っていた。毎日、両替屋が収容所へ来た。薬屋が来た。それは以前自分もイランから引き揚げて来たのだが、この場所に引っかかって商売人になったのだ。そんな連中の誰もが、祖国の土の上での自分自身の最初の日をよく覚えていた。もうこの間に土に埋めてしまった希望だ。新しく出直そうという、埋められてしまった意志。すべてはうまく行くだろうという、死んだ望み。

「もし自分と同じ宗教の人たちが、目の前に自分の同郷の人を見て、お兄さん、私はあなたを助けてあげます、あなたの小麦を売りなさい、この値段ですよと言えば、その人は私の言うことを信じるでしょう。その入れ物はこれくらいの値段より安いとか、ペルシャのお金はいくらくらいの価値しかないと言えば、その人は信じるでしょう。」

「それに、今日着いた人たちの中で、どのくらいたくさんの人が来年にはやはり希望をなくしてしまうか、わかったものではありません。自分でもプラスティックの入れ物と小麦を買い、また売るでしょう。」

新参者が、どこまで続くかわからない移動の間ずっと引きずって行きたくない、プラスティックの入れ物と小麦。シリン・ゴルも結局折れて、小麦を買いに来た四人目か五人目の男に、値段をちょっと交渉して、小麦の袋を一つ売ったのだった。

「誰が全部引きずって行きたいものか。」とシリン・ゴルは自問した。質問に答えてくれる人がいなかったので、お金をポケットにしまった。


小さなナッシムの額の真珠のような汗は、もう静かにとどまっていられなくなり、ナッシムのこめかみの方へ流れた。シリン・ゴルは小さな子供を前の方に支えた。おしっこのためとつばを吐くため。地面にしみていく白くて黄色のもの。

「お父さんもさっきタンをはいたよ。」とナファスが言った。「お父さんはオピウムを吸いすぎるんだ。」

「おまえ、どこからオピウムが何かわかったの?」とシリン・ゴルは尋ね、ナッシムの口を拭いた。

ナファスは肩をすくめた。

「水のポンプのところへ行っといで。」シリン・ゴルはナファスとナビに言った。「水を一杯汲んで、お父さんを捜しておいで。」

ナファスが言った。

「私、行かない。あそこに誰か怖い女がいるから。」

一人の女がテントのそばを通り過ぎ、つまずき、ほとんど倒れそうになり、どたどたと動いてからまた歩き、突然見えぬガラスの壁にでもぶつかったかのように立ち止まり、振り返り、反対方向へ歩き、また見えぬガラスの壁にぶつかり、その壁を叩き、立ち止まり、シリン・ゴルがいる地面の前にしゃがみこみ、話した。理性はなくしていて、大きく開いた目をしていた。

女はナファスを見て言った。

「私にお金を返しなさい。おまえは風かい？　なぜおまえは私の金を盗ったんだい？　サリ・ショデフ。返しなさい。風が私の金を盗んだよ。」

「それを見つけたものは幸運だ。」とシリン・ゴルは口ごもり、赤ちゃんが吐いたものをスカートとベールからぬぐった。

ナファスとナビとナビッドは、女のお金を捜すために駆け出した。ナビは、女が一体どこにいたのか尋ねた。ナビッドは女の後を追って行った。ナファスは女の前後を走り、誰か哀れな女のお金を見たかと、会う人ごとに尋ねた。

「いいこと。これで子供たちは、少なくともしばらくはやることがあるからね。」とシリン・ゴルは思った。

やっとモラッドが帰って来た。震えていた。首をすくめて胸のところで腕を組んで。モラッドは自分のくたびれ果てた身体をテントに引きずり、しゃがみ、彼の病気の子供を見て目を閉じ、気を集中させ、もう一度立ち上がり、まるで老人のような具合で、重いだるそうな舌で言った。

「みな言ってるが、どこか近くに医者がいるらしい。私がその子を連れて行くよ。」

シリン・ゴルは子供を布に包みモラッドの腕に託したが、すぐにまた取り戻した。なぜかと言えば、モラッドが子供を取り落としそうになったからだ。そしてモラッドを床に座らせながら言った。

「お座んなさいよ。あんた自身に助けがいるんじゃない。」

モラッドがそこにいないかのように、モラッドがシリン・ゴルの言葉を聞けないかのように、彼女を理解しないかのように、モラッドは正気でないかのように、小さな子供で助けを必要としているかのように、シリン・ゴルはモラッドの頭の下に何かそこらの物を敷き、靴をぬがせ、ベルトをゆるめ、身体に何かそこらの物をかけた。

小さなナッシムはまた吐いた。

シリン・ゴルは皿に水を入れ、モラッドの頭を支え、飲むのを手伝い、自分の両手に水をかけ、その濡れた手を彼の首筋にあて、額に頭にあて、肩をマッサージし、モラッドがしゃがむのを手伝った。

赤ちゃんのようだった。モラッド赤ちゃん。白いものを口のまわりにつけ、しゃがんでいる。

小さなナッシムはまた吐いた。

シリン・ゴルはブカラを着ると、小さなナッシムを抱いて外に出た。

「どこへ行くの？」とナファスが尋ねた。

「医者のところだよ。」

「私も行く。」とナファスが言って、母親のスカートをつかんだ。

「目が焼けるんだよ。」とナファスが言った。「痛くて、涙がでて、本当はもっと前に行かなくちゃならなかったんだ。」

ナッシムは母親の腕の中で、力なく横たわっていた。小さな腕と足は生気なく、身体にぶらさがっていた。小さな頭は首から重そうに垂れていた。浅く呼吸し、目は閉じていた。

ナッシム赤ちゃん。モラッド赤ちゃん。

シリン・ゴルは急いだ、どっちへ行って良いかわからないまま。

半分死んだようなナッシム赤ちゃんをシリン・ゴルの腕に見て、一人の女が医者への方向を指してくれた。

その医者は医者ではなかった。医者はどこかへ行ってる最中だった。どこかの青いテントの中で子供が死にかかっていて、医者の助けを必要としていた。この医者は看護婦だった。

医者看護婦は半分死んだようなナッシムの高い熱を測り、注射をし、シリン・ゴルの手に錠剤を二、三個渡し、違う方を見て、ほかの父親の腕にいる、半分死んだような次の子供の世話をした。

「それで、わたしの目は?」とナファスが尋ねた。

「おまえの目がどうかしたの?」と医者看護婦はナファスを見ずに言った。

「焼けるし、痛いの。」

医者看護婦はナファスをちょっと見ると、シリン・ゴルを見て言った。

「この小さなビンの中身を目に二滴たらしなさい。一時間置きに二滴たらすんですよ。」

「それは何という目薬ですか?」とシリン・ゴルは尋ねた。

「私が持っている唯一の目薬です。」と医者看護婦は言い、ナッシムがしてもらったのと同じ注射を次の子供にも打ち、言った。

「これは私が持ってる唯一の注射液なんです。そして私はここにいる唯一の看護婦です。そして医者も一人だけで、外にもう一人の半分死にかかった子供が待っているんです。」

ナファスは目薬がうれしかった。幸福で自慢だった。自分が偉くなったような気がした。目薬が目から流れ出ないように、ナファスはその後テントへの帰り道をずっと目を閉じたままだった。最初、シリン・ゴルがナファスを抱いて帰るんだと言ったけれど、自分がそれには大きすぎるし、重すぎるし、それにシリン・ゴルが半分死にかかった妹を抱っこしていたのに考えが及んだ。倒れないように、ナファスは手でシリン・ゴルのスカートをつかみ、つまずいたりほとんど転びそうになっても、目を開けようとしなかった。

シリン・ゴルが「明日までのおばあさんがいるよ」と言った時に、やっと目を開けた。

明日までのおばあさんは自分の小麦の上に座り、そのそばに彼女の夫が座り、二人は真っ直ぐに見ていて、黙りこんで、誰かが近くを通ると怖そうに見、それからまた真っ直ぐに見、黙り込んだ。

「あそこに私の友達がいるよ。」とナファスが叫んで、駆け出した。ナファスの友達は若い男で、十六歳にはなっていなかった。ナファスの友達は女の子のように見えた。女の子の格好をして歩き、結婚した娘のように眉をそり、娘のように長い髪をしていた。ナファスの友達は小指を口に突っ込み、もう片方の手は媚を売るように腰にあてていた。歩く時、ナファスの友達は腰を右や左に振った。ナファスの友達はナファスの前で手を振ったけれど、前を通り過ぎた。仕事をしなくてはと彼は言った。腰を振り振り。ナファスの友達は一人の男の前に来て微笑み、二、三の言葉をかわした。小指をなめなめ、首をたてに振った。ナファスの友達の手はその男の手に触れ、笑い、彼と共に青いプラスティックのテントの中に消えた。

「アラー・オ・アクバー。」とシリン・ゴルは言った。「世界にはたくさんの人がいるのに、おまえが見つけた唯一の友達は何なの?」

ナファスは肩をすくめ、目を閉じ、母親のスカートにしっかりつかまり、シリン・ゴルのそばでつまずいたり転びそうになりながら、自分たちの青いプラスティックのテントへ戻った。

あちこちのテントの中で、全部の袋に全部のものを詰めこみ、イランから運んで来た絨毯等がまとめられた。男たちが来て小麦をバスへ運んだが、モラッドだけはまだ横たわって、赤ちゃんのように丸くなっていた。

モラッド赤ちゃん。

シリン・ゴルは自分の小麦の袋を見て、子供たちを見て、床に丸くなって寝ている夫を見て、どうしてよいかわからず、死にかかった子供を見て、隣のテントの男の人に会いに行き助けを求めた。子供たちの手に袋や、旅行中のために、プラスティックでできたきれいな国連の水入れを持たせた。シリン・ゴルはモラッドが立ち上がるのを助け、ブカラを身にまとい、顔を隠し、バスの所まで二人でたどり着き、乗る順番を待ち、子供たちとモラッドがステップを登るのを後ろから押し、ベールの頭でもう一度見回して、何も言わず中に入り、そこから消えた。

第14章 父親の家と墓と気が狂った兄の妻

シリン・ゴルはそれでもまだ幸運だった。小麦を持っていた。自分で作った絨毯を持っていた。引き揚げ者に与えられたドルを持っていた。きれいな国連のプラスティックの水入れを持っていた。手首には山女の数珠をはめていた。三冊半の本を読んだことがあった。娘時代に湖の水を飲んだことがあった。鳥になって飛んでいった日々を経験していた。彼女自身も、子供たちすべても、夫もみな手足が満足だった。

帰って行ける父親の家があった。

それは小さくなっていた。ロケットが当たったのだ。一部を破壊していた。父親は病気で寝たっきりだった。母親はもういなかった。亡くなっていた。

亡き母親のお墓のそばに他のお墓があった。

殉教者のお墓。男の子のお墓。兄のお墓。父親のお墓。娘のお墓。女のお墓。姉のお墓。母親のお墓。

シリン・ゴルの母親のお墓。

男の子のお墓と男たちのお墓には長い棒が立っていた。人は布の端をそこに結びつけていた。黄色とか、緑、赤色が風に揺れた。幸運をもたらすそうだった。死者の魂を邪魔する悪い精霊を追い払うことになっていた。神様に、アフガニスタンにまた死者が出たことを思い出していただくことになっていた。お祈りをするたびに布が増えた。お祈りの布が風に揺れた。

殉教者のお墓にはもっとたくさんの棒が立っていた。もっとたくさんの緑や黄色や赤の布が風に揺れていた。もっとたくさんのお祈りの布が風に揺れた。囁いたり話したり泣いたりする布。

娘のお墓には布はついていなかった。

女たちのお墓には布はついていなかった。

亡くなった母親のお墓の横には、アフガン・アラブ人のお墓があった。アメリカは三万五千人以上のアラブ人をアフガニスタンへ空輸し、訓練し、アフガン・アラブ人にした。そのうちの多くが戦争が終わったあとにも、アフガニスタンに留まった。亡くなった。預言者のために亡くなった。コーランのために、イスラムのために亡くなった。

アメリカのために亡くなった。資本主義のために亡くなった。

どの預言者のため？　どのコーランのため？　どのイスラムのため？

どの死んだアフガン・アラブ人のため？

アフガン人は勝とうとした。ロシア人を祖国から追い出そうとした。アラブ人が戦うために、死ぬために来た。殉教者になるために。シャヒードだ。

死んだアフガン人には母親がやはりいたのだろうか？　その母親は死んだアフガン人が殉教者になったから、幸福だっただろうか？　その母親は死んだアフガン人のせいで、髪が真っ白になったのだろうか？　アフガン・アラブ人殉教者の母親の白髪。

シリン・ゴルには白髪の母がいた。

シリン・ゴルの人生の中、何人かの殉教者。何人目だったろう？　シリン・ゴルはもう数えるのをやめてしまった。

ロケットが母親を殺した。

ロケットには母親がいたのだろうか？

誰かがロケットも世界にもたらしたはずだ。

ロケットを作った男たちには母親がいるのだろうか？

ロケット作りの母親。

神様には母親がいるのだろうか？　神の母。誰かが神をも世界にもたらしたはずだ。

シリン・ゴルは自分の母親のお墓の前にしゃがんで泣きたかったが、涙が出て来なかった。一滴も。そのかわりに千一もの疑問がわいた。千一もの考えだ。そのかわり、お墓に立っていた棒に引っ掛けてある、動物のどくろをじっと見た。なぜ後に残された者たちは、棒に動物のどくろを引っ掛けたのだろう？　護るため？　お守りのため？　しるしとして？　ただそれがよいと思ったから？

なぜ娘や女たちのお墓には、風に揺れる布がついた棒が立っていないのだろう？　布一つごとに一つの言葉。なぜ娘たちと女たちのお墓には、棒に動物のどくろが引っかかっていないのだろう？　しるしのため。ただそのほうがよいから。

なぜ女たちは子供を世界に送るのだろう？　イェク・ルズ・ベ・ダルダム・ミクホレ、いつの日かきっと役に立つことがあるから。何の？　子供たちが戦争をするから？　子供たちがロケットを母親に投げるから？

「小屋に急いで来て。」とナファスが叫んだ。「おばさんが変だよ。」

「なぜロケットは気が違った義姉さんを殺さなかったの？」とシリン・ゴルは囁き、一つの石にキスし、それを額につけ、母親のお墓の上に置いた。

気が違った兄の妻は、木の前の地面に胡坐を組んで座っていた。足を木にからませていた。何度も何度も額を木にぶつけた。馬鹿。馬鹿。木の幹に額。頭の中の血まみれの光景が壊れた。血が額に出た。血が幹についた。馬鹿。馬鹿。

シリン・ゴルは兄の妻の側にしゃがんだ。腕を義姉の肩に乗せ、義姉を自分の方に引き寄せしっかり抱きしめると、義姉の額から血が首の方へ流れるのがわかったが、何も言わず姉を支えて、ゆらゆらと揺らした。

義姉は理性を失った。無感覚にあちらこちらへ行き、髪をかきむしり、血が出るほどひっかき、両目をえぐりたがった。夫が苦しむのや子供たちが飢えていくのを、生活が地獄になるのを見ないですむように。

兄は地雷を踏んでしまい、片足を失った。地雷を踏んだ時、ちょうど手に抱いていた子供と片足を失った。片足の兄はうろうろ歩き、仕事もなく、痛みに叫び、死んだほうがましだった。ちぎれた足がちぎれた子供と一緒に空に飛び、一度にパタッと地面に落ちるのを何度も見るよりは。

一度にパタッと。

子供の片目はまだ開き、笑っていた。父親の手と子供の手はちぎられ、ごみの中に落ちていたが、まだしっかり握り合っていた。

兄の娘は父親と弟の後から走っていたが、爆発の強風に地面に投げとばされた。娘は立ちあがり、前はきれいで今となっては色がさめた花のついた服から埃を払い落とし、まだプラスティックの靴を履いたままの弟の足を取って、それを弟のちぎれた足首にくっつけようとした。

片足の兄は子供たちに叫んだ。理性を失った妻に叫んだ。片足の兄は夜、理性を失った妻に身体を投げかけ、妊娠させた。兄は叫んだ。片足の兄はカラシニコフを壁に立てかけていた。

シリン・ゴルの父親は声をなくしていた。父親は視線をなくしていた。父親はすべてをなくしていた。どこかに座って、誰かが父親に食べさせれば、子供のように口に少し入れてやると食べた。父子供。子供父。

ナファスとナビとナビッドとナッシムは怖がった。夜怖くて目を覚ました。

モラッドは隅に無感覚で座り、オピウムを吸いに吸っていた。四日四晩。それからいなくなった。消えた。何も言わずに、何も聞かずに、何も感じないで。シリン・ゴルは何も見ず、何も聞かず、何も知らなかった。ちょうど小さなナッシムにお乳をやり、ナッシムがお乳をすぐ吐き出してしまったので洗っていた時、ちょうど義姉の額の包帯を換えた時、何カ月も膿み続けている兄の足の傷をちょうど新たに縛った時、ちょうどナファスとナビとナビッドに「すべては良くなるよ。」と約束したその時、モラッドの隅が空っぽになっていた。

部屋にはもう暖かな煙と新しいオピウムの匂いはなかった。空っぽのモラッドの隅は冷たかった。

シリン・ゴルは悲しくも嬉しくもなかった。色とりどりの絨毯の上にしゃがんで、ナッシムにお乳をやり、モラッドの隅が空っぽなのを見て、なぜかモラッドがどこかへ行ってしまい帰ってこないとわかっていた。

モラッド。彼女の夫。彼女の子供たちの父親。〝彼女の〟が大きく響く。

一面、彼はただ重荷だった。反面、彼は何も吸わずちゃんとしていれば、正直なやさしい夫だった。彼女の子供たちの、愛情あふれる良い父親だった。彼女の。

一面、彼は彼女の子供たちの一人のようだった。彼女は彼を洗い、食事させ、慰めねばならなかった。反面、彼は男だった。唯一の公の保護者だった。彼がどんな状態にあろうと。大事なのは彼が男であることだった。一面、彼は助けにはならなかった。反面、彼がいれば他の男たちは彼女の邪魔をしなかった。彼がいる限り。

今、シリン・ゴルは一人だった。一人で子供たちの世話をした。一人で小麦を売り、一人できれいな国連のプラスティックの水入れを売り、一人で絨毯を売った。子供たちに何かちゃんとしたものを食べさせるため。一人で彼女はムラーやタリバンに、彼女には男はいらぬ、彼女には夫がいてまた帰ってくると言った。一人で市場に行った。一人で片足の兄の世話をし、片足の兄の妻の世話をし、その八人の子供たちの世話をした。一人で彼女の子供父の世話をした。一人で。

四日毎に一人のタリブがドアに来て、シリン・ゴルを求めた。四日毎にシリン・ゴルはその男を帰らせた。

理性をなくした義姉は、無感覚にあちこち行き、髪をむしり、皮膚を血が出るほど引っかき、足を木の幹にからませて、額を打って血を流した。なぜかというと、頭の中の光景を殺したかったのだ。両目をむしりたがった。夫が苦しむのや、子供たちが飢えてゆくのや、生活が地獄になったのをもう見たくなかったのだ。血まみれの気が違った義姉は言った。

「行きな。消えな。行って、自分の子供たちを連れて行きな。行きな。行きな。私の血をみなくてすむように。木の幹の血を見なくてすむように。兄さんの足の傷の膿みの匂いがあんたの皮膚に入りこまないように。あんたとあんたの子供たちの気が狂わないように。あんたとあんたの子供たちが飢え死にしないように。私たちが互いに殺しあわないように。だから、だから、だから、行きな。」

四十日と四十夜、シリン・ゴルは待っていた。それから彼女は持っていけるものをすべてまとめ、血まみれの義姉の額にキスし、行った。

「どこへ行くの？」とナファスが尋ねた。

「他の村だよ。」とシリン・ゴルは言った。

「おまえの大きなお姉さんのヌル・アフタブが住んでいる村だ。」

ナファスは考えた。

「それはあの、緑と黄色とオレンジと赤い、素晴らしく美しい、雲のような結婚衣裳の姉さんね。」

「そうだよ。」とシリン・ゴルは答えた。

「雲の結婚衣裳の姉さん。」とナファスは叫んだ。「そこに行きたい。そうしたら私もそんな雲の結婚衣裳が貰えるの？」

「僕たちに姉さんがいるの？」とナビッドとナッシムが聞いた。「雲の結婚衣裳ってなあに？　僕たちもそれを貰えるの？」

アラーは感謝されよ。すでに遠くからシリン・ゴルは、地面に横たわった人間のように見え、足をきっちりと閉ざし、腕を広げて伸ばしている村がわかった。それは一部爆弾で破壊されていた。

シリン・ゴルが鳥だったとして、空を飛んで村を上から見たとすれば、娘と若いタリブが住んでいる家は、やはり破壊されていないのがわかっただろう。

モスクから流れる音楽と風だけが、この時間にまた表に出ることができた。風は小屋や畑や庭へ流れ、色とりどりの芥子の花を躍らせ、その繊細な花の花粉を振りまいた。

アフガニスタンにはもう慈悲というものがない。ただモスクからの歌の風だけが慈悲を知っていると シリン・ゴルは思いながら、桑の木の下にしゃがんで目を閉じ、ブカラを顔からはずし、じっと聞いていた。ミュッジンの声と風の音を。

ムラーの声が聞こえる時、武器は静まっていることを風は知っていた。優しいそよ風がヒンドゥクッシュから静かに知らぬ間に降りて来て、シリン・ゴルと子供たちに雪の匂いと畑にいる女たちの平和なおしゃべりを一緒に谷へもたらした。

シリン・ゴルと子供たちは暖かな夕暮れの日差しの中、半分眠り込み、半分幸福で半分心配しながらしゃがんでいた。皆はアフガニスタンのどこかでしゃがんでいる、他の百万人の女たちや子供たちと同じようにしゃがんで待っていた。待っていた、戦争が終わるのを。夫たちを。息子たちを。何かちゃんとした食べ物を。あれやこれやを。

風は、リンゴの花の香りと、通りの細かい埃と、若い草と、芥子の花と、短い平和と、完全な静けさと、祖国を歌う少年の歌声と一つになっていた。風はシリン・ゴルの布と服の間に入り込み、疲れた肌に降り立った。目をつぶってシリン・ゴルは思った。ここは楽園であってもいい。

道を歩く最初のロバのひずめの音と共に、男たちの最初の叫びと共に、男たちの最初の武器の音と共に、シリン・ゴルはブカラを顔にかけ、立ち上がり、ナッシムを腕に抱き、ナビッドと手をつなぎ、ナファスとナビはシリン・ゴルのスカートを握り、みな一緒に村の方へ向かった。

縄はなくなり、締め切り棒がこしらえてあった。昔のラジオの組立工と昔の女物の仕立て屋はいなかった。締め切り棒にカセットテープの中身が引っ掛けてあった。差し押さえられた音楽のカセット。タリバンがそれを壊しテープを引っ張り出し、みせしめのため締め切り棒にトロフィーのように引っ掛けていた。

ティーハウスはまだあったが、親切な主人はいなかった。

「ご主人はどこですか?」とシリン・ゴルは尋ねた。

「死んだよ。」と新しい主人が言った。

「ティーハウスの跡には誰が住んでいるの?」とシリン・ゴルは尋ねた。

「あんたに何か関係あるの?」と新しい主人が尋ねた。

シリン・ゴルは先へ進んだ。

砂の通りは鉄でできた水色の門のすぐ近くまで続き、門には前よりもっとたくさんの傷がついていて、にきびや他の傷のようで、痛いようにみえた。シリン・ゴルは娘の住んでいた小さな通りの方へ曲がった。

シリン・ゴルの心臓は身体の中で上へ下へ、右へ左へ動きまわっていた。喉元まで上がって来て、口から飛び出しそうで、声が出なくなった。声を失った。シリン・ゴルはナファスを押した。

「私、姉さんのヌル・アフタブを探しているの。」と小さな女の子は言って、太陽の光のように輝いた。

「ここにはヌル・アフタブは、住んでいないよ。」とその男は言うと、木のドアを閉めた。

シリン・ゴルの心臓はお腹に落ち込み、目の前の世界の色がなくなった。色を失った。顔色が消えた。

シリン・ゴルの目の前は真っ暗になり、風はやみ、世界は夜になった。

シリン・ゴルは先へ歩いた。

なぜそうしているかも、どこへ行くかもわからぬままに、片足を出し、またもう片足を出した。

とぼとぼと歩いた。

「おまえたちは誰だ？」と一人のタリブが尋ねた。

「私たちはこれこれこういうものです。私たちは誰かです。女とその子供たちです。その子供たちです。

私たちはこういう名前のタリブを捜しています。その人はあそこの小屋に住んでいたのですが。」

「私はここに新しく来たので、そういう者は知らない。その名前のタリブは知らないな。」

「バハドゥルはどこにいますか？」とシリン・ゴルはドアを開けたタリブに尋ねた。

「誰だって？」

「バハドゥルです。二番目に偉いムジャヘディン司令官の第四夫人です。」とシリン・ゴルは言った。

「ムジャヘディンは射殺された。奴は裏切り者だ。」

「彼は誰を裏切ったのですか？　誰が彼を射殺したのですか？」

その若者は右や左を見て囁いた。

「タリバンだ。タリバンが奴を殺したんだ。」

「奥様たちはどこにいるのですか？」とシリン・ゴルは尋ねた。

「妻たちは射殺された。」

「そして息子たちは？」

「同じだ。」

「なぜですか？」とシリン・ゴルは尋ねた。

「私にはわからない。」と若者は答えた。

「女医者のアザディーネはどこですか？」とシリン・ゴルは、昔の診療所に住んでいるタリブの妻に尋ねた。

「ネ・ポヘゲム、わかりません。」とパシュトン語で女は言った。

シリン・ゴルは先へ行った。

ムラーの家にはロケットが当たっていた。半分壊れて、半分は建っていた。ムラーは射殺され、妻は生きていた。

「私の娘はどこでしょう？」とシリン・ゴルは尋ねた。

「行ってしまいましたよ。」とムラーの未亡人は言った。

「どこへ？」

「たぶんヘラートです。」

「ヘラートへ？　いつですか？　なぜですか？　なぜヘラートなのですか？」

「娘さんの旦那がそこへ連れていったんです。」ムラーの未亡人は言うと、地面を見た。

「あんたも娘と息子の母親でしょう。私の娘に何があったんですか？　何であろうと、おねがいだからどうか話して下さい。」とシリン・ゴルは訴えた。

「ヌル・アフタブとその夫には子供が生まれたんです。あのタリブは善良で正しい人でした。ヌル・アフタブには良い夫で、自分の子供を自分の命より愛していました。」と亡くなったムラーの妻は言った。

「私の娘はどこですか？」とシリン・ゴルは尋ねた。

「あんたの娘さんの命は助かったんです。」と女は言った。

「でもタリブは射殺されました。なぜかというと、彼が公正だったからです。彼が抵抗したからです。皆のことをタリバンの前で弁護したからです。タリバンがしていることはコーランの教えにあることではない、神の法ではないと言ったのです。預言者の言葉ではないと。ほかのタリブたちが言いました、タリブとて間違うことがあると。そして彼を射殺したのです。タリバンは司令官を射殺しました。私の夫です。あんたの婿さんを撃ち、ほかの何人も撃ったのです。」

亡くなったムラーの妻はまた地面を見て、言った。

「それから、別のタリブがあんたの娘を妻にしました。このタリブは言いました。この女は最初からおれのものだったんだ。他の奴のものではなかったのさ。」

黄緑のもの。束のお金。冷たくて苦々しい目つき。

シリン・ゴルの口の中で胆汁の味がした。胆汁の味。

「女医さんはどこですか？」とシリン・ゴルは尋ねた。

「アザディーネは逃げました。」とムラーの妻は言った。

「タリバンは仕事を禁止しました。彼女はタリバンに抵抗しました。タリバンに言ったのです、カブールとか他の街や村では女の医者がいて、タリブも誰も診療の邪魔をしていない。タリバンは言いました、ほかの村や町のことはそこのタリバンが決めるが、ここは俺たちが決めるんだと。しばらくの間、アザディーネはこっそり患者を診療していましたが、タリバンが見つけ、仕事を禁止し、『結婚させて、その男に彼女を見張らせなければならん』と言ったのです。それで彼女は荷物をまとめ、夜のうちにこっそりと逃げて行きました。」

「どこへ?」

「カブールです。」

「私はヘラートへ行かなくては。」とシリン・ゴルは言った。「娘を見つけなくては。」

「一人で?」

「私の子供たちと一緒に。」

「何週間もかかるよ。」

「私は行きます。」

「ご主人なしで?」

「主人なしで。」

第15章　ものを決定する女王

アスファルトの道路。空港。針のように細くて長い葉の木々。石鹸の匂い。大きなどっかりとした宮殿はガウハル・シャード女王、ルフ王の妃が建てさせたものだった。昔の戦争にも耐えてきた宮殿とモスク。今まで。

ロシア学校で、ファウズィー先生はヘラートについて語り、シリン・ゴルはいつかそこへ旅行しようと思ったものだった。

いつか。

あの頃。まだ、別れて来たので捜さなければならぬ娘がいなかった頃。

あの頃。

ヘラート、大きな勢力のある王国の首都だった町。ティムール朝の町、足の不自由な王様、芸術の王、大きな図書館のあった町。細密画の学校の町。大ティムールの四番目の息子、シャー・ルフ。この王の権力はイランやトルキスタンまで及んだ。ヘラート、青いガラスの町。あの湖のように青いガラス。シリン・ゴルが娘時代に、そこから水を飲んだ湖のように。あの水は喉を冷たく通って行ったっけ。

そのようなたくさんのこと。そしてそれ以上の町、ヘラート。

ロシア人の装甲車が侵入して来た日々に二万四千人もの人々が亡くなった町、ヘラート。

今はタリバンの町、ヘラート。長いシャルバ・カミズのタリバン。タリバンの厳しい規則はすべてを女たちに禁止した。一人で表に出てはいけない。大学へ行ってはいけない。学識経験者の町、物事を決定する女王の町だったヘラート。詩人と歌人の町だったヘラート。歌と踊りの町だった。

むかし。

今は、女の子たちはもし行くとしてもこっそりとしか学校に行けない町、ヘラート。

傾いた大きな塔の町、ヘラート。ロシア人の爆弾やムジャヘディンのロケットからも生き延びた町。

そしてアメリカの爆弾は？　それからも生き延びられるだろうか？

ヘラート、斬新な町。学者と賢者の故郷だったところ。今は、アフガニスタンが見たこともなかった時代錯誤の圧制者が支配している。タリバンが。

哀れなヘラート。

哀れなシリン・ゴル。娘を捜して通りの端に座り込み、どこへヌル・アフタブを捜しに行けばよいのかわからない。

シリン・ゴルの後ろにある家には、二階に親切な食堂の主人が住んでいた。シリン・ゴルを見て、禁止されていることをした。生意気なナビを呼んで「お母さんに言いなさい、上へ上がっておいでって。」と言ったのだ。

親切な食堂の主人は神様のお気に入りたく思って、シリン・ゴルとその子供たちに食事をおごってくれると言う。一人前の大きな食事、四人前の小さな食事。一つの善行。

「これは抵抗ですね。」とシリン・ゴルは言うと、顔からブカラをはずした。

「それは抵抗だよ。」と親切な食堂の主人が言った。

シリン・ゴルとナファスとナビとナビッドとナッシムは、板の長いすにすわり、食べた。八人の男たちがほかの板の長いすに座り、シリン・ゴルが口に突っ込んで噛む動きをみな見ていた。意地悪そうでも優しそうでもなかった。あからさまに。包み隠さず。もの欲しそうに。腹ペコらしく。

八人は見る権利があった。男たちだったから。シリン・ゴルは禁止された男の領域にあえて入ったのだった。一人で。保護もなく。オピウム・モラッドなしで。

「あれが、スィア・サーが、ああやってここをうろうろしていたら、目立つだろうな。」と一人が言った。裸の女。裸のシリン・ゴル。

「あれに、米をたべろって言えよ。」と別の男が叫んだ。「力を与えてくれるから、あれに言ってくれ、肉が良いって。エネルギーをくれるぞ。」ともう一人が叫んだ。

ヘラートはこの国の他の場所と同じだった。女が一人で、夫の保護なしでいるのは危険だった。あんな連中は叫べばいいいと、シリン・ゴルは思った。私が食べ物を口の中に押し込むのを見ていればいい。シリン・ゴルとナファスとナビとナビッドとナッシムは、たくさん自分の中に押し入れてお腹が一杯になり、窮屈になり、息も出来ないほどになった。お腹は飯、肉、野菜、お茶、砂糖、パンで満たされた。

一羽の鳥がかごの中にいて、さえずっていた。それは美しくもなく、汚くもなかった。鳥はただ啼いていた。

「鳥かごから出たいんだよ。」とナビが言った。

「どこへ行きたいのかな。」と親切な食堂の主人が尋ねた。

ナビはただ肩をすくめた。

一人の男の子が手を洗うための皿を持って来て、シリン・ゴルの前に置いて、その裸の足に間違って触ってしまった。

ふれればいいさとシリン・ゴルは思って、手を洗った。

床まで続く長い窓のそばにシリン・ゴルは座っていた。その窓から、下の通りの店々を男たちが開けるのが見えた。男たちはお祈りをした。食事をすませた。手を洗った。男たちは女たちのそばや、その中や、その上に横たわった。皆は手を洗い、足を洗い、腕を洗った。耳の後をぬらした。水、水、私を洗ってくれ。私の罪から清めておくれ。祈り、忘れる。良いことをする。

シリン・ゴルはお茶をすすり、男たちの集まりを見た。抵抗だ。

「もうすぐ外出禁止の時間になるよ。」と親切な食堂の主人が言った。「今夜はどこで過ごすんだい？」

八人の男たちは首を動かした。

「あの裸の女は何と答えるだろう、ご飯と肉と善行を腹一杯詰めた女は？」

鳥がさえずった。大きく小さく。静かだったり、うるさかったり。

「鳥は出たいんだよ。」とナビは言うと、肩をすくめた。

「町の中は危険だ。」と親切な食堂の主人は言った。

「二、三日前の夜、一人のタリバンが一軒の家に押し入った。そしてイギリス人の女に乱暴した。援助組織で働いている外国女だ。こんなことは私たちの国では、今まで起こったことがない。外国女が暴力を受けるなんて。」

シリン・ゴルはお茶を飲んでいた。

「鳥は出たいんだ。」とナビが言った。

強姦者タリブ。強姦されたイギリス女。

「私はあんた方を妹の所に連れて行ってあげよう。」と親切な食堂の主人は言った。

「そこだったら、あんた方は安全だよ。」

「そこだったら、私たち安全でしょう。」とシリン・ゴル は言った。

親切な食堂の主人は「善行のためだから何も要らぬ。」と言った。「ただ良いことをしたかっただけだ。悪い時代には、良い人間はさらに良いことをしなくてはならないよ。そうしないと公正さと言うものが消滅してしまうからね。」

親切な食堂の主人はヘラート生まれだった。一生をここで過ごしている。ただ大学の勉強にだけ、カブールに行った。

「私は法学を学んだ。」と彼は言った。「ザーヒル王が権力を持っていた一三四九年(イスラム太陽暦)から始めて、ダーウードが権力を得た一三五四年で終わった。それから私は兵役につかねばならなくなった。私は歩兵だった。いつも歩いていかねばならなかった。」

法学生の歩兵が歩いていた。法学生の歩兵は勲章を貰った。

「私はロシア学校に行きました。」とシリン・ゴルは言った。「私も賞状を貰ったわ。他の子供たちが拍手しました。」

「私は財務省で働き、計画とプログラム作りの担当だった。関税の部門でも働き、それから検察庁で、まずカブールにいて、それからヘラートに来たんだ。」

「私はロシア学校で読み書きを学びました。」とシリン・ゴルは言った。

「何も知らぬと、自分よりよく理解しているだろうと予想される人間の言うことを信じてしまうね。」と親切な食堂の主人は言った。「自分でものを読める人間は、自分自身の判断をすることが出来るし、他の連中が話すことを信じる必要はないもんだ。」

「私は女医になりたかったんです。」とシリン・ゴルは言った。

「あんたのような女は少ない。」と親切な食堂の主人は言った。「あんたのご主人はどこだい？」

「最初は主人は共にいました。けれども今は、私は自分と子供たちを一人で抱えています。」

「私は妻を子供の時から知ってるよ。」と親切の代償を何も取ろうとしない、親切な食堂の主人が言った。

「私は子供を捜しているんです。」とシリン・ゴルは言った。

「私の娘、ヌル・アフタブです。タリブの妻として与え、その引き換えのお金で私たちはイランに逃げることができたのですが、娘はここに置いたままだったのです。」

親切な食堂の主人は何も言わず、ただうなずいた。

「鳥は出たいんだよ。」

「それで今私は、娘がまだ生きていますようにと神様に祈るばかりです。」とシリン・ゴルは言うと、泣かないでいるために微笑んだ。

「私たちは幸運なんだよ。」と親切な食堂の主人が言った。「今アフガニスタンでは、まだ生きている者は幸運なんだ。」

「幸運ですか。」とシリン・ゴルは言うと、微笑んだ。

「鳥も幸運だ。」とナビが言った。

「私は一度も戦わなかった。」と親切な食堂の主人が言った。「戦争は解決にならない。」

「あなたのような男の人はあまりいません。」とシリン・ゴルは言った。

「私たちの国のようなところでは、戦わぬ男たちはあまり尊敬されない。」と親切な食堂の主人は言った。「多くの連中が私のことを、だから、本当の男だと思っていないよ。アフガン人の誰とも同じように、私はロシア人に反対で、タラキー大統領に反対で、その政府にも反対だった。なぜかというと、タラキーは共産党に協力したからだ。私はその政府を支持したパキスタンにも反対で、その政府を支持したアメリカ人にも反対で、タリバンにも反対だ。だがな、戦争？　それは解決にならないよ。」

「私の父は山で戦いました。」とシリン・ゴルは言った。「今、父は家の隅に座って、私の一番幼い娘のように人の助けを必要としています。私の兄は地雷を踏み、足を失いました。足と手と、腕に抱っこしていた子供を失いました。私のもう一人の兄はシャヒードです。それで、私たちは兄を埋めました。他の兄たちや姉たちが生きているかどうか、私にはわかりません。」

「もし私があの連中に会ったとしたら、」と親切な食堂の主人は言った。「ムジャヘディンの頭に聞いてみたいよ。なぜあの連中はロシア人がいなくなった後も戦い続けたのかって。なぜカブールを瓦礫の山にしたのか。なぜ女たちに乱暴したのか、自分の宗教上の兄弟の女たちに。みなムジャヘディンにすべてを、何もかも渡したんだ、パンも命もだよ。私は彼らに尋ねたい、一体アフガン人なのかって。一体この国は祖国ではないのかって。そして言うよ、私はあの連中を手伝った日のことを毎日後悔し、残念に思ってるって。そして尋ねるよ、一体あの連中が何の権利があって、まだ権力を握っているのか？　そして私は言いたい、タリバンはただ一つの原因で権力を握ったのだ。つまり、ムジャヘディンが戦い続けたからだよ。それが原因なんだ。」

シリン・ゴルは笑った。

「私たちの国の旗は色を失いましたね。今それは真っ白です。それ以前は赤と白と黒でした。そしてその前は赤でした」

親切な食堂の主人は微笑み、言った。

「赤、白、黒か。私たちは、死者のまかれた布を、泥棒ケフィン・ケッシュに盗まれた死者のようだな。」と親切な食堂の主人が言った。

ケフィン・ケッシュは夜、お墓に忍び込み、さっき埋められたばかりの死者を掘り起こし、身体にまかれた布をはずし、それをまた市場で売っていた。

いつしか死者は、もう一度掘り起こされて布をはずされるために巻かれて埋められることにうんざりした。死者たちは死んで冷たく裸でお墓の中に横たわっていたので、死者の神様を頼ってお願いした。この恥知らずのケフィン・ケッシュから解放してくれと。神様は公正であられるので、死者たちの願いを聞いてその権利を認め、ずるい布の泥棒を追いやった。

死者たちは幸福で安心したが、この静けさは一時的なものだった。ケフィン・ケッシュの見習いが新しいケフィン・ケッシュになったのだ。こいつはすぐその親分と同じことをしただけでなく、もっと悪い癖を行った。死者の布をはぎとると、こいつは死者の身体を汚し、裸の死体で自分の汚らしい欲望を満足させたのだ。

こんなことは死者は考えに入れていなかった。それで、死者たちは前の決定を後悔し、神様に、前のケフィン・ケッシュを返してくれとお願いした。

「アフガニスタンはこれと同じだ。」と親切な食堂の主人が言った。「アメリカ人やイギリス人やロシア人は、なるほど、私たちの国で好きなように振舞った。私たちのオイルやウラン、私たちの黄金、オピウムのためだ。自分が得するような契約をアフガニスタンと結んで、私たちを利用したんだ。そして彼らは将来も、欲しいものが何であろうと奪い続けるだろう。私たちはずっと西側の干渉に悩まされたし、将来もそうだろう。しかしアメリカとその同盟国とその友好国が私たちと何をしようと、彼らが育て私たちのところへ送った傀儡のタリバンよりはまだましだった。奴らは私たちのウランを盗むだけでなく、オピウムの儲けを自分の懐に入れるだけでなく、すべてを破壊してしまった。私たちの千年来の古い文化と伝統を破壊したんだ。奴らは私たちの名誉を汚し、私たちを侮辱したんだ。」

親切な食堂の主人は笑い、言った。

「そして、奴らは私を殺すだろう。なぜかと言うと、私が禁止されているのに、布で包み隠さぬ女性とここに座って、はっきり物を喋っているから。」

「私には夢があります。」とシリン・ゴルは言った。「夢を見たのです。二十年以上私たちの国に落ち続けた爆弾は爆弾ではなく、本だったのです。夢を見たのです。私たちの足の下に埋められている地雷は地雷ではなく、小麦と綿の木だったのですよ。」

「素敵な夢だね。」と親切な食堂の主人は言った。

四日間、シリン・ゴルはあちこちを尋ね歩いた。誰にでも尋ねた。誰もヌル・アフタブ、シリン・ゴルとオピウム・モラッドの娘を知らなかった。

誰一人、ヌル・アフタブが最初の夫が殺された後に無理に結婚させられた二番目の夫である、これこれという名前のタリブのことをしらなかった。誰一人、シリン・ゴルの前に黄緑色のものを吐いてそれが残っていた、あのタリブを知らなかった。

誰一人、彼女のことを知らなかった。誰一人、彼を見たことがなかった。

タリバンがシリン・ゴルに気づく前に、タリバンが彼女を痛めつける前に、お金が尽きてしまう前に、親切な食堂の主人の妹の負担になり始める前に、シリン・ゴルは出発した。

「どこへ?」

「そこはどんな違いがあるの?」

「何もないよ。」

シリン・ゴルとその子供たちがどこへ行こうと、何も違いはなかった。

親切な食堂の主人がシリン・ゴルに贈ったお金は、カンダハルへ行くのに十分だった。

それならカンダハルへ行こう。ザクロの町。赤くて噛み心地の良いザクロ。愛の果物。千一もの歯ざわりの良い粒。すべてが同じ大きさだ。どれも唯一のものだ。甘酸っぱい。シリン・ゴルは何年も前の、赤くて水々しい、歯の間の実の数々を思い出した。甘酸っぱい。緑と黄色と赤とオレンジの花嫁衣裳を着たヌル・アフタブが愛の果実を食べ、その汁が唇を赤く染めた。血のように口の端から流れ、スカートに垂れた。娘の口の赤と、シリン・ゴルはあの時思った。

カンダハル。アケメネス朝の王、ダレイオスはアレキサンダー大王から滅ぼされた。ササン朝ペルシャ人、アラブ人、他のペルシャの王、トルコ人、モンゴルのジンギス・カン、ティムール朝、イギリス人、ロシア人、アメリカ人、ケフィン・ケッシュ、タリバン、黄緑のものを吐く男たち、オマルという片目のムラー、有名で病気のオサマ・ビン・ラディン、皆がここにいたし、まだここにいるのだ。

ヌル・アフタブはいなかった。

誰も彼女を知らなかったし、見た者もいなかった。

第16章 シモルグと首都の骨組み

サラム。

「ワ・アレイコモ・サラム、あんたにも平和が訪れますように。」

ヘラートの親切な食堂の主人は、シリン・ゴルに、カブールの弟夫妻の住所をくれた。「カブールにいる私の弟夫妻が、神様の思し召しでもしもまだ生きていたら、あんたを助けてくれるよ。」

「マンデ・ナバシ、あんたはお疲れではないかな。」とヘラートの弟は優しく言うと、アフガン式に、右手を心臓にあて頭を下げた。「破壊された町にようこそ。カブールに。あんた方は私たちのお客だよ。」

「私、娘時代にここに住んでいたんです。」とシリン・ゴルは言った。「私はロシア学校に行ったんです。」

「あんたの娘時代の町から、あまりたくさんのものは残っていないよ。」とヘラートの弟は言った。「カブールは死人と、飢えた人間の町になってしまったよ。」

ヘラートの弟は、まだ王様が支配していた頃のカブールを見たことがあった。その頃は山の上で毎日一度、大砲が発砲されていた。ヘラートの弟は、ロケットや爆弾や地雷で破壊されていない平和なアフガニスタンを知っていた。青く飾られたモスクや建物や家々のあった、オリエントの真珠といわれた町。彼もここで学校へ行き、大学へ行き、後、大学で講義をしていた。ムジャヘディンに対抗して戦争に出るまでのことだ。彼は投降し、ムジャヘディンに合流し、ロシア人を祖国から追い出すための手助けをした。彼は自分の祖国のことを美しい詩のように、子供のように、妻のように、自分の命のようにいとおしいと思っている。

今、彼はタクシーの運転手だ。

ヘラートの弟は、アフガニスタンやカブールの、アスファルトで舗装された並木道の木の葉が踊っていた時代を知っていた。その頃の若いポプラの木は、自分が二十年以内に焚き火用の薪になってしまうなどとは思ってもみなかっただろう。ヘラートの弟はようく覚えていた。透き通った空気が、乗り合い馬車の鐘やら何やらの、ビンビンとかカランカランという幸運をもたらす音に満ちていたこと。木製の輪が鳴るカラッカラッという、やさしく眠気を催させる音や、馬のひずめの音。商売人の叫び声もまだ耳に残っているし、男の子たちの笑い声や歌声もだ。素晴らしく美しい声、祖国を歌う、ガラスのように澄み切って、力強い声、微笑んでいる男の子たちの声。空で踊っていた色とりどりの凧が目に見えるようだ。神様に近づいていたのに。けれど、あれも二十年後にはタリバンの法で禁止されてしまうなんて知らなかったな。自分で作った紙のトラや鳥をとばすのは許可されたけれど。

「遊びは禁止されたんだ。」

「なぜなんですか?」

「そんなこと誰にわかると思う。なぜかというと、タリバンがタリバンだからさ。なぜかというと、奴らが何でも可能なだけ禁止するからだ。それも、預言者の、コーランの、イスラムの名においてだ。女の子と女たちは、往来に出ることや学校へ行くことを禁止されてしまった。女たちは大学で勉強もできなければ、働くこともできない。男の子たちは帽子をかぶらねばならず、髪をそり、サッカーをやってはいけない。バ・ハムン・ド・アラー、唯一の神、偉大な方に感謝せよ。男たちはひげを伸ばさなければならず、西側式の上着とかズボンは着られず、頭に何かかぶらなければ外へ出られないんだよ。」

ヘラートの弟は語りながら、シリン・ゴルと、古いキーキーいうタクシーに乗って、でこぼこした穴だらけの道に沿って進んでいた。バスや車や装甲車の残骸の横を通り、乞食をする手を伸ばした人々の横を通り、どこかからどこでもないところへ歩く女たちと子供たちの横を通り、爆弾でできた穴や鉄くずの山や崩れた家や地雷で壊された跡の横を通った。ヘラットの弟は語った。

「ここが、失われてしまった昔のままだった時は、この村からカブールまで四時間から五時間で行けたが、今は十三時間以上もかかるよ。カブールは花と喜びでいっぱいだったんだよ。」と彼は声に涙をつまらせて言った。

「知ってるわ。」とシリン・ゴルは言うと、ベールの頭をあっちへ向け、黙り、車の窓から外を見た。「今は、石と粘土でできていた家々の骨組みと残骸だけが空に向かって首を伸ばして、なぜ神様がすべてを起こらせたのかという、答が返って来ない質問をしているところには、昔は、青や緑のモザイクで飾られた、アーチやアーケードや煉瓦の家々などの古い華麗な建物が建っていたんだ。市場は飢えやぼろの臭いはせず、戦争の傷とか下痢をした子供の臭いとか、心配とか、おしっことかの臭いはしなかった。腐った肉とか、放ってあるままの藻が浮かんだ水の臭いはしなかった。シナモンやショウズク、サフラン、バラの化粧水の香りがした。色とりどりの絨毯屋からは、音楽と歌が通りに流れてきた。夜になると晴れた空に無数の星があらわれて、嘘のような豪華さで、この街を千一夜物語の話のように作り変えたもんだったよ。」

それはシエラザードが、その黒檀の色をした妖精のような身体を王様の足元に横たえた夜のようだった。毎晩若い娘を妻にして、一晩の愛の夜のあと殺すという悪い習慣を持っていた情け容赦ない王様の足元だ。シエラザードは低くハミングし、短いメロディを歌い、沈黙し、王様の忍耐がなくなるところまで待っていた。その残酷な男はこれまでの愛人を、第一夜のあと、即、殺させていたが、シエラザードは別だった。なぜならシエラザードは物語を話したからだ。その話の終わりは語らなかった。王様は彼の愛するシエラザードの前にひざまずいて、前の晩の話の続きをするように乞い願い、彼女の命をもう一晩だけ延ばすと神様に誓い、話を終わりまですれば絹や金や宝石を与えると言った。

シエラザードは甘く笑い、勝ち誇り、その美しい頭をかしげ、彼女には見え他の人には誰にも見えない天使と指で遊び、昨晩終わりにしなかったので聞きたくて、王様が彼女の命をもう一日延ばさねばならなかった話を続けた。

千と一夜、同じ遊びだった。新しい話。終わりは語られぬ。

こんにちは、王様、わが支配者。今日、私は一羽の鳥です。鳥の中で最も美しい鳥です。お聞き下さい。この話も私は一度しか話しません。そしてその後はもう何も語りません。この一度だけで、そしてもう二度とはあなた様はお聞きになることはないでしょう。神様、そのお慈悲に始めも終わりもない最善の方、全能者が、私を通じてあなた様にお話しになったことを聞けるのも、これでおしまいでございます。

唯一の方がおられ、他のものはいなくて、神様のほか誰もいない頃、神の鳥たちがおりました。その数は三十羽。ある日のこと、鳥たちは神様の支配なさる素晴らしい地上のどこかに、シモルグと言う名の鳥がいるという噂を聞きました。それは最も美しい鳥で、神様がお造りになった飛ぶもののうち最も賢く、最も知恵があると言うことでした。シモルグの眼差しで、男も女も目が見えなくなってしまうと鳥たちは思っておりました。誰一人その美しさ、優雅さ、やさしさ、その明るい澄き通った声、その甘く愛らしい歌声に惹かれないでいられない者はいませんでした。

鳥たちは自分たちの湖に集まって、その問題を話しあい、探しに行くことにしました。あらゆる鳥の中で最も美しい鳥、シモルグを捜して、名誉を与え敬意を示すためでした。

鳥たちは高い山や他の山々を飛び越え、深い谷や他の谷をいくつも過ぎ、海や他の海をいくつも飛び、砂漠を過ぎ、町々をこえ、国々を通り、鳥たちはあらゆる人間たちを見ました。あらゆる良いことと悪いことを、あらゆる時代を、あらゆる奇跡を、あらゆる詩人を、あらゆる王様たちを、あらゆる者すべて、神様が生命と地上の一部としてお造りになったものを見ました。ただ一つだけ、シモルグ鳥だけは見ませんでした。

最後に鳥たちは、旅行に出発した湖へ戻って来ました。やる気をなくしすっかり疲れていました。力を失い、喉が渇き、鳥たちは自分の湖の水を飲み、そこに鳥たちが長年探し続けて見つからなかったものを見出したのです。

「わが愛人、わが王様」とシエラザードは甘美な声で囁きました。その声で、残酷な男を愛の国へ誘惑したのです。「わが愛人、わが王様。さあ、私たち休みましょう」。

「それで、終わりは？」

「明日ですよ、恋人よ。明日です。私の命のためです。」

「終わりは？」

最後に鳥たちは、旅行に出発した湖に帰って来ました。やる気をなくしすっかり疲れていました。力を失い、喉が渇き、鳥たちは湖の水を飲み、中を覗き込み、鳥たちが長年探し続けて見つからなかったものを見つけたのです。

湖の中に鳥たちはシモルグの姿を見ました。三十羽の美しい鳥の姿。あまり美しいので、男たちも女たちも目が見えなくなってしまう姿。

「シモルグは、」と神様はおっしゃいました。「おまえたちだよ、わが愛する鳥たちよ。おまえたち自身なのだ。なぜなら、おまえたちが何年も捜し続けた者、そのためにおまえたちが全世界を飛びまわった鳥とは、おまえたち以外の何者でもないのだ」。三十羽の鳥。シ・モルグ。

「私たちはシモルグのようになってしまったと、たくさんのアフガン人は言うんだよ。私たちの国は広い世界で最も美しかった。私たちの土地は豊かだった。もっとよくわかっていたら、もっと正しく行動していたら、誰もこの国で飢えに悩むことはなかっただろう。誰にも、乞食にも王様にも、頭の上に屋根があっただろう。私たちの生活は平和だっただろう。落ち着きと一致団結ができただろう。ところが、私たちのうちの多くがもっと美しい土地があるだろうと思ったんだ。もっと美しい土地が。もっと良い生活が。もっと権力が。もっと美しさが。もっと偉大なことがね。」

「シモルグの話はただのお話ではなくなったと、別のアフガン人は言ってる。もし我々がそうできたとしたら、そうすべきだったとしたら、我々はし得ただろう。イギリス人もロシア人も、我々を裏切った我々自身の兄弟も、ムジャヘディンもアメリカ人もオサマ・ビン・ラディンもタリバンも、一日だってこの国を足で踏むことはできなかっただろう。」

「我々の祖国の平和は、カブールの静けさは嘘だよ。」

「この静けさはガラスでできているんだよ。」


「あんた、大砲の山へ行きたいかい？」とヘラートの弟は尋ね、自分で自分の質問に答えた。

「今は大砲は静まっている。そこでは何も見たり聞いたりすることはないよ。」と彼は言った。「昔、ザーヒル・シャー王様の時代は、毎日正午に大砲を放たせた。それによって俺たちの中の信者たちがお祈りのため、モスクへ行くのを思い出させるためだった。それによって仕事をしている連中が休みを取るようにだ。それによって仕事を持たぬ連中に、仕事を見つけなければならないと思い出させるためだった。そしてまた誰もが、王様がいて、その美しい御殿に君臨して、その保護する手をみなの上にかざしていることを思い出すようにだ。今は、俺たちが思い出さなければならなかったり、そうしたりする人も物も何もないから、大砲は静まっているんだ。」

こうしてシリン・ゴルとヘラートの弟は、静まっている大砲の山には行かなかった。二人はずっと、破壊された街を通って行った。そこは、王様と大砲の時代には映画館があり、博物館があり、レストランがあり、公園があり、運河に沿って散歩するおしゃれな女たちと男たちが未来を夢みていたところだった。当時のカブールでは、ロシア人がまだアフガニスタンを占領せず、金持ちは金持ちで、貧乏人は貧乏で、権力者は権力を持ち、弱者は言うなりになっていた。人々はまだ夢を持ち、花が咲き、木々がまだ生きていて、家々には塀と屋根とドアと窓があった。街の十字路の広場には噴水があり、空中に水を噴き出していた頃。店や屋台を色とりどりの光が飾っていた頃。まだ戦争の気配がなく、誰も、次の瞬間には地雷を踏むかもしれないとか、いつ身勝手な法に触れて捕らえられるかもしれないとかいう心配をしなかった頃。あの頃。神様がアフガニスタンの上に守りの手を差し伸べられ、人々がまだ誇りと名誉を持っていた頃。

ヘラートの弟は、道路を陣取っている連中から強盗される心配がないアフガニスタンを知っていた。あらゆる道の角に女たちや子供たちが乞食をしていて心が痛むようなことがない、カブールを知っていた。片手の人々、片足の人々が全くいなかった国を見てきた。彼は、もう二度と帰って来ない、古いアフガニスタンとカブールを知っていた。

それがシリン・ゴルにはうらやましかった。

シリン・ゴルは、この首都に外国の支援団体があり、やもめたちに小麦と油を分けてくれ、子供たちに予防接種をしてくれると聞いた。

子供たち。彼女の子供たち。

そして彼女自身の仕事があるかもしれない。みなは言った。

「カブールには学校があり、女の子のためのもあるらしい。秘密だがあるという。ひょっとしたらシリン・ゴルは女教師になれるかもしれない。ひょっとしたらやもめのための絨毯所で、絨毯が作れるかもしれない。」

ひょっとしたら、ひょっとしたら。

「母さんはやもめじゃないじゃない。」と娘のナファスが言った。

「おまえの父さんはいないじゃないの。」とシリン・ゴルは言った。「どこに違いがあるのかい？」

「違いはあるよ。」

「ここにいない父さんなんて何の役に立つの？」とシリン・ゴルは尋ねた。「妻をほったらかすような旦那は何の役に立つの？　何を私がすればいいの？　一人ずつ死んでいくのを見ていろって言うのかい？」

死。飢えで死ぬ。飢え死に。

「いいえ。」とナファスは言った。「私、生きていたい。」

「そうだろう。」とシリン・ゴルは言った。「モラッドは死んでしまったと言いましょう。」

モラッドは死んだ。死んだモラッド。

「死んだか生きているか、どんな違いがあるの？」

「全然ないよ。少しもないよ。」

「わかった。」とナファスは言った。「それじゃあ、私の父さんは亡くなったと言うわ。」

「よろしい。」とシリン・ゴルは言った。

シリン・ゴルは心配だった。カブールは怖かった。破壊された街が怖かった。タンハイ、一人ぼっちが怖かった。父親がいない四人の子供たちが心配だった。泥棒が怖く、男たちが怖かった。タリバンが怖かった。地雷が怖かった。家々の骸骨が怖かった。

運河はわかった。ロシア学校への道はもう見つからなかった。市場通りはわかった。ここでモラッドは石の上にハンカチを広げたのだった。ここでモラッドは言ったのだ、シリン・ゴルと結婚すると。ここで彼女は言った、それは何も違いがないと。モラッドと二人で住んだ家はもう見つからなかった。爆弾に食われていた。

顔のない女たちがシリン・ゴルのそばを通って行った。シリン・ゴルも顔がなく、他の女たちのそばを通り過ぎた。みな、ほかの女たちのことを見ていなかった。人間として見ていなかった。

一つの布が彼女のそばを通り、また二つが通った。ひとつの布が彼女に声をかけ、お金かパンを乞うた。「仕事がないか。」と尋ねた。時々、シリン・ゴルは声を聞いて、この声は知っていると思った。一度、布がシリン・ゴルの腕をとらえて脇に連れて行き、挨拶し、抱擁し、キスした。それからその布は人違いと気がついた。布は、いなくなった妹を見つけたと思ったのだった。

シリン・ゴルの足元に、小さな男の子が埃にまみれていた。腰にまいた灰色でごみにまみれたぼろのほかは、裸だった。体全体が埃とごみにまみれていたので、その子供は道の砂や瓦礫からほとんど区別できないほどだった。子供には骨と皮だけの一本の足しかなく、それもあまりに痛めつけられすぎて、助けになるより邪魔になっているように見えた。

足がない側の腕も彼は失っていた。もう一つの腕はただの幹のようだった。子供は傷ついた幹を動かし、気持ちを集中させ、残っている身体の一部を後から引きずった。

シリン・ゴルはその骨と皮とぼろとごみから子供の姿を見出すのに苦労した。離れればやっと人間のように見えたが、近くでは大きな昆虫のようだった。半分つぶれたが生きている大きな昆虫だった。半分死んで、半分生きて横たわり、びっこを引いていた。そして誰も慈悲をかけてやらず、その半分の命を解放してやらなかった。

シリン・ゴルは子供の目に集中した。それは大変に美しい、黒い、やさしく笑う眼で、シリン・ゴルという布にちゃんと微笑みをくれた。世界で一番美しい、子供の笑い。

シリン・ゴルはパンを買い、しゃがみ、顔の前の布をひっくり返し、小さなパンのかけらをちぎり、その昆虫の子供に食べさせた。

昆虫の子供は、ごみをあさっている時におもちゃの地雷を見つけた。子供たちのために作られた地雷だ。だが、おもちゃのように見えるが本物の地雷だ。昆虫の子供は缶を見た。それはとても美しかった。ぴかぴか光り、反射した。

とても光りキラキラしているので、子供はそれをどうしても開けて、中に何が入っているか見たくなった。爆発の大きさはそれほどでもなかったが、それは彼の両手、腕、唇をちぎり取った。そして彼を空中へ飛ばした。まるで飛んでいるようだった。それから子供が地面に落ちた時、もう一度爆発が起きて、その後のことは覚えていない。みなが後で話していたのでは、子供は二個目の地雷の上に落ちたらしい。

男たちは、昆虫の男の子の横にしゃがんでいるシリン・ゴルのそばを通り過ぎ、二人を同情しながら見た。ベールの女たちは立ち止まり、頭を振り、また行ってしまった。他の布たちは囁きながら、シリン・ゴルの腕や頭や頬に触った。一人の布がシリン・ゴルに話しかけた。

「お腹がすいた。パンが欲しい。仕事がないか。」

他の布は手をシリン・ゴルの背中にあて、シリン・ゴルを自分の方へ引っ張り上げ、シリン・ゴルの目の涙を拭き、言った。

「弱みを見せちゃだめよ。弱いように見えるのだけを、みな望んでるのよ。他のみなが強いと感じられるように、私たちは弱みを見せるべきだっていうのよ。」

その布はシリン・ゴルを抱きしめ、自分の身体に押しつけた。それは力強い抱擁だった。その布はシリン・ゴルの身体の震えを弱めてくれた。

シリン・ゴルは昆虫の子供の方へしゃがみ、その半分の頬にキスし、頭をなで、お金を与えた。

「おばさんは、僕が今までで見た中で一番美しい人だ。」と昆虫の子供は言った。

シリン・ゴルは笑って言った。「おまえは私が今まで見たうちで一番美しい目をしているよ。」

昆虫の子供は恥ずかしがって目を伏せ、言った。「僕もおばさんに贈り物をしたいよ。僕、おばさんにお話をしてあげる。」

昆虫の子供はシリン・ゴルの布なしの顔を見て、話した。

「一人の女の子が泉に落っこちた。一人の男の子が通りかかって、女の子を見て、泉に飛び込んで助けた。女の子はお礼を言って、尋ねた。なぜそうしたの？　男の子は言った。なぜかというと、君が死んで行くのをただ見ていたとしたら、僕の命には価値がなかっただろうからだ。なぜかというと、君と僕は何も違わないからだよ。なぜかというと、僕たちが神様に造られたものだからだよ。なぜかというと、僕たちのうちの誰かが死んだら、僕たちの一部が死んでゆくことだからだよ。」

「それは良いお話だわ。」とシリン・ゴルは言った。「おまえは本当の語り部なのね。」

「そうなんだ。」と昆虫の男の子は言って、笑った。世界で一番美しい子供の笑顔。

「僕はこうやってお金を稼いでいるんだ。」

「神様がおまえをお守り下さいますように、小さな語り部さん。」

「おばさんの名前は何？」

「シリン・ゴルだよ。」

「僕、おばさんのこと、決して忘れないよ。シリン・ゴル。」と昆虫の子供は言って、傷ついた幹を動かし、残っている身体と幹を引きずり、たくさんの布と足の間を通って、市場の方へ消え去った。そして、誰も慈悲を与えて、その半分の命から彼を解放してやらなかった。

シリン・ゴルは頭からつま先までベールで包み、娘時代の町の通りを歩いた。その時代の物があまりたくさん残っていない町。死者と飢える人々と臭い人々と昆虫の子供の町、カブール。

地面には髪の毛が落ちていた。男の髪。タリバンが男の頭をおおっぴらに剃ったのだ。

町灯にはカセットテープの中身が引っかけてあった。音楽は禁止されていた。

一本の木に死者が引っかかっていた。ある人は首を吊っていた。タリバンがそこで首を吊らせたのだ、見せしめのために。半分死んでいる者たちの見せしめの死者。

街角で、女たちがのらりくらりしていた。飢えている匂いがした。うようよしていた。乞食をしていた。カブール、四万人のやもめの町。シリン・ゴルはやもめではなかった。シリン・ゴルにはモラッドがいた。オピウム・モラッドだ。

瓦礫の中を子供たちが肩に小さな袋を背負って、燃えるものや食べられるものを捜していた。シリン・

ゴルは自分の足を見た。子供たちの一人が地雷を踏むところを見たくなかった。カブール、腹をすかせた地雷の町。五万人の腹をすかせた子供たちの一人を吹き飛ばし、裂き、砕こうと地雷が狙っている町。

シリン・ゴルは娘時代の町の通りを歩いた。臭い運河を通り過ぎた。疲労困憊した人たちを通り過ぎた。飢えている人たち、半分死人のそばを通り過ぎた。

スタジアムを通り過ぎた。

まず、タリバンはサッカーを禁止した。競技する代わりに男たちは金曜日にはお祈りのためにスタジアムへ行かなければならず、自称支配者の話を聞かねばならなかった。そして、見なければならなかった。見せしめだ。手首を切ること。石を投げること。頭を殴ること。足を切断すること。預言者の、コーランの、イスラムの名において。

男たちは行かなかった。それでタリバンは、男たちがスタジアムへ行くように、サッカーを許可した。今はサッカーを見ることは義務だ。拍手をしてはいけない。アラー・オ・アクバーとラ・エラハ・エル・アラーは義務だ。最初と最後にお祈りするのは義務だ。サッカーのハーフタイムは拍手なしで、アラー・オ・アクバーとラ・エラハ・エル・アラーを唱え、タリバンは足を切った。手を切った。女たちを射殺した。男たちを。娘たちを。男の子たちを。石を投げた、人間に。人間に石を投げる。崩れた頭。頭が崩れて、頭の血が執行者のシャツに返って来る。

今日はアイシャの番だ。美しい小さなアイシャ。

二人のタリブが布の女をロバに乗せてくる。なぜかというと、アイシャはもう歩けないのだ。アイシャ。

まるで、布の下に何も誰もいないようだ。崩れたアイシャ。

「売春婦アイシャは骨をなくしてしまった。」と今日執行者の役をするタリブが言い、笑い、痰を吐いた。黄緑のもの。

「神様がおまえをお守り下さいますように。」と、その娘が身体から生まれ出た時に母親は言い、娘を護るため、預言者の名をつけた。長い命のため。健康な人生のため。自由な生活のため。サラルホ・アレイエ・ワ・アアレヒ・サラム。

アイシャ。預言者の十四人以上の妻の中の二人目の女。サラルホ・アレイヘ・ワ・アアレヒ・ワ・サラム。アイシャは六歳だった。預言者がその後援者で友人のアブ・バクルのところに行った時、その娘のアイシャを見て男心が揺さぶられた。預言者の男の欲望。アブ・バクルはそれがわかって、預言者に「娘が適齢になったら、妻としてあげよう。」と言った。アイシャの性的充実。三年後アイシャは九歳になり、その時、預言者はアイシャをメディナで妻にした。

アイシャは九歳だった。九年の小さな子供の年齢。

預言者は五十歳だった。五十年の偉大な預言者の年齢。

母親たちは娘に好んでアイシャと言う名前をつける。そうすることによって預言者が妻を思い出して、娘を護ってくれるように。売春婦アイシャはロバの上にいて、目の前のネットを通して男たちを見た。ネットの男たち。

骨を失った、飢えた売春婦はネットの男たちを見た。

アイシャは震えを止められなかった。アイシャは口の中に死の味を感じた。舌が乾いて口にくっついた。喉から、鉛のような重い匂いがして、気持ちが悪くなった。彼女のお腹は空いた洞穴だった。子供はいなくなってしまった。布が、冷や汗で皮膚にくっついた。息を吸う時、口の中に入って来た。頭の中ではアイシャには、自分の心臓のどきどきする鼓動と、昨日、身体から取り上げられた子供の、最初の泣き声が聞こえていた。

「私の赤ちゃんはどこ?」とアイシャは思った。

「なぜ神様は私に授けられたのでしょう?」とアイシャは思った。

「神様はご覧になってるの?」と思った。

「神様はどこ?」とアイシャは思った。唯一の方。千もの名前の方。

「この女は神の法を破った。」とスタジアムの真ん中で、そのタリブは怒鳴った。「この女は罪を犯した。身体を売ったのだ。我々と我々の預言者に恥をかかせた。タリバンは慈悲がある。妊娠したアイシャが子供を産むまで死罪を待った。タリバンは公正である。妊娠した女を殺すことはしない。」

アイシャは地面でひざまずいていた、執行人の前に。石を持っている執行人の手を見た。執行人の手は振り上げられた。近くに来た。もっと近くに。

アイシャはベールをはずした。

「私を見て。」とアイシャは囁いた。執行人の目を見つめた。

それは抵抗だった。

石を持った手は空中で止まった。執行人は黄緑のものを吐いた。もう一度、手を振り上げた。打った。石の手がアイシャ——売春婦の頭を殴った。

二度。四度。

大きな音を立てて。

アイシャの頭の血が、娼婦の恥と、彼女の祖国の土の上の、執行人が出した黄緑のものを洗った。

恥を洗った。黄緑のものを洗った。

アラー・オ・アクバーとラ・エラハ・エル・アラーが義務だった。

サッカーの選手たちが競技場へ戻って来た。

まずこのゲーム、それから次のゲームだ。

見物人は頭を下げていた。みなはこのゲームもあのゲームも見たがらなかった。

サッカーの選手たちは地面に横たわった。地雷で怪我をした膝や腕。傷ついた心は見せなかった。その恥と吐き気も見せなかった。

もしそうしたら、抵抗だったろう。

選手たちはアイシャの頭の血があるまわりを回避した。犠牲者の血だ。頭の血。聖なる地。血を吸った土地。血の土地。

タリバンは棒を振り回しながら、競技場の端に立っていた。続けろ。預言者の名において。

アラー・オ・アクバー。

タリバンは見物人の中でも棒を持って立っていた。

「ここにいろ。頭を上げろ。見ろ。」

アラー・オ・アクバー。アラー・オ・アクバー。アラー・オ・アクバー。

皆そこにいた。ただ一人だけそこにいなかった。一つだけの存在。唯一のもの。千もの名前を持つ存在。

シリン・ゴルは娘時代の町の通りを歩いた。

死者は昔のケフィン・ケッシュを取り戻したがった。

シモルグは湖の中を見た。シモルグは映った姿を見た。

それは抵抗だった。

絵姿はタリバン・アフガン人には禁止された。

「なぜ？」

「誰にわかるものか。」

「タリバンがタリバンだからだよ。」

アラブ人が町を占領した。すべてを真っ白に塗らせた。すべての表面を。すべての塀を。すべての小屋を、店を、建物を。平和の白。純粋な白。罪のない白。

アラブ人のタリブが小さな男の子を、輝くピカピカのジープに引き入れた。子供は泣き叫び、抵抗し、ばたばたどたどた動き、泣いた。

シリン・ゴルは叫んだ。

「その子をどうするつもりなんです？」

アラブ人は一歩動いて、自分の性器をもてあそんだ。泡を飛ばし、笑い、去った。

シリン・ゴルは立ち止ったままだった。

その男の子は、水色の傷のついた門のむこうの芥子の村から来て、タリバンのところに住んでいた。

サルバーと同じぐらい小さいというか、大きかった。サルバーは、タリバンが自分に優しく、食べ物を貰えるからと言って、タリバンのために何でもしていた。通りにいた、車に乗せられて行った小さな男の子。食べ物を貰った小さな男の子。こんな子供たちは、子供でなくなった時どうなるのだろうと、シリン・ゴルは思った。


「チェ・ハル・ダリ、お元気ですか？」

「タシャク・コル、ありがとう。」

二人の女たち、二人の女友達、二人の姉妹が抱き合った。黙って。

シリン・ゴルはアザディーネを見つけたのだ。

アザディーネは女たちを診察していた。表向きは病院で。こっそり家でも。

こっそりと。

アザディーネの家には女たちがたくさんいた。他の女医たち。農婦。女生物学者。女教師。女エンジニア。看護婦。字が読める女たち。読めない女たち。秘密の女たち。その女たちはこっそりとアザディーネの家に集まっていた。集会はタリバンの法では禁じられていた。女たちはそれでもそうしていた。それは抵抗だった。

女たちはお互いに助けあって、仕事を探していた。お金を稼ぐこと。女たちと子供たちが住める場所を探したり、子供たちと共に一生流浪している他の女たちを助けた。それは抵抗だった。

「あの連中は私たちからすべてをうばったわ。」と生物学者が言った。「すべてよ。私たちが支配者からやっと勝ち得たささやかな権利をよ。私たちの仕事を奪い、子供たちを奪い、夫たちを奪い、父親、母親、家、畑、祖国、私たちの名誉、誇りを奪ったのよ。それどころか夢まで奪ったわ。でも、私たちはあの連中に奪われないものを持っているのよ。」

「私には何も残っていないわ。」とシリン・ゴルが言った。「全然何にもよ。私はもう奪われるものなんか、何も持っていないのよ。ただ、私の命と子供たちの命だけよ。」

「希望はあるわよ。」と生物学者は言った。「私たちの希望を奪うことはできないわ。」

「できない？」とシリン・ゴルは尋ねた。

「連中にはできないわ。」と生物学者は言った。「私たちが一緒にやっている限りね。私たちがお互いに、そして他の女たちも助けあっている限りね。私たちが呼吸し生きている限りよ。」

「私、知らなかったわ。あんた方のような女たちがこの国にいるなんて。」とシリン・ゴルは言った。「あんた方は学校を卒業して、大学で勉強したのね。あんた方はうまく考えられるわ。うまく話せるわ。互いに話し合えるわ。私はこれまでの人生のほとんど、一人ぼっちだったのよ」。

アザディーネはシリン・ゴルを抱いて、笑って、言った。「待って、自分でわかるようになるわ。私たちはみな一緒なのよ。私たちは喜びも悲しみも分け合うのよ。今はあんたも一人ぼっちじゃないのよ。」

「一人でいることは、アフガニスタンの娘や女にとって大きな敵なのよ。」と生物学者が言った。そしてシリン・ゴルに大きな微笑を贈った。

「今はもうあんたも一人ぼっちじゃないわ。どの国で生きていようが、どんな言葉を話そうが、どんな宗教を信じようが、女たちは一緒に団結しなくてはいけないのよ。そして、男たちが広める無理なことと抑圧に抵抗しなくては。」と教師が言った。

「でも、私たちが男たちを今あるようにしたのよ。」と看護婦が言った。「結局、私たち女が男になる息子を育てているのよ。」

「私たちは男たちの抑圧の下にいて、男たちが怖いのよ。」と字の読めない女が言った。

「それは変わるわよ。」と生物学者が言った。そして誇り高く頭を上げた。「そうよ、私確信してるわ。私たちがこの活動で成功するってね。私たち三年前に始めたのよ。今五百人の女たちが仕事を手に入れたわ。それはまだ十分ではないけど、始まりではあるわ。」

「私たちがどこに住んでいようと、どんなふうに生きていようと、どんなにそれが大変でも、私たちは戦わなくてはいけないわ。」とアザディーネが言った。

「それは抵抗だね。」とシリン・ゴルが言った。

「それは抵抗よ。」とアザディーネが言って、笑った。

「アフガニスタンには、あんた方みたいな女たちは、あまりたくさんいないよ。」とシリン・ゴルが言った。

「増えてきたわよ。」とアザディーネが言って、笑った。そして他の女たちも笑った。目に涙を浮かべるまで。喜びの涙。悲しみの喜び。


この午後には、シリン・ゴルとアザディーネはまだ、もう少し後になって祖国で何が起こるか、全く知らなかった。女医たち、農婦たち、女生物学者、女教師、女のエンジニア、看護婦たち、字が読める女たち、そして読めない女たち、このアザディーネの家に集まった女たちはまだ、一年以内にアメリカ人とヨーロッパ人が、タリバンに対抗して彼女たちを助けるために遂にやって来るとは、まったく知らなかったのだ。この午後には女たちは、誰も奪うことのできないより良い未来を、もう何度目になるかわからないが、希望にあふれて信じていた。この午後には彼女たちは、遠いアメリカやヨーロッパにいるたくさんの友たちのことは、まだ何も知らなかった。彼女たちはまだ、テロリズムとの戦いが、ただ爆弾とロケットでしか可能でないとは知らなかったのだ。

女たちはこの午後、再び爆弾が彼女たちに、カブールに、ほかの街に、祖国に投げられることをまだ知らなかった。

この午後、彼女たちは、アメリカ人が解放のために来ることをまだ知らなかった。彼女たちの多くが、その人生で、もう何度になるだろう、すべてをうっちゃって逃げなくてはならないことを、まだ知らなかった。彼女たちはこの午後、そのうちの何人かが、数カ月後に、彼女たちを解放するために来たアメリカ人の爆弾に当たって死んでいるとは、まだわからなかった。

第17章 オピウム・モラッドと孤児院

シリン・ゴルは、なぜモラッドが皆を放っておいたのかとか、彼が今までどこにいたのかとか、聞かなかった。どうやって皆を見つけたのかも聞かなかった。シリン・ゴルはただ、モラッドにお茶を出して「疲れてる?」と尋ねただけだった。それから彼女は、ナファスを新鮮なパンを買いにやった。

モラッドは、まだ毎日オピウムが必要だった。仕事をすることはできなかった。その上、モラッドはドアから外に、足を一歩も出せなかった。なぜなら、一度オピウムの発作が出た時、ひげをそってしまったからで、そのままではタリバンが彼を牢屋へ入れてしまうからだった。

シリン・ゴルはモラッドが帰って来たからといって、幸福でもなければ不幸でもなかった。この間に彼女は、表に出てはいけないとか、頭から足の先までベールをかぶらなければならない毎日に慣れてしまった。タリバンが決めた女性の労働禁止に抵触せずに、四人の子供たちに食べていかせることも覚えた。そして彼女は、オピウム・モラッドが家にいても、やはりやっていけると思った。そうしなくてはならないとしたら、モラッドのオピウムの代金も支払えるだろう。今、どうすれば良いかわからなくても。今まで何とかうまくいったから。

シリン・ゴルはアザディーネとその新しい友達の助けで、掃除婦の仕事を得た。その外国人女性は、アフガニスタンにあるアメリカの援助団体のために働いていて、シリン・ゴルが彼女のために働くのを喜んでいた。なぜなら、シリン・ゴルはその外国人女性にとって唯一のアフガン人との接触だったからだ。

秘密の接触だ。

シリン・ゴルはその外国人女性が好きで、また、仕事がもらえたことだけが有難いのではなく、そのアメリカ人がもたらす勇気が有難かった。なぜなら、タリバンは外国人に、アフガン人の家に入るのを禁止していたし、タリバンの法では、アフガン人が外国人の家に入るのも禁止されていた。女医とか看護婦の例外を除くと、女性が働くことは禁止されていた。

シリン・ゴルは子供たちもその外国人の家に連れて行き、庭の美しい芝生の上に座らせ、子供たちの方を何度も注意していたが、子供たちが花と藪と木々の間で落ち着いていられ、地雷に当たる心配もなく走りまわれるのが嬉しかった。シリン・ゴルは子供たちと自分自身が、毎日ちゃんとしたものを口にできるのが嬉しかった。

シリン・ゴルは、見知らぬ自由な国から来て、生活と幸福のために必要な物を何もかも持っている女性の目を見つめることができて、嬉しかった。


その外国人女性は親切で勤勉で賢い女だった。そして生きることを知っていた。何週間かおきに、彼女は自分のコックと別にもう一人のコックを雇って、王様のためのような食事をこしらえさせ、自分の外国人の友達を招待した。それはみな、カブールの中の他の援助団体で仕事をしている人たちだった。

陽気な庭師と一緒に、シリン・ゴルは絨毯を庭に引きずりだした。絨毯を木々の下に置き、その上にクッションとか小さな座イス様の物を置いた。藪と花の間に、シリン・ゴルはろうそくとお香を立て、火をつけると、素晴らしい香りが漂った。

一晩じゅう食べる物があった。自分の好きな時に、そのご馳走のなかから取って食べてよかった。一晩じゅう色々な飲み物があり、いくつかは臭いが、お客には多分それでも良い味がしたのだろう。一晩じゅう男たちだけでなく女たちもタバコを吸っていた。それにも、いつかしらシリン・ゴルは慣れていった。タバコを吸わない女の方がかわいらしいとは思っていたものの。

初めて見た時、シリン・ゴルはそれについて、どう考えたものかわからなかった。知らぬ女たちと男たちが抱き合ったり、そばに座ったり、頭を一緒にくっつけたり、それどころか一回や二回キスを交わしたりしていたのだ。シリン・ゴルはずっとあらぬ方を見ていた。けれどもどこを見るにつけても、薄着をした女たちが男たちのそばにぴったり座っていて、男は女をまじまじと見つめ、手を握り、優しくしていた。彼女の夫のモラッドですら、シリン・ゴルの手を一度だってあれほど長いこと握っていたことはないし、それを愛撫し、なで、微笑み、じっと優しく目を見つめて軽いキスをしたりはしなかった。この外国人たちの神様は随分やさしくて自由な神様なんだと、シリン・ゴルは思った。人間に、こうしたことすべてをすることを罰せずに許されるとは。

シリン・ゴルは、陽気な庭師と、悲しげな運転手と他のアフガン人がお盆を持って、お客からお客へと歩き、尋ねているのを見ているのが好きだった。

「サヘブ、エクスキューズ・ミー、お魚はいかがですか？」

「サヘブ、エクスキューズ・ミー、鶏肉はいかがですか？」

「サヘブ、エクスキューズ・ミー、もう一杯お飲み物はいかがですか？」

「サヘブ、エクスキューズ・ミー、もう一杯コーク？」

「パキスタンのコークですよ。」

あちらのサヘブ、こちらのサヘブ。ちょうどイギリスの植民地だった頃の旧世紀の旦那方に対するように。

「サヘブ、エクスキューズ・ミー。」

貴族たちは、今はむしろイギリスに留まっておいでだが、新しいサヘブたちは全世界からやって来た。彼らは国連のために働き、赤十字のために働き、あるいは政府管轄でない組織で働いていた。彼らは若く、ほとんどお金を持たず、秘教に傾き、民主的で、服装に構わず、権威にさからい、冒険心があり、人助けの心を持ち、献身的だった。ほとんどのサヘブたちは、自分の祖国が気にいらぬか、あるいはその規則的で、安全な、退屈で、意味のなくなった日常から出てきたかったのだ。

「サヘブ、もう一杯コークはいかが?」

次の朝は、起き上がるのはナファスが最初だった。前の晩にはすでに、ナファスは空っぽの段ボール箱を用意していた。隣の庭で一番鶏が鳴く前に、ナファスは庭の中へ忍び入り、藪の間に入り、木々と花壇の間を捜し、空き缶を集めて段ボール箱の中に入れ、それがどんなにたくさんになったかを見ると、女王様のように金持ちになったような気がした。市場に持って行くと、代わりにたくさんのお金が貰え、そうしたら彼女は遂に大きな夢が叶って、ゴムでできた古靴が一足買えるのだ。そうしたら彼女の足はいつも乾いていて、暖かく保てる。ひょっとしたら、彼女は自分のだけでなく、妹のナッシムにも一足買えるかもしれない。

ゴムでできた二足の長靴が、段ボール箱一杯のコークの空缶で買える。

「サヘブ、エクスキューズ・ミー。」

シリン・ゴルは、サヘブたちが花壇や芝生や道の上に投げ捨てた、臭いタバコの吸殻を拾った。サヘブたちが座ったり横になったりしていた、クッションを集めた。そして彼女は、自分の友達に、この自由で勇気のある女たちのことを報告できるのが嬉しかった。肌を見せる女たち。男たちがいる前で話し、男たちに触り、男たちから触らせ、そしてもっとほかのこともしている女たち。シリン・ゴルは友達に話すだろう、幸福で満足するために必要な物は何でも持っている女たちの目を見て来たと。友達に言うだろう、新しい希望がわいたわと。世界のどこかに、自由で飢えを知らぬ女たちがいる限り、シリン・ゴルとその女友達のためにも希望があったのだ。

花壇の中の臭いタバコの吸殻の後は、皿の番だった。高価な油でべっとりとした皿、パンの残り、肉の残り、ご飯の残り。二、三日の間の良い食事。シリン・ゴルのため、子供たちとモラッドのため、陽気な庭師のため、悲しげな運転手のため、そしてその外国人女性の所で働く他のアフガン人のため。

若い庭師はクッションや座イス様の物をかたずけ、絨毯を家の中に引きずり入れ、その間じゅう微笑んで、言った。

「働いていられる限り、戦争のことを考える必要もないし、地雷や祖国の悲惨さを考えることもないよ。おいで、子供たち。一緒にやろう。手助けになるよ。クッション、一つ、二つ、誰が三つ持てるかな?」

「僕、ぼく。」とナビッドが言った。

「私、わたし。」とナファスが言った。

自信満々の元気で陽気な庭師は、その豊かな筋肉で、子供たちとクッションと皆一緒にして担ぎ、家の中へ運んだ。

「あらまあ、覗いてるよ。それはクッションじゃあなくって、子供たちだね。」

ナファスとナビとナビッドとナッシムは笑い、シリン・ゴルは目に涙を浮かべた。笑いの涙だ。

「さあ、これから私たちの一番面白い仕事だ。」と陽気な庭師は言った。

ナファスとナビとナビッドとナッシムは手を叩き、ぴょんぴょん跳ねた。水だ、水だ。プラスティックのホースの水だ。

若い庭師はそのプラスティックのホースが大好きで、ただ水で埃や汚れを全部流してしまうことを考えただけで、うっとりするのだった。水道の蛇口の所へ行って蛇口をまわすと、彼の背中と彼の筋肉がほっと緩んだ。多すぎないように。圧力は高すぎないこと。正しい圧力が大事だ。水。水。きれいな、新鮮な水。

ナファスとナビとナビッドとナッシムは順番に並んで、しゃがみこみ、一言も発しないで若い庭師を見つめた。まるで庭師が童話でも語っているかのように、まるで庭師が芸術作品でも見せているかのように。

「ほら、ここを見てごらん。」と若い庭師は言った。「水は私が思うようになるよ。見てごらん。私の言うとおりになるから。絶対正確なコントロールだからね。」

彼は人差し指と親指で、ホースの出口を押しつぶした。水はまるで扇のようになって、ホースから力強く出て来て、陽気な庭師が目指すところすべてを洗い流した。ビスミ・アラーと一回言う間に、彼は前にあるものをすべて花壇の中へ流した。すべてだ。埃も。砂も。罪も。

タリバンの罪だけは残っていた。

シリン・ゴルは見つかってしまった。もうアメリカ人の所で働けなくなった。

シリン・ゴルは見つかってしまった。もう秘密の学校、ホームスクールで授業を行ってはいけなくなった。

シリン・ゴルは見つかってしまい、もう自分で作った絨毯を市場で売れなくなった。アザディーネは見つかってしまい、タリバンは彼女を牢屋に入れてしまった。

女性の生物学者は我慢できなくなった。自分の子供たちと、持てる物をまとめて逃げて行った。

看護婦は結婚させられた。その夫は彼女を二度と外出させなかった。

アメリカ人女性は、世界の中の、戦争中のほかの国の違う仕事場へ移って行った。

シリン・ゴルは市場の端にしゃがみこんで、つまり他の国々も戦争があるんだと思った。そして手を布の下から突き出して、物乞いをした。それは仕事ではない。それをタリバンは許していた。タリバンはシリン・ゴルや他の何千人もの女乞食の面倒を見ようとはせず、それを許した。物乞いは許可された。

シリン・ゴルは有難いと思った。ともかくも、自分の身体を売らなくてすんだ。

子供たちは大きな助けになった。生意気なナビは靴を磨いたし、小さなナッシムは古いコーラの缶の中でお香を焚き、通行人のためにお祈りをしてお代を貰った。

「大善なる神様があなたをお守り下さいますように。特に不幸から、病気から、苦しみから。アル・ハムン・ド・アラー。」

ナビッドはごみの中から燃えるものを捜して、それを売った。ナファスはもう小さな胸のふくらみがあった。腰は丸くなり、性的に熟し始める年齢に達した。ナファスは九歳だか、ひょっとしたら十歳か十一歳で、とにかく往来に出てよい年齢を超えてしまった。シリン・ゴルは、たとえ一歩でもドアから出ることを禁止した。タリブか他の誰かが娘を見て、妻にほしがる危険性が大きすぎた。

ナファスは一日中骸骨のテントの中で、オピウム・モラッドの側にしゃがみこみ、空を見つめ、母親と弟たちが帰って来るのを待っていた。

ある日、ナビは骸骨のテントに来て、黒いターバンを頭に巻いた。

「俺はタリブになるんだ。」とナビは誇り高く宣言した。「そうしたら俺は戦争に行って、祖国と俺の地域を、無神論者や預言者とイスラムの敵から、祖国を護るんだ。」

一日目には、シリン・ゴルはナビに言い聞かせた。「そんな馬鹿を言うのはやめなさい。」と。二日目は「そんなことはやめないとドアの外に出すよ。」と脅した。三日目には、シリン・ゴルはナビを緑と青色になるほど殴った。

ナファスは母親の所に飛び込んで、気違いのような母親の仕打ちから弟を解放し叫んだ。

「母さん、何を考えてるの？　弟は一日じゅう外にいるのよ。一日じゅうタリバンが、モスクのメガフォンからいんちきを皆にどなっているのよ。ナビはまだ子供じゃない？　ナビが言われたことを信じるのが不思議なの？」

シリン・ゴルは娘を見つめた。彼女の小さなナファス。自分もまだ子供のナファス。シリン・ゴルは何を言えば良いのかわからなかった。

ナビは姉に身体を寄せてすすり泣いた。姉が味方をしてくれるのが幸福だった。正しくない母親のことが不幸だった。ナビは幸福で不幸だった。

シリン・ゴルは隅に座って、向こうの隅にいるオピウム・モラッドを見た。彼が憎かった。自分が憎かった。タリバンが憎かった。飢えが憎かった。子供たちのやせた身体にまとわっているぼろ服が憎かった。雲のようにすべてと皆を包んでいる臭さが憎かった。すべてが憎かった。皆憎かった。

「一体、神様って何なの?」シリン・ゴルは尋ねた。「なぜ神は私をこの生活から取り上げて、神様の下へ召して下さらないのだろう。」

ナファスは母親に、憎しみに満ちた目つきを投げかけ、笑い、尋ねた。

「なぜ神様が母さんをお召しにならなくてはいけないの? 神様は母さんみたいなものから何かお取りになるの? 母さんを見なくてすめば、神様はうれしいわよ。」

「あんたは神様の何を知っているのかい?」とシリン・ゴルは、口の中に憎しみを味わいながら言った。神よ。

次の夕方、ナビとナビッドとナッシムは、靴磨きやごみ集め、香を焚くこと、物乞いから、骸骨のテントに帰って来た。シリン・ゴルは地面に横たわっていた。手首に二つの赤い腕輪をしていた。血の腕輪だ。

シリン・ゴルは動脈を切ったのだ。

ナファスとナビとナビッドとナッシムは、母親のそばにしゃがんだ。

ナッシムは自分の指を母親の血につけ、腕に血の腕輪を描いた。

ナファスはぼろ布をちぎり、母親の手首に巻きつけた。

「母さんは気が狂ったよ。」と弟や妹に言った。

四日四晩、シリン・ゴルはそこに横たわっていた。手首にぼろをまいて。

それからシリン・ゴルは目を開けた。娘のナファスを見た。娘は自分のそばに座って母の額の汗を拭いていた。

シリン・ゴルはナファスに微笑んだ。

「素敵だったよ。」とシリン・ゴルは言った。「私、彼を見たよ。」

「誰を？」と娘は尋ねた。

「神様だよ。」

シリン・ゴルは目を覚ましていた、一晩中。泣きもせず、愚痴もこぼさず、不満を訴えもしなかった。ただ目を覚ましていた。太陽が光を骸骨のテントに差す前にシリン・ゴルは起きて、眠っているオピウム・モラッドの上をまたぎ、子供たちを起こして言った。

「行くよ。」

「どこに行くの？」

「どこかさ。」

「怖いよ。」

「私もだよ。」

「私たちどこにいるの?」とナファスが尋ねた。

シリン・ゴルは黙っていた。

「これはどんな家なの?」

シリン・ゴルは黙っていた。

「ここって汗のにおいがする。」とナビが言った。

シリン・ゴルは黙っていた。

「あんたの子供たちは、私たちの下で幸せになるよ。」とタリブが言った。

「外国の援助団体から資金を得たら、すぐに私たちは男の子のために防御の練習と体育を開始するからね。」とその若いタリブは言った。彼はシリン・ゴルが身を隠している青いブカラの前にしゃがんでいた。シリン・ゴルはブカラの下に自分の顔を隠せるのが嬉しかった。


タリブは二十歳か二十三歳くらいだった。そのシャツと彼の真珠のような歯は真っ白だった。彼のターバンと長いひげと長くて輝く髪は、タールのように真っ黒だった。


この人は美しい人だとシリン・ゴルは思った。それから尋ねた。

「それで、女の子はどうなるんですか?」

「体育は自由に身体を確認することだ。」とその美しいタリブは言った。「女の子には危険すぎるよ。イスラムは、思春期に達した女の子はあまり激しく運動すべきでないと決めていますからね。跳んだり走ったりしないように、そうして身体を痛めつけないようにと。激しい運動をして女の子は処女性を失うこともあるかもしれないし、ひょっとしたら妊娠できなくなるかもしれない。そうすればその娘たちは夫を見つけられないだろうね。」

シリン・ゴルは、自分の前に座っている見知らぬタリブが、女の子の、自分の娘の処女性について彼女自身と話しているのが信じられなかった。

「娘たちは読み書きを学びますか?」とシリン・ゴルは尋ねた。

「シャリアの神の法が私たちの法です。それに従って私たちは、私たちの庇護下の子供たちを教育します。」とそのタリブはいらつきながら言うと、机の上にある鐘を鳴らし、年寄りの背中の曲がった召使が来て、タリブは彼の手に四つの新参者の名前の書いてある紙切れを渡し、それから召使をまた下がらせた。

四人の名前のついた紙切れ。ナファス、ナビ、ナビッド、ナッシム。シリン・ゴルの子供たち。

「あんたはロシア学校にいたんだね。」とそのタリブは言うと、数珠の玉を怒りながら前後にずらした。

シリン・ゴルは黙っていた。

「私は化学も生物学も学んでいないよ。」とそのタリブは言った。「私が学んだことすべては神の言葉です。」

タリブはシリン・ゴルの布を見据えた。そのカジャルで描いた真っ黒のアーモンドの形の目で、青いレース状の布を突き通すように見ると言った。

「けれども、だからと言って私は乱暴者ではない。あんたの子供たちをここに預けるかそれとも連れていくかは、あんたの判断です。」

「子供たちをここへ預けます。」とシリン・ゴルは言った。

タリブは再び鐘をならして、あの背中の曲がった召使を呼んだ。

「このスィア・サーの子供たちを食堂へ連れて行け。」と彼は命令した。

背中の曲がった召使はシリン・ゴルが出て来るのをドアの外で待っていた。何もいわず、ただ彼についていくよう合図した。

彼らが暗くて長い廊下に沿って歩き、ドアも窓もない部屋の横を通り過ぎ、うんこの匂いとおしっこのたまったのを通り過ぎ、死んだように空を見ている子供たちの目を見たり、もっと他のたくさんのものを見て通り過ぎていった時、背中の曲がった召使は言った。

「少なくともここでは、あんたの子供たちは腹はいっぱいになるよ。」

食堂へはナビとナビッドは行ってよかった。

女の子たちは自分の部屋で食べなければならなかった。女の子たちはすべてを自分の部屋でしなければならなかった。眠り、飲み、食べ、生活する。

朝から晩まで。晩から朝まで。

どの部屋にも二十人以上の女の子がいた。

一年中、夏も冬も。予言者の名において。コーランの、イスラムの名において。

女の子は食堂へも屋上にも行けなかった。彼女たちは食堂へも中庭にも行けなかった。

「なぜですか?」

「なぜかというと、彼女たちが女の子だからだよ。少なくとも、ここでは皆腹はいっぱいになるよ。」

「母さんに神様のご加護がありますように。」とナファスとナビとナビッドとナッシムが言った。

「おまえたちに神様のご加護がありますように。」とシリン・ゴルが言った。

「子供たちはどこだ?」とオピウム・モラッドが、オピウムの煙の向こうから尋ねた。

「孤児院です。」とシリン・ゴルは言った。「少なくとも、あそこでは皆お腹いっぱいになりますよ。」

シリン・ゴルは市場の隅に座って、青いぼろのブカラの下から手を突き出し、倒れ、そのまま倒れたままだった。

シリン・ゴルは動かなかった。

ただ彼女の血だけが動いていた。彼女のお腹から出てきた。赤ちゃんが出て来たのに触った。その、青いぼろのブカラが赤く染まった。

死者は昔のケフィン・ケッシュを取り戻したがった。

シモルグは湖の中を見た。シモルグは自分の姿をそこに見た。

シリン・ゴルはある外国の支援団体に行った。

「助けて下さい。」と彼女は言った。通訳者が通訳した。

「あんたには援助はあげられないよ。」

シリン・ゴルはがっかりもせず、不思議にも思わなかった。彼女は理解していた。物に通じた専門的なヘルパーは、シリン・ゴルの運命のような個々の運命は見ていなかった。見ることができなかった。見てはいけなかった。ヘルパー自身が破滅しそうだった。誰も助けてやれなかった。

その援助団体の場合、何トンかの小麦と何十万ドルの予算があって、何千の家族に対しての援助と決まっていた。彼らの言うことはまともだとシリン・ゴルは思った。大きな数字、全体量が彼らの使命だ。ほかのすべては効果がなく、権利がなく、正しくないのだ。夕方になると彼らは、ドルで支払っている石でできた自分の借家にすわり、誰も見ないように静かに泣くのだ。シリン・ゴルはアメリカ人のために働いている時にそれを見た。次の朝になると彼女は再び出て行く。トンとか大量の単位とか小麦とか、援助国や援助を受ける国などにかかわるために。アフガニスタン。

シリン・ゴルはその女のそばにしゃがんで動脈を見せた。新しい傷跡だ。そのやせこけ飢えた骨と皮の身体を見せた。

その外国人の女はシリン・ゴルの危機を信じ、彼女にメモを渡した。そのメモを受け取った男がシリン・ゴルに小麦をくれた。市場でシリン・ゴルは小麦の代金を貰った。

シリン・ゴルは孤児院から子供たちを引き取った。

ナファスとナビとナビッドとナッシムは手をつないで、母親の前に立った。

「チェ・ハル・ダリ、元気？」

「チャック・コル、ありがとう。」

第18章 乞食の女と少しのヤギの乳

流産のお腹をして、動脈を切った跡のある女乞食シリン・ゴルと、ナファスとナビとナビッドとナッシムとオピウム・モラッドは、まとめるものを何も持っていなかった。

皆は出発した。

女乞食シリン・ゴルは、自分がもう一度の避難を生き延びられるかどうかわからなかった。女乞食シリン・ゴルは、生意気な双子が北部にいるという噂が本当かどうかわからなかった。女乞食シリン・ゴルは、前線を抜けていけるかどうかわからなかった。女乞食シリン・ゴルは、これらのことと他の一切が全くわからなかった。

一体誰が、この神様から忘れられた国のことがわかるだろうか？

四日目には、神様も、もう泣かせることを強いられなくなられた。神様はアフガニスタンにおいでになり、シリン・ゴルをご覧になったが、シリン・ゴルとほとんどおわかりにならないほどで、シリン・ゴルのお祈りを聞き届けられ、遊牧民のキャラバンを乞食シリン・ゴルと子供たちとオピウム・モラッドのもとに送られた。

ナファスとナビとナビッドとナッシムは羊を追ったり乳をしぼったり、ラクダと羊とロバの糞を集める手伝いをした。糞は乾かして火つけに使った。ナファスとナビとナビッドとナッシムは子羊や赤ん坊を背負い、お守りの数珠を糸で作った。赤、白、緑、黒の四色で。ナファスとナビとナビッドとナッシムは大きな声で歌い、走り、羊を集めておくために追った。シリン・ゴルは黒いスカートを遊牧民の色とりどりのスカートと取り替えた。赤、白、緑、黒。シリン・ゴルはお下げを解き、たくさんの小さなお下げに編みかえ、そのお下げを額の上で結びつけ、首には真鍮の飾りを下げ、ヤギの乳を飲み、銃を撃つことを覚え、地雷を安全にする方法を学び、馬に乗り、大きな石で釘を地面に打ちつけた。

四十日間で、シリン・ゴルとその子供たちは砂漠を通りすぎ、山を越え、谷を過ぎていった。皆はよく食べ、よく眠り、満足していた。ナファスとナビとナビッドとナッシムは笑うほどだった。皆は前線を通過し、氷と雪の中を進み、ヒンドゥクッシュの山を登り、遂にファイザバードに来た。

第19章　二人の兄弟、北部と可愛いおばあさん

シリン・ゴルの司令官の兄は、国の北部の山の中でタリバンに対して戦っていた。兄は尊敬されていて、そこらの広い地域で、ボズケシというゲームの最高にうまい騎士だった。それは男たちが馬に乗って、羊のおとりを争うゲームだった。それは百年以上経っているゲームで、王様が兵隊の強化訓練のために、戦争の準備のために作ったゲームだった。

司令官の兄は幾人の敵を殺したか、もうわからなかった。幾人のロシア人？　そして幾人のサウジアラビアやパキスタンやアメリカに雇われたアラブ人や、パキスタン人の兵士たち？　そして彼はもう、死んだタリバンの数も知らなかった。彼が知っているのはただ、何をしたにしても、それはすべて祖国のためだということだった。彼の子供たちのためであり、子供たちがより良い未来を持てるためだった。自由のためだった。彼の神様のためだった。預言者のため、コーランの名においてであった。

ちょうど彼の人生が始まったばかりだった、ちょうど彼は畑を雄牛を使って耕すことを学んだばかりだった、ちょうど彼のあごの下に初めてのひげを見つけたばかりだった、ちょうど彼は半分男の子で半分男になったところだった、ちょうど彼はもうすぐ自分が完全な男になると思ったばかりのその時、ロシア人が村を攻めて来た。兄は父親や他の兄弟たちと共に山へ行かねばならなかった。十年間。

兄たちは十年間抵抗し続けて、ロシア人たちは彼らの故郷へ追いやられた。それから兄たちは、他のムジャヘディンのグループを相手に権力争いをした。何年かずっと後にタリバンがやって来て、戦いに

疲れたムジャヘディンをどんどん北の方へ追いやった。敵だったムジャヘディンのグループは再び北部同盟としてまとまった。

いつの頃か、シリン・ゴルの兄自身が司令官として指名され、どこかの山を敵の攻撃から護れという課題を与えられた。祖国の名において、自由の名において、北部同盟の、予言者の、コーランの、イスラムの名において。

いつの頃か、一人の若い男が山にやって来た。司令官の前に現れ言った。

「私の先生が私の頭にターバンをまいて、おまえはタリブだと言いました。他のタリブと共にこちらへ送られ、祖国のために戦え、ムジャヘディンを殺せと命令されました。でも私は逃げてきました。今、私はここにいて、タリバンを殺そうと思います。」

「それは良い、賢い望みだ。」と司令官は言い、その投降者を抱きしめると、心臓が押されちくっと痛むのを感じた。彼は、なぜ目に涙があふれるのかわからなかった。

何日か経ってから司令官は、涙と心臓の痛みの意味がわかった。その投降者は彼の弟の一人だったからだ。彼の血を分けた弟。彼の父親の息子。双子の生意気な片割れだった。

敵？　それはタリバンだった。アフガン人のタリバン。パキスタン人のタリバン。アラブ人のタリバン。敵はたまにほかの司令官で、自分の領域を広げたがる者でもあった。

あとどのくらい長いあいだ戦わねばならぬか、司令官自身わからなかった。生意気な双子は、司令官の兄が戦う限り戦おうとした。必要な限り長い間。でなかったらどうすれば良いだろう？　畑地には地雷が埋めてあった。村々は破壊されていた。他に何をすれば良かったのだろう？

生意気な双子はまだ結婚していなかった。司令官の兄には二人の妻がいた。両方の妻とあわせて十一人の子供たちは、生活に満足していた。

いつの頃かシリン・ゴルの娘、ヌル・アフタブと、その二人の子供たちも、山の司令官の兄のところへやって来た。この皆のことも兄は面倒を見た。兄はヌル・アフタブを、その若い部下の一人の妻にした。そして神様のお計らいによって、まもなく彼女は男の子を産むことになった。

そして神様は、シリン・ゴルも北の方へ導かれた。シリン・ゴルと、ナファスとナビとナビッドとナッシムと、もうそれほどたくさんオピウムを吸わぬがまだ少し吸っているモラッドだ。半分オピウム・モラッド。

「やっと私たちはまた一緒になったね。」と司令官の兄が言った。そして長い年月の間会わなかった妹を見た。

ちょうどシリン・ゴルは頭のベールをはずし、お下げを解かし、疲れた背中をクッションにもたれかけ、ちょうど甘いお茶をすすった時、ちょうどヌル・アフタブの長男でシリン・ゴルの初孫が右から左へと走り、ヌル・アフタブの二番目の子でシリン・ゴルの二番目の孫が左から右へと走って、二人が頭をぶつけて倒れ泣き始め、二人とも助けを求めておばあちゃんのシリン・ゴルの方を見たその時、ヌル・アフタブは声を上げ、痛みで身体を曲げ、母親を見て、床に横になって言った。

「もう生まれるわ。」

シリン・ゴルは髪の毛をまとめ、頭のベールをかぶりしっかり結び、ドアの近くの戸棚から鎌を持って来て火にかざし、お湯につけ、自分の娘のスカートをまくりあげ、一本の指を娘の産道口に入れ、小さい柔らかな子供の鼻、耳、口に触り、指をその小さくてぬるぬるする赤ん坊の頭にあてると、娘の三番目の子供を引っ張り出した。

「神様がおまえを決して一人ぼっちになさいませんように、」とシリン・ゴルは言うと、その男の子のへその緒を鎌に当てて切った。「ビスミ・アラー。」と唱えながら。

シリン・ゴルは子供の額にキスすると言った。

「神様がおまえに幸福をお与えになりますように。いつも充分に食べ物がありますように。満足しますように。」

シリン・ゴルは、自分の長女の身体から取り上げた三人目の孫をその母親の腕に渡すと、言った。

「アラーがおまえに、一生を平和に落ち着いて過ごさせて下さいますように。おまえの祖国、アフガニスタンが、今度こそ自由になりますように。」

シリン・ゴルは頭のベールをはずし、白い髪を後ろの方へなで、甘いお茶の残りを飲み干し、娘に尋ねた。

「赤ちゃんの名は何と言うの?」

「シル・デルよ。殺された私の最初の主人と同じよ。」とヌル・アフタブは言うと、息子の額にキスした。

「シル・デルね。ライオンの心だね。それは素敵な名前だわ。」とシリン・ゴルは言った。

「お母さんの髪は色がなくなったのね。」とヌル・アフタブが言った。

「白くなっちゃったのね。お母さん、ビビになったんだわ。」

ビビ。おばあさん。
甘い、おばあさん。
シリンおばあさん。

解説・アフガン女性はどのような状況にいるのか

川崎けい子

生きることは、こんなにも苦しく切ないものだろうか。本書を読み終えて、そう思わずにはいられなかった。しかし、アフガン社会で女性が生きるとは、まさにこういうことなのだ。

わたしは、一九九九年から今日まで、アフガニスタンを、特に女性を中心に取材し続けている。出会った女性たちの立場はさまざまだったが、彼女たちに共通しているのは、生きること自体にあがき苦しみ、それでも誇りを失うまいと、もがいていたことだった。わたしは、シリン・ゴルの中に、アフガニスタンを生きる無数の女性たちの姿を見、叫びを聞いた気がした。

アフガニスタンでは、長い間、女性は男性の所有物と考えられていた。女性は人間としての権利をもっていなかった。イスラムの最も保守的な部分と部族の慣習が結びついた男尊女卑の観念が非常に強かったからである。それでも、二〇世紀に入ってから近代化が進み、一九六四年には、女性の参政権などを認めた憲法が制定された。しかし、一九七〇年代末から二〇年以上続いた戦争のため、すべてが瓦解してしまった。さらに混乱の中で台頭したタリバンなどの宗教原理主義勢力の支配により、女性たちは無権利状態に逆戻りした。シリン・ゴルの人生は、こうした動乱の時代に、女性が人間であろうとし、人間として生きるための苦難に満ちた半生といえるだろう。

二〇〇四年一月、男女が平等の権利をもつことを明記した新憲法が採択された。しかし、現実のアフガン社会で男女平等が実現されるまでには、とほうもなく、長い時間がかかるだろう。長く続いた慣習や人々の意識は簡単に変わるものではないからだ。

ここでは、現在、アフガン女性がどのような状況の中にいるのかについて具体的な事例を交えて紹介したい。

アフガニスタンでは、家が貧しく、十分に食料がなければ、食事はまず男の子に与えられ、女の子は後回しにされる。そのため栄養失調になる女の子が多い。女の子にとって一番大切なことは、子守や家事の手伝いをすること。そして、男性に対して常に従順であることだ。

伝統的なアフガン社会では、女の子は、読み書きや計算を学ぶべきではないという考えが根強い。読み書きを学んだ女の子が結婚すると、夫とその家族の命令に従わないと考えられているからだ。二〇〇二年以降、地方でも学校に通う女の子が増えたが、従順でもの知らない女の子が歓迎される風潮は現在でも変わっていない。だから、日本流にいう「嫁のもらい手がなくなる」ことを恐れて、娘を学校に行かせない親が今でも多い。

また、女性は男性の名誉を象徴するものとされており、処女性がきわめて重視されている。未婚の女性(少女)がレイプされると、本人のダメージ以上に少女を所有する家族(父親、兄弟)の名誉が汚されたとみなされる。したがって、レイプされた少女が生き続けることは大きな恥とされ、少女の多くは、自殺するか、家族の手で殺される。レイプが重罪なのは、男性の名誉に対する犯罪だからである。そして、レイプされた少女は、男性の財産としての価値を失うからだ。

アフガニスタンの多くの地方で、女性は男性の財産とみなされている。ゆえに、お金で売り買いされた。少女は、家族の男性の犯罪の償いとして、あるいは、借金のかわりとして、しばしば取引される。

「バド」と呼ばれる因習もその一つだ。これは、Aという人が、Bという人に対して殺人などの罪を犯した場合、Aの家族の少女(たいていは一五歳以下の娘または妹)をBの家族に引き渡して、Aの罪を償うという因習である。


二〇〇六年二月、アフガニスタンの女性団体RAWA(Revolutionary Association of the Women of Afghanistan)から「バド」の事例が報告された。

七歳の少女サミアの父親は、モハマド・ヤシンの一〇歳の娘をレイプした。「バド」に従い、サミアは、父親の罪の償いとして、モハメド・ヤシンの息子のもとに引き渡され、強制結婚させられた。その後、モハメドの家族は、サミアを地下室に監禁して、毎日彼女を殴り、彼女の身体に熱した金属を押しつけて傷つけ、さらに彼女を裸にして、真冬、凍てつくような寒さの屋外に何時間も放置するなどありとあらゆる虐待をした。この虐待は、サミアの悲鳴に耐えかねた隣人がモハメドの家に押し入って彼女を救出するまで、約二年間続いた。

サミアはたまたま救出されたが、通常、「バド」によって引き渡された少女は、いかなる虐待からも逃れられない。引き渡した家族は、娘がどんな扱いをされても何も言えない。娘を苦しめることで、父親に罪を償わせるという発想だからだ。少女が父親から独立した人間であり、個人としての権利をもっているとは考えられていない。

このように、少女が、家族の罪の償いや借金のために結婚させられた場合、悲惨きわまる運命をたどることが多いが、通常の結婚でも辛酸をなめる妻は少なくない。

アフガニスタンでは、結婚に際して、花婿の家族から花嫁の家族に多額の金銭が支払われることになっており、花婿側と花嫁側の家族の間で金銭面の合意が成立すれば、結婚が決まる。少女には、家族のとりきめを拒否する権利がない。そして、一旦結婚したら、妻は、夫やその家族のあらゆる命令に従わなければならない。

結婚してすぐ子どもが産まれなかったり、最初に産んだ子どもが女の子だったら、たいていの夫は二番目の妻をもち、最初の妻の立場は非常に悪くなるだろう。こうした場合、夫は最初の妻に生活に必要なものを何も与えず、家族ぐるみで虐待することもしばしばある。イスラムでは、妻を平等に扱うことを条件に妻を四人までもつことを認めているが、複数の妻を平等に扱う夫は皆無といっていい。妻をどう扱うかは、夫の胸一つであり、妻を養わない夫の責任が問われることはない。

夫に養ってもらえなくなった妻たちはどうなるのだろうか。当然、食べていけない。そこで、妻たちは生きるためのパンを得るために、路上で物乞いすることを余儀なくされる。

カブールなどの都市では、街のいたるところで、女性が道路脇に座って物乞いしている光景が見られる。子連れで物乞いしている女性も多い。物乞いの理由は、夫を亡くした、夫が行方不明で帰ってこない、夫が病気で働けなくなったなどさまざまだが、夫に妻が複数いて、他の妻だけを養うようになったため、路頭に迷ったという妻に、わたしは何人も出会った。

それでも、妻のほうから離婚を求める権利はない。夫に養ってもらえなくなっても、虐待されても、夫がどこかに行ってしまい生きているのか死んでいるのかわからないような状態が何年も続いても、妻のほうからは離婚できないのだ。


何年も留守にしていた夫に離婚を求めた妻が死刑になったという不幸な事件が、二〇〇五年四月に起こっている。それは以下のようなことだった。

北東部のバダフシャン州で、二九歳の既婚女性アミナが地方裁判所の判決により、公開処刑された。アミナの夫は、五年間イランで暮らし、その間、アフガニスタン国内に残っていた妻のアミナには仕送りも何もしなかった。戻ってきた夫に対して、アミナが離婚を求めたところ、夫は、アミナが他の男と関係をもったとして法廷に訴えた。そして、法廷は、夫の主張を認め、アミナが姦通したとして、投石による公開処刑の判決をくだしたのである。妻アミナの主張は一切認められなかった。

既婚女性が、夫以外の男性と性関係をもった場合、姦通罪として、投石刑に処せられる。これは、処刑する人間を首まで地面に埋め、その首に、夫や家族、住民たちが死ぬまで石を投げつけるという処刑法である。顔や頭がぐちゃぐちゃになっても死なず、最後は銃で殺したこともあったという。苦しみを長引かせるという意味で、死刑の中でも最も残酷な刑の一つといえるだろう。投石刑は、タリバン時代、しばしば行われてきたが、カルザイ政権になってからも、ときどき報告されている。

投石刑は、イスラム法に規定されているが、現在、ほかのイスラム諸国で、この刑が執行されることはほとんどない。しかし、アフガニスタンで今日なお、投石刑が行われているのは、女性は男性によって厳しく支配されるものという観念が強いからだ。しかも、妻に姦通の事実がなくても、夫が「あった」と主張するだけで、姦通罪が成立してしまうことが多い。つまり、夫が妻の生存権を握っているといっても過言ではない。

無権利状態におかれた妻は、しばしば夫からひどい暴力を受けている。

二〇〇七年四月、東部の村で、二〇歳の妻が、夫とその母親にガソリンをかけられて火をつけられ、一命をとりとめたものの、全身に大やけどを負ったという事件があった。妻はその数カ月前から夫らに殴られるなどの暴力を受けていたが、逃げることも、助けを求めることもできなかった。

アフガン社会では、夫が妻を殴ることは当然とされ、むしろ、夫が妻を殴るのは妻に問題があるからだとみなされることが多い。また、家の中のことを外にもらすという行為は、非常に恥ずべきことと考えられているので、妻は、どんなひどい暴力を受けても沈黙することを強いられる。

夫の暴力に耐えられなくなった妻は自殺してしまう。二〇〇六年、一六歳の妻ガルサムは、ヘロイン中毒の夫の激しい暴力に耐えきれず、台所で油をかぶって火をつけ、焼身自殺を図った。彼女は、騒ぎに気づいて飛び込んできた隣人によって病院に運び込まれ、何度も手術を受けた末に、ようやく命をとりとめた。彼女は次のように語っている。「死を決意した。ほかの選択肢をもたなかった。わたしは毎日殴られたが、家を出て行くことができなかった。なぜなら、そんなことをすれば、わたしの実家の恥になるから」(Independent紙、二〇〇六年一一月二四日より)。

報道によると、アフガニスタンでは、二〇〇五年に九三人の女性が同様の自殺を図り、その七〇パーセントが亡くなったという。しかし、こうした自殺は家族の恥とされているため、警察に届けられることはまれだ。実際には、はるかに多くの女性たちが自殺しているといわれている。

これまで述べてきたように、男女の平等を明記した憲法が制定されても、アフガン女性の現実は厳しい。しかし、希望がないとはいえないだろう。

二〇〇二年以降、国際社会の支援によって、各地に学校が開設され、多くの少女たちが学校で勉強できるようになった。識字教室に通う成人女性も増えた。彼女たちは学ぶことで、人間には権利があることを知るようになった。そして、女性だからといって男性に依存して生きるのではなく、自立して生きていけるはずと考える女性が増えてきた。

バドや家庭内暴力が事件として報道されること自体、問題の存在が明らかになったという意味で大きな一歩といえるのではないだろうか。問題が存在することに気がつかなければ、改善されることもないのだから。

これまで闇の中で沈黙し続けてきたアフガン女性たちが、シリン・ゴルのように、外に向かって語り始めたことも明るい兆しといえるだろう。自分を語り、人間として生きようとする女性たち自身の力によって、アフガン女性の未来がよりよいものに変化していくと信じたい。

著者／**シバ・シャキブ（Siba Shakib）**
イランに生まれテヘランで育つ。ペルシャ人であり、アフガニスタンの宗教、伝統や風土に造詣が深い。アフガニスタンで六年間、映画監督・作家として活躍。ドイツ国営放送（ＡＲＤ）で放映され、賞を獲得したドキュメンタリー番組は、アフガニスタン国民の救われぬ状況の証拠となった。現在、ドイツ、イタリア、ニューヨークに住居を構える。他の著書に"Samira and Samir" (Century Random House, 2004) などがある。

訳者／**わしお とよ**
熊本県生まれ。熊本大学大学院文学研究科修士課程（独文学）修了。一九七六〜七七年、国際ロータリー財団奨学生としてボン大学に留学。七八年、デュッセルドルフの日系銀行に就職。八三年、鷲尾洋と結婚。専業主婦として今に至る。近年、デュッセルドルフのボランティア団体「日独文化フォーラム・ヒューマネット」（代表：フックス真理子、ウェブサイト：www.info-now.net/humanet　電子メール：humanet@hotmail.com）に参加。本書の翻訳はドイツ語を読まない会員のために始める。一男一女の母。

解説／川崎けい子（映像ディレクター、フォトジャーナリスト）
一九六〇年茨城県生まれ。茨城大学教育学部卒業。保健、福祉、環境、国際問題、歴史などの分野を中心に、ＰＲビデオ、教養・教育ビデオの脚本・演出を担当する。ビデオ作品として、『男女平等を考える』（東映）、『小学校社会科ビデオシリーズ』（東映）、『小学校理科ビデオシリーズ』（東映）、『保健・医療の国際協力』（大修館書店）、『織物・くみひも』（伝統的工芸品産業振興協会）、『報道映像二十世紀の日本シリーズ』（小学館、シュヴァン）、『アフガニスタン難民——平和を知らない子どもたち』『アフガニスタン難民——いまを生きる女性たち』（東映）等。テレビ番組として、『新・私の郷土史』（山形放送）等。また、長編ドキュメンタリー映画『ヤカオランの春——あるアフガン家族の肖像』（二〇〇四年）、短編ドキュメンタリー映画『ＲＡＷＡ——アフガン女性の闇に光を』（二〇〇七年）がある。一九九九年からアフガン難民やアフガニスタン国内で暮らす人びとを取材し、写真ルポを雑誌等で発表。二〇〇一年一〇月、東京・飯田橋のセントラルプラザで初のアフガニスタンの女性と子どもの写真展を開催。以後、全国各地で写真展およびアフガニスタン問題や女性問題についての講演を行う。著書に写真絵本『この子たちのアフガン』（オーロラ自由アトリエ、二〇〇一年）、江原裕美編『内発的発展と教育』（共著、新評論、二〇〇三年）がある。

神様《かみさま》はアフガニスタンでは泣《な》くばかり
——シリン・ゴルの物語

2007年8月31日　第1版第1刷

著　者　シバ・シャキブ
訳　者　わしお　とよ
発行人　成澤壽信
編集人　北井大輔
発行所　株式会社 現代人文社
〒160-0004　東京都新宿区四谷2—10　八ッ橋ビル7階
振替　00130-3-52366
電話　03-5379-0307(代表)
ファクス　03-5379-5388
E-Mail　henshu@genjin.jp(編集)　hanbai@genjin.jp(販売)
http://www.genjin.jp
発売所　株式会社 大学図書
印刷所　星野精版印刷株式会社
装　丁　Malpu Design(長谷川有香)
カバーイラスト　タムラ フキコ

Printed in Japan　ISBN978-4-87798-329-1 C0022